ハヤカワ・ミステリ

CAROLE LAWRENCE

クレオパトラの短剣

CLEOPATRA'S DAGGER

キャロル・ローレンス
中山 宥訳

TOKYO HAYAKAWA BOOKS

A HAYAKAWA POCKET MYSTERY BOOK

CLEOPATRA'S DAGGER
by
CAROLE LAWRENCE

Translated by
YU NAKAYAMA
First published 2024 in Japan by
HAYAKAWA PUBLISHING, INC.
This edition is made possible under a license
arrangement originating with
AMAZON PUBLISHING, www.apub.com
in collaboration with
THE ENGLISH AGENCY (JAPAN) LTD.

装幀／水戸部 功

最高に素晴らしい姪——才気煥発でユーモアに富んだ若い女性——のキリー・アイザックに捧ぐ

汝等はひたすら待ち続け、これから先も待つだろう、美しくも愚かな聖職者たちよ

――ウォルト・ホイットマン「ブルックリン渡し船にて」

クレオパトラの短剣

登場人物

エリザベス・バンデンブルック……《ヘラルド》唯一の女性記者
カール・シュスター……………………同編集長
サイモン・スニード……………………同副編集長
フレディ・エバンズ
トム・バニスター　}……………………同専属写真係
ケネス・ファーガソン…………………同犯罪担当編集者
ジェームズ・ゴードン・
　　　　ベネット・ジュニア……同発行人
ローラ・バンデンブルック…………エリザベスの姉
ヘンドリック・
　　　　バンデンブルック……エリザベスの父。高名な判事
カタリーナ・バンデンブルック……エリザベスの母
カルロッタ・アッカーマン…………エリザベスの上階に住むアーティスト
ジョナ・アッカーマン…………………カルロッタの弟。無政府主義者
トーマス・バーンズ……………………ニューヨーク市警警視
ウィリアム・オグレディ……………同部長刑事
ビクトル・ノバク………………………ベルビュー病院の死体安置所の担当医
ベンジャミン・ヒギンズ……………同院の救急馬車の御者
ハイラム・ジャミソン………………同院の精神分析医。ローラの担当医
キャロライン・アスター……………ニューヨーク上流社会の名士
ルーファス・ストーリー……………珈琲商

プロローグ
ニューヨーク市、一八八〇年

ああ、なんと柔らかだったことか。あの女たちはあまりにも柔らかく……そしてあまりにも美しく、雨粒のようにたおやかで、丸みを帯びた手足は骨灰磁器のように白かった。

けれど、女たちがじつは邪悪なのもわかっていた。聖書に登場するイゼベル、サロメ、デリラ――みんな邪悪な存在だ。甘い誘惑の歌で男たちを惑わせ、あざとい手段で罠にかける。わざと好意を示さなかったり、あるいは逆に、天国の甘美さを味わわせたりして、生《い》け贄《にえ》たちの理性を奪う。当人がふと我に返るころには、もう手遅れ。女たちは蜘蛛であり、男は、甘く粘つく蜘蛛の巣から必死に逃れようともがく哀れな昆虫にすぎない。女たちの美しさは、いとも容易《たやす》く網にかかる獲物を捕らえて支配するための罠であり、数ある罠のなかでも最も危険な武器なのだ。

自慢のペルシャ猫、クレオの真っ白な毛を撫でながら、彼は、霞がかった晩夏の昼下がりの風景を窓越しに眺めた。彼の愛撫にこたえて、クレオが喉を鳴らしながら伸びをし、しなやかな背骨を悦びに震わせた。

「いい子だ、クレオ」と彼は話しかけた。「おまえは、わたしを裏切らないだろう？」

クレオが大きな青い瞳で彼を見上げ、尾の先をぴくぴくと動かした。

おもては空が暗くなり、厚い灰色の雲が街を覆った。一陣の風が窓の外の木の葉をくすぐり、葉は軽く揺れてから静止した。あたかも、蜘蛛の巣に囚われた蝿のように。弱々しくもがいたあと、避けられない運命に身をゆだねるかのように。彼は大きく息を吸った。新鮮な空気が肺へ流れ込み、からだに活力がよみがえってくる。みじめな蠅になどなってたまるか。自分は獲物にも、狩られる側にもなりはしない。

　狩る側に立つのだ。

第一章

　エリザベス・バンデンブルックは、東十八丁目のアパートメントビルを大急ぎで飛び出した。なかば駆け足で、正面玄関の重い扉が閉まるころには、通りの半分ほどまで歩いていた。もう八時近い。寝坊だ——きょうも。〈スタイベサント・アパートメント〉に住み始めてから、まだ一週間も経っていない。荷ほどきや物の整理で、ほとんど毎晩、夜更かししている。でも、あの建物の一室を借りられたのは運がよかった。あそこは十年前の一八七〇年に建てられたばかりの、ニューヨークに初めてできた〝フランスふう集合住宅〟。それまでこの街には、立派な一戸建てを除くと、家々が壁を共有してつながった連棟住宅か、入り口や階段が共用の狭苦しい共同住宅しかなかった。〈スタイベサント・アパートメント〉に住んでいれば箔が付くからと、体面を重んじる母親が伝手《つて》を活かして娘にひと部屋を確保してくれたのだ。

一陣の風がエリザベスの帽子をとらえ、頭からもぎ取りかけた。あわてて片手で帽子を押さえ、もう片方の手で大切な書類鞄を握りしめる。母親からしょっちゅう、もっとたくさん髪留めを使って毛をきちんとまとめなさい、と叱られる。かさが多いうえ頑固なくせ毛とあって、髪がなかなか言うことを聞いてくれないのだ。さすがにきょうは、母親の小言ももっともだと反省した。なおも帽子を片手で押さえつつ、文化人らが多く住むアービングプレイスをぎこちない早足で通り抜け、高架鉄道〈エル〉の三番街線の駅へ向かった。これに乗れば、勤務先の《ニューヨーク・ヘラルド》編集部までたどり着ける。

この新聞社の記者としては紅一点だけに、エリザベスは周囲の不興を買いたくなかった。高架鉄道の入り口に近づきながらも、辻馬車を使おうかと迷った。けれども、この時間帯は交通渋滞がひどい。いくら脚の速い馬でも、全速力では走れないだろう。かといって、馬車鉄道も、混雑に巻き込まれやすいと評判が悪い。やれやれ、騒がしくて汚くて臭いにしろ、高架鉄道のほうがまし。ニューヨーク名物の通勤混雑のあいだは仕方がない。

前方の十四丁目から、活気に満ちた喧噪が聞こえてくる。朝の時間、街は躍動の交響曲だ。歩行者と競うようにして、辻馬車、荷馬車、乗合馬車、東西方向の線路上を往く馬車鉄道などが走っていく。小さな男の子たちが、恐るべき無謀さで、近づいてくる馬車のすぐ前を駆け抜ける。母親が大声で注意するものの、効きめはない。犬が吠え、馬が蹄《ひづめ》を鳴らし、親が子供を叱り、身なりのいい実業家が辻馬車を呼ぶ。荷車の商人たちは、それぞれに工夫を凝らした誘い文句を叫びながら品物を売り歩く。さすがに騒々しすぎると、市当局は露店をこころよく思わず、場所を追われた露天商たちは、特定の駅や港の近くで身を寄せ合うようになった。通勤時に何千人もの人々が行き交う十四丁目駅は、露天商にとってみれば金鉱だ。牡蠣《かき》売りや、ぼろ布売り、とうもろこし売りらが、客寄せを競っている。

「牡蠣あるよ！　とれたての新鮮な牡蠣、買っていきな！」

「布、布、中古の布！　あれや、これや！　さあ、何だって揃ってるよ！」

男たちの濁声《だみごえ》に交じって、女の子の弱々しい声が聞こえた。「焼きとうもろこし、焼きとうもろこし、あっつあつ！　焼きたての、ほっやほや！」

とうもろこしを売る煤《すす》けた顔の女の子はまだ幼かった。十歳にもならないだろう。遅刻しているにもかかわらず、エリザベスは女の子のごつごつした手のひらに五セント硬貨を押し込んだ。もつれた髪の房をかきあげながら、女の子が困惑したようすでエリザベスに顔を向けた。

「一セントで二本よ、お姉さん」

「一本もらうわ」

「でも、お姉さん――」

「おつりは取っておいて」

女の子が警戒するように目を見開き、ひげと緑の皮が付いたとうもろこしをエリザベスに手渡す。

「ありがとう」エリザベスは、それ以上の金をあげてもためにならないと知っていた。よぶんな金は結局、この子の〝世話役〟の懐に入ってしまう。焼きとうもろこしを売る少女が、娼婦と違うところは一つだけ。まだ幼すぎて、（願わくは）性的な搾取をされていないことだ。それを除けば、似たような生活を送っている。夫か、ポン引きのたぐいに食い物にされて、絶望と貧困にまみれるあまり、もっとましな人生を望むことなど諦めている。

馬糞の山を慎重によけながら、エリザベスは群衆をかき分けて三番街線の駅へ向かった。駅前には数台の辻馬車が並び、御者たちは丈の長い黒の外套を着て、高帽子をかぶっている。馬車を引く馬は〝ハック〟と呼ばれ、脚を高く上げて歩く〝ハックニー馬〟という品種に専用の訓練を施してある。そういう馬を駆る御者の仕事は、疲労や寒さとの戦いであり、とくに悪天候のもとでは過酷きわまりない。辻馬車で最も一般的な〝ハンサム〟という型式の場合、御者が馬車の後部の高い位置にすわり、雨風をまともに受けなければいけない。その代わり、馬と御者に挟まれたところにいる乗客たちは――少し窮屈ながらも――周囲を覆われた空間で快適に過ごせる。エリザベスは空を見上げた。いつの間にか、太陽が暗い雲に隠れている。今のところは暖かいものの、もしあの不吉な雷雲が予兆どおりに激しい雨をもたらしたら、御者たちは長い外套を胸元でしっかりと合わせなければいけなくなるだろう。

通り過ぎるエリザベスのかたわらで、御者たちが、気候と酒のせいで嗄《しわが》れた声で「辻馬車はいかが、辻馬車、辻馬車！」と売り込んでいる。

偶然エリザベスと目が合ったひとりの御者が、帽子を軽く上げ、満面の笑みを浮かべた。長年、安い煙草を吸い続けてきたからか、その男の歯は、火を通しすぎた牛肝のような、黒ずんだ茶色に染まっていた。ぼろぼろの布手袋の指先部分が切り取られているのは、客から金を受け取ったときに釣り銭を出しやすいようにするためだ。

「辻馬車はどう、お嬢さん？」と男は軽く会釈しながら言った。いかにも労働者階級の出身という感じの発音だった。ニューヨークは〝成功の機会に満ちあふれた街〟という触れ込みだが、実際にここで一日過ごせば、それが嘘だとわかるだろう。

「ありがとう。でも、きょうは遠慮しておくわ」とエは視線をそらしながら言った。いつも母親から「淑女らしく振る舞いなさい」と注意されている。淑女たるものは、男性が向けてくる視線にこたえてはいけない。たとえそれが、何かを売りつけようとしているだけの見知らぬ男であっても……。もちろん、エリザベスは疚《やま》しい気持ちで男性を見つめたりはしないが、無尽蔵の好奇心の持ち主だけに、母親がそばで目を光らせていないときはとくに、このしつけを破ることも多い。報道記者となった今、関心の赴くままにどこまでも追いかけるのが仕事だと考えている。もしそれが、見知らぬ男を見つめる行為につながるとしても、べつに構わないと思う。

エリザベスは、押し寄せる人々の波に揉まれながら、高架鉄道の乗降場へ続く階段をのぼった。辻馬車に乗ったほうが母親は喜ぶだろうと思うと、つい笑みがこぼれた。だからこそ、あえて公共交通機関を使うのが楽しいのだ。まわりの市民たちに交じって乗降場に立ったとき、母親の嘆きが聞こえる気がした。「いったいどういうつもり？　あなたのお父様はお金に困っていらっしゃらないのよ。なんて意地っ張りな子なのかしら」

エリザベスは列車の三両目に押し込まれ、法律事務所や会社の事務員、小売店の従業員たちに挟まれた。一瞬だけ、母親の忠告を頑《かたく》なに拒んだことを後悔した。左隣の太った男から、大蒜《にんにく》入りの腸詰めの臭いが漂ってきて、思わず息を止めた。指に無数の傷があるところを見ると、精肉業者に違いない。しわくちゃの上着からも、牛脂や羊脂の臭いがする。反対側では、やつれ顔の中年女性が身をよじり、その向こうにいる体格のいいにやけた若い男のからだに触れまいとしている。その男は、粗い羊毛地のズボンとくたびれた上着という服装で、顔も手も日焼けしているから、ブロードウェイ沿いのどこかの店の靴磨きか雑用係だろう。その男が目を合わせようとしてきたのを察し、エリザベスは視線をそらした。こんな怪しげな人たちのなかに身を置いていることを知ったら母親は卒倒するかもしれないが、エリザベスは自分で身を守れると自信満々だった。

列車は細い高架橋の上を揺れながら進み、黒い煤と煙を吐き出して、灰色の巨獣のように、低所得者向けの共同住宅や商店、教会や売春宿の横を通り過ぎていく。車窓の位置は、通り過ぎる建物の三階と同じ高さだ。二年前にこの路線が開通した当初、沿線の住民たちはさぞ驚いただろう。突然、自分たちの私生活の平穏に黄信号がともった。なんとか衆目を逃れるためには、人口過密なこの街で貴重な陽射しや風通しをあきらめ、窓を覆うしかなかった。

しかし、エリザベスはいつも驚いてしまう。乗客たちの好奇心に満ちた視線に無関心な住民が、なんと多いことか。まるで、自分たちの私生活が公開されているというあらたな状況を受け入れられないかのように、自分たちの生活空間を何千人もの見知らぬ他人に覗き込まれていても無頓着なのだ。おそらく、あっという間に通り過ぎる列車から一瞬、覗き見されるくらい、気にする必要はないと思っているのだろう。いや、なかには、赤の他人に見られることに興奮している人もいるに違いない、とエリザベスは思う。州北部の名門、バッサー女子大学に入ってから最初に同じ部屋を共有したアンナ・ブロディゲンはまさにそんな性格で、公衆の前で自分の身体を誇示し、男性たちの注目を糧《かて》として生きていた。エリザベスは真逆。そういったことには消極的で恥ずかしがり屋だった。アンナの行動に対して、嫌悪と興味が入り交じった気持ちを抱いた。

列車がクーパーユニオン大学の横を通過した。線路沿いの道路は三番街と四番街が合流し、ここから南はバワリー通りだ。まだ朝なのに、ニューヨークでいちばん古い酒場〈マクソーリーズ・エールハウス〉の前で、酔っ払いがふたり、たむろしている。今の時間帯でも、この付近ではべつに珍しい光景ではない。列車はバワリー通りに沿ってさらに南下していく。エリザベスの知るかぎり、この道は、ありとあらゆる邪悪さ、下劣さ、自堕落と結びついている気がする。大小の酒場（免許のある店、ない店）、簡易宿泊所、売春宿、賭博場などが、気の遠くなるほど数多く建ちならび、ニューヨークの低所得者たちにとっては娯楽の中心地だ。

北行きの列車とすれ違うため、リビントン通りとの交差点の付近で速度が落ちた。窓の外を眺めると、一軒のみすぼらしい共同住宅があった。一階は精肉店。だが、エリザベスの目を惹いたのは三階の部屋だった。もとは白かったのだろうが今は煤で汚れている薄手の窓掛け布が少しだけ開き、ふたりの人影が見える。男と女だ。女は若い。おそらくかなり若い。白に近いくらい薄い色の金髪だ。男はもう少し年上で、背が高く、がっしりとしていて、小ぶりな黒い中折れ帽をかぶり、丈の長い臙脂《えんじ》色の外套を着ていた。窓掛け布の隙間から射し込む朝の光のなか、一瞬、ふたりは踊っているように見えた。しかしエリザベスはすぐに、つかみ合いの喧嘩をしているのだと気づいた。女がからだをのけぞらせ、男の手首を握りしめている。男の両手は、女の首を締め上げていた。

見つめるエリザベスは、息が止まりそうになった。あの男は女を絞殺しかけているのだ。誰かほかにこの恐ろしい状況に気づいていないかと、エリザベスは車内を見回したが、みんな菓子を食べたり、おしゃべりをしたり、新聞を読んだり、自分を扇《あお》いだりするのに夢中だった。ほんの数メートル離れたところで起きている恐ろしい光景に気づいた者はいないらしい。エリザベスは首を伸ばし、遠ざかるふたりから目を離すまいとしたが、やがて建物は、列車が吐き出す灰色の煙のなかに消えた。

第二章

「きみはすでに論説欄を一つ担当している」と編集長のカール・シュスターが言った。「それだけでも幸運と思うべきだな」

　エリザベスはあとについて、二階の雑然とした編集長室に入り、扉を閉めた。編集長が、どっかとデスクの椅子に腰を下ろす。大柄で、屈強な体格の持ち主だ。その体重に耐えかねて、椅子が小さな悲鳴を上げた。

「でもわたし、たしかにこの目で――」

「夫婦喧嘩《シュトライト》ごときにいちいち構っている暇はないんだ」編集長はそう言って、デスクの上の書類をかき集めた。ほとんど訛《なま》りのない完璧な英語を話すものの、ときどきドイツ語の語句をちりばめる癖がある。

「でも、闖入者《ちんにゅうしゃ》だったかもしれません！　だって、まともな夫が妻を絞め殺そうとするわけがないでしょう？　可哀想な娘の運命が気にならないのですか？」

「たいしたことじゃない《ダス・マハト・ニヒツ》」編集長はふたたびドイツ語を使った。「目下うちは、いちばん優秀な校正者が出産間近の妻を世話するために休みを取っているし、記者もふたり赤痢で倒れて――」

「きっとゆうべ、怪しげな酒場で牡蠣を何十個もがっついたんでしょ――」

「おまけに、アトウッドさんまで母親の葬式で休みときていて、わたしが地元のニュースのページを埋めなければいけない」

「だったら、ちょうどいいじゃないですか！」とエリザベスは叫んだ。「この話は地元のニュースだから――」

「もうたくさんだ《ゲヌーク》！　これ以上、その件を持ち出さないでくれ」編集長は拳をデスクに叩きつけ、角張った顔を紅潮させた。しょっちゅう乱れていて櫛《くし》を通したほうがよさそうな金髪、太い指、ごく淡い青色の瞳。新聞の編集長というよりは、埠頭の労働者か農家の人のように見える。以前は、由緒ある週刊のドイツ語新聞《ニューヨーカー・シュタッツ・ツァイトゥング》の上級編集者だったが、《ニューヨーク・ヘラルド》へ移籍した。噂によると、著名な編集長オズワルド・オッテンドルファーと意見が対立して、前の職を辞めたらしい。

エリザベスはできるかぎりの威厳を持って姿勢をただした。「では、わがニューヨーク市民の後ろ暗い行動を探るのは、勤務外の時間にさせていただきます」

編集長は細長いデスクに肘をつき、頭を前に傾けた。デスクの上はかなり散らかっている。エリザベスの母親がドイツ人はとても几帳面だとつねづね褒めるのに対し、編集長はその評判を台無しにするための努力を惜しまない。室内全体が雑然としていた。隅には、《ヘラルド》をはじめとするニューヨークの新聞各紙の古い号が積み上げられている。床の上には本の山。危うげに積み重なった本は、棚に並んでいるのよりも多い。書類にしろ、デスク上のあちこちに積まれ、引き出しからはみ出し、隙間に詰め込まれ、絨毯《じゅうたん》の上にも落ち葉のように散らばっている。それでいて、混沌とした雰囲気ではなく、不思議な静けさが漂っていた。むしろ居心地がよく、たくさんのものが溢れているせいで、ここにいると、暖かい繭《まゆ》のなかに抱かれているような錯覚をおぼえる。

編集長は金髪のかぶりを振った。沈痛に近い表情だった。「バンデンブルックさん。きみのひたむきな決意は称賛に値するが、《ヘラルド》唯一の女性記者として――」

「だからこそ、女性が何か抑圧されていれば関心を持つのが当然です！」

編集長は懐中時計を出して、覗き込んだ。「きみはちょうど二時間後に、五番街の赤褐色のアスター邸に到着しなければいけない」

「なぜです？」

「アスター夫人の庭園パーティーの取材だ。上流社会の名士たちがみんな集まる。着替える時間がなさそうだから、その服装で行くしかないな」

「わたしの服装に何か問題でも？」

「いいや、編集部にいるかぎりは問題ない。しかし、社交界の庭園パーティーとなると……」

「母のところに寄って、何か借りてきます」

「お母さんは元気かな？」

「わたしのやることなすことに、いちいち口を挟んでくる。でも、心配事で頭を痛めるのが好きらしくて、かえってお肌の調子がよくなったみたいです」

「素晴らしい女性《アイネ・ファイネ・ダーメ》だ。見上げたものだな。じつに《ガンツ》価値がある《ビュルディヒ》」

エリザベスは顔をしかめた。〝価値がある《ビュルディヒ》〟はオランダ語の単語と似ているので、編集長が何を言わんとしているかは理解できた。しかしそのせいで、《ヘラルド》に就職できたのは両親の伝手のおかげでもある、ということを思い出させられて不愉快になった。バッサー女子大学での優秀な成績がいくらか貢献していると信じたかったが、自分を騙しているだけのような気もする。バンデンブルック家は、この街の最初のオランダ人入植者たちからの血を引き継ぐ、伝統ある一族だ。その入植者たちはここをニューアムステルダムと名づけたが、のちにイギリス人がニューヨークと改めた。

時を経た今、ふたたび多くの移民がマンハッタンの岸辺に押し寄せている。じゃがいもの不作で飢えたアイルランドの貧しい人々が一家で海を渡り、拡大し続けるこの街の貧民街に避難してきたのだ。その後すぐ、数は少ないものの、中国人もやってきた。シュスター編集長のようなドイツ人は、移民とはいえ一般的に教育水準が高くて裕福だ。それどころか、一八六三年にはドイツ人が市長に選出された。

「どうした？　何をぐずぐずしている？」と編集長がせっつく。

「わかりました」とエリザベスはこたえた。「でも、さっきの件はまだ終わりではありませんから」そう言うと、滑らかな動きで身を翻し、三歩で部屋を横切って、勢いよく扉を引いた。勢いあまって扉が木枠から外れそうなほどだった。エリザベスはすらりと背が高くて力強い女性で、美しく繊細な母親よりも父親に似ている。

二階の編集部から白い大理石の階段を急いで下り始め、のぼってくる数人の同僚記者に軽く会釈した。同僚たちも温かい微笑を返してきたが、あとで陰で何を言い交わすかは容易に想像できた。同僚のほとんどは、女性が編集部に出入りするなどとんでもない、足を踏み入れるとしたらせいぜいコーヒーを淹《い》れるときか、床を掃除するときだけだ、と信じてはばからない。

途中の踊り場で、サイモン・スニードが近づいてくるのが見えた。ぬめぬめとした狡猾な男。なめくじのように、通ったところに粘液の跡が残りそうなほどだ。最近、記者から副編集長に昇進し、胡散臭《うさんくさ》い政治組織〈タマニー・ホール〉の腐敗した政治家たちとつながりがあるらしい、ともっぱらの噂だった。

エリザベスの前で、スニードが立ち止まり、にやりと笑った。口の端に爪楊枝《つまようじ》をくわえている。「おやおや、かの有名なバンデンブルックお嬢様じゃないか」と言い、売り物の馬を値踏みするみたいにエリザベスを無遠慮に眺めまわした。長身痩軀《そうく》のサイモンは、豹のように動きがしなやかで、いつでも獲物に襲いかかれるかのように見える。《ヘラルド》に入社した初日から、エリザベスはこの男の視線を感じていた。何か嫌なことを言ってくるわけではないのだが、この男がそばにいると、気持ちが混乱し、自信をそがれてしまう。

「おはようございます、スニードさん」目を合わせまいとしながら挨拶した。

そのまま通り過ぎようとすると、肘をつかまれた。

「どうして急ぐんだ？　火事の現場にでも取材に行くのか？」

「すみません。ちょっと仕事があって――」

「一、二分くらい、どうってことないだろう？」エリザベスの腕をしっかりとつかみながら言う。「同僚には失礼のないように気を付けないと。きみにはなるべくおおぜいの味方が必要なんだから」

エリザベスは、厚かましい口調に腹が立った。「友達ならたくさんいるから、間に合っています」そう言って、スニードの脇をすり抜けようとした。しかし、階段を下りきる前にふたたび手首をつかまれ、引き寄せられた。

「いやあ、おれはそうは思わないな。友達っていうのは、いくらいたって足りないもんだ」身を乗り出し、唇をエリザベスの顔に近づけた。ひげ剃り後の化粧水のライムの香りがした。「いつ役に立つかわからないからね」目を細めて、さらに身を乗り出し、口づけしようとする。そのとき、下から足音と声が近づいてきた。誰かが階段をのぼってくる。どうやら男性がふたり。その隙を捉えてエリザベスは身を引いたが、スニードはまだ手首を離そうとせず、身をかがめてエリザベスの耳元でささやいた。「おれの言葉を忘れるな――おまえは、いつ友達が必要になるかわからないぞ」そう言うと、エリザベスを解放して軽く笑い、明るく口笛を吹きながら階段をのぼって行った。

顔が火照《ほて》るのを感じながら、エリザベスは手首をさすって気を取り直し、玄関広間へ向かった。先ほどの男ふたりが、すれ違いざまに帽子を取ったので、エリザベスも会釈を返したが、笑顔をつくることはできなかった。額が焼けるように熱い。恥ずかしさからではなく、怒りからだった。スニードの言葉を反芻《はんすう》し、脅迫めいた挑発を噛みしめて、あの男から目を離さないでおこうと決めた。間違いなく敵に回したくない人物だが、逆手にとって操ることができれば、〝友人〟として利用できるかもしれない。

外へ出ると、エリザベスは一つ深呼吸をした。ニューヨークの八月の空気は、澄んでいるとは言いがたいが、サイモン・スニードのような人物と共有する空気よりずっと心地よく感じられた。道の向かい側、アン通りとブロードウェイが交わる西の角には聖パウロ教会があり、人々が日がな出入りしている。エリザベスはふと振り返って、背後にそびえる五階建ての〈ヘラルド・ビルディング〉を見上げた。二段階の折れ屋根と、白い大理石の外観が特徴だ。フランス第二帝政様式で建てられたこのビルは、《ヘラルド》の創刊者の息子、ジェームズ・ゴードン・ベネット・ジュニアの発案によるものだった。バーナム・アメリカ博物館の跡地を購入して、屋根の出窓に意匠を凝らし、華麗な鉄細工をあしらって、優雅なビルを建設したのだ。

ふだんなら、エリザベスはその光景に興奮を覚えるのだが、きょうは気分が悪かった。性別のせいで課せられた限界に苛立ちを覚えた。もし自分が男性なら、庭園パーティーの取材に行かされる羽目にはならなかっただろう。パーク・ロウ（またの名を〈新聞社通り〉、あるいはロンドンにある地名にちなんで〈プリンティングハウス広場〉）を北へ向かって急ぎ、いくつもの新聞社ビルの前を通り過ぎた。壮麗な《ニューヨーク・タイムズ》ビル、時計塔のある《ニューヨーク・トリビューン》ビル、はるかに小さな《シュタッツ・ツァイトゥング》ビル、さらに、北の角には、向かい側の丸屋根の市庁舎と似たかたちの《ニューヨーク・ワールド》ビル……。

エリザベスは辻馬車を拾おうかとも考えたが、高架鉄道に乗って、市の北部へ逆戻りすることにした。女性が襲われていたあの部屋をもういちど覗き見できるかもしれないと思ったからだ。部屋を特定できるのでは、とまで期待していたが、いざ列車が走りだすと、どの建物だったのかさえわからなかった。バワリー通りのそのあたりのアパートメントはどれも似ていて、南行きの線路を挟んだ向こう側にあるはずの精肉店を捜したものの、見つけられなかった。三階の窓の多くには掛け布が引かれていた。挙げ句の果ては、猛速度の南行き列車とすれ違い、視界を完全に遮られてしまった。

第三章

エリザベスは列車で二十八丁目まで行き、そこから北へ二区画ほど歩いて両親の家に着いた。フランスの大邸宅の様式を模したこの家は、アスター家の屋敷から南へたった四区画の場所にある。アスター家の赤褐色の石造りの邸宅は、各所で写真入りで紹介されるほど豪華であり、それと比べれば劣るものの、エリザベスの両親の家も文句なしに見事だ。足を踏み入れるたび、エリザベスは自分の道徳的な価値観が揺らぐのを感じる。

玄関広間は大理石で覆われ、シャンデリアに照らされて、ガラス製の戸棚には中国陶器の骨董品が並んでいる。そのとき大広間から、大型ピアノの馴染みのある音色が聞こえてきた。母親がベートーベンを弾いていた。エリザベスは、その悪魔的に難しいピアノソナタ〈悲愴〉の急速楽章に聞き覚えがあった。エリザベス自身も何度も苦労して弾いた曲だ。しかし、母親はいつものように見事にその曲を奏で、すべての音が正確で美しい宝石のように輝いていて、まるで完璧さが絶え間なく溢れ出る泉の、光るしずくのような響きだった。

エリザベスの母親カタリーナ・バンデンブルックは、並外れた音楽家たちにさえ嫉妬を抱かせるほどの才能を持っている。エリザベスも、かつて嫉妬する側のひとりだったが、とうの昔にそんな気持ちは捨てて、母の能力にただ驚嘆するばかりだった。たんに才能があるだけでなく、それをさらに引き立てる真摯な努力を惜しまない。母の性格のなかで、エリザベスが純粋に心から敬服できるのは、このあたりだけかもしれない。いやもちろん、美貌も否定しようがない。息を呑むほどの、神秘的なまでの美しさ。会った誰もが感嘆する。エリザベスも例外ではなかった。外見に無頓着であるかのような振る舞いが美をいっそう際立たせるのだが、そこはさすがに演技にすぎないことをエリザベスはよく知っていた。母親は自分の容姿をじゅうぶん自覚し、それを巧みに利用するすべを心得ている。

ピアノの音が突然止まった。磨き上げられた寄木張りの床に、靴のかかとの音が軽快に響いたかと思うと、扉が開き、母親のすらりとした姿が現われた。化粧をせず、黄金色の髪に縁取《ふちど》られたその顔は、あまりにも完璧に美しく、エリザベスは一瞬、息が止まった。母親の輝かんばかりの美には、いつも少し圧倒される。蜂蜜色の服を身にまとい、淡い茶色の瞳が引き立って見える。胸元は、フランス製の薄黄色の透かし模様で飾られていた。四十二歳という実年齢よりも、少なくとも十歳は若く見える。

「あらエリザベス、急に来るなんて、うれしいわ!」

と母親は言いながら、いつものように勢いよくエリザベスに駆け寄り、両頬に口づけした。母親は娘の名前をオランダふうに読んで「エイリーサベット」に近い発音をする。ただし、エリザベスの名前の正式な綴りはオランダ語ふうではなく、ふつうの英語の綴りだ。エリザベスの父親が、娘たちに〝この街の過去ではなく、未来にふさわしい〟名前を付けたいと考え、英語として自然な名前と綴りを選んだのだ。かつてオランダの植民者たちも、同じように現実的な判断にもとづいて、血なまぐさい戦争を避け、マンハッタンをイギリスに明け渡した。

母親は一歩下がって娘を観察した。「痩せたわね」と眉をひそめて言う。「ちゃんと食べていないんでしょう」

エリザベスは苦笑した。バッサー女子大学に通い始めたころから、これが母親の口癖なのだ。エリザベスはけっして太っているわけではないが、細身の母親に比べれば、少しふくよかだった。にもかかわらず、娘は痩せすぎていると心配ばかりする。大学一年生のあいだに、年齢にふさわしいだけの体重が増えても、心配は収まらなかった。

「よく食べているわ」とエリザベスはこたえ、「さっきのベートーベンの演奏、素晴らしかった」とすぐに話題を変えた。

母はその褒め言葉を軽く手で振り払った。「左手のアルペジオがまだうまくいかなくて」

「わたしは、うっとりした」

「お父様じゃあるまいし。お父様は音楽家ではいらっしゃらないから仕方ないけれど、あなたはもっと聞く耳を持っているはずよ」

「わかったわ。じゃあ、ひどい演奏だったということにしましょう」

「皮肉を言えとは言っていないでしょう。ちょうど、北の応接間で紅茶を飲むところだったの。いっしょにどう？」この家には、北と南の応接間のほか、五十人ほどが着席できる立派な食堂や、豪華な舞踏室もある。「ごめんなさい、わたし――」

「今、ノラが用意しているところだから。追加のカップを持ってくるように言うわ」

世話係のノラ・オドネルはアイルランド人で、気難しくて陰気な少女なのに、母親はなぜかとても可愛がっていて、なくてはならない存在だと言う。エリザベスは、ノラが両親から盗みを働いているのを知っていたが、街に住む多くのアイルランド系移民の窮状もわかっているので、何も言わずにいる。

「あいにく、長居はできないの。ノラに手間をかけさせないで」

母親は溜め息をついた。「あなたも世話係を雇えばいいのに。費用ならお父様が喜んで負担してくださるわ」

「〈スタイベサント・アパートメント〉では、とても良心的な料金で週にいちどの清掃を頼めるのよ」

「まあ、あそこは曲がりなりにも立派な住居ね。ただ、周辺の下層階級の人たちがどうも気になってしまって」

「いたって安全に暮らしているわ、お母様」

「そうならいいけれど」疑わしげな声色だった。「だけれど、お茶を飲む時間もないのなら、どうして来たの？」

「服を借りたくて寄っただけ」

「何のために？」

「《ヘラルド》の取材で、アスター家の庭園パーティーに行くことになったの」

「今、アスター家って言った？」

「ええ」

「きょう？　五番街の邸宅で？」

「始まるまで、もう一時間もない」

母親は苦々しそうに小さく笑った。「さぞ盛大な催しになるでしょうこと」その表情には失望感が浮かんでいた。「あの人ったら、どういうわけか〝ザ・ミセス・アスター〟なんて呼ばれたがるうえに、〝40《ザ・フォー》0《ハンドレッド》〟にこのバンデンブルック家の者を含めないなんて、まったく理解に苦しむわ。お父様がその手のことに興味がないのは残念ね。もし興味がおありなら、わたしたちも招待されたでしょうに」

　エリザベスは、母親が体面を保とうとしていることに、苛立ちと軽い胸の痛みを覚えた。〝400〟には、流行に敏感な社交界のなかでもとくに重要な人物が選《え》りすぐられているといわれ、そこに名を連ねることはニューヨークの名士のあかしなのだ。もっとも、じつは妄想にすぎず、そんな人名録は存在しないという噂もあった。四百という数字は、アスター夫人の舞踏室の収容人数を示しているだけとも聞く。

「それで、あなたはなぜここに?」と母親が尋ねた。

「ご覧のとおり、きちんとした服装をしていないの」エリザベスはそう言って、自分が着ているありふれた緑の服と、それに合わせた仕立ての上着を指で示した。「アパートメントにはドレスが数着あるけれど、この取材にふさわしい上品な服がないの」

　母親はうなずいた。「その服装では、アスター家で浮いてしまうでしょうね。あなたの文章は社交面に載るのでしょう?」

　エリザベスは溜め息をついた。「そんな記事を読む人の気が知れないわ」

「興味を持つ女性もいるはずよ」

「時間を持て余した、愚かで浅はかな人たちかも」

　母親が、不満げに腕を組んだ。「そんなことよく言えるわねえ。あなた自身、よくわかっているはずだけど、その仕事に就けたのは、うちの一家の名声のおかげなのよ」

「その点は、誇りには思っていない。たしかに、わたしは――」

「一家の影響力を受けていながら、あまり誇りに思えないわけ？」

「世界で何か価値あることを成し遂げるために、やむなくこの仕事に就いたのよ」

「今すぐ成し遂げるべきなのは、取材にふさわしい服装をすることね」少し見下すような笑みが顔に浮かんだ。

「お母様がこの街でいちばん素敵なドレスをお持ちなのは周知の事実ですから」とエリザベスは言った。本当のところは〈スタイベサント・アパートメント〉に戻って着替える時間がないのだが、お世辞で真実を隠した。

「それはどうかしら」と母親はこたえた。「でも、できるかぎりのことはしてみましょう」

母親は、くるりと背を向け、優雅に部屋から立ち去った。ちょうど入れ替わりに、台所へ続く扉からノラが出てきた。光輝く銀の紅茶セットを抱えている。エリザベスの姿を見たとたん、笑顔を取りつくろおうと懸命になった。逆流しようとする溶岩くらい不自然だったが、どうにか弱々しい薄ら笑いをつくり上げた。

「おはようございます、お嬢様」とノラはお辞儀した。

「お見えになるとは知りませんでした」

「わたしとしても予定外よ、ノラ。でも、成り行きで立ち寄ったの。元気だった？」

「はい、それなりに」とノラはこたえ、盆を飾り棚の上に置いた。「カップをもう一つ持ってまいりますので――」

「わたしはすぐ帰るから」とエリザベスはさえぎった。

ノラがふたたび苦労して、安堵を押し隠し、納得がいかないという表情をおもてに浮かべようとする。どうやら女優の才能はあまりなさそうだが、泥棒としては賢い。ノラは、エリザベスの母親が持つ大量の宝石のなかから小さな装身具をくすねる。女主人がめったに着けない安価な品をいつも慎重に選ぶ。ノラがエリザベスを嫌うのは、自分の秘密を握られているせいもあるに違いない。ノラが盗品をポケットに入れる場面をエリザベスはいちどならず目撃した。それでもエリザベスはノラの盗みを知らないふりをし、ノラも、エリザベスに気づかれていることに気づかないふりをした。ふたりで演じるささやかな駆け引き。当然、優位に立っているのはエリザベスだ。だからノラは不機嫌で、怒りを隠しきれない。エリザベスは初めのうち、直接ふたりで決着をつけようかとも考えたが、今ではむしろ、ノラの大胆さに感心している。と同時に、すぐ目の前で盗みを働かれているのに気づかない母親に苛立ちを覚える。しかし、それ以上に、感じの悪い少女を雇う母親の判断力に落胆していた。

「何かお持ちしましょうか、お嬢様？」

「いいえ、ありがとう、ノラ。大丈夫よ」

額にかかった黒髪を払いのけ、ノラはもういちどお辞儀をした。必要以上に長めのお辞儀で反抗的な態度を匂わせたあと、去っていった。エリザベスは、ほっとする一方で、ノラがとても美しい少女であることに気づいた。艶やかな黒い巻き毛。透き通るような白い肌。にもかかわらず、エリザベスの母親はたびたび「ノラの太い足首は農家の出の証拠」と蔑《さげす》んでいた。母親は、観察した事実を述べているだけのように見せかけて人を見下し、結果的に自分の優位を保つことに長《た》けていた。そんな振る舞いは高慢だと、本人は気づいていないに違いない。もし面と向かって高慢さを指摘したら、ぜんぜん無意識だったと弁解するだろう。礼儀正しさが少しでも欠けているとほのめかされるのは心外なのだ。

ともあれ、うわべでは社交界の模範といえる母親が、黄色の絹のドレスを持って広間へ戻ってきた。いろいろな舞踏会や夜会で母親がこのドレスを着ていたのを覚えている。お気に入りの一着なのだ。母親の金色の髪よりもやや明るい色合いで、後ろに引きずる裾があり、肩口に黒い編み模様の飾りが付いている。

「これ、わたしには少し大きすぎるのだけれど」そう言って、母親はそのドレスを長椅子の上に広げた。「だいぶ痩せた今のあなたには、ぴったりだと思う」

「本当にこれを貸してくださるの？」光沢のある生地に指先を滑らせながら、エリザベスは尋ねた。「お母様のお気に入りなのに」

「構うもんですか。ドレスならたくさん持っているわ。お父様ったら、いくら無駄遣いを叱っても、わたしにドレスを買い与えるのが大好きだから」

エリザベスは微笑した。今の言葉の一部はたしかに事実だ。父親ヘンドリック・バンデンブルックは、美しい妻を溺愛し、高名な判事の妻としてふさわしい華麗な衣装を身にまとっている姿をおおいに喜ぶ。ただ、母親が浪費を諫《いさ》めているという話については初耳だった。美しい衣服を贈られて喜ばない女性などいるだろうか。

「じゃあ、お言葉に甘えて」とエリザベスは言い、場所を変えてドレスを試着した。

少しきつい気もしたが、からだの線にぴったりと合い、母親が揃えてくれた手袋や絹の手提げ鞄と合わせると、じつに優雅な気分になった。

「いちばんいい日傘を持っていきなさい」母親は、玄関から、黒の編み模様で縁取られた金色の立派な日傘を持ってきた。「本物の鯨の骨でできているのよ。最近の安物の金属製とは物が違う」

「わたし、そんなもの必要は――」

母親の美しい顔が曇った。「アスター夫人のところへ日傘なしで行くなんて考えてはいけません。髪をきちんと整える時間がないのは残念ね。あ、じっとしていて」母親は、赤褐色の巻き毛に黄色い飾り紐を通した。「これでいいわ」と母親は一歩下がって自分の作品を眺めた。「あなたは女性としては少し背が高すぎるけれど、それは仕方ないわね。でも、気にしないで。

あなたは生まれつき髪が豊かだから。知ってるでしょう、アスター夫人は髪が薄くて、高価なかつらをよくかぶっている。きっとあなたを羨ましがるはずよ。社交界では、羨望は往々にして称賛のかたちをとる」

「わたしは、羨ましがられたくもないし、称賛されたくもない――」

「いいえ、それは誤りよ。お世辞は社交界の通貨で、羨望はその貪欲な従兄弟《いとこ》のようなもの。あなたを羨む人たちは、面子を保つため、称賛するふりをする――すると、あなたはその人たちに対して影響力を持つことができる」

「わたしは、ほかの人々に影響力を持つことなんて望んでいないわ」

母親は娘の頬を撫でた。「まあ、可愛い子。まだ自分が何を望んでいるかわからない年頃なのね」

エリザベスは、子供扱いされて腹が立ち、一歩下がった。「自分が望んでいるものを一つだけ知っているわ」

「何かしら？」

「姉さんが治ることよ」

母親の顔から色が失われ、唇が固く結ばれた。「それは神の御手に委ねられているのよ」と静かに言った。

「どうしてローラの話をしたがらないの？」

「お父様は、つらすぎる話題だと感じていらっしゃるの」

「お母様、姉さんに面会にいらしたことある？」

「パーティーは何時から始まるんだったかしら？」と母親は尋ね、部屋を横切って紅茶の準備を始めた。「やっぱり、お茶を一杯飲んでいったら？」

「いいえ、いらないわ」

「ノラに追加のカップを持ってこさせましょう。たいした手間ではないから」母親はエリザベスの視線を避けながら言った。

母親の不快そうなようすを見て、エリザベスは、姉の病気を話題にしたことを後悔した。幼いころは、ほとんどいつも姉妹いっしょだった。二歳しか離れていないものの、ローラはエリザベスの母親的な存在で、本物の母親の厳格さから守ってくれた。エリザベスは、自分よりおとなしい姉を家から連れ出し、女の子ふたりで経験できるさまざまな冒険にいざなった。セントラルパークで馬に乗り、夏の別荘があるキンダーフック近くの松林ではポニーに乗り……。

　ローラが初めて幻聴を聞くようになったのは、エリザベスが大学に入って家を離れてからだった。やがて被害妄想が現われた。眠っているあいだに誰かが寝室の床にガラスの破片を撒いていると思い込んだ。また、誰かが自分を毒殺しようとしていると考え、調理の過程を見届けないかぎり食べ物を口にしなくなった。エリザベスが大学二年目のクリスマス休暇で帰省した際、母親はローラの病気を隠そうとし、隠しきれないとなると、ささいな問題であるかのように装い、最終的にはいっさい触れなくなった。

　母親は、氷のような視線と頑なな沈黙を武器にし、それでも駄目なら涙ながらに部屋を飛び出すという手段を使って、エリザベスの父親ヘンドリックがその話題を出そうとするのを拒否し続けた。ヘンドリックは、妻の感情の起伏の激しさにどうすることもできなかった。女性は繊細な存在であり守られるべきだとする古風な考えの持ち主だけに、妻があまりにも意志が強く支配的であることに戸惑っていた。それでいて、美しく賢い妻を狂おしいほどの情熱で愛しており、『ボバリー夫人』に出てくるエマ・ボバリーの悲劇的な夫、シャルル・ボバリーを彷彿とさせた。エリザベスは、大学のフランス文学の授業でこの小説を読み、フランス語に苦労しながらも物語に心を奪われたものだった。

　姉の苦しむようすを目の当《ま》たりにしたエリザベスは、バッサー女子大学に戻り、不安と困惑を抱えながらもなんとか学業に没頭した。けれども、二年生を終えて帰宅したとき、姉の変わり果てた姿は否定しようがなかった。痩せて青白くなったローラは、自分だけに聞こえる声に支配されていた。その声のせいで笑いだすこともあったが、たいがいは、恐怖に陥れられていた。エリザベスは、愛する姉が誰も手の届かない世界に深く閉じこもっていくのをただ見守るしかなかった。一時、美術学校に通わせてはどうかとの案も出たが、病気が悪化するにつれて、その話も立ち消えになった。

エリザベスが大学三年生の終わりごろ、両親は、ベルビュー病院の完成したばかりの精神科病棟にローラを入院させた。エリザベスは卒業して街に戻り、週にいちどは姉のもとを訪れたが、姉が現実から遠ざかっていくのを見て、神経をすり減らせて帰宅することが多かった。

「二日前、姉さんに会ったわ」エリザベスは、まだ紅茶の用意に気を取られている母親に言った。

「あなただとわかった?」と母親は振り向かずに訊いた。

「ええ」とエリザベスはこたえたが、じつのところは確信が持てなかった。「姉さんは個室に移された」

「お父様が手配してくださったのよ」と母親は返した。「あの病院の理事をしていらっしゃるから」

「いつかいっしょに面会に行きましょう」エリザベスがそう言ったとたん、母親は紅茶カップを落とした。真っ白な骨灰磁器の破片が、寄木張りの床に飛び散った。

母親は、散らばった破片をしばらく見つめたあと、扇子を閉じるかのように顔を歪めた。「なんて不器用なのかしら。わたし、どうなってしまうの?」泣き出して、部屋から走り去った。

ふつうの家庭の娘なら、母を慰めに行くだろうが、エリザベスはこの家庭がふつうでないことが身に染みていた。カタリーナ・バンデンブルックは、みずからの娘にさえ泣き顔を見られるのを嫌がる。部屋を逃げ出したのは、ローマ軍の百人隊長が苦悩を隠すために頭からマントをかぶるのと同じだった。エリザベスは、母親のあとを追うべきではないと知っていた。

母親から借りた日傘、絹の手提げ鞄、手袋を取って脇に抱え、エリザベスは静かに家を出た。

第四章

小雨が降るなか、エリザベスは五番街へ足を踏み出した。お気に入りの靴を汚したくなくて、辻馬車を拾って、パーティー会場に向かった。到着すると、馬車の列が四区画にもわたって伸びていた。キャロライン・アスター主催のパーティーに招かれる客のほとんどは馬車を所有していて、それを誇示したい者ばかりだった。

通りの向かい側にはフランスの城を模した建物があり、それと比べると、赤褐色の石造りのアスター邸はひどく控えめな外観だった。エリザベスは御者に料金を支払って辻馬車を降り、重厚な石の階段をのぼって、四階建ての邸宅に入った。執事は、干からびたとうもろこしのような肌の、痩せた男だった。遠近両用の眼鏡越しにエリザベスをしばらく観察したあと、しぶしぶといったようすで名刺を受け取り、その名刺の上部に《ニューヨーク・ヘラルド》と書かれているのを見て、片眉を吊り上げた。

「あなたは新聞記者？」と彼は言った。〝新聞記者〟という言葉を、不快な排泄物を表わすかのような口調で発音した。

その態度にうんざりしたエリザベスが、そっけなく頷くと、別棟にある豪華な舞踏室へ無言で案内された。光沢のある寄木張りの床のほぼ全面を、ふんわりしたペルシャ絨毯が覆っている。壁には、おもに風景が描かれた大きな絵画が所狭しと飾られていて、重厚な額縁の多くが互いに触れ合っているほどだった。大理石の彫像、鉢植えの植物、凝った照明器具が部屋の隅を飾り、長椅子や肘掛け椅子、脚載せ台が壁に沿って並んでいる。エリザベスは、アスター夫人が愛用しているとして有名な椅子も見つけた。トルコの王子にでも似合いそうな、色とりどりの縦縞模様の肘掛けが付いた座面の低い椅子だ。

キャロライン・アスターの若き日の理想化された肖像画しか知らなかったエリザベスは、舞踏室の中央に鎮座している女性を見て意表を突かれた。からだに厚みがあり、顔立ちがはっきりした中年女性が、背もたれも肘掛けもない円形の赤い椅子に腰掛けていた。座ったままなのに、高価で凝った装いの招待客たちで埋め尽くされた部屋全体を堂々と仕切っている。アスター夫人は、ビロードの豪華なガウンをまとっていた。黒に近いくらい濃い紫色だ。首元と肘には、薄黄色のフランス製の編み模様があしらわれている。母親の言ったことが本当なら、頭の上にこんもりと盛られた黒髪は、かつらではないか、とエリザベスは思った。

夫人が座る椅子の上に巨大なシャンデリアが吊るされ、そこに立つ数十本のろうそくが柔らかい光を放って、室内を照らしていた。シャンデリア自体が、これまた贅沢さを誇示する代物だった。精巧なガラス細工の見事さもさることながら、大量のろうそくを必要とするため、壁のあちこちに取り付けられているガス灯に比べて、はるかに手間がかかる。このようなシャンデリアを掃除し、燃え尽きたろうそくを交換するためには、少なからぬ人を雇わなければならず、そんなことができるのは並外れた大金持ちだけだ。

エリザベスが少しためらいながら部屋に足を踏み入れると、ざわめきが急に止み、アスター夫人が大きな頭部をエリザベスのほうへ向けた。目を細め、唇を結んだ夫人は、エリザベスを吟味するように首を横に傾げたが、すぐに満面の笑みを浮かべた。

「こっちにいらっしゃい、お嬢さん」と夫人が手招きをする。

エリザベスは一歩、夫人のほうへ歩み寄った。

宝石で飾り立てた手を差し出して、夫人は言った。

「心配しないで。どんな噂を吹き込まれてきたかわからないけれど、わたしはべつに嚙みつきませんよ」

何人かの女性が小さな声を上げて笑い、男性たちは微笑した。そのようすを見た瞬間、エリザベスは、母親の評価が正しかったことを知った。アスター夫人は、間違いなく、自分の目に映るすべてのものを支配する女王なのだ。

夫人は鼻眼鏡越しにエリザベスを見つめた。「なぜか、あなたを存じ上げないようですが。ご両親はどなた?」

「父はヘンドリック・バンデンブルック、母親は——」

「カタリーナ・バンデンブルック、旧姓バンドーレンね。あの人のお父上は著名な人物だった」と夫人は言った。エリザベスの困惑した表情を見て、微笑する。

「それから、あなたのお父上は評判の高い判事で、たしか、〈ニッカーボッカー・クラブ〉の会員だったわね」〈ニッカーボッカー〉は、裕福で由緒ある家柄の者だけを会員として受け入れる、ニューヨークで最も古く、最も高級な、男性向けの社交クラブだ。

エリザベスは頬が赤くなるのを感じた。「おっしゃるとおりです」

アスター夫人は微笑んだ。「間違いなく、わたしは、よけいなことまで知りすぎています。でも立場上、ニューヨークの社交界で重要な人物や、将来重要になるかもしれない人物を把握しておくのが務めなのです」

エリザベスは、アスター夫人が自分の母を〝重要になるかもしれない人〟と考えていることに、内心おかしさを覚えた。

「それで、お嬢さんのお名前は？」

「エリザベス・バンデンブルックと申します」

「お住まいはどちら？」

「東十八丁目の〈スタイベサント・アパートメント〉です」

「素敵なところに住んでいるのね」とアスター夫人は言い、付き従う婦人たちに目を向けた。婦人たちがうなずく。みんな、優雅に扇を動かしつつ、その縁の編み模様越しにエリザベスを観察している。エリザベスは、飢えた雌の獅子たちに狙われている孤独な羚羊《れいよう》のような気分になった。アスター夫人がエリザベスに向き直って、先を続けた。「〈スタイベサント・アパートメント〉にはカルバート・ボックスさんがお住まいで、一階には亡きカスター将軍の奥様も暮らしていらっしゃるんでしたね」

「驚きました」とエリザベスはこたえた。「あなたが顔の広いかただとは伺っていましたが、評判以上です」

「あなた、とても素敵なお嬢さんね《トゥエ・トレザグレアブル・マプティトゥ》」と、アスター夫人は鼻眼鏡越しにエリザベスを見つめ、フランス語で言った。「とても美しい《トレ・ベル》」

「ありがとうございます《メルシー》、夫人《マダム》」エリザベスはフランス語で応じながら、アスター夫人が親しい間柄を示す「tu《トゥ》」を使って話しかけてきたことに気づいた。年長の女性が社会的地位において自分のほうが上だとさりげなく示す話しかただ。「《ヘラルド》紙に何かお話《ジェスペール・ク・ブオレ・ケルクショーズ・》をお聞かせいただけると幸いです《アディール・プール・ル・エラルドゥ》」

「まあ、あなたは新聞記者なのね《アー・トゥエ・ジュルナリストゥ》。たいしたものだ《アドゥミラ》わ《ブル》」

その言葉を聞いて一瞬、喜びの震えが走り、エリザベスは自分でも驚いた。長いあいだ、社会的な地位など煎じ詰めればつまらないものだと信じていた。なのに今、ニューヨーク社交界で最も影響力のある人物の屋敷に入り込み、百本のろうそくの柔らかな光に包まれて立っていると、肌がうずくのを感じる。富と承認の羽根に撫でられて、何となく、しかるべき場所にたどり着いたように思えた。

夫人に勧められて、エリザベスは飾り棚に置かれた花模様の磁器の紅茶入れから自分で紅茶を注いだ。大学生活のあいだに増えた体重をやっと落としたあとだけに、お菓子の勧めはいちおう断ったものの、レモンの香りがするふわふわのケーキがあまりにも美味しそうで欲望に勝てず、ひと切れだけ受け取った。

「いらしているお客様を何人かご紹介しましょう」と夫人は言って立ち上がり、ガラス細工が輝く飲料用の鉢のそばに立つ、高価なドレスを着たふたりの女性のもとへエリザベスを案内した。「こちらはリリアン・アバナシー夫人」と、ふたりのうち年上の女性を指し示す。「それからこちらは、姪御さんのエロイーズ・プラット嬢」

「はじめまして」とプラット嬢が片手を差し出してきた。ドレスの編み模様に合わせた薄黄色の子山羊《こやぎ》皮の手袋をはめている。若くて美しく、艶やかな黒髪と生き生きとした黒い瞳が印象的だった。

「お見知りおきを」と言って、エリザベスは出された手を握った。

プラット嬢の伯母もまた、姪に劣らず魅力的だった。ほっそりとして背が高い。長く白い首と、均整の取れた小さな顔。エリザベスとの出会いを姪ほどには喜んでいるようすがないものの、エリザベスの生活について礼儀正しく尋ねてきた。

「あらまあ」エリザベスが新聞記者だと知ると、一同は驚きの声を上げた。「とても意欲的なかたなのね」

「怖くないの？」プラット嬢が尋ねた。大きな茶色の瞳が期待で輝いている。

「何がですか？」とエリザベスは訊き返した。

「もちろん、悪い人たちよ」

「わたしは社交欄の担当だから、そんな人たちにはあまり会いません」

「そうなの」とプラット嬢はあからさまにがっかりした声を出した。可愛らしい唇をすぼめ、扇を揺らしながら、伯母がエリザベスにからだを寄せるのを見守った。

「最近は、あまり好ましくない種類の人たちがたくさんいるのよ」伯母のアバナシー夫人が共謀者のような口調で言った。「とくにダウンタウンでは、悪事がはびこっているみたい」

エリザベスは眉根を寄せた。「もしそれが本当なら、間違いなく貧困と病気のせいです」

「むしろ人格の欠陥だと思うけれど」とアバナシー夫人はこたえた。

「そして、育ちも問題ね」とプラット嬢。「育ちは隠せないって、パパがいつも言ってる」

エリザベスは辛辣な口調で言った。「上流階級のなかにも悪い行ないをする人がいると思うけれど」

「程度が違うでしょう」とアバナシー夫人が否定する。

「わたしが言いたいのは、そういった人たちって――なかには、獣みたいな暮らしをしている人もいるとか」

「もしそうなら、そういう暮らしをせざるを得ないせ

「こちらこそ光栄です、本当に」チャールズはそう言いながら、エリザベスの手に口づけをした。その唇は必要以上に長く留まっていた。

エリザベスは神経質に軽く身を引き、不安のこもった視線をアバナシー夫人に送った。夫人の険しいが冷静な表情から察するに、夫のこのような振る舞いを何度も見てきたに違いない。女たらしの夫の悪癖を改めさせるのは、とっくの昔に諦めてしまったようすだった。

「アバナシーさんはメトロポリタン美術館にお勤めなのよ」とアスター夫人が言った。

「それはさぞかしやりがいのあるお仕事でしょうね」とこたえながら、エリザベスは、アバナシー夫人が扇の陰で怒りに目をむくのを見たような気がした。

「エジプト展示室を新設するように説得しているんだが、うまくいかなくてねえ」アバナシーは軽く肩をすくめた。

「お目にかかれて光栄です」とエリザベスは言った。

「チャールズ・アバナシーさんをご紹介するわ。有名なエジプト学者よ」

その横に、アスター夫人が腕を絡めて立っていた。

後ろに流した白髪、広い額、奥まった灰色の鋭い瞳。

振り返ると、背が高く、品格のある姿の男性がいた。

「おや、この魅力的なかたはいったいどなたかな?」と背後から男性の声がした。

「あなたはそんなふうにいちども想像しなかった、それがまさに問題なのです」

「いいえ、夫人」エリザベスは冷静にさえぎった。

「まあ!」とアバナシー夫人が言った。「わたしはそんなふうにいちども――」

アバナシー夫人の目が大きく見開かれ、プラット嬢は扇をせわしなく動かした。

いです」エリザベスは苛立ちを隠そうともせずに言い放った。

「〈クレオパトラの針〉と呼ばれる古代の方尖柱《ほうせんちゅう》をご存じ?」興奮気味にプラット嬢が言葉を挟んだ。知識の浅さが見え見えの物言いだが、悪い感じはしない。まるで子犬のように、無邪気にぴょんぴょん跳ねたり、くるくると丸まったりしそうだ。この子にはまだ希望がある、とエリザベスは思った。

「ロンドンにあるわね」アスター夫人はそう言いかけたものの、「ちょっと失礼していいかしら。お客様にご挨拶しないと」と付け加え、部屋に入ってくる中年の夫婦を手で示した。

「そういう尖った石柱は、パリにもある——そしてもうすぐ、ニューヨークにも一つ移設する計画なのよ!」とプラット嬢。この話題にとても興奮しているようすだ。

「そうね」とエリザベスは応じた。「《ヘラルド》でも、ことし初めにそのことを報じたわ。もとはエジプトのものだけれど、クレオパトラとはじつのところ無関係なんだとか」

「あなたは魅力的なばかりか、情報通でもあるようだ」とアバナシーが言った。

アバナシー夫人は唇をすぼめ、顔をしかめた。飲料用の鉢に目をやり、大きなグラスに自分で飲み物を注いだ。そして扇を動かしながら場所を移動し、部屋の反対側にいる人たちの輪に加わった。控えめに言っても礼儀を欠いた行動だが、エリザベスは夫人を責める気になれなかった。アバナシーは妻の動きを無視した。姪のプラット嬢はほとんど気づいていないらしく、じつはその方尖柱を譲り受ける交渉に関わったのだと語る伯父を、うっとりと眺めていた。エリザベスは辛抱強く待ち、アバナシーが話し終えると、その場を離れた。アバナシーにはどことなく嫌なものを感じる。プラット嬢の明らかな尊敬の念が、何かもっと悪いものを暗示しているのではないかと、エリザベスは危惧した。

喉の渇きを口実に、エリザベスは部屋を横切り、紅茶セットが置かれた場所へ向かった。円形の低い椅子に座っているアスター夫人のそばを通り過ぎるとき、夫人に手招きされた。

「庭でパーティーをするはずが、雨のせいで屋内になってしまって残念だわ」そう言いながら、アスター夫人が紅茶カップを置く。エリザベスは、夫人の右手にはまっているルビーの指輪一つで四人家族のまともな生活費の何年分だろうかと考えた。「でも、それほどひどい降りではなかったら、うちの庭をご覧になる?」

「パーティーの主役をひとり占めしては、みなさんに申し訳ないですから」とエリザベスは遠慮し、巧みな彫刻が施されている大理石のテーブルに自分のカップを置いた。アスター夫人は、高級なビロード張りの丸椅子から立ち上ろうとした。優雅な装いの婦人たちが数人、伴侶の男性を小突いた。男性たちは急いで身をかがめ、夫人に手伝いを申し出た。

「自分で動けますので、お気遣いなく。まだそんなに老いぼれていないつもりよ」とアスター夫人は言い、「さあ、行きましょう」とエリザベスの腕を取った。夫人のからだから、かすかに蘭の花の香りが漂ってきた。「庭園を散策しながら、内緒話でもしましょう。……ストークス!」舞踏室の出入り口近くに立っている骨ばった執事を呼んだ。

「はい、奥様?」執事が一歩前に出た。

「雨は止んだかしら?」

「止みました、奥様。ただ、地面がまだかなり湿っております」

「ありがとう、ストークス」

「奥様、もし何かお手伝いできることがあれば――」

「大丈夫。必要があったら知らせるわ」

アスター夫人はエリザベスを連れて狭い廊下を抜け、つつじが両側に植えられ、後方には柳の木立が控える広々とした庭園に出た。湿った重い空気が、花の香りと、肥えた土の豊かな匂いを含んでいる。ふたりは石畳の小道を歩き、百合、菊、オランダ撫子《なでしこ》の列の脇を通って、庭の中心にある大きな薔薇の花壇にたどり着いた。八月の終わりの陽射しのなか、見頃を過ぎた薔薇の花々はうなだれつつも濃厚で熟れた香りを放っている。

「ロサ・ガリカ・オフィキナリス。わたしが好きな品種なの。古びていて強くて、そんなところがわたしに似ていると思う」とアスター夫人は薔薇を眺めながらつぶやいた。

「あなたが古びているなんて、とても思えません」

「お世辞はやめて。あなたに似合わないわ」

「素敵な薔薇ですね」エリザベスは頬を赤らめて言った。

「たしかに美しい。でも、もう盛りを過ぎてしまった……。それであなた、ニューヨークの社交界について何をお知りになりたいのかしら?」

単刀直入な質問に不意を突かれ、エリザベスは口ごもった。「そう……ですねえ。まだ決めかねていて」

「人はつねに確固たる思いを抱いていなければなりません」夫人は棘《とげ》に用心しつつ、赤黒くなってきた薔薇の花を一つ、茎から摘み取った。「たとえ、ただの表面的なふりだとしても」花の香りを嗅いだあと、地面へ投げ捨て、歩き続ける。しおれかけたその花を見下ろして、エリザベスは、そんな強い女性は花を捨てるように簡単に人を切り捨てるかもしれない、と思った。

第五章

「あなたがここにいるのが自分の意思ではないことは、どう見ても明らかね」とアスター夫人は言い、庭の奥へ歩きだした。柳の木立の下に、石で囲まれた金魚池があった。「でも、だからこそあなたに興味が湧いている」

「わたしが嫌々ここに来たように見えてしまったのなら――」とエリザベスは言いかけたが、どうしてそんなふうに思われたのか解せなかった。

夫人は、大きくて不揃いな歯を見せて笑った。強そうな歯だ。ほかの部分と同じように。「わたしには、人の心を読む特殊な能力があるのよ。これまでそれがとても役立ってきた。世間の人たちはみんな、外面を取りつくろう。だからわたしはいつも、相手が見せたがっているものではなくて、その人が本当は何を考えているのかを見抜こうとする。ここにいることにあなたが満足していないのが、はっきりとわかるわ」

「何をおっしゃっているのか、わたしにはさっぱり――」

「非難しているわけではないのよ。たんなる観察」と夫人は付け加えた。「石で囲まれた池のなかを、金魚たちがのんびりと泳いでいる。雲の切れ間から午後の太陽が顔を覗かせ、その淡い陽射しに金魚の鱗がきらめいていた。「よくご覧なさい、みんな円を描いて泳いでいる」と夫人が言った。「退屈しないのかしら」

「アスターさん、わたし異議があるんです。わたしがそのう――」と言いだしたものの、語気に説得力がないのを自覚した。

「正直な話、あなたが自立した考えの持ち主なのは感心するわ。わたしのパーティーに招待されるためだったら、自分のお祖母さんだって売り飛ばしかねない人がたくさんいる。なのに、あなたはせっかくここに来ても、落ち着かず、不満を感じている。妥協のない姿勢は立派だと思う」

夫人の皮肉っぽい口ぶりが、怒りや不快感を隠すためのものなのか、それとも、本音を吐き出しているあかしなのか、エリザベスには判断が付かなかった。態度は完璧に折り目正しく、真意を見きわめるのは難しかった。

「わたしのささやかな集まりについて好意的な記事を書いてほしい、と伝えるのが筋かもしれない。でももちろん、あなたが感じたとおりを書いてちょうだい」

エリザベスが返事をしようとしたとき、十七歳くらいの青年が庭に入ってきた。長身で痩せ型。きれいに整った眉の上に広い額。髪は明るい茶色だった。たくわえた口ひげが顎の割れ目を強調し、それが顔全体に男らしさを演出している。何より魅力的なのは目だった。眼窩《がんか》に深く窪《くぼ》んだ大きな目に、淡い色の瞳。おかげで、若々しい顔立ちにいくらか威厳が加わっていた。

「ここに宝物でも隠してあるのかな？」と青年はアスター夫人に話しかけた。

「エリザベス・バンデンブルックさんを紹介するわ」夫人はエリザベスのほうを振り向いた。「これはわたしの息子、ジョン・ジェイコブ・アスター四世よ」

「ジャックと呼んでください」青年はぎくしゃくと、跳ねるような足取りで近づいてきた。縞模様の膝丈の外套と、揃いのズボンを身に着けている。明らかに最高級の布地だが、ややだぶだぶで、それがいっそうぎこちない印象につながっていた。満面の笑みを浮かべ、母親と同じように不揃いで大きな歯を見せた。「お会いできてとてもうれしいです」

「バンデンブルックさんは新聞記者なのよ」とアスター夫人が教えた。

「そうなんだ？　すごくきれいな人ですね」

「この子の言うことは気にしないで」と夫人はエリザベスに言った。「まだおとなの分別がなくて……。若い男の子は往々にして無責任な言動に走る」

「母さんは僕のことをぜんぜん真剣に受け止めてくれないんだから」とジャックは不平を口にした。「末っ子だからって、いつまでも赤ん坊あつかい」

「そんなことはないと思うけど――」

「僕には姉さんが四人もいるって知ってた？」

「ジャック、くだらない話はやめなさい」と母親が諫めた。「じゃあ、わたしはお客様たちのところへ戻らないと」そう言って、三色菫《さんしきすみれ》をなぎ倒さないようにドレスの裾を持ち上げる。

「わたしもごいっしょします」とエリザベスはあわてて言った。

「それなら僕も」とジャック。

「あなたはお茶会が嫌いでしょうが」と母親が制した。

「あらたな一歩を踏み出さないとね」ジャックは、つかまってとばかりにエリザベスに肘を差し出した。

エリザベスはパーティーの残りの時間を取材に費やそうとしたが、まるで恋に落ちた子犬のようにジャックが付きまとってきた。やがて帰り支度をするまでに、エリザベスは、年配のある子爵の誘いを断わり、公爵夫人に紅茶をこぼした。ジャックが〝見かけ倒しの野心家〟と評する、社交界で影響力を持つふくよかな女性には冷たくあしらわれた。アスター夫人が何度か「こちらはキンダーフックから移り住まれたバンデンブルック家の次女なのよ」と紹介してくれたが、なぜエリザベスの一族がコロンビア郡キンダーフックからやってきたと知っているのか、エリザベスに姉がいることまでどうやってつかんだのか、見当も付かなかった。それでいて、エリザベスが新聞記者であるという事実にはいっさい触れなかった。

パーティーが終わりに近づいたころ、エリザベスは、金と権力があるとはいえ、上流社会の人々も自分たちと大差ない――つまり、ちっぽけで自己中心的で愚かだ、という結論に達した。この意見を伝えると、ジャック青年は、からだを反り返らせて大笑いした。糊の効いた白い襟のすぐ上で、喉仏が勢いよく震えた。

「僕だったら、そんなことは記事に書かないけどねえ」と青年は言った。玄関に立ち、エリザベスが手袋をはめるのを眺めている。

「書くつもりなんかないわ。どうしてあなたに打ち明けたのか、自分でもよくわからない」

「ご心配なく。あなたの秘密は守るよ」青年はそう言って、エリザベスが母親から借りた日傘を差し出した。

立ち去る間際、アスター夫人が玄関口に来た。「バンデンブルックさん、もうお帰り？」

「なごり惜しいんですけれど、原稿をまとめないといけないもので」

「ちっともなごり惜しくなどないのでしょうけれど、美しい嘘ではあるわ」アスター夫人はエリザベスの手を取り、自分の手のひらで優しく包み込んだ。「会えて楽しかったわ。ベネットさんにもよろしくお伝えください。昔、あの人のお父様とは親しくさせていただいて――本当に素敵なかただった」

「ありがとうございます。伝えておきます」とエリザベスはこたえたものの、《ヘラルド》の裕福で風変わりな発行人、ジェームズ・ゴードン・ベネット・ジュニアとはまだ面識がなく、言葉を交わしたこともない。けれども、アスター夫人が知り合いなのは驚く話ではなかった。

「それと、素敵な梟《ふくろう》のガラス細工をパリで見つけておみやげに買ってあるから、と言っておいて」

「もし会う機会があったら、必ずお伝えします」とエリザベスはこたえた。ベネットが梟にこだわりを持っていることは有名だ。梟のかたちのカフスボタンやネクタイピンを着用しているうえ、生きた梟を飼っているという噂もある。

「ああそれから、お母様にも近日中にお伺いするつもりだと伝えてください」

「ご丁寧にどうも。言っておきます」そうこたえてからジャック青年に視線を送ると、青年はウインクを返してきた。その場にいる全員が、今の発言が持つ意味の重大さを理解していた。〝礼儀正しい社交界〟の作法は厳格で不変だ。たとえば、アスター夫人は、裕福なバンダービルト家を〝訪問〟したことがいちどもない。〝にわか成金〟と蔑み、アスター家のような〝由緒ある家柄〟がまともに相手にすべきではないと考えていたからだ。そのため、バンダービルト家は〝礼儀正しい社交界〟の一員とみなされていなかった。逆に、アスター夫人の訪問を受けることは、ニューヨーク社交界の女王からお墨付きをもらうに等しい。

「馬車までお見送りします」とジャック青年が言った。

「馬車で来たわけではないの」実際、両親は馬車を持っていない。購入する経済力はじゅうぶんにあるが、父親はそれを無駄な出費と考えており、ウォール街で働く従兄弟の助言のもと、投資に力を入れていた。

「じゃあ、辻馬車を呼びますよ」と青年が申し出た。

「歩きたいの」

「それでは、僕がお供を――」

「遠慮しておきます」とエリザベスは断わった。「あなた、いくつ？」

「次の七月で十七になります」

「まだ八月だから、つい最近、十六歳になったばかりね」

青年は眉根を寄せ、薄紫色の絹のネクタイの結び目を引っ張った。「紳士たるもの、女性に年齢を尋ねてはいけませんよね」

「じゃあ、わたしからお教えするわ。わたしは二十二歳。あなたより六つ年上よ」

「それほど大きな差じゃない」

「あなたみたいな若い男の子にとっては、大きな差よ」

　青年が溜め息をつく。「同じ年頃の女の子たちは退屈なんです。きれいなドレスや舞踏会のことばかり話題にして……。僕、なんでおとなになるまで待たなくちゃいけないんですか？」

「世のなか、そういうふうにできているのよ」

「まったく気に食わないなあ」

「わたしだって、気に入らないことはたくさんあるけれど、世間はわたしたちの好き嫌いなんてどうでもいいの」

「なんだか、母さんみたいなことを言い始めた」

　エリザベスは微笑んだ。「ごきげんよう、ジャック・アスターさん」そう言って、片手を差し出す。

　青年はそれに指先を添え、手の甲に口づけしたあと、探るような表情でエリザベスを見つめた。「もしかしたら、数年後には違った感情を抱くかもしれません」

「わたし自身はさておき、あなたの気持ちが変わることは間違いないわ」

「そんなことはないと誓います」

「さようなら」エリザベスは五番街の広い通りを歩きだした。

「またお会いできるといいですね！」と青年が叫んだ。

　エリザベスは振り返らずに手を振った。あの熱心さは初恋のいたずらだと自分に言い聞かせたものの、ジャック・アスター青年からの好意を、なぜか無下にできなかった。

第六章

彼は居間の窓際に立ち、目の前に広がる街を眺めた。まるで従順な愛人のように広がる街のなかを、同胞たちが忙しげに行き交っていた。彼らは、自分たちの生活が重要であり、何か意味があると信じている。額の汗を拭き、荷物を腕に抱え、鼻水を垂らした子供たちを連れて、毎日の習慣や社会の決まりごとに従って生活し、自分の未来や運命を自分で変えられると信じているが、むしろその思い込みの奴隷となっている。過密な汚れた街で働き、汗を流し、眠り、争う。懸命に働けば、自分たちの境遇を改善できると信じている。

もともとは、荒れ狂う海や、敵意に満ちた過酷な砂漠を越えて、この地にたどり着き、母国では夢にも思わなかった未来への希望に満ちあふれていた。疫病、飢饉、迫害、貧困から逃れるために、大小の群れをなし、あるいは大挙して、息を切らし、疲れ果てたすえ、活気あふれるニューヨークの港に降り立った。

ニューヨークという地名には、あらたな始まりの約束が込められていた。彼らは明るい未来を手に入れるためにここに到着したつもりだった。しかし自分は、そんなうぶではない。

彼はカモミール茶を注ぎ、桃色の小さな花模様が描かれた繊細な磁器のカップからひと口飲んだ。クレオが足元に擦り寄ってきたので、手を伸ばして耳を撫でてやった。クレオはざらざらした舌で彼の指を舐めた。

彼らが自分たちを受け入れてくれると信じていたこの街は、現実には彼らを嚙み砕き、消化できない小石のように吐き出すだろう。悪と腐敗に満ちたこの街では、どんなに努力しても、精力を注いでも、野望を抱いても、善意を尽くしても、成功することなどできない。

　そういった仕組みを彼はすべて理解している。その知識のおかげで、雑然とした無慈悲な街路や路地裏にひしめくおとなしい羊たちを支配する力を得た。彼らは、〈五つ辻〉、ローグズ小路、ウォーター通りといった地獄のような地区だけが例外で、ほかは親切で寛容な場所だと考えていた。しかし、一見すると穏やかな地区こそ、まさに獣の心臓部であり、そこで繰り広げられる売春、賭博、窃盗、喧嘩、惨殺といった行為がニューヨークの生活を形成しているのだ、と彼は知っている。この街は広大かつ無機質で、油断するとたちまち命を吸い取られてしまう。幸運か知恵か金を持っていれば、また話は別だが……。ぎゅうぎゅう詰めの蒸気船からこの街の岸辺に下り立った哀れな者どものほとんどは、いずれも持ち合わせていない。ましてや、三つまとめて持っている者など皆無だ。

　カモミール茶を飲み終えた彼は、糊の効いた白い亜麻布で口を拭った。窓の外の哀れな者どもは、露店や屋内の酒場、あるいは、安酒を売る街角の〝食料品店〟へ急ぎ、ビールジョッキやウイスキーショット、ジングラスでその日の汚れを洗い流そうと躍起になっている。

　しかし、彼は酒も煙草もやらず、薄暗いモット通りの地下階段の奥に隠された阿片窟にも足を踏み入れない。それどころか、おのれのからだを穢《けが》さず、長年の潔癖な生活によって頭脳を研ぎ澄ませ、群衆や街路の悪臭を超越する存在となった。彼は溜め息をついて窓から離れ、ゆっくりと台所へ向かった。いつものように、忠実なクレオがあとをついてくる。

　ニューヨークは暗く、汚く、危険な街だ。と同時に、彼の遊び場でもある。

第七章

「もういちど、再現して」とエリザベスの母親は言った。五番街を見下ろす出窓の前を行ったり来たりしすぎて、息が切れ始めている。エリザベスが着替えのために両親の家に立ち寄り、アスター夫人とのやり取りを報告すると、母親のカタリーナはすっかり興奮してしまった。気持ちが高ぶったり不安になったりすると、いつもこんなふうに落ち着きを失い、手を揉みしだきながら歩きまわる。「あの人はなんて言ったの？　ひとことも省かずに教えてちょうだい」

「近日中にお伺いするつもり、とおっしゃっていたわ」

「そのとおりの言葉を使ったのかしら――『お伺いする』と？」

「お母様、わたしがその言葉の意味を知らないとでもお思いですか？」

「そうではないけれど」と母親はこたえた。「でも、本当に本当かしら――」

「もうその質問はいい加減にして」

「それで、どんなかただった？」

「実際よりもずっと厳格なふりをしていらした。それから、世間が思っているよりはるかに聡明でいらっしゃる」

「なるほど、なるほど」母親はなおも手を揉みしだき続ける。「じゃあ、装いはどうだった？　振る舞いは？　宝石は噂どおり立派だった？　お屋敷も、みんなが言うとおりの豪華さなの？」

「わたし、新聞社に戻らないと」エリザベスはそう言いながら、手袋をはめた。

それを見とがめた母親が、眉をひそめた。「エリザベス、その手袋は木綿製？」

「木綿と絹の混紡だと思います」

「どうしてもっと上等な手袋を使わないの？　子山羊の皮の手袋くらい買えるでしょう。そうそう、去年のクリスマスに贈ったではありませんか」

「今は夏ですし、暑苦しい格好は好きではなくて」

母親が首を振る。「人様から、卑しい身分の女と思われてしまう――」

「思いたければ、そう思わせておけばいいわ」エリザベスはうんざりして言った。「同じくらいの社会的地位だと思ってくれれば、もっと気軽に話しかけてもらえるかもしれない」

「お付き合いする相手については、慎重にしているのでしょうね？」娘を見下すように小さく鼻を鳴らして言う。

エリザベスは話にならないと憤慨し、両腕を広げて上げた。「わたしは新聞記者なのよ、お母様！　上流階級のご婦人たちの応接間で一生過ごすわけではなくて――」

「そういう一生も悪くないと思うけれど」

「外の世界は広くて、冒険に満ちているのよ」エリザベスは感情を込めて言った。「わたしはできるかぎり多くのことを経験したいと思っているの」

「もっと身の安全にお気を付けなさい」娘の腕を軽く叩いて、諭《さと》すように言う。「世のなかは、あなたが思っているよりもずっと危険なのよ」

「そういう態度こそが、女性がより充実した刺激的な人生を求めることを妨げているの！」エリザベスは焦燥感をにじませながら大声を上げた。

「刺激的なことが、あなたの思うほど良いものだとはかぎりませんよ、エリザベス。大学を卒業したから、何もかもわかっているつもりなのでしょうけれど。残念ながら、そうではないわ」

「わたしは、何もかもわかっているなんて言っていません、お母様。ただ、古い価値観に縛られずに、自分なりのやりかたで人生を生きたいだけなの」

母親は口をつぐんだ。エリザベスは、母親の誇りを傷つけてしまったのだろうかと心配した。一方、年齢の話題にひどく敏感な母親は、娘とは世代の違いがあることをたった今、思い知らされたのだった。驚きのあまり、無言で床を見つめた。

「怒らないで」とエリザベスは優しく言い、思わず母親の頬に接吻した。「それに、ドレスのお礼を言わないと。完璧だったわ。アスター夫人もそう言ってくださった」最後のひとことは、もちろん嘘だ。エリザベスは、自分の口からそんな嘘が出たことに軽い衝撃を受けた。

母親の顔が急に輝いたが、そのあと言葉を発しないうちにエリザベスは扉の外へ出た。母親の気持ちを和らげようとしてくだらない嘘をついてしまった自分に腹を立てながら、エリザベスは溜め息をついた。五番街行きの急行の乗合馬車を待っていると、両親の家の居間からショパンの練習曲が聞こえてきた。作品十、第四番だった。この難しい曲を弾きこなす母親の腕前に息を呑んだ。超絶的な速さで駆け抜ける楽節。力強い低音の響き。華奢《きゃしゃ》な体格と小さな手にもかかわらず、母親は男性の名手にも劣らぬ雄々しさと精力をほとばしらせて演奏していた。これほど才能がありながら、なぜあれほど伝統にしがみつくのかと、エリザベスはあらためて不思議に思った。

エリザベスが《ヘラルド》に帰社したのは、ほとんどの人が昼食に出かけたあとだった。ニュースが少ない日には、昼食休憩が数時間に及ぶこともある。男たちは近くの牡蠣バーへ出向く。なるべく安いビールがたくさん揃っている店へ……。ふだんよりも仕事場が静かでほっとしつつ、エリザベスはウィリアム通りを見下ろす角のデスクに腰を下ろした。脇道沿いの街路樹は、夏の終わり特有の疲れ切ったようすだ。葉は乾いて埃だらけで、まるで秋の風に身をゆだねるのを待ちきれないかのようだった。

　エリザベスは、記者室の後列にあるこのデスクを与えられていた。柱の後ろに隠れるように配置され、古びた小さな窓のそばにあって、人気《にんき》のない席だったが、エリザベスは、慌ただしい記者室のこの端っこが気に入っていた。この部屋としてはわりあい孤独でいられるし、きしむ引き出しと傷だらけの天板を持つ中古のデスクも愛していた。年代物ではあっても、頑丈で厚みのある樫材でできていて、古い友人のように堅牢で頼りがいがある。自立して職業を持つ女性という立場は、とても刺激的だった。母親が日々送っているような、安穏とした無目的な生活は真似たくない。パーティーやお茶会、流行の美術館や高級店のぶらぶら歩きといったことには興味がなかった。才能があり美しいとはいえ、母親カタリーナは夫の付属物だった。たとえ天才美人ピアニストだろうと、付属物であることに変わりはない。自分の母親の場合、人生に目的が欠けているから、感情の浮き沈みが激しくて神経質で、社会的な地位を気にし過ぎるのではないか、とエリザベスは疑っていた。

　まぶしいほど明るい昼下がり、午後の陽射しをさえぎるために日除けを下ろして、エリザベスは記事の執筆に取りかかった。書いているあいだ、うまく集中できれば、周囲の世界が消え、時間も忘れることができる。しかしときには、言葉が出てこなくて、落ち着かず、何でもいいからほかのことがしたいという気持ちに苦しむこともある。

　きょうは調子のいい日だった。めまぐるしく回転する思考に遅れまいと、鉛筆が紙の上を飛びまわった。最高潮ともなると、啓示や気づきが次々に舞い降りてくる。自分が抱いた印象を紙に書き留めるという行為そのものが、自分は何を考え、何を感じているのかを理解する手助けとなる。書くという行為は、脳から真実や考察を引き出すだけでなく、執筆の過程であらたな真実や考察を生み出すような気がする。

エリザベスが仕事に没頭し始めてから一時間後、同僚たちが長い昼食休憩からふらつく足取りで帰ってきた。ビールと牡蠣で腹が満ち、眠そうな目をしている。そんなひとり、フレディ・エバンズが、自分の席に大儀そうに腰を下ろした。エリザベスの隣の席だ。

「やあ、お嬢さん。きょうは朝から見かけなかったな」と話しかけてきた。《ヘラルド》専属の写真係であるフレディは、背が低く筋肉質で、砂色の髪の毛は量が多く密集している。顔には、そばかすがびっしり。肌の色がほとんど見えないほどだ。いつもより顔が赤みがかっているのは、新聞社通りで働くおおぜいのお気に入りの店、〈マカリスターズ酒場〉で昼食を楽しんだせいだろう。フレディはまずまずの同僚だ。いたずら好きだが、悪意は微塵もない。同僚のなかにはエリザベスに露骨に敵意を向けてくる者が数人いるものの、フレディはあくまで善良で思いやりがある。ロンドンのイーストエンド出身で、非常に優秀な写真係であることを隠すかのように、無邪気で気さくな態度を示す。

「庭園パーティーに行っていたの」とエリザベスはこたえた。

「パーティー好きの人もいるよなぁ」フレディはそう言い、額からひと房の髪を払いのけた。夏の太陽に長時間さらされて褪《あ》せた髪は、藁《わら》のような色と質感になっている。「場所は？」

「アスター家よ」

「おおぉ、じゃあきみは〝にわか成金〟の端くれかぁ？」フレディは椅子の背に深くもたれかかり、そのままひっくり返りそうになった。

「いいや、どっちかというと〝名家〟の血筋だよ」と背後から声がした。エリザベスが顔を上げて振り向くと、フレディの友人トム・バニスターが立っていた。

長身痩軀のトムは、まだ二十七歳だが目の下に隈《くま》があり、バセットハウンドに似た顔立ちといえる。ヨークシャーで生まれ育ち、イギリスで最も進歩的な新聞《ガーディアン》で数年働いたあと、フレディとともにロンドンからニューヨークへやってきた。《ヘラルド》は進歩的な新聞とは言いがたいものの、それなりの名声はある。昼食時にビールを飲み過ぎることだけが玉に瑕《きず》だが、トムは社内でも屈指の仕事熱心な写真係だ。フレディとは良きライバル関係にあり、取材に出かけていないときは、ほとんどいつもいっしょにいる。

「トムの言うとおりだなぁ」とフレディはエリザベスに微笑みかけた。「きみはどっちかっていや〝ノブ〟だろうぉ?」ノブとは、上流社会の旧家出身の者を指す俗語で、《ヘラルド》社内ではエリザベスがそのような家系に属することは公然の秘密だった。一方で、にわか成金は〝スウェル〟と呼ばれ、わりあい最近になって富を蓄えた人々だけに、ニューヨークの伝統的な富裕層、たとえばアスター家などからはあまり評価されていない。

「エリザベスが〝ノブ〟? そいつは疑わしい」三人が振り返ると、サイモン・スニードが部屋に入ってきた。「ノブたるには、品格が必要だ」とスニードは言いながら、腕を組み、嘲笑を込めて細い唇を歪めた。「おまえが階級について何を知っているんだ、スニード?」トムは青白い顔を深紅に染めながら言った。「おまえの母親は皿洗いの世話係だと聞いたぞ」

スニードは一歩前に出た。「その言葉について謝るなら、今のうちだ。顔の配置をこのままにしておきたいのならな。まあ、おれの意見を言わせてもらうと、少し改善の余地がありそうだが」

トムは怯《ひる》む気配を示さなかったが、エリザベスにはトムの指先がかすかに震え、喉仏がぜんまい仕掛けのように上下するのが見えた。

フレディが拳を固く握りしめ、トムとサイモン・スニードのあいだに割って入った。「スニード、まずおれを倒してから行け」と冷静な声で言う。身長はスニードより数センチ低いものの、フレディは、ブルマスティフのように肩の筋肉が盛り上がり、首がほとんどない。

「いいだろう。外へ出て話をつけようぜ」とスニードは冷静にこたえた。

「これはいったい何の騒ぎだ？」編集長のカール・シュスターが部屋に入ってきた。むき出しの床板を踏んで、重い靴音を響かせながら、フレディたちに歩み寄る。

「ちょっとした話し合いをしていただけです」とスニードはこたえた。

「そうなのか？」と編集長はフレディに問いただした。

「はい、ボス」とフレディはこたえた。「会話していました」

「じゃあ、そういうのは勤務時間外にやってくれ」シュスターは渋い顔で言った。「記事は仕上がったか？」とこんどはエリザベスに尋ねる。「あしたの号に間に合わせないと、《サン》に先を越されるぞ」

「《サン》もアスター家に行っていたのですか？　わたしは見かけませんでしたが――」

「四時までに提出してくれ。いいな？」編集長は振り返りもせず部屋を出て行った。

「またあとで」とスニードはフレディに告げ、悠然と立ち去った。

「こっちから行ってやるよ」とフレディはつぶやいた。スニードがいなくなると、エリザベスに不器用な笑みを向けた。「あんな奴のことは心配するな、おれがいるかぎり」

エリザベスは微笑を返した。内心、フレディはイーストエンドの威勢の良さと少年のような魅力を合わせ持つ、素敵な男性だと思っていた。エリザベスが《へラルド》に入った当初から、フレディは誇りと自信を等しく備えた守護者の役割を果たしてくれている。エリザベスみずから自信を持って振る舞おうと決めていたものの、フレディの存在はやはり心強かった。

執筆作業に戻ったエリザベスは、記事の完成に全力を注ぎ、締め切りの十五分前に提出した。そのあとは心ここにあらずで、早く退社してバワリー通りにある事件現場のアパートメントを捜したいと、それればかり考えていた。勤務時間が終わり、エリザベスは帽子と手袋を身に着け、一階へ続く大理石の階段を軽やかに下りて、夕暮れの太陽の光を浴びた。雨はとっくに上がっていたが、路面からの蒸発が霧となって漂い、黄金色の陽射しが湿った石畳に反射していた。エリザベスは急ぎ足で高架鉄道のパーク・ロウ駅へ向かった。

第八章

夕方の通勤時間帯にはまだ間があって、列車はそれほど混雑しておらず、エリザベスは窓際の席に座って、ぼんやりと窓の外を眺めた。列車が街の北部へ向かって走るなか、先頭の機関車は煙を噴き上げて、大気を煤と灰で汚していく。こんな交通手段を使っていると知ったら、母親はどんなふうに嘆くだろう、とエリザベスは想像した。「まあっ、汚い――それにこの悪臭！　お金に困っているわけでもあるまいし、どうして好きこのんでこんな――」

突然、物思いが途切れた。古風な字体の看板と鉄柵が特徴的な店構えが目に飛び込んできたからだ。

Hermann Weber—Metzger
Feines Fleisch

エリザベスの持ち合わせのドイツ語力でじゅうぶんに解読できた。〈ヘルマン・ウェーバー——精肉店　良質な肉〉。素早く立ち上がったものの、次の駅に到着するために突然、速度が落ち、床に投げ出されそうになった。

　列車を降りると、エリザベスは店へ向かって歩きだした。バワリー通り沿いのこの一帯は、〈小さきドイツ《クライン・ドイチュラント》〉と呼ばれる地区の南の外れにあたり、ニューヨークで暮らすドイツ系移民の多くが住んでいる。ヒューストン通りよりも北側にはわりあい裕福な層が住み、ダウンタウンに近づくにつれ、貧困層が占める割合が大きくなる。路地や軒先には洗濯物がぶら下がり、顔を洗っていない子供たちが、誰にも付き添われず玄関を出入りしている。母親たちは日々、貧困に苦しんでいる。泣き叫ぶ赤ん坊。吠える犬。それと音量を競うかのように、アップタウンの高架鉄道が轟音をとどろかせ、ただでさえ汚染されている大気に煙と煤を吐き出しながら通過していく。働けど働けど生活が楽にならないニューヨークでの暮らしがここにある。エリザベスは、五番街の甘やかされた富裕層ではなく、こうした場所に住む人々について記事を書きたくてたまらない。

　厚手の布地の前掛けと丸帽子を身に着けた長身の男が、精肉店の前に立ち、複雑な彫刻が施された煙管《キセル》をくゆらせていた。靴ブラシのような濃い色の太い口ひげを生やし、シャツの袖は肘までまくり上げられて、たくましい前腕が露わになっている。威厳のある中年男だから、店主のウェーバー本人だろう、とエリザベスは踏んだ。薄茶色の猫が、しなやかな肢体をその男のすねに巻きつけ、尻尾をまっすぐ上に立てたまま目をなかば閉じて、猫の安らぎのひとときをみごとに体現していた。街じゅうの多くの店には看板猫がいる。エリザベスは、精肉店に住む以上に幸せな猫の暮らしなど想像できなかった。目の前にいる猫の安らかなようすをうらやましく思った。

礼儀作法として、品のある若い娘が街角で見知らぬ男に声をかけるのは控えなければいけない。エリザベスは暗い三階の窓を見上げながら、どうするべきか考えた。とそのとき、精肉店の男が煙管を鉄の手すりで軽く叩いて灰を落とし、店内に戻っていった。

エリザベスは三階を見上げたが、薄汚れた窓の奥には何の動きもない。アパートメント全体が静かで、生命の気配はなかった。精肉店に入ろうとすると、背後から摩擦音のような弱々しい声が聞こえてきた。

「お嬢さん、そこのお嬢さん！」

振り返ると、年齢不詳の女がいた。あばただらけの肌に、鋭い黒い目。四十歳にも八十歳にも見える。飲酒と放蕩《ほうとう》でからだを蝕《むしば》まれ、肌がくすみ、骨は痩せ細っている。その女が立っているのは二軒隣の酒場〈サースティー・クロウ〉の前だった。この手の店はバワリー通りに無数にあり、一区画に三軒以上ひしめいていることも珍しくない。

全身黒ずくめの服装で、細長い目立つ鼻と鋭い頬骨を持つその女の姿は、まるで鴉《からす》だった。そのうえ、こちらに近づいてくる途中、危険がないか確認するかのように首を素早く左右に振った。これもまた用心深い鳥のしぐさによく似ていた。もっとも、そんな用心は必要さそうだった。通りを行き交う人々はみんな、それぞれ自分のことに夢中で、典型的なニューヨーカーらしくせかせかと歩いている。ほかの土地から来た人たちは、この街で生活するようになると、一カ月も経たないうちに歩くのが速くなり、話しかたも速くなり、食べかたや飲みかたも速くなるといわれる。

その女が、エリザベスをじっと見つめた。「あんた、若い娘さんを捜してるんだろ？」

　息から安物の穀物ウイスキーの匂いが漂ってきた。内臓を荒らし、歯を蝕むようなウイスキー。「若い娘さん、といいますと？」

「そこの三階に住んでた娘さんだよ。あんたが見上げてたあの部屋に」

「その娘さんをご存じなんですか？」

「知ってたとも。だけど、もうそこにはいないよ」女は大きなげっぷをした。だらしない口から、酸っぱい腸詰めと玉ねぎの臭いが襲ってきた。

「どちらへ行かれたんでしょう？」

　女が、エリザベスの顔に近づきすぎるほど近寄った。肌の毛穴が月の表面の窪みのようにくっきりと見える。

「あの娘は……ふっと消えたのよ」ろれつの回らない口調で続ける。「けさがたはいたんだけど、いまじゃ部屋は空っぽだ。物も全部なくなってる。さよならも言わずにね」

「どうしてそんなにいろいろご存じなんです？」

「大家がたまにわたしを雇って掃除させるのさ。新しい入居者のためにね。あした誰かが引っ越してくるよ」

「何があったんでしょう？」

「悪いことだよ」

「どんな？」

「知らないねえ。だけど、このへんの連中に訊いたって、誰も教えちゃくれないよ」

「どうして？」

　女は精肉店を見た。「口止め料を払ったやつがいる。わたしはそう睨んでる」

「誰でしょう？」

「知らないよ。だけどきょう、ウェーバーさんが札束をたくさん持ってるところを見かけた。銀行に預けに行くために、昼間、店を閉めてたんだ」

「午前中にたくさんお肉が売れたのかもしれませんよ

ね」

女は笑った。しかしそのはずみで、咳の発作が起こった。

「お水でも飲んだらいかが？」とエリザベスが言った。

「水？　そんなもの飲んだら死んじまうよ」と女は笑い、さらに咳き込んだ。続いて胸を叩いて、もとから汚れている側溝へ大量の痰を吐き出した。

えずくのをこらえながら、エリザベスは深呼吸をした。「ウェーバーさんにお金を渡したのは誰か、心当たりはありますか？」

「あるかもねえ」女はいたずらっぽく笑った。「もし、見合うものをもらえりゃ、話すけど」

エリザベスは財布を探り、五十セント硬貨を見つけた。取り出すやいなや、女がそれを貪欲につかみ取った。

「悪いねえ。グラミー・ネイグルには食べ物が必要なんだ」

「今夜は何かいいものを召し上がってください。ウイスキーには使わないで」

女は小汚いコートのポケットに硬貨をしまい込みながらこたえた。「あんた、グラミーの心配はいらないよ。自分のことは自分で何とかするさ」

「それがあなたのお名前ですか？　グラミー？」

「本名はマチルダだけど、みんながグラミーって呼ぶのさ」

「では、グラミーさん。ウェーバーさんにお金を渡したのは誰ですか？」

「顔は見てないけどね、背が高くてがっしりした男だったよ」

「服装は？」

「とても感じがよかった。帽子はきちんとブラシで磨いてあって、臙脂色の丈の長い外套を着て、灰色の縦縞のズボンを穿いてたっけ。何よりも驚いたのは、まるでいちどもこの街を歩いたことがないみたいに、靴がぴかぴかだったことだ」女はそう言いながら、馬糞やオレンジの皮、煙草の吸い殻、そのほかあらゆる種類のごみが散らかっている石畳を指さした。整頓好きで有名なドイツ人でも、ニューヨークの街を清潔に保つことはできなかったらしい。

女が臙脂色の丈の長い外套について持ち出したので、エリザベスは興味をそそられた。「その男がウェーバーさんにお金を渡すのを見たんですか？」

「直接は見てないけど……その男は店に入ったあと、手ぶらで店を出てきた。ふつう、肉か何かを買ってから出るでしょうが」

「たぶん、ほかの用事だったんでしょう」

女は肩をすくめた。「わたしが知っているのは、そのあとウェーバーさんが店を閉めて銀行に行ったことと、とても急いでいたってことだけだ」

「ありがとう、ミセス……」

「グラミーでいいよ。ほかに何か知りたいことはあるかね？」女が唇を舐めながら尋ねる。

「いいえ、ありがとう」とエリザベスは言い、さらに五十セント渡した。

「こりゃご丁寧に」女は金をポケットにしまった。「また何かあったらおいで。わたしの居場所はわかっているね」

エリザベスは、女が〈サースティー・クロウ〉の脇の入り口からふたたび店内へ入るのを見届けた。脇にあるのが、女性専用の入り口なのだ。あの気の毒な老女は、夜どこで寝ているだろう？　そもそも、まともに寝ているのかどうか……。上着を肩に引き寄せたエリザベスは、さらなる手がかりを見つけるため、ヘルマン・ウェーバーの精肉店へ向かった。ガス灯の梁に止まった一羽の鴉が、黒いつぶらな瞳でこちらを見下ろしている。

精肉店の店主の記憶はひどく曖昧だった。記憶力が悪いのか、あるいは、エリザベスが疑っているように、何かを隠しているのかもしれない。

「いいや、そんな男は見たことがない」グラミーが説明した身なりの良い男性について尋ねると、店主はそうこたえた。「きょう、そんな男は来ていないよ」

「もしかしたら、ほかの店員さんが会ったのでは？」

「うちには、ほかに店員なんていない」店主は血がこびりついた薄赤い手を広げ、布巾で拭った。

話しているあいだ、店主は終始、愛想よく振る舞っていたが、親切心からではなく、エリザベスの疑念を和らげる工作らしかった。この店主は嘘をついている、という強い印象を抱いて店を出た。エリザベスにまだわからないのは、その理由だ。

第九章

エリザベスが家路につく頃には、黄色い八月の月がのぼり始め、太陽はゆっくりとノース川の向こうへ沈んでいった。歩いて帰ろうと決めたエリザベスは、バワリー通りを北上し、三番街と四番街に分岐点にあるクーパー広場へ向かった。ニューヨークじゅうの〝広場《スクエア》〟のうち、その名のとおり長方形か正方形《スクエア》なのはトンプキンス広場くらいで、あとは形状がばらばらだ。クーパー広場は、いびつな台形になっていて、その一辺に隣接して壮麗なクーパーユニオン大学の建物がそびえ立つ。この建物は、かつてエイブラハム・リンカーンが、のちの大統領当選につながる感動的な演説を行なった場所だ。前を通るたび、エリザベスはリンカーンに思いを馳せずにはいられない。エリザベスは当時まだ二歳だったが、父親が演説を聴きに行ったのだ。そのときの話をし始めると、父親は今でも目を輝かせる。

クーパー広場から四番街をたどり、ユニオン広場に近づくと、大きなリンカーン像が夕日に照らされ、おごそかに輝いているのが見えてきた。リンカーンが暗殺者の凶弾に倒れたのはエリザベスが七歳のときだ。悲報を知った父親の打ちひしがれたようすを今でも鮮明に覚えている。父親はその後、何日も窓の外を見つめ続け、妻に食事を勧められても、首を横に振るだけだった。エリザベスの母親は気性が激しく、感情を爆発させがちだったが、父親はいつも優しく、ひょっとするとその脆《もろ》さが姉に受け継がれたのではないかと考えることもある。

帰る前に姉の見舞いに寄ろうかとも考えたが、疲れが一気に押し寄せてきて、あきらめた。罪悪感を覚えつつも北へ歩き続け、東十八丁目にある〈スタイベサント・アパートメント〉に着いた。三階の自室まで、重い足取りで階段をのぼる途中、小柄な若い女性が下りてくるのに出会った。その後ろから、小さな白黒のテリアが駆け足でついてきていた。

「あら、こんばんは！」女性が水のように滑らかで冷ややかな声で言った。

「こんばんは」とエリザベスは礼儀正しく返し、そのまま階段をのぼろうとした。

「お会いしたことありませんよね？」と女性が話しかけてきた。民族衣装ふうの装いで、色鮮やかな丈の長いスカートに、手の込んだ刺繍《ししゅう》が施されたゆったりとした白い長袖のブラウスを着ていた。細い手首には太い金色の腕飾りが巻かれ、耳には金色の耳輪が揺れている。長い黒髪が緩やかに流れ、ほの暗い階段の照明のもと、唇と頬が不自然に薄赤く輝いていた。「ここに住んでるんですか？」と言いながら、顔にかかった髪を払いのける。

「三階に住んでおります」とエリザベスはこたえた。

「あら、近い。わたしのアトリエは五階よ」

「画家でいらっしゃるんですか?」五階は芸術家向けのアトリエばかりで占められているが、エリザベスはこれまでその住人に会ったことがなかった。

「じつは彫刻家なの。絵もたまに描くけど。素手で粘土を練る感触が好きなんだ。あなたは? ひょっとして物書きとか?」

「《ヘラルド》の記者です」

「やっぱり! 引き出しのなかに、書きかけの小説があるんでしょ?」

「とんでもないです。遊び半分に詩を書くくらいで——」

「あなたはいつも小説を書きたいと思ってる。実生活をもとにした小説を……。でも、家族を怒らせてしまうんじゃないかと心配してる」

エリザベスは笑った。「わたしが心配しているのは、文章力不足で読者を怒らせてしまうことだけです」

「やっぱり小説を書いてるんだ——すてき!」

ふつうなら、こんなふうに急に親しげにされると閉口するものだが、この若い女性には生き生きとした魅力と知性があり、エリザベスは不快には思わなかった。

「わたし、カルロッタよ」と女性は名乗った。「カルロッタ・アッカーマン」

「わたしはエリザベス・バンデンブルックといいます」

「知り合えてうれしい」そう言いながら、エリザベスの手を取る。カルロッタの手は温かく、力強く、肌が少し荒れていた。「ねえ知ってる? 一階に亡くなったカスター将軍の奥さんが住んでるのよ」

「噂だけは聞いています」

「あと、あのカルバート・ボックスさんも! セントラルパークの設計者よ! 知ってる?」

「あいにく存じ上げません。ここに引っ越してきてまだ日が浅いもので」

「ほんとすごいと思う――信じられる？」

まともに返答を求めているわけではなさそうなので、エリザベスは無言でうなずいた。

「あっ、あんまり引き留めちゃ悪いわね。さあ行きましょ、トビー！」とカルロッタは足元でじっと座っているテリアに言った。「エリザベス・バンデンブルックさん、またね」

「ええ」エリザベスは階段をのぼり始めた。

「じゃあ、あしたの朝七時にメトロポリタン美術館の階段のとこで。遅刻しないでね！」

エリザベスは手すりに手を置いたまま、立ち止まった。「今、なんておっしゃいました？」

「トビーとセントラルパークを散歩するのが好きなの。メトロポリタン美術館なら待ち合わせやすいでしょ」

「わたしはべつに――」

「健康のためには毎日、散歩しなきゃ。お肌の色つやもよくなるし」

「でも、わたし――」

「ベーグルを持ってくれ！」

「それは何ですか？」

「あしたのお楽しみ。きっと好きになると思うな。じゃあ、またあした！」カルロッタは軽やかに階段を跳ね下りていった。小さな犬が元気よくそのあとを追う。

エリザベスは、去っていく足音を聞きながら立ちつくした。しばらくしてから、もう一階上の自分の部屋へ向かった。いま出会った女性が変わり者なのはわかったが、友情を深める気はないし、ましてや早起きなどご免だった。

なのに翌朝、薔薇の模様の窓掛け布の隙間からその日最初の陽が射し込んできたとき、エリザベスはいつの間にか目を覚まし、天井を見つめていた。横に寝返りを打ち、布団を頭からかぶったが、どうにもならなかった。苛立ちを感じながら、ベッドの端に足を下ろし、柔らかい起毛の室内履きを履いた。バッサー女子大学の一年生のときに母が贈ってくれたものだ。

エリザベスは手早く身支度を整え、三十分後には外へ出た。辻馬車を使って楽《らく》をすることにした。まだ朝早いから、道は空《す》いている。馬車や牛乳配達車、馬車鉄道、歩行者で混み合うのはしばらく先だ。つややかな栗毛の去勢馬が軽快な足取りでパーク通りを進み、七時を少し過ぎたころに七十二丁目を西へ曲がって、数分後には、五番街に面した美術館の入り口に着いた。

「開館まであと二時間はあるよ、お嬢さん」代金を受け取りながら、御者が言った。

「人と待ち合わせしているんです」

「来るまでお待ちしますよ、お嬢さん?」

「いいえ、大丈夫」ゴシック復興様式の重厚な建物の前に、犬を連れた人影が見える。御者が帽子を軽く上げて挨拶して去っていき、エリザベスは急ぎ足でカルロッタのもとへ向かった。

エリザベスが近づくと、トビーが吠えて散歩紐を引っ張り、短い尻尾を振った。カルロッタも手を振る。

「来ないんじゃないかと心配してたところよ」

「来るかどうか迷ったのだけれど」

「来なかったら、これにありつけなかったわよ」とカルロッタは言い、蠟紙の小さな包みをエリザベスに渡した。まだ温かい。

「これは何でしょう?」

「もちろんベーグルよ! 芥子《けし》の実とバター入り」そうカルロッタが説明するかたわらで、エリザベスは包みを開いた。酵母の柔らかな香りが漂う。

「大きなドーナツのように見えるけれど」

「でも、甘くないの。食べてみて」

「へえ」エリザベスはひと口かじって言った。「どこの食べ物?」

「もともとはポーランドだけど、これはオーチャード通りにあるうちの親のパン屋で焼いたのよ。ユダヤ料理の定番。わたしがユダヤ人だってこと、気になる?」カルロッタが率直に尋ねた。

「まさか。人種なんて、わたしは——」

「それじゃ、行きましょう」とカルロッタが途中でさえぎり、残りのベーグルを肩掛け鞄に押し込んだ。

「この時間なら、公園はわたしたちだけのものよ」

ベーグルをかじりつつ、エリザベスはカルロッタのあとについて博物館の南側を通り、公園に入った。朝日に照らされた草の露が小さなダイヤモンドのようにきらめき、あたりには鳥のさえずりが響いている。奥へ進むうち、草原から立ちのぼる朝靄とともに、前夜の暗い思いが晴れていった。

「トビーはここが大好きなの」犬は駆けまわって、茂みや生け垣に鼻を突っ込んでいる。博物館の裏の工事現場に近づくと、カルロッタが「あれは何?」と尋ねた。掘り起こされた土がきれいに積まれていた。「美術館を拡張するのかな?」

「ここが方尖柱を建てる場所に違いありません」とエリザベスは言った。

「方尖柱?」

「〈クレオパトラの針〉って聞いたことありません?」

「何かで読んだような気もするけど」カルロッタは軽い口調でこたえた。そのあいだに、犬のトビーは土の山に興味をそそられ、さっそく駆け寄っていった。

「古代エジプトの方尖柱です。パリにもあるし、ロンドンには三年前に設置されました。こんど、わたしたちの国にも来るそうです」

「どうして?」

「読んだ話によると、カイロからの感謝のしるしだとか」

「呪いがかかってるのかも」カルロッタがぽつりと言った。「それにしても、ずいぶん大きな穴になりそうねえ」近づいてみると、工事中のその区画は、木の杭と赤い縄だけで雑に囲われていた。

「こんな縄くらいでは、誰でもなかに入り込めてしまう」とエリザベスはつぶやいた。穴はまだ浅く、深さ二メートルほどだったが、斜めに射し込む朝日で影ができ、底は暗くて見えなかった。ふたりが反対側に回りかけたとき、土の山の向こう側でトビーが激しく吠えだした。

「トビー！」とカルロッタが言っても、犬はお構いなしだった。吠えかたがさらにひどくなり、唸り声も交じり始めた。「どうしたのよ、トビー」カルロッタは犬の声がするほうへ近寄った。

カルロッタが土の山の向こうに回り込んだとたん、犬は急に静かになった。続いて、カルロッタの驚きの悲鳴が響きわたり、何かが地面に倒れる音がした。

「カルロッタ？　カルロッタ！」とエリザベスは叫んだが、返事はない。動揺しつつもあわてて土の山の反対側に行くと、カルロッタが地面に倒れて、気を失っているようすだった。トビーが必死で飼い主の顔を舐めている。

エリザベスは、そばにひざまずいた。とそのとき、穴の底に何かがあるのが目に入った。手をかざして陽の光をさえぎり、じっと見つめると、この角度からなら穴の底の物体を確認できた。それが何なのかがわかった瞬間、息が止まった。最初、幻覚に違いないと思ったが、カルロッタとトビーも目撃している。

新しく掘られた穴の底には、真っ白な布に包まれた、完璧な保存状態のエジプトのミイラとおぼしきものが横たわっていた。

第十章

「あなたにも見えるんなら」とカルロッタが立ち上がり、髪に付いた草を払い落とした。「蜃気楼じゃないわね」

「ふたり揃って幻覚を見ているのでないかぎりは」とエリザベスは立ち上がるのを手伝った。「大丈夫ですか？」

「気を失ってただけ。何でもないわ」

「無理しないでください」

「平気だってば」

「何か別の病気が隠れている可能性も――」

「よけいな穿鑿《せんさく》をしてる場合じゃないでしょ。もっと差し迫った問題があるんだから」とカルロッタはミイラを見下ろした。トビーが、次の展開を期待するかのように飼い主を見上げ、短い尻尾をせわしなく振る。

「女性みたいね。本物だと思う？」

「おそらく悪ふざけでしょう」エリザベスは穴の横にひざまずいた。「でも、それを確かめる方法は一つしかありません。手を貸していただけますか？」

「あなた、まさか……駄目よ！」

「できることは、やらないと」

「だけど、警察に知らせたほうがいい」

「ええ、知らせましょう。でもその前に、もう少しよく見たい」

「まさか本気で……死体がくるまれてると思ってるわけ？」

「もしそうだったら、うちの編集長がよだれを垂らすこと間違いなし。さあ、手を貸してください」

カルロッタの助けを借りて、エリザベスは穴のなかへ下りた。驚くほど冷たく、湿っている。まるで墓だ。

エリザベスは震えながら、白い布に包まれた動かない人体に近づいた。初めはいたずらかと思っていたが、接近するにつれ、本物の死体だという確信が強まった。「気を付けて！」とカルロッタが大声で言う。「何かの病気を持ってるかも」エリザベスが見上げると、トビーがふたたび吠え始めた。カルロッタが首輪をつかむ。「静かにして、トビー！」テリアは従順に飼い主のそばに座ったが、からだは前のめりで、熱心に下を見つめている。

エリザベスは一つ大きく息を吸ってから、動かない人体に身を近づけた。突然、命が吹き返すのではないかと半ば期待しつつも、もしそうなったら、こんどは自分が気を失うだろうと思った。屈み込んで、ためらいがちにその肩に触れてみた。氷のように冷たい。微動だにしない手足に、命の温もりはまったく感じられなかった。頭ではわかっているけれど、信じたくなかった。これは、ごく最近死亡した人間だ。女性の死体であることも明らかだった。

エリザベスは、かたわらにひざまずき、もう一方の手のひらを死体の腕に置いた。硬いものの、死後硬直がしだいに解けつつあるようだ。布の内側から甘酸っぱい臭いがかすかに漂い、疑う余地のない事実を伝えている。現実をゆっくりと受け入れながら、エリザベスは後ずさりした。吐き気を催して、胃がおのずと縮み上がった。

「どう？」とカルロッタが尋ねる。「どうだった？」

エリザベスは、喉の奥からこみ上げてくる酸を飲み込んだ。「警察に知らせなくてはいけません——今すぐに」

一時間後、ふたりは警察官が差しかける傘の下に立っていた。数人の警察官が、死体を担架に載せて慎重に運び出した。晴れていた空が一変し、小雨の降りしきるなか、エリザベスは震えながら、担架に横たわる死体が警察の馬車の後部に載せられるのを見守った。

馬でさえ、怪しい荷物に不安を感じるのか、落ち着かないようすで動きを止めない。男たちは担架を固定し、雨よけの油布で覆った。

一連の作業を指揮していたのは、部長刑事のウィリアム・オグレディだった。ふたりの発見者の話を注意深く聞いたあと、死体を運び出すまでその場に留まるよう求めた。エリザベスはしぶしぶ承知したものの、内心、しだいに焦りを募らせていた。仕事に遅刻するのも気がかりだが、それ以上に、他紙の記者が情報を聞きつけ、《ヘラルド》より先に記事にしてしまうのではないかと心配だった。カルロッタは、不気味なものを見つけてしまったせいで持ち前の陽気さを失い、ほとんど口を開かなかった。トビーまで元気を失っているふうだった。飼い主の足元に座り、小さなからだを飼い主の脛《すね》に押し付けている。

馬車への積み込みが終わり、オグレディ部長刑事がふたりのほうへ歩み寄ってきた。中背で、縮れた黒い髪と灰緑色の瞳を持ち、いかにもニューヨークの警察官という風情だった。口調にしろ、おおぜいの同僚たちに似て、エメラルド島とも呼ばれるアイルランドの丘陵地を思わせる響きがこもっている。あの国からの移民が警察関係者の多数を占めているのだから、珍しい話ではない。雨が強くなってきて、部長刑事の油布製の外套の肩で雨粒が跳ね、帽子のひさしから鼻の先端へしずくが滴り落ちる。部長刑事はその水滴を払い、手をこすり合わせてからだを温めている。

「他に何か覚えていることはないかね？　怪しげな奴らがうろついていたとか、そんなことは？」

「とくに何も」とエリザベスはこたえた。「公園はがらがらでした。見たところ、死体は夜のあいだに置かれたようです」

「どうしてわかる？」

「死体は雨に濡れていましたが、その下の地面は乾いていました」

「観察が鋭いな、お嬢さん……あ、失礼。名前は何と言ったかな？」

「エリザベス・バンデンブルックです」

震えているカルロッタへ視線を移す。「で、そちらのお嬢さんは……」

「カ、カ、カルロッタ、ア、ア、アッカーマン」歯を鳴らしながらこたえる。

「アッカーマンさん、何かふだんと違うことに気づかなかったかな？」

「い、いいえ」

「この人を暖かい場所に連れて行かないと」とエリザベスが言った。「このままでは命に関わるかもしれません」

「住まいは近くかね？」と部長刑事がカルロッタに尋ねた。

「い、いいえ。ダウンタウンに住んでます」

「では、署まで送りますよ。温かいお茶と、毛布も用意する」

「ト、トビーはどうしましょう？」

「犬は、若い部下たちが面倒をみるよ。ふだんよりたくさん餌を与えてしまうかもしれないが。ええと、こちらのお嬢さんは、これから……？」

「わたしはもう行かないと。すでに仕事に遅刻です」

「お勤めはどちら？」

「《ニューヨーク・ヘラルド》です」

部長刑事が眉をひそめた。「新聞？」警察は報道機関に対して神経を尖らせている。その点はお互い様だが……。もっとも、多くの記者は警察内部の情報提供者を頼りにし、ときには高額な見返りを支払う。当然、厳密には規則違反だが、双方とも得をする。

「はい。わたしは記者です」

「あなたもいっしょに送りたいところだが、方向が違うようだ」

「自分でどうにかします。お気遣いなく」

部長刑事は、そいつは助かるというふうに帽子を軽く上げて謝意を示したあと、警察の馬車に目をやった。雨脚は弱まったものの止む気配はなく、死体を固定し終えた部下たちは、かなり気分が沈んでいるようだった。

「ではこちらへ、お嬢さん」と部長刑事がカルロッタを促した。「前の席にどうぞ」

カルロッタは振り返り、衝動的にエリザベスを抱きしめた。「どうか気を付けて。今晩、家に伺うわ」

「いいえ、べつにそんな――」

「馬鹿なこと言わないで。もちろん会いに行く」カルロッタがきっぱりと言った。衝撃からいくぶん立ち直ったのか、毅然として部長刑事のあとについて馬車へ向かった。ふたりが去るのを見届けたエリザベスは、少しだけ歩いて五番街で辻馬車を拾うことにした。歩きながら何度か後ろを振り向き、雨のせいだけではない震えを感じていた。

第十一章

辻馬車が雨に濡れる街を揺れながら進むあいだ、エリザベスは無言で座っていた。窓の外では、雨粒が石畳の上で跳ね、秩序なく動く小さな踊り子たちのように見える。雨が街の色を奪い、輪郭をぼかし、絶え間ない喧騒を低いうなりに変えていた。

エリザベスは、心のおもむくままに感情を表わすカルロッタに感心したものの、知り合ったばかりの相手からあまり親しげに振る舞われるのは居心地が悪かった。とはいえ、状況が状況だけに、カルロッタが動揺するのも無理はない。そう胸に言い聞かせた。エリザベス自身も動揺していたが、カルロッタに比べれば、感情の羅針盤は安定している。カルロッタは気まままぎるきらいがあった。

《ヘラルド》編集部に到着するころには雨はさらに激しさを増し、エリザベスが建物に入った瞬間、ダウンタウンじゅうが雷鳴で震えた。黄色の稲妻が空を切り裂くなか、エリザベスは大理石の階段を二階へのぼった。セントラルパークで見つけたあの気の毒な女性が、ひとり寂しく雨風にさらされ、かりそめの墓に横たわっている姿を想像して、嵐が来る前にカルロッタと自分が発見できてよかったと思った。

「もちろん、本当の発見者はトビーだけど」二階に近づきながらつぶやいた。

「今、なんて言った？」と声がして見上げると、サイモン・スニードがこちらを見つめていた。つるりと剃った顔に、薄笑いを浮かべている。社内の男たちが当たり前に生やしている無精ひげがないだけで、妙に威圧的に見える。ひげで和らいでいないぶん、顎や頬骨の鋭い輪郭が際立ち、大型の猛禽類のような印象だ。

「何でもありません。そのう、ただのひとりごとです」エリザベスは脇を通り過ぎようとしたが、スニードが道をふさいだ。折しも、すさまじい雷鳴が空を揺るがし、少し身をすくめたエリザベスに、スニードがさらに近づいてきた。尖った長い鼻の毛穴が見えるほどだった。

「気を付けたほうがいい。ひとりでぶつぶつ言っていると、精神障害の兆候と受け取られかねない。きみの家系にはそういう傾向があるそうだし」

　エリザベスのからだを怒りが駆けめぐった。どうしてローラのことを知っているのだろう？　社内でほかに誰が知っているのか？　スニードを殴り、目をえぐり出し、階段から突き落としてやりたい衝動を懸命に堪《こら》えた。言い返すどころか動くことすら裏目に出そうな気がして、エリザベスは無言のまま立ちつくした。代わりに、腕を組んで睨みつけ、もっと何か言えるものなら言ってごらんとばかりに目を細めて挑発してやった。襟の下や手のひらに汗がじんわりと滲《にじ》んでくる。永遠とも思える時間が流れたが、実際にはほんの一瞬だったかもしれない。背後で重い足音が響き、振り返ると、編集長のカール・シュスターが階段をのしのしと上がってくるのが見えた。大柄なだけに機敏ではないが、いつもより足早だ。それが良くない兆しであることをエリザベスは察知した。

「やっと見つけた！　どこに行っていたんだ？」と編集長は眉根を寄せた。

「あとでご説明いたします」エリザベスは毅然とこたえた。自分でも驚くほど自信に満ちた口調だった。

「編集長室で」

編集長は面食らったようすで青い目を大きく見開いた。「わかった」そう言い残して、階段を上がり続けた。しかし数段先で立ち止まり、スニードを睨めつけた。「おまえはいったい、何を見ている？」

「べつに。ただ――」

「暇を持て余しているなら、何か仕事を与えてやるぞ」

「は、はい、編集長」スニードはびくびくしながらこたえた。「いま、ちょうど――」

「ぐずぐずするな！」編集長は怒鳴った。「用があるなら、さっさと行け！」

あわてて階段を下り始めたスニードを見て、エリザベスはほくそ笑んだ。すれ違いざま目が合い、恐ろしい形相で睨んできたものの、臆病者なら震え上がるだろうが、編集長の前で自己主張できたエリザベスは気が大きくなっていた。編集長室に入ったあとになって、のちに自分の大胆さを悔やむかもしれない、とちらりと思った。

「さて」と編集長は重い腰を下ろして言った。「アスター家に関するきみの記事について相談したい」

「編集長、別件でお話ししたいことがあるのですが――」エリザベスはデスクを挟んで正面に立った。

「まず、文学的すぎる。アスター夫人の性格などについて細かく書きすぎだ」

「あの、じつは――」

「そんな点には誰も興味がない。読者が知りたいのは、何を着ていたのか、何を食べたのか、そしていくらかかったのかだけだ」

エリザベスは拳をデスクに叩きつけた。「編集長！」

編集長が驚いて顔を上げた。無礼さに驚いたに違いない。「どうしたんだね、きみ――」

「アスター家なんてどうでもいいんです！」とエリザベスは言い放った。「もっと重要なネタがあります。素早く動けば、他紙を全部出し抜けます」

「そんな馬鹿な――」

「耳を貸していただけるなら、お話しします。ただ、その前に保証が欲しいのです」

「保証？」


「わたしに取材させてくださるという保証です」

「どんなネタだ？」

「殺人事件です。猟奇的で、異国ふうの……。一面のいちばん上を飾るような事件です」息が切れ、興奮していた。死んだこの哀れな女性を、自身のキャリア成功への足がかりとして考えている自分に驚いた。

「一面のいちばん上？」疑わしげな声色。

「少なくとも、一面には載ります」

「話してみたまえ」

「まず、保証をください」

「死体を発見したのは誰だね？」

「わたしです。でも、この先をお聞きになりたければ、保証するとおっしゃってください」

「《ヘラルド》には女性の犯罪記者はいない。わたしが知るかぎり、ほかの新聞社にもいないはずだ」

「じゃあ、わたしが第一号ですね」

「発行人のベネットさんに許可をもらわないと」

「時間がありません。今にも《タイムズ》や《サン》がこの事件に気づくかもしれません。あるいは《シュタッツ・ツァイトゥング》かも」エリザベスは軽く笑みを添えた。

以前の職場の名前を出されて、編集長が渋い顔をする。「参ったな《グーター・ゴット》。ベネットさんにどう説明すればいいんだ?」

「ほんの少しの勇気があればじゅうぶんですよ、編集長。勇気がないんですか?《ハーベン・ジー・カイネン・ムート》」

編集長は深い溜め息をつき、乱れた金髪を手でかき上げた。「ついてきなさい」と言い、意外な敏捷《びんしょう》さで大柄なからだを起こした。

心臓を高鳴らせて、エリザベスはあとに続いて廊下を進み、犯罪担当の編集者のデスクへ向かった。早口でぶっきらぼうなケネス・ファーガソンは、ブルックリン特有の荒っぽい発音と、生まれ故郷のグラスゴー独特の訛りを交ぜてしゃべる。ゴードン・ベネット・ジュニアが発行人になった当初から勤務していて、精力的だが風変わりな編集者として知られる。背がやや低く、くっきりとした顔立ちで、剃刀《かみそり》のように尖った長い鼻と、奥まった黒い目が特徴だ。長く伸ばした豊かな茶色の髪を真ん中で分け、吸い口を嚙み潰した葉巻をつねにくわえている。たえず動きまわっていて、極端に運動量が多いせいで脂肪がそぎ落とされ、長距離走者のように小柄で筋肉質だった。

「おや、編集長!」エリザベスたちを見て、ファーガソンが驚きの声を上げた。「犯罪者の巣窟に何の用です?」この言葉には、いくぶんかの真実が含まれていた。この部署で働く記者のなかには、みずからが報道する犯罪者たちと大差ない者もいる。ひとりはケンタッキー州で人を殺したとの噂だ。

編集長がエリザベスの主張を冷静に伝えた。聞き終えたファーガソンは、葉巻を口から外し、エリザベスを頭のてっぺんから爪先まで眺めた。「驚いたな。たいした度胸だ、お嬢さん。社交界の取材では刺激が足りないわけか？」

エリザベスは視線を返して言った。「『野兎を目覚めさせるより、獅子を奮い立たせてこそ血は昂《たか》ぶる』」

「ほう！ シェイクスピアを引用するとは。素晴らしい！ 気に入りましたよ」編集長にそう言うと、編集長は暗い表情でうなずいた。ファーガソンはふたたび葉巻を口に押し込み、エリザベスに向き直った。「さて、お嬢さんはシェイクスピアが好きらしいが、昔からこんな言葉があるのも知っているか？ 『獅子の口端に付いた食べかすを朝食にする蚤《のみ》は勇敢な蚤である』。お嬢さんもそんな蚤になって、危険や興奮を求めたいのか？」

「正義。わたしが求めているのは正義です」とエリザベスはこたえた。「そのせいで獅子に食われるなら、致し方ありません」

「ははっ！ ずいぶんな熱血漢ですな」ファーガソンは編集長に言った。

「では、取引は成立ですか？」とエリザベス。

ファーガソンがにやりと笑みを浮かべ、前歯に挟んだ葉巻を上下させる。「これほど勇敢で決意に満ちた若い女性を拒むのは無粋《ぶすい》というものだ。もちろん、その話がきみの言うとおりの報道価値を持つと確認できればの話だが」

「その点はお約束できます」エリザベスはそう言い、カルロッタとともに体験したすべてを打ち明けた。

話が展開するにつれ、編集長の目がしだいに大きく見開かれたが、ファーガソンはほとんど表情を変えなかった。腕組みをして、首を傾けながら、一言一句を注意深く聞いていた。エリザベスが話し終えると、ふたりの男は視線を交わした。

「たしかに、なかなか興味深い」とファーガソンが口を開く。「その部長刑事の名前は何だっけ？」

「ウィリアム・オグレディ、第二十三区の担当です。

署は東八十六丁目と四番街の角にあります」

編集長が後ろの足に体重を移した。「わたしはこれで失礼する。仕事があるので」

「あとはこちらでやります」とファーガソンが応じた。

「ごきげんよう、編集長」

「じゃあ、よろしく頼む。幸運を祈るよ」編集長はエリザベスに一瞥《いちべつ》を送って言った。

「わたしのアスター家の記事は紙面に載せていただけるんですか？」とエリザベスは尋ねた。

「多少手を入れれば、明日の版に掲載できるだろう」

「すると、わたしが書き直す必要が――」

「こっちで手を尽くして、うまく直しておくよ」

編集長が去ったあと、ファーガソンは力強く両手を擦り合わせた。「さて、と。発行人のベネットさんに電報を打たなくてはいけないが、了承が得られれば、この話をあすの一面に載せたいと思う」

ジェームズ・ゴードン・ベネット・ジュニアは多くの時間をパリで過ごしている。おもてむきは《ヘラルド》の国際支局を設立する準備のためだが、じつのところは、社交界の名士キャロライン・メイとの破局騒動が原因で欧州へ逃げたのだろう、ともっぱらの噂だ。なんでも、一八七七年にメイ家の邸宅のパーティーに招かれたのだが、遅刻したうえ酔っぱらって到着し、暖炉のなかに用を足したらしい（大型ピアノのなか、という説もある）。どこをトイレ代わりにしたにせよ、キャロラインとの婚約は解消となり、その後すぐ、ベネットはヨーロッパへ渡った。

「話を進める前に」とファーガソンは言った。「心変わりするのに遅すぎることはないと伝えておく」

「なぜわたしが心変わりしなければいけないのですか？」

ファーガソンは葉巻を口から外し、デスクの前に腰掛けて腕を組んだ。「犯罪記者という仕事は非常に魅力的に聞こえるかもしれないが、きみが思っている以上のものかもしれないと警告しておく義務があると思ってね。それに、きみのような、うら若い女性にふさわしい仕事とは言いがたい」

「ファーガソンさん」エリザベスはゆっくりと言った。「善意で言ってくださっているのはわかります。それに、『きみのような、うら若い女性』というのは、わたしが恵まれた環境で甘やかされて育ったとおっしゃりたいのでしょう」

「なにしろ、きみは――」

「たしかに、二十二年の人生で大きな苦難には遭遇していません。でも、ニューヨークの驚くべき不平等を目の当たりにしてきました。この街に目を凝らしさえすれば、誰もがそういうひどい実態を突きつけられます。判事の娘として育ったわたしは、不正に対抗することがいかに重要かを知っています。もし自分が少しでも、抑圧された人たちのためにこの街をより安全な場所にするお手伝いができるなら、それがわたしの義務であると考えています」

「きみの言わんとすることは理解できるし、そういう反応も織り込み済みだ。それでも、警告する義務があると感じている」

「では、その義務は果たしていただきましたので、任務を遂行してよろしいですか？」

「いいだろう。きみなりに記事を書き始めてくれ。この事件におけるきみ自身の役割をしっかり明記することだ。読者は一人称の記述に引きこまれるに違いない」

「どんなふうに書けば――」

「出来事を率直に伝えるんだ。読者がきみといっしょに現場にいるかのような気持ちになるように」チョッキのポケットから懐中時計を取り出す。「さて、おれは、昼休みで店が閉まる前に、アー・ケンの店へ行かないと」

アー・ケンは、パーク通りで人気の高い煙草店を経営する中国人だ。エリザベスは何度もその店の前を通ったことがあり、つねに客が絶えないのを知っている。理由の一つは、品揃えが豊富で多様なこと。けれどもそれだけではなく、アー・ケンの陽気な性格と変わらぬユーモアのセンスがひと役買っているのだった。多くの中国系移民は、無理からぬことながら、白人のニューヨーカーに対して猜疑心が強い。しかしアー・ケンは態度が友好的なうえ、機知に富んでいて、地元民にも観光客にもよく知られている存在だった。

それ以上は説明もなく、ファーガソンは社を飛び出していった。エリザベスは記者席の自分のデスクに戻り、鉛筆を手に、真っ白な紙をぼんやりと見つめた。窓の外では雨が小降りになっていたが、イースト川の船は相変わらず強い風に煽《あお》られていた。細身の小型船が、帆いっぱいに風を受け、ニューヨーク港へ向けて南下していく。ブルックリンとマンハッタンを結ぶ蒸気船は東をめざし、長く黒い煙突から立ちのぼった濃い煙が灰色の空に浮かんでいた。エリザベスはウォルト・ホイットマンの詩を思い出し、蒸気船に乗るおおぜいの人々——この国、この街の同胞たち——のことを考えた。

新聞一面の最上段の記事を受け持つのだと思うと、めまいがしそうだった。デスクの上に掛けられた、ローマ数字入りの掛け時計の針の音が、妙にはっきりと響いてくる。チクタク、チクタク。刻々と時間が滑り落ちていくのを感じ、それとともに、この世で何よりも欲しいものを得る機会が遠ざかりつつある気がした。エリザベスは白紙を見下ろし、「読者がきみといっしょに現場にいるかのような気持ちになるように」との教えを思い出して、一つ深呼吸したあと、デスクに身をかがめた。

博物館の裏手でミイラ見つかる

まだら模様の小さな一匹のテリアの好奇心がなかったら、セントラルパークに横たわる女性の遺体は、嵐にさらされ、さらなる屈辱を味わうはめになっていたかもしれない。じつは、何者かが、何らかの理由でその遺体を白い布で包み、〈クレオパトラの針〉と呼ばれるエジプトの方尖柱を建立すべく掘られた大きな穴のなかに置いたのである。その人物が女性の早すぎる死の原因であるか否かはまだ定かでないものの、遺体のおぞましい扱いからみて、この街に怪物が潜んでいることは疑う余地がない。もしかすると、悪ふざけのつもりなのか？　だとすれば、ひどく歪んだ悪ふざけといえよう。

我ながら少し大仰な文章だと思ったが、事件の陰惨さを強調することが新聞の売上げにつながるのも承知していた。三十分後にファーガソンが戻ってきたときも、エリザベスはまだ必死に鉛筆を走らせていた。

エリザベスのそばまで来ると、ファーガソンは片手をデスクに置き、得意げな笑みを浮かべた。「ベネットさんを説得するのに少々手間取ったがね。きみが死体の発見者だと知ると……まあ、あの人は報道にかけてはまずまずで、いいものを見ればいいとわかるくらいの目は持っている」

お互いの共通の雇用主について、これほど見下したように話すことができるのは、自信の表われだろう。エリザベスは、これほど揺るぎない自信を持つ人物にまだ出会ったことがなかった。

「さて」と彼は言った。「今のところ書いたものは？」

「まだ終わっていません」

「書いたものを見せてくれ」

「でも――」

「少なくとも紙一枚は書き終えただろう？」

「はい」

「さあ、時間を無駄にしているわけにはいかない」

エリザベスは首の後ろの細い毛が汗でうっすらと湿っていくのを感じながら、書き上げた原稿を手渡した。ファーガソンが原稿に目を通し始める。なぜか相変わらず、火のついていない葉巻を歯のあいだに挟んだままだ。いつも同じ一本をくわえ続け、帰り際にデスクの引き出しの箱のなかにでも保管しておくのだろうか。

「ううん、悪くはない」とファーガソンが言った。エリザベスには数時間かかったように感じたが、実際には一分もかかっていなかっただろう。「きみは、まったく才能がないわけではないようだ。ああ、たしかベネットさんときみのお父さんは知り合いだな？」

「はい、そうです」

「その点もきみの有利に働いたんだろう。さて、と」指をぱちんと鳴らす。「きみは早く行ったほうがいい」

「はあ？　どちらへ行けばよろしいでしょう？」


「事件の続報を取材するんだよ。被害者は誰で、容疑者はいるのか、などなど。このオグレディ刑事は、きみを知っているんだろう？」

「部長刑事ですが……。はい、会いました」

「もしこの街に化け物がいるのなら、われわれの読者にはそれについて知る権利がある、と伝えるといい。市民の安全に関わる問題だ、とか何とか」

「相手にしてくれなかったら？」

「きみなりの武器を使え。女性の魅力を駆使するんだ。美しい女性の頼みごとに心を動かされない男はいない──少なくとも、長くは堪えられないだろう」

淡々とした当然のような口ぶりだったため、エリザベスは、ファーガソンが自分に対して下心を抱いているとは思わなかった。たんなる実用的な助言だった。鋭い知性やあふれる精力とは裏腹に、ファーガソンにはどこか無機質なものを感じる。まるで獲物の匂いを嗅ぎ分ける猟犬のように、ひたすら目標に向かって邁《まい》進《しん》し、ほかのことに気を散らさない。エリザベスは、自分もそのような存在になりたいと願う一方で、そうなることへの不安も覚えた。

「若いフレディを連れて行くといい。写真係としての経験はまだ、わが社随一とは言いがたいが、熱心だし、あるていど有能だ」

「フレディ・エバンズのことでしょうか？」

「知り合いなのか？」

「はい」

「仲良くやれているのか？」

「ええ」

「じゃあ、さっさと行け」

「わたしの記事は、どうなるのでしょう？」

「おれが仕上げておく」

「でも――」

「大丈夫。いちばん難しい段階はきみが片付けた。おれは少し手を加え、不足している情報を補うだけだ。心配するな、署名欄にはきみの名前を最初に載せる」

「ご親切にありがとうございます」

「礼には及ばない。仕事の正しいしきたりだ。人を不当に扱うと、結局、自分に返ってくる」

「おっしゃるとおりです」とエリザベスは言ったが、ファーガソンはすでにほかのことに注意を向けていた。

筆記用紙を鞄に押し込みながら、エリザベスはフレディを捜しに部屋を出た。廊下を急いでいるとき、ふと、誰かの視線を感じた。振り向くと、サイモン・スニードが憎々しげにこちらを見つめていた。目力《めぢから》に圧倒され、めまいを覚えたが、深呼吸したあと、できるだけ鋭い目つきで睨み返し、そのまま歩き続けた。足取りは自信に満ちていたものの、もしスニードの視線に殺傷力があったら、今ごろ自分は死んでいるだろうと思った。

第十二章

　エリザベスが生まれてこのかた警察署に足を踏み入れたことがなかったのは、安全な生活環境で育ったあかしだろう。東八十六丁目の頑丈な石造りの建物に入ったとき、そこで遭遇する圧倒的な活動量には、まったく心の準備ができていなかった。忙しく出入りする警察官たちは、尊厳に満ち、目的を持って行動していた。磨き上げられた床を革靴の底がカツカツと鳴らす音が絶え間なく響き渡り、バッサー女子大学へ通うために列車を利用していたころグランド・セントラル駅構内を歩きまわったことを思い出した。

　いたるところに服のボタンがある。紺色の制服の前立てには一列あるいは二列に並んだボタン。膝丈の上着の背面には飾りボタン。襟や袖口の真鍮《しんちゅう》のボタンは、胸元に付けてある磨き上げられたバッジとよく似合っていた。そしてどの警察官も同じかたちの口ひげを生やしているように見えた。唇のすぐ上の濃く茂ったその口ひげが、いっそうの統一感を演出していた。

　エリザベスが混雑の真っ只中に突っ立っていると、オグレディ部長刑事が近づいてきた。そういえば、同僚たちとは違って口ひげを蓄えていない。きれいに剃った顔は、見ていて安心感が持てる。

「こんにちは、バンデンブルックさん」頂部が広く平らで硬い革のつばがついた帽子を軽く傾けて挨拶する。対照的に、一部の巡回警官たちは、真鍮の記章が付いた頑丈そうなヘルメットをかぶっていた。

「ここはいつもこんなに騒がしいのですか？」エリザベスは、名前を覚えていてくれたことを喜びながら質問した。

「勤務交代の時間だからね。すぐに落ち着くと思う」

エリザベスはフレディ・エバンズの姿を探した。署に入ったときはすぐ後ろにいたはずなのに、いつの間にか消えていた。

「おかしいわ」とエリザベスはつぶやいた。「いったいどこに――」しかし次の瞬間、玄関の扉が勢いよく開き、フレディが息を切らして入ってきた。片手にはカメラ、もう一方の腕には重い三脚を抱えている。

「やっと見つけた」とエリザベスは言った。「どこへ行っていたの？」

「ごめん、お嬢さん」息を弾ませながら言う。「ちょうど入ろうとしたとき、すごくいい写真が撮れそうな場面を見かけてね。声をかけたんだけど、聞こえなかったみたいだな」

そばかすだらけの顔とコックニー訛りのがっしりした写真係を見て、オグレディ部長刑事が眉をひそめる。

「はて、この人は誰かな？」

「こちらはフレディ・エバンズ、《ヘラルド》専属の写真係です」

「では、なぜそのフレディ・エバンズさんを連れてきたのかね？　そもそも、あなたが来た理由を伺いたい」

「申し上げるまでもないと思いましたが」エリザベスは顔を赤らめながら言った。「わたしが発見したミイラ――」

「場所を変えよう」部長刑事は周囲を気にしてささやいた。「こちらへどうぞ」

エリザベスとフレディは、部長刑事のあとについて、奥の隅にある部屋に入った。倉庫として使われているらしく、壁に沿って紙や印刷物の箱が積まれ、その手前に、壊れた椅子や脚の取れたデスクが置かれている。隅にはひびの入った警棒が転がっていて、エリザベスは、骨を砕く強打音や割れた頭蓋骨など、恐ろしい光景を連想して身震いした。警察官の行動をずいぶん見てきただけに、そうした想像がまったくの的外れではないことを知っていた。

壁に掛かっているガス灯は点いておらず、小さな窓があるだけだ。薄汚れたガラス越しに夏の淡い陽が射し込み、部屋全体を薄暗く照らしている。暗さに安心したかのように、部長刑事が静かに扉を閉めた。

「写真係のその人は……死体の件を知っているのかね？」と部長刑事がフレディを指して尋ねる。

「ここに来る途中で説明しました。なぜお訊きになるのですか？」

「どこまで知っている？」

「わたしが公園で見たことだけです」

部長刑事は唇を嚙みしめながら、エリザベスからフレディへと視線を移した。「それが……とても奇妙な事件なのだ。これまでに見たことがないほど」

「そうだろうと思いました」

「この犯人は非常に歪んでいる」

「亡くなった女性にミイラみたいに布を巻き付けるくらいですから――」

「いや、それだけではない」

「それだけではない？」とエリザベスは尋ねた。急に部屋の空気が淀んで息苦しく感じられた。「どういう意味ですか？」突然、喉が渇いて声がかすれた。

部長刑事がフレディをちらりと見て言う。「その人は信用できるのかね？」

「オグレディ部長刑事、わたしは《ヘラルド》を代表してここに来ています。フレディも同じです。だから、ここでお話しになることはけっして――」

部長刑事が帽子を脱ぎ、波打つ黒髪を指で梳《す》いた。その豊かな髪を見て、エリザベスは軽く心が沸き立つのを感じた。「じつは、検死官からの報告がさっき届いた」

「死因は判明したのですか？」

「首を絞めた痕があったが、それが死因ではない」

「じゃあ……何が被害者を死に至らしめたんです？」

フレディが弱い声で尋ねた。

部長刑事が腕を組み、ふたりの反応から自分を守るかのように身構えた。「失血死だ」

すでに青ざめていたフレディの顔からさらに血が引き、唾を飲み込む拍子に喉仏が大きく上下した。「失血って——」

部長刑事の視線がフレディを射た。「何者かが血をすべて抜き取ったんだ」

フレディは息を呑んだ。

エリザベスは深呼吸して、ゆっくりと息を吐いた。

「その人物が被害者を布で包み、わたしたちが発見した場所に遺体を置いたと考えるのが妥当でしょうか？」

まったく無感情な問いかけを聞いて、部長刑事が冷酷さに驚いたふうにエリザベスを見つめる。実際は、新情報を知ったエリザベスはひどく動揺していたが、記者として、そしてひとりの女として、仕事に徹する態度を示し、部長刑事から一目置かれたいと考えたのだった。

「だろうね」と部長刑事がおもむろにこたえる。「共犯者がいなければ、だが」

「女性の身元は判明しましたか？」

「いいや。包まれていた死体は……全裸だった。若いご婦人の前でこんな話を失礼」頬に赤みが差した。

「その事実をほかに知っている人は？」エリザベスは閉ざされた扉を指さした。扉の向こうには、第二十三区の警察官たちがおおぜいいる。

「わたしと警視だけだ。ただし、警視は今、外出している」

「死体を見せていただきたいのですが」

「わたしにはそんな権限が——」

「警視は不在とおっしゃったばかりです」

「それはそうだが——」

「あなたが主任捜査官ですよね？」

部長刑事が爪を嚙みながら床を見つめる。「弱ったな……」

「理由はこうです」とエリザベスは畳みかけた。「事件を解決するためには、被害者を特定する必要がある。《ヘラルド》の一面に被害者の写真を載せるのが最善の策ではありませんか？」

「しかし――」

「わたしが遺体を発見し、ただちに警察に通報したことをお忘れなく。警察を優先しました。まず編集部に連絡することもできましたが、警察を優先しました」堂々と言ってのけたものの、説得力に欠けることは自覚していた。もし《ヘラルド》と先に連絡を取ろうとしていたら、そのあいだにほかの誰かが死体を見つけて通報していたかもしれない。部長刑事がそこに思いいたらないことを祈った。

「それはそうだが」と部長刑事は言った。「しかし死体を見せるとなると、警視の帰りを待ったほうがいいかもしれない」

「時間がないんです。《ヘラルド》はあと二時間もしないうちに印刷が始まります。ご安心ください、フレディがうまい具合に写真を撮ります……そうでしょう、フレディ？」

フレディが熱を込めてうなずく。「神に誓って」

「あなたには、この怪物から一般市民を守る義務があります」エリザベスは追い打ちをかけた。「どうか、わたしたちに手伝わせてください。《ヘラルド》は、いつだって警察と緊密に協力し合ってきました」これは真っ赤な嘘だ。警察と協力し合う新聞社などどこにもない。しかし、大ぼらが逆に功を奏することを願った。

そのとき、扉をノックする音がした。「何だ？」と部長刑事が声を尖らせた。扉がわずかに開き、若い警察官のつるんとした薄桃色の顔が覗いた。「どうした、ジェンキンス？」部長刑事が苛立つ。

「失礼いたします。紅茶はいかがかと思いまして」

父親からよく聞かされて、エリザベスは知っていた。紅茶、警察官が好んで飲むのは、ウイスキー、ビール、紅茶、コーヒーの順だ、と。急場しのぎにジンやラム、サイダーを飲むこともあり、場合によっては穀物アルコールを飲むことさえあった。しかしほとんどの警官は、あるていどまともな給料をもらっているから、非合法の酒場や安宿とは距離を置いていられる。そういう怪しげな店で出される酒のなかには、腹を壊したり失明したりするような代物も珍しくない。

「もう終わるところだから」と部長刑事は言った。

「扉は閉めていってくれ」

エリザベスはこの機会を逃さず、さらに詰め寄った。

「どうでしょう?」と部長刑事に一歩近づきながら言う。「どうお思いですか? 犯人を法のもとへ引き出すお手伝いをわたしたちにさせていただけませんか?」

ふたたび髪に手をやった部長刑事が、溜め息をつく。

「害にはなるまいと思うが」

「そのとおりです!」とエリザベスは勢い込んだ。

「後悔はさせません」

「そう願いたいものだね」自信なさげにそう言いながら、エリザベスに名刺を渡した。

部長刑事　ウィリアム・オグレディ
東八十六丁目第二十三区
ニューヨーク市

〝ニュー・ヨーク〟という古めかしい表記に趣を感じながら、エリザベスは細身の上着のポケットにこの名刺を滑り込ませた。

「ビィック・ノバクに会わせてほしい、と頼むといい。〝ビィック〟は愛称で、正式にはビクトル。ポーランド人だが、信頼できる。運がよければ、この男が死体安置所の当直をしているかもしれない。この名刺を渡して、わたしに許可をもらったと言うんだ」

「ありがとうございます」とエリザベスは礼を述べ、そそくさと警察署を出た。重い機材を抱えたフレディがあとに続いた。エリザベスは振り返らなかった。振り返ると、石に変えられてしまう気がした。

第十三章

市の公営死体安置所は、ベルビュー病院の敷地内にある。エリザベスが姉の見舞いにたびたび足を運ぶ病院だ。いくら馴染みのある病院でも、死体安置所などという薄気味悪い場所を訪れるのは憂鬱《ゆううつ》だった。雨は止んだが、石畳はびしょ濡れだ。機材を抱えたフレディが後《おく》れを取っているあいだに、エリザベスは辻馬車を拾い、ベルビュー病院まで大急ぎで行ってくれたら心付けを弾むと御者に約束した。御者は、よしきたとばかり、二番街の交通渋滞を突っ切って、交差点をすり抜け、馬車鉄道、ごみ漁り、露天商をよけ、笛を吹き鳴らして歩行者を威嚇した。エリザベスから受け取った支払いに、じゅうぶん満足のようすだった。帽子を取って謝意を示してから、栗毛の馬に長い鞭《むち》を振るい、一番街へ向かって軽快に去って行った。

エリザベスが降り立った場所は、病院の本館の前だった。煉瓦造りの二重勾配の切妻屋根と、装飾的な塔が目を惹く。ここが病院というよりも妖精の城に見えると感じたのはきょうが初めてではなかった。エリザベスは北館を見やった。築後まもないその〝精神疾患者向け別棟〟に、姉のローラが入院しているのだ。ここ数日、会いに行っていないだけに、病に苦しむ姉への愛情よりも、見舞わなければいけないという義務感を強く感じた。しかし、部長刑事に告げたことは嘘ではなく、数時間足らずのうちに新聞は印刷にかけられる。謎のミイラの写真をぜひとも記事に添えたかった。

「死体安置所がどこにあるか知ってるのか？」三脚を肩に担ぎ、もう一方の手でカメラを握るフレディが、エリザベスに尋ねた。

「存じませんが、その手の情報はすぐわかるでしょう」

エリザベスの質問を受けた看護師は、白衣といっしょに顔もアイロンがけされたかのような厳《いか》めしい表情のまま、訝《いぶ》かしげにふたりを眺めた。その女性の案内で、ふたりは建物の奥へ続く薄暗くて狭い廊下を歩いた。途中、救急馬車の受け入れ所があった。警察が容疑者や犯人を運ぶために使う馬車とよく似たものが二台駐まっていて、それぞれの車両に〈ベルビュー病院〉と記されていた。姉の見舞いに何度もここを訪れているエリザベスは、この病院こそ救急馬車を導入した先駆けだと知っている。一八六九年の南北戦争中、戦場から負傷者を搬送するために軍医が専用の馬車を考案し、そのやりかたをこの病院が応用して、大都市の混雑に適応させたのだった。

死体安置所は広くはなかったが、風通しが良く、一つ面の壁に沿って高い窓が並んでいて明るかった。壁のガス灯がさらに明るさを加えていた。金属台が六つほど一列に並べられ、それぞれに、死後あまり日が経っていない死体が載せられている。どの台も、天井から吊り下がった金属製の水道管が、死体に向かって絶え間なく冷たい霧を吹きかけていた。死体はどれも裸だが、礼儀をわきまえて長い白布がかけてあった。台の奥の壁に掛かっている衣服は、おそらく死者のものだろう。

きょうは、たしかにビクトル・ノバクが当直だったが、いるのはひとりではなかった。きちんとした身なりの一団が、若い女性の青白い遺体を取り囲んでいた。死者の母親とおぼしき美しい中年女性が、悲しみに打ちひしがれ、両手を握りしめて泣いている。少年がひとり、居心地悪そうに立っていて、その隣には、高帽子をかぶり、口ひげを生やした裕福そうな男性がいた。貴族的な顔立ちに沈痛な堅い表情を浮かべ、この男性が一家の長であることは明らかだった。家族そろって悲しむ光景を見るのは忍びなく、エリザベスはいたたまれない気持ちになった。さかんに足を踏み替えているようすから察するに、フレディも、やはりこの場に馴染めないのだろう。

しかし、ビクトル・ノバクにはそのような遠慮がなかった。円《まる》い顔には同情と忍耐が浮かんでいるが、金色の細いひげを撫でながら、焦れて左足を軽く踏み鳴らしていることにエリザベスは気づいた。悲嘆に暮れる家族はなおもしばし留まり、やがてようやく思いを胸にしまって、愛する者をノバクに委ね、その場をあとにした。

家長の男性が、立ち去り際にノバクに硬貨を数枚手渡すと、ノバクはうやうやしくお辞儀をした。エリザベスは、ノバクに助けを求める前に心付けを渡したほうがいいらしいと気づき、財布からいくらか金を出した。

「悲しいかな、死は誰にでも訪れるものです」家族が去ったあと、先ほど受け取った硬貨をポケットにしまいながら、ノバクはあっけらかんとした口調で言った。

「それにしても惜しい。まだ若くて美しいのに……。

さて、お嬢さん」とエリザベスに目を向ける。「どういったご用件です？」わずかにポーランド訛りがあるものの、完璧な英語だった。中背で痩せた体つきをしており、円い顔には陽気な表情が浮かんでいた。瞳の色がとても淡く、髪はくすんだ金色、ひげと眉毛も同じ色だ。濃い黄色のゆったりとした背広と、それに合ったチョッキとネクタイを身に着け、丸形の帽子をやや傾けてかぶっている。

「エリザベス・バンデンブルックと申します。こちらはフレディ・エバンズ」

「はじめまして」フレディが帽子を軽く持ち上げる。

「ビクトル・ノバクです。初めまして。わたしの小さな王国へようこそ」

「ちょっとお聞きしてもいいですか？」とフレディが言った。「あの水は何です？」天井から吊るされている管からの水の噴霧を指さす。

「あれは、ご遺体をなるべく新鮮に保つための工夫です。ほかのご遺体はほとんどがあちらの部屋で氷漬けになっています」ノバクは別の部屋への入り口を示しながら説明した。「ここはご遺族が最近亡くなったかたと対面する場所です。ご遺体は温度が上昇すると状態が悪くなるため、冷たい水をかけています。それでも、一日か二日経つと、むくんでくるので、長くは置いておけません。ああそうだ、少々失礼します」ノバクは廊下へ出て行った。

わずかな間のあと、病院の医師たちと同じような白衣を着た別の男を連れて戻ってきた。

「こちらはベンジャミン・ヒギンズ。当病院の救急馬車の御者です。手の空いているときには、わたしの信頼の置ける助手を務めてくれます。こちら、バンデンブルックさんとエバンズさんだ」

ヒギンズが帽子を軽く持ち上げた。平均よりもかなり背が高く、肌が白い。体格はがっしりとしていて、肩幅が広く、大きな頭のわりに目が小さすぎる感じだが、それ以外はさほど特徴のない穏やかな顔立ちで、髪は薄い茶色。

「お目にかかれて光栄です」

「よろしくお願いします」とフレディ。

「死人の写真を撮りに来たんですか？」力強そうな大柄なからだからは想像できないほど甲高い声だった。労働者階級の訛りだが、多少の教育を受けたことを示す響きもあった。面立ちも知性を放っている。

「少しばかり違いまして」とフレディは言った。「僕たちは——」

「失礼ですが、ヒギンズはいろいろと用があるもので」とノバクが口を挟んだ。

フレディのそばかすだらけの顔が赤くなった。「そうですか、すみません」

ノバクが助手役に顔を向けた。「ヒギンズ、手間をかけさせて悪いが、ウェルズさんを隣の部屋へ移してさしあげて。うん、お願いする。ウェルズさんはあまり体調が良くないようだから」そこまで小声で伝えてから、驚きの色を浮かべているエリザベスに言った。「ええ、わかってます。死んだ人にはふさわしくない表現でしょうが、つい癖になってしまっていて」

ヒギンズが死んだ女性をそっと台から持ち上げ、見苦しいものが見えないように布を巻きつける。ノバクは溜め息をついた。「死は由々しき問題です——おっと、また同じようなことをくどくど言ってしまいそうです」ウェルズ嬢を抱えて通り過ぎるヒギンズに、場所を空けてやる。「さて、ご用件はなんでしょう？」

エリザベスは、オグレディ部長刑事からもらった名刺を手渡した。

「オグがあなたを寄越したんですね？」

「よろしくとのことでした」

「そう？　じゃあ、こちらからの挨拶も返しておいてください」

「もちろんです」

「いい奴なんです。少し真面目すぎるかもしれないが、いい奴だ。本当に。どういうつながりでオグとお知り合いに？」

「ある事件の捜査に協力しています」

「あなたがた、警察の関係者ですか？」

「わたしは《ヘラルド》の記者です」

「女性の新聞記者とは！——いやあ、びっくりして死にそうです。あ、失礼」と背後の台に載っている死者たちに謝った。

エリザベスとフレディは目配せした。ビクトル・ノバクは変人らしいが、ぜひ協力してもらわなければいけない。エリザベスは先ほど用意した金を、不思議なほど柔らかくて滑らかな、まるで女性のようなノバクの手に押し込んだ。「ご協力いただけるとたいへんうれしいです」

「なんでもお申し付けください」ノバクが片目をつぶってみせる。「こちらへどうぞ」

そう言って、もう一つのもっと広い部屋へエリザベスたちを案内した。ちょうど、ヒギンズがそこから出てくるのにぶつかった。「ご苦労さま」ノバクが帽子を軽く持ち上げた。

「どういたしまして」とヒギンズがこたえた。「おふたりとも、お目にかかれてよかったです。お探しのものが見つかりますように」

「ありがとう」とエリザベスはこたえ、ノバクに続いて短い段を降りた。こんどの部屋のなかは床から肩の高さまで木製の棚があり、金属の蝶番《ちょうつがい》付きの扉が並んでいて、全体として巨大な氷箱のようだった。それぞれの扉に、名札を差し込むところがある。いくつかには名札がないが、大半に白い紙片が差し込まれ、整った筆記体で名前が記されていた。ノバクが目的の引き出しを探しているあいだ、エリザベスは何枚かのカードを読み取った。

ミスター・セオドア・ハインズ
ミス・ウィネス・グレッグズ
新生児（男）、身元不明

ミスター・ハインズやミス・グレッグズがどのように亡くなったのかも気になるが、エリザベスの心にとくに引っかかったのは、名もない男の赤ん坊だった。母親に捨てられて死んだのか？　それとも、母親もまた同じ悲惨な運命をたどり、親子ともどもこの冷酷な大都市に身元を呑み込まれてしまったのだろうか？　この街は女子供を飢えさせ、路上で死なせている。フレディまでも、一面に並ぶ無数の名札を目にして、表情を曇らせている。部屋の端にある花崗岩の柱にもたれかかり、重たいカメラを肩にかけたまま、ノバクが名札をあらためるようすを見守っていた。

「あっ、見つけました！」とノバクが一枚の名札を確認して言った。引き出しの取っ手をつかんで勢いよく引くと、金属製の車輪に乗って滑らかに引き出しの中身が現われた。

自分が何を期待していたのかわからないが、エリザベスは、その青白い顔を見た瞬間、息が詰まった。死してなお、その若い女性の美しさは明らかだった。ハート形の顔と小さく尖った顎が、おそらく生前よりもさらに若く見せていた。しかし最も驚いたのは、白金の髪の色だった。車窓から見えた女性と同じ色だ。冷たく静かに横たわる姿をあらためて眺めて、疑いの余地はなくなった。エリザベスは――おそらく犯人を除けばただひとり――この女性の死の瞬間を目撃したのだ。だが、少なくとも今は伏せておいたほうがいいと思い、その事実を胸に秘めた。

細いからだは簡素な白い布で覆われ、さっきの部屋で見た遺体よりもいっそう青白く見えた。陶器のような喉のまわりに紫色の痣《あざ》がくっきりと残っているが、顔には傷一つない。ふと振り返ると、フレディが頑丈な木製の三脚にカメラを据えて、撮影の準備をしていた。

「まだ身元が判明していないそうですね」とエリザベスは言った。ノバクが、被害者の顔にかかった長い淡い色の髪をそっと払った。

「ええ、かわいそうに」とノバクはこたえた。これまでとは打って変わって、初めて悲しげな表情を浮かべた。「しかし悲しいことですが、ここでは珍しくありません。ここにたどり着く人の多くが、親族にも恋人にも引き取られないまま終わります。その数の多さにきっと驚くでしょう」

「すみません」とフレディがカメラの後ろから言う。「準備完了です。少しのあいだ、離れていてもらえますか？　撮影を始めるので」

「わかりました」とノバクはこたえ、エリザベスとともに部屋の片隅へ退いた。ノバクは上着のポケットから煙管を取り出し、葉を詰めて火をつけ、ゆっくりと考え込むように吸い始めた。フレディは被害者の顔をさまざまな角度から撮影するため、カメラを動かしながら作業を進めた。

「明らかに首を絞めた跡がありますが、検死官は失血死と判断したそうですね」とエリザベスは言った。

「じつに奇妙な話です」とノバク。「通常なら考えられる明白な傷、たとえば銃創や刃物の深い傷などは見当たりません。ところが、一つ気になるものを見つけました」

「というと？　なんですか？」とエリザベスが質問したところで、フレディがふたりに手で合図した。

「よし、終わりました」フレディがカメラから離れつつ言った。「これだけ撮れば、少なくとも一枚はうまく撮れているはずです」

「では、お見せしましょう」とノバクが言い、金属製の台に横たわる女性に近づいた。被害者の頭を優しく横に向け、左側の首筋を指さす。「これです」

エリザベスは身をかがめ、甘い腐敗臭をかすかに感じながら、被害者の首筋を見た。そこには奇妙な模様が刻まれていた。三つの渦巻き型がつながっている。

「何ですか、これは？」エリザベスは尋ねた。

「記号のようですね」

フレディが大きく息を呑んだ。「これって……」

「ここから被害者の血が抜かれたようです。ちょうど頸動脈の上に位置しています」

「フレディ、これを鮮明に撮影してくれますか？」とエリザベスは頼んだ。

「はい」フレディがカメラの位置を調整する。

「あなたは医学にとても詳しいようですね」とエリザベスはノバクに話しかけた。

「検死官をめざして医学を学んでいたのですが、家庭の経済状況が……さいわい、ここでいい仕事に就くことができました」

エリザベスはうなずいた。「被害者が絶命するまで、どのくらい時間がかかったのでしょうか……？」

「失血死までそれほど時間はかからなかったでしょう。それに、被害者は意識を失っていたかもしれません。ただ、いちばん奇妙なのは、体内からほとんど完全に血液が抜き取られていたことです」

「そんなことをする悪魔がいるのか？」とフレディ。

「吸血鬼です」とノバクがこたえた。

エリザベスは悪い冗談だろうと思ったが、ノバクの顔は笑っていない。

「吸血鬼なんて存在しません」とエリザベスは言った。

「ただの伝説です」しかしそうは言ったものの、その言葉は、目の前の冷たい金属台に横たわる哀れな人間の抜け殻と同じく、空虚でそらぞらしかった。

第十四章

「あいつ、ずいぶんと陽気だったよな」とフレディが感想を漏らした。エリザベスとふたり、辻馬車の車内に座っているが、道がひどくでこぼこで、さかんに揺れる。自腹を切って帰りも辻馬車にしたのは、写真をファーガソンに見せて報告を聞かせれば、運賃を肩代わりしてくれるだろうと踏んだからだった。

「あのくらいの神経じゃないと、毎日仕事をこなせないのかも」

「だけど、たくさんの死体に囲まれてあんなに陽気なのはちょっと変だよ」

「憂鬱症で苦しむより、ましでしょう」

「まあね」フレディは三脚を抱き寄せた。狭い車内は、乗客二名と機材一式だけでもうゆとりがない。車の揺れに合わせて、三脚の木製の脚がフレディの脛を叩く。

　憂鬱症――姉のローラに対してベルビュー病院の医師たちが最初に下した診断が、それだった。エリザベスは、姉の苦悩はそんな病名ではとうてい表現できないと思った。医師たちもすぐに意見を改めた。目に見えない人たちと熱心に会話すること、自分の部屋に神話上の生き物がいると信じていること、看護師たちが自分を殺そうとしていると思い込んでいることなどを目の当たりにしたからだ。もっとも、年配のひどく厳格な看護師たちに会ったことがあるエリザベスは、命の危険を感じている姉の気持ちも理解できる。

「本当に吸血鬼のしわざだと思う?」相変わらず荒れた路面の上を辻馬車が揺れながら走るなか、フレディが尋ねてきた。

「そんなもの、いるわけないでしょう」

「吸血鬼ルードビッヒは?」

「たんなる伝説よ」

　吸血鬼ルードビッヒは、背が低く毛むくじゃらのドイツ人で、ブロードウェイの下町をうろつき、〈ビスマルク・ホール〉や〈ハウス・オブ・コモンズ〉といった怪しげな店にたむろする酔っ払いや喧嘩売りを獲物にしていたといわれる。ある目撃者の証言によると、「あらゆる開口部から毛が生えていた」らしい。また、別の証言によると、「葡萄酒を飲むかのように人間の血をすすっていた」という。エリザベスは、こうした話は無害な戯言《たわごと》であり、ニューヨークのような大きな街によくある都市伝説の一種だと考えていた。

　フレディは膝の上のカメラを調整している。日がな重い機材を抱えて歩いている姿を見て、エリザベスは羨ましいとは思えなかった。「もし吸血鬼のしわざでないとしたら、あの首にできた痕はいったい何だろう?　それに、どうして血を全部抜いたのかな?」

「吸血鬼のしわざでないことは間違いないでしょう」

辻馬車が《ヘラルド》の社屋の前で止まった。「本物のエジプトのミイラをこしらえようとした何者かの犯行よ。問題は、なぜそんなことをしたのか？」

嵐の余韻で空気がまだ湿っぽい。不気味な霧がダウンタウンを覆い始めている。太陽は、イースト川から雄大なノース川へ移動しながら、マンハッタン南端に沈もうとしていた。

エリザベスがフレディといっしょに建物に入ろうとしたとき、背後で声がした。

「バンデンブルックさん？」

振り返ると、ジョン・ジェイコブ・アスター四世が、灰色の縦縞の丈の長い外套とそれに合わせたズボンという姿で立っていた。高価で仕立ての良い服だが、鋭角的な体形には不釣り合いに見える。両手のやり場に困っているようすで、窮屈な袖から肘が飛び出しそうだった。

「あら、アスターさん」とエリザベスは驚いた。

「どうぞ、ジャックと呼んでください」そう言いながら、緊張の面持ちで高帽子を取った。

「どうしてこちらに？」

「もちろん、あなたに会いに来たんです」帽子の縁をつまむ指がそわそわと動いている。

「予告もなくいらしたのですね」

「驚かせようと思って」

「たしかに、驚きました」

アスターがフレディに会釈した。「こんにちは。ジャック・アスターといいます」

「失礼しました」とエリザベスは割って入った。「こちらはフレディ・エバンズ、わたしの同僚です。フレディ、こちらはジョン・ジェイコブ・アスター四世」

「ジャックと呼んでください」

「よろしく、ジャック」フレディは渋い顔で、値踏みするように相手を上から下まで眺めた。

「写真係なんですね。素晴らしい」

「ええ、一日じゅうこういったものを持ち歩くのは本当に楽しいです。じゃあ、失礼します。締め切りがあるので」最後に、エリザベスを意味ありげにちらりと見やった。

「お忙しいんですね」とジャックはこころよく返事した。「お会いできてよかった」

「さて、アスターさん」フレディが去ったのを見届けて、エリザベスが言った。「何をおっしゃりにいらしたの？」

「お願いだから、ジャックと呼んでください」子犬のような懇願する目。「僕はただ……ええと、ただあなたに会いたかったんだ」

「じゃあ、会えたわね」

「じつは……あなたは僕を子供と思ってるかもしれないけど、僕みたいな連中は、言ってみれば、自分の輪のなかの女の子としか出会いがない。でも、まあ、そういう女の子たちって……」

「どうなの？」

「退屈なんだ」深い溜め息をつき、完璧に磨かれた栗色の靴をじっと見つめた。最高級の革でつくられたイタリア製の靴。八月の陽光に照らされて、熟した林檎《りんご》のように輝いている。

「どうかしら」

「本当なんだ！　元気がなくて、意欲がなくて……なんというか、活力が感じられない」

「あらそう」エリザベスは微笑を抑えながら言った。子供のころに見下されるのが嫌いだっただけに、若いジャックの感想を軽んじるつもりはなかった。

「若いけど、冬の小麦みたいに乾燥してる」

「あらジャック、詩人なのね」

「愚かで浅はかで、美しさだけを気にする。生きる道を自分で切り開く必要はないとわかっていると……退屈な人間になるんだよ」

「そうでしょうね」エリザベスは腕を組んだ。「ただ、自分で何か手を打つこともできるんじゃないかしら。なんらかの職業を見つけるとか」

「僕をただの男の子だと思ってるんですね」ジャックは歩道で靴の先を擦った。

「まだ十六歳だもの」

「だけど僕は男だ。少なくとも、そう感じてる」

「立派じゃないの」《ヘラルド》の建物を出入りする人々に気を取られながらこたえた。「そろそろ、失礼するわ。仕事をしないと」

ジャックはあらためて溜め息をついた。大きな吐息に驚いて、通りすがりの数人が振り返った。「あなたが羨ましい。あなたには人生の目的や目標がある。それに引き換え、僕は……恋に悩む怠け者の男の子だ」

ジャックが顔を近づけてきて、エリザベスは一歩あとずさった。「もうすぐ一人前の男性になれるわよ、ジャック・アスターさん。それまでに、人生の目的や支えになるものを見つけることをお勧めします」

「もしかしたら、あなたが助けになるかもしれない」

「わたしは今、とても忙しいんです。わたし——」

「はいはい、だいじな仕事があるんだよね。ああ、エリザベスさん——そう呼んでもいいかな？　あなたは……とても……素晴らしい」

エリザベスは思わず微笑した。厄介な青年ではあるものの、熱意にはどこか心を打つものがあり、保護本能をくすぐるのだった。

「それはどうかわからないけれど、とにかく、もう行かないと。立ち寄ってくださって、ありがとう」

「また会えるかな？」子供のような無邪気な顔。失恋の痛みを知らない者だけが持つ純真さを輝かせている。

エリザベスは手を上げて降参の意を示した。「あなたを止めるの無理そうね」

「次は、もう少しお時間のあるときに——」

「それでは失礼いたします、ジャック・アスターさん」そう言い残して、エリザベスは建物に入った。

ファーガソンの私室を訪れると、フレディもすでにいた。ジャック・アスターの突然の訪問については触れなかったが、ファーガソンが投げかけてきた視線からすると、フレディが何かを告げたに違いない。エリザベスは、その件は放っておくことにした。

エリザベスが死体安置所で得られた収穫について話すと、ファーガソンは両手を勢いよく擦り合わせた。

「よくやった、ふたりとも！」振り返って、フレディの背中を力強く叩く。「じゃあ、暗室に行って、さっそく現像してくれ！　三脚はここに置いていけばいい。おれが見張っておく」

フレディが立ち去ると、ファーガソンはデスクから数枚の紙を取り上げ、エリザベスに突きつけた。どんな単純な動作にも熱意がこもっていた。あらゆる瞬間に自身の莫大な精力を注入すれば、出来事を思いどおりに操れるとでもいうかのように。

「きみの記事だ。少し修正を――いや、提案を加えた」壁にかかっている時計に目をやる。太く黒い針が、次の締め切りまでの残り時間を刻み続けている。バワリー通りの酔っ払いは安酒に依存し、新聞社は締め切りに依存する。どちらの依存先もつねに変わらず存在し、逃れることは不可能だ。「さあ、自分で仕上げてくれ。あと二時間ある。おれのデスクを自由に使っていい」

エリザベスは驚きを隠せなかった。古株が下っ端の記者に対して自分のデスクを使えと申し出るなど、考えられないことだ。とにかくこの記事を掲載したいという熱意の表われなのだろう。たしかに、新聞の売上げを急増させる要素がすべて揃っている。性、暴力、謎。《ヘラルド》で初めて本格的に書いた記事が大きく取り上げられると思うと、気が遠くなりそうだった。

「ありがとうございます。でも、自分のデスクのほうが作業しやすいので」エリザベスはきっぱりと言った。

「いいとも。自分のデスクで書いてこい。頑張れよ。

きみの力試しといこうじゃないか」

原稿を握りしめて急いで退室し、エリザベスは自分のデスクへ向かった。角を曲がって主廊下に出たところで、シュスター編集長が窪みで誰かと熱心に話し込んでいるのが目に入った。編集長の大きな図体が相手を隠していて、通り過ぎる直前まで相手の顔は見えなかった。最後の一瞬に顔を向けると、相手の姿が目に入り、鉛を呑み込んだような気分になった。編集長が話し込んでいた相手は、サイモン・スニードだったのだ。

エリザベスは目をそらし、足を速めてその場を去った。スニードに冷笑されるのはご免だった。けれども、あの男が編集長の頭にどんな毒を吹き込んでいるのか、気になって仕方がなかった。スニードは危険な敵になりかねないが、誰にでも弱点はある——少なくともエリザベスはそう思っていた。あとは、その弱点を見つけ出すだけだ。


記者室はだいぶ人が減っていた。それぞれの取材に出かけているか、原稿を担当の編集者へ提出に行ったのだろう。広くて風通しのいい室内の半分ほどが空いていた。夕方遅くの今、鉛筆の先が紙にこすれる音と、ニューヨーク独特の街の喧騒だけが溶け合っている。窓際のデスクに腰を下ろすと、かすかに聞こえる馬の蹄の音や、港から飛んでくる鷗《かもめ》たちの鳴き声に混じって、露天商たちが遠くで声を張り上げていた。

「新鮮な鰻《うなぎ》、鰻はここだよ！」

ビィーカァーオォ！　ビィーカァーオォ！

「胡桃《くるみ》はいかが？　熱々の焼きたて胡桃！」

ビィーカァーオォ！

エリザベスはデスクの引き出しから鉛筆を六本取り出し、目の前に並べた。いつも朝いちばんに鉛筆を削り、必要なときすぐに使えるように準備してある。万年筆も上品でいいが、インクを補充する手間が嫌で、鉛筆のほうが効率的だと感じる。エリザベスは仕事に没頭し、締め切りが迫っている状況ならではの集中力を発揮した。周囲の雑音をすべて遮断し、この二日間に起こった奇妙な出来事だけを考えた。

死体は白い布で丁寧にくるまれ、まるで神々への捧げ物のように慎重に横たえられていた。不思議なことに、その死体は初めは場違いに感じられず、むしろ、広大な緑の公園の神聖な一角に自然と溶け込んでいるかのようだった。

一時間後、エリザベスは顔を上げて背伸びをし、使い切った最後の鉛筆を置いた。時計を見ると、残り三十分。もう記事は仕上がったものの、何度も書き直し、消しては書き直し、欄外にも乱暴な字で書き込んだため、編集者が読めることを願うばかりだった。決然と立ち上がり、原稿をまとめて出口へ向かった。無数のデスクのあいだを縫うように進むうち、部屋がほとんど空になっていることに気がついた。

ケネス・ファーガソンは背後の壁に上着を引っ掛け、シャツの袖をまくっていた。足を机の上に載せ、唇には火のついていない新しい葉巻をくわえている。アー・ケンが営む煙草店から持ち帰った品が以前よりも見栄えがいいことに、エリザベスはほっとした。扉は開いていたが、ずかずか入っていくのは失礼と思い、戸枠をノックした。

「おお、バンデンブルックさん！」足を床に下ろしながら言う。「どうぞどうぞ。さあ、何を持ってきてくれたかな？」

記事を渡す際に手が少し震えたが、ファーガソンは気づいていないようだった。熱っぽいしぐさで受け取り、デスクの上に置くと、身を乗り出して、ときおり唇を動かしながら読み始めた。エリザベスは部屋の中央に立ち、背後の掛け時計の秒針の音を痛いほど意識した。その時計の動作音には妙な癖があった。カチカチではなく、カチッカチ、カチッカチと拍動が不規則だ。ただの機械であることは百も承知だったが、あたかも、性別の壁を乗り越えてわが道を切り開こうとする努力をあざ笑っているかのような音に聞こえた。

「なるほど」とファーガソンがついに口を開き、袖で葉巻の粉を払った。「なかなかのものだよ、お嬢さん。かなりの不気味さが漂う、興味深い話だ。検死官の報告書はたしかに衝撃的だな。見出しは『吸血鬼、街へ放たる』とでもするか？」

エリザベスは顔をしかめた。

「おや、不賛成かな？」

「ええっと、その……」

「はっきり言え！ 暇じゃないんだぞ」

「そもそも、吸血鬼なんて存在しません」

ファーガソンが、けたたましく笑いだす。「もちろん、そんなものは存在しないさ！ しかし、無知な大衆はそうとは知らない。あらゆる馬鹿げた話を信じている」

「でも、無知を助長するべきではないと思います」

「ふん！ おれたちの仕事は新聞を売ることであって、大衆の啓蒙ではない」

「なぜ啓蒙をめざさないんですか？」

ファーガソンが困惑した表情を見せたあと、再度、大声で笑い飛ばした。「ほう、きみはなかなかの生意気な娘だ！ しかしだな、この街で大衆を啓蒙する？ まるで豚に空を飛ぶ方法を教えるようなものだ！」

「やってみないことにはわかりません」

「じゃあ、こうしよう。きみがふさわしい見出しを考えてくれたら、その案を検討してもいい」

エリザベスは窓の外を見つめた。イースト川の水面に夕日がきらきらと反射し、ニュージャージーの方角に沈む太陽がマンハッタン島を斜めから照らしている。鷗たちが飛びまわり、鳴き声を上げ、見つけた餌を奪い合う。ニューヨークでは鳥たちさえも貪欲だ。鳩は街の隅々で残飯を拾い、駒鳥《こまどり》、雀、鵲《かささぎ》はセントラルパークを飛び、鷹や梟といった捕食者たちは次なる獲物に目を光らせる。

やがてエリザベスはファーガソンに向き直った。

「『殺人鬼あらわる、かよわき女を餌食に！』ではどうでしょう？」

ファーガソンはエリザベスをじっと見つめ、二度まばたきをした。「驚いたな。きみは――そのう――」

「何です？」

「女、だよな？」

「ファーガソンさん、わたしは今しがた死体安置所で殺人被害者の全裸死体を見てきたのです。女だからといって、心臓が弱いとお思いですか？」

「まさか。よし、『殺人鬼』でいこう。いいぞ。それに、売上げ増も見込める」

「もう一つ言わなければならないことがあります」

「何だ？」

「わたし、被害者女性が殺害される場面を目撃したようです」

ファーガソンの目が驚きで大きく開いた。瞼《まぶた》の裏側の細い血管まで見えそうなほどだった。「それをいつ話すつもりだったんだ？」グラスゴー訛りが強くなる。

「確信が持てるまで、言いたくありませんでした」

「持てたのか？」

エリザベスは列車から目撃したことすべてを打ち明けた。アパートメントの場所も。ファーガソンは葉巻の代わりに口のなかを嚙みしめ、しばらく黙っていた。

「なるほどな」ぽつんと言う。

「記事に入れたほうがよかったでしょうか？」

「今のところは、やめておこう」

「なぜ？」

「第一に、きみを危険な目に遭わせたくない」

「でも、〝目撃者によれば〟と書けばいいのでは？」

「犯人がそれはきみだと気づく可能性が高いと思わな

いか？」

「では、どう進めましょうか？」

「調査報道だ」

「どういう意味ですか？」

「警察が追うであろう手がかりを同じように追って、容疑者を特定する」

「でも、わたしたちがつかんだ情報は警察に伝えるべきではないでしょうか？」

ファーガソンがエリザベスを見すえる。「お嬢さん、こういう言いかたは失礼かもしれないが、この街の仕組みについて、きみはまだいろいろ学ばなければいけない」

ノックの音がした。エリザベスが扉を開けると、息を切らしたフレディが、現像した写真を両手に持って立っていた。現像液を乾かすために写真を上下に振っているが、まだ少し濡れている。

「フレディか。さあ、入って、入って！」とファーガソンが促した。「それと、扉を閉めるのを忘れるな。この話はよそに漏れないようにしないと」

「はい」とフレディは足で扉を蹴った。

「さあて坊や、おみやげを見せてくれ」

みんなに見えるように、フレディが写真を掲げた。金属台に横たわって白布だけをまとっている女性の生々しい死体を見て、エリザベスはごくりと唾を呑んだ。三時間前、実際にその場にいたにもかかわらず、カメラは、肉眼で見たもの以上の何かを捉えていた。おそらくあのときは、ノバクの性格や、死体安置所を初めて訪れる物珍しさに意識を奪われていたのだろう。こうしてあらためて白黒写真で見ると、色彩が排除され、真実だけが浮き彫りになってくる。若くしてこのような悲惨な死を遂げた女性の、このうえない孤独と、このうえない悲劇を、エリザベスは突然、完全に理解した。

泣かないように自分に言い聞かせながら、ファーガソンを見やると、驚いたことに、目を潤ませていた。

「これでいいでしょうか?」とフレディが尋ねた。

「うん」ファーガソンの声が震えている。「完璧だ」

第十五章

彼はウォーター通りの売春宿の外に立ち、顎と鼻から雨を滴らせつつ、馴染みのある悪臭を吸い込んだ。幼い時分からよく知っている臭いだ。罪の臭い。欲望とあこがれ、淫乱と絶望の病的な粘着質の臭い。母親と暮らしていた、鼠だらけの湿気た共同住宅に漂う臭い。この臭いを嗅ぐたび、嫌悪感で震えなかったことはない。彼は、犯罪と貧困と悪徳の巣窟として知られる〈五つ辻〉周辺の路上で遊んでいたほかの子供と何ら違いはなかった。みんな、ぼろぼろの服を着て、空腹だった。過酷な衣料品工場や食品工場、製粉所などから運よく逃げ出すことができたとしても、荒れ放題の生活を送るのがおちだった。

しかし彼の場合、母親が営む売春宿からは逃れようにも逃れられない。売春宿に金を注ぎ込むのは、おもに船乗り、兵士、酔っ払い。連中は、どんな性病を持っていようと女ならいい、とにかく女の腕のなかで安らぎを得たいと、千鳥足で、つまずき、よろめきながら、怪しげな店に入り浸る。母親が自宅で〝客〟をもてなすこともあった。魚の血と海水の悪臭にまみれた、粗野で汗臭い船乗りたち。服を脱ぎもせず、ズボンだけ膝まで下げ、激しく原始的な欲望を母にぶつける泥酔した商人や実業家たち……。

彼はその連中全員を憎んだ。殺して、粉々になるまで靴で踏みにじり、地球の表面から消し去りたかった。彼は母親を別の人生へ連れ去ることを夢見ていた。見知らぬ男たちの淫《みだ》らな抱擁に身を任せる必要のない人生へ。いつか雑誌で見たような、広い芝生の丘がある水辺の邸宅を――金持ちが富を誇示する以外に何の意味も持たない屋敷を――空想した。

けれども、母親が酒場やジン製造所、あるいは街角の食料品店から持ち帰った酒瓶に頼るようになっていくのを見て、彼は、自分たちの生活が変わることは永遠にないだろうと絶望した。必然的に、母親の容姿は衰え始めた。肌がざらつき、目はつねに充血し、かつて細かった足首もむくんだ。金をくれる男も入れ替わり立ち替わり、年配になったり、ずっと若くなったり、貧しくなったり、品が悪くなったりした。暴力を振う男もいた。彼の寝床は、居間の窪みを擦り切れた薄い布で仕切っただけの板の間だった。彼はそこに横たわって息を潜め、薄暗い階段の重い足音に耳を澄ました。足音が通り過ぎたあとは耳をふさぎ、母親の泣き叫ぶ声を聞くまいとした。彼は母親を傷つける男たちを軽蔑し、それを許した母親をさらに軽蔑した。

ウォーター通りの売春宿から、けたたましい空虚な笑い声が聞こえてくる。彼はそうした声にも馴染みがあった。それは失われた魂の慟哭《どうこく》だ。人は偽りの楽しみの不協和音で惨めさを覆い隠す。彼は物思いを振り払い、足を無理やり前へ動かした。埠頭には鷗が群がり、黄色いつぶらな瞳で空を見上げていたかと思うと、急降下して残飯を漁る。彼は、自分が人生のすべてを残飯を漁りながら過ごしてきたかのように感じていた。他人の喜びの残り物に感謝して頼る日々だった。

しかし、今はもう違う。今、自分は強く、たくましく、危険な存在だと感じる。彼は、蘇りしオシリス、冥界の神にして、死者の裁き主なのだ。初めはそれを夢で見たのだったが、目覚めたとき、たんなる夢ではなく、予言であることを知った。彼は腕を曲げ、布の下に硬く引き締まった筋肉を感じた。あの娘は、彼の力を探求するため彼に与えられたものであり、彼は女神になる栄誉を彼女に授けてやった。彼女が最初だが、最後ではないだろう。

彼は懐中時計を見た。帰らなくては――クレオが夕食を待っているころだ。

第十六章

《ヘラルド》編集部をあとにして、エリザベスはベルビュー病院に戻った。門を通り抜けるのは、きょう二度目だ。最後の陽射しが建物の正面を斜めから照らしている。厳密にいえば面会時間は終わっているが、職員とは顔見知りだから、姉ローラと数分いっしょに過ごさせてくれるかもしれない。看護師によると、ローラは患者用の談話室にいるという。籐《とう》の長椅子とボードゲームでいっぱいの広々とした空間だ。

夕闇が街を包み始めるこの時間帯、病院はいつもに増して人けが少ない。病室の脇を通り抜けていく。タイル張りの廊下に足音が響く。途中、数人の患者を見かけた。赤い格子縞のバスローブを着た老人が、チェス盤を挟んで架空の相手と大声で話している。青い縞模様の寝間着姿で室内履きを履いた若い男は、部屋のいちばん奥を行ったり来たりしながら笑い、理解不能な暴言を吐いていた。

ローラは籐椅子に座り、脚を抱え込むようにして窓の外を見つめていた。膝の上には閉じた本が置かれている。ローラはもともと本を読むのが好きで、病気になってからも、本がそばにあるだけで気持ちが少し明るくなるらしかった。簡素な白い服を身にまとい、肩にゆるく髪を垂らし、青ざめた顔が薄暮《はくぼ》に照らされている姿は、フランドルの巨匠によるルネサンス絵画のようだった。やがてガス灯に火が入り、室内は豊かな黄金色の光に満たされた。

姉の横顔を見ていると、オランダ系の祖先の顔立ちが想像できる。突出した口とふっくらとした唇、繊細な鼻、広い額、わずかに窪んだ顎。ふと、ローラがこちらを見た。けれども、その視線の虚しさにエリザベスは息が止まった。この悲しい場所から逃げ出したい衝動に駆られ、ローラを見舞うのを嫌がる母親に一瞬、共感した。無理に笑顔をつくり、エリザベスは一歩前へ出た。

「こんにちは、ロロ」これは、幼いころ、エリザベスが姉の名前を正しく発音できなかったときの愛称だ。

ローラが、あいまいな微笑を浮かべる。誰なのか思い出そうとするかのように。鼻をかきながら、伸びをしてあくびをした。「エイワウトに頼まれて来たの？」

「エイワウトって誰？」オランダの古風な名前であることだけはわかる。

「わたしのベッドの下に住んでいる小さな男よ。カバウタルだと思う」カバウタルとは、オランダの民話や伝説に登場する内気な妖精で、丘や洞窟の地中に住む。

「いいえ」とエリザベスは言った。「エイワウトのお遣いで来たわけではないわ」

ローラの奇行には慣れているが、それが病気のせいなのか、飲んでいる薬の副作用なのかはわからない。服用している薬はおもに鎮静剤で、ブロマイド、バレリアン、ローダナム、モルヒネ。以前、姉を落ち着かせるため職員がエーテルを使っているのを目撃したことがある。エリザベスが、病院に多額の寄付をしている父親に報告する、と脅すと、二度と使わないとのことだった。しかし、エリザベスは信用せず、精いっぱいローラの治療を監視している。

エリザベスはゆっくりと近づいた。急に動くとローラが怯《おび》えることを経験から知っている。「いいものを持ってきたの」そう言って、最近、第二部との合本が出版された『若草物語』を差し出した。「昔よく、わたしに読んで聞かせてくれたでしょう?」

ローラはまるで、本という物体を初めて見たかのように、その一冊を眺めた。「登場人物のなかだと、あなたはジョーにそっくりよね」夢見るようなまなざしで言う。「わたしはベス。ベスみたいに若くして死ぬと思う」

「よしてよ」とエリザベスはさえぎった。「姉さんは長生きするわ」顎紐を解《ほど》いて帽子を取り、ローラの手を握った。「今週、アスター夫人の庭園パーティーに行ったの」

「お母様が羨ましがったでしょう?」小さな笑みを浮かべる。「アスター夫人ってどんな人だった?」

「とても知的で力強くて。あれだけ影響力を持っているのも不思議ではないわ」

ところが、ローラの視線はいつの間か、エリザベスの背後の一点に注がれていた。振り向くと、くすんだ緑の綾織りの背広にネクタイを締め、緋色のチョッキを着た若い男性がいた。チョッキのポケットから聴診器がはみ出ているところを見ると、医師に違いない。

「こんにちは」その医師がにこやかに挨拶した。中肉中背で、額が広く、黒髪が波打っている。四角い顔は、きれいな左右対称。唇がふっくらと官能的で、鼻筋は細くてまっすぐ。しかし何より印象的なのは目だ。深く窪んだ眼窩に大きな目があり、たぐいまれな緑色の瞳だった。談話室の控えめな照明の下でも、磨かれた翡翠《ひすい》のように輝いている。

ローラの表情がとたんに明るくなった。手足に活力が流れ込み、一瞬、恥ずかしそうに微笑した。「ジャミソン先生、わたしのこと忘れてなかったのね」

「きみを忘れられる人なんているはずがないだろう、ローラ?」ジャミソン医師は優しくこたえた。

ローラの恥じらいの笑みが、いたずらっぽいものに変わった。「スタークさんには忘れてほしいわ」看護師長のことだ。糊の効いた白衣に身を包み、無慈悲で遊び心を解さず、頑固一徹。

ジャミソン医師は笑い、少し不揃いだが真っ白な歯を見せた。喫煙やコーヒーの大量摂取が一般的なこの街では珍しい白さだった。エリザベスのほうに向き直って話しだす。「失礼しました。わたしはハイラム・ジャミソン、新しく赴任した医師です。あなたはローラの妹のエリザベスさんですね?」

「そうです」やや誇らしげに背筋を伸ばしてこたえた。なぜ自分がこの若い医師に好印象を与えたいのかよくわからなかったし、自分が息を吸ってお腹をへこませていることに気づいて恥ずかしくなった。

「見た瞬間にわかりました。くっきりとした頬骨《きょうこつ》がよく似ていらっしゃる」

「きょうこつ……?」

「すみません、頬の骨のことです」

「エゼキエルの枯れた骨の谷……」ローラがつぶやき、髪の一房を指に絡めた。

「おや、あなたのお姉さんは、聖書に関して百科事典並みの知識を持っているようですね」とジャミソン医師が感心した。

エリザベスは眉をひそめた。「おかしいですね。姉はあまり信心深くないのですが」

からだを前後に揺らしながら、ローラが聖書の物語を続ける。「このままではエルサレムは滅びるであろう。今こそ贖《あがな》いのとき」

医師がローラに近づき、肩に手を置いた。ローラは反射的に身をすくめたが、すぐにその手を握り、頬に押し当てた。「エルサレムは……滅びるであろう」つぶやきながら、医師の手を握りしめる。

「ここなら安全だ」と医師は言い、優しく手を放して、脈を診た。続いて聴診器で心音を聴き、瞳を覗き込む。何を調べているのか、エリザベスには見当が付かなかった。ローラは診察に素直に従い、むしろ楽しんでいるようすだ。聴診器をポケットに戻すと、医師はエリザベスに顔を向けた。「昨日はここまでひどくなかったのですが」

「姉の発作は、ときどき急に起きるんです」とエリザベスはこたえ、椅子を引き寄せて姉の隣に座った。


「病気になってからずっと、そんな調子です」

「いつごろからですか？」

「医療記録に書いてありませんでした？」言いながら、姉の髪を撫でた。触れてやると少し落ち着いたらしく、ローラの瞼が垂れ、うとうとし始めた。

「残念ながら、ここの医療記録はあまり頼りにならない。改善しようと努力中だが、なかなか難しい。職員の多くは――」

「精神障がい者を人間だと思っていない」

「その用語は嫌いなんですが、つまりそういうことです」

「どう呼べばいいとお考えですか？　〝精神破綻者〟？　〝異常者〟？　〝狂人〟？」

「わたしは、足を骨折した人や腸チフスに罹った人と同じように、ただの〝患者〟として考えるのがいいと思っています」

「それはずいぶんと進歩的な考えかたですね」エリザ

ベスは少し苦々しげに言った。

「現在の精神科患者に対する態度は、嘆かわしいほど古臭く、野蛮であるとさえ感じます。とはいえ、わたしは一介の医師にすぎません」

「では、あなたは〝精神病医《エイリアニスト》〟ということですか？」

「わたしは〝精神分析医《サイキアトリスト》〟という肩書を好んでいます。じつはこちらのほうが古い言葉で、語源的には〝魂を治療する者〟の意味です」

「〝精神病医〟ではいけませんか？」

「語源からみると、患者が自分自身や他人から隔離されているという含みを持つ言葉です」

「事実、隔離されているのでは？」

「しかし、それでは希望が持てません。わたしは今は一般医ですが、おもな関心は精神医学にあります」軽く首をかしげて、付け加える。「あなたはとても好奇心旺盛なかたですね」

「母には、へそ曲がりだと言われます」

医師は笑った。「面白いお母さんだ」

「わたしって、いつも反抗的なんです。だから母には、淑女にふさわしくない態度だと叱られます」

「そうかもしれないけど、非常に興味をそそられます」

　エリザベスは頬に赤みが広がっていくのを感じ、自分に苛立った。咳払いをして視線をそらし、鞄から小さな猪毛のブラシを取り出して、姉の髪のもつれを解き始めた。ローラが子犬のように寄り添ってきて、徐々に目を閉じ、呼吸が規則的になっていった。

「お薬の量を増やしたのでしょうか？」とエリザベスは質問した。「倦怠感がひどいように見えますが」

「日暮れ時です。こういう時間になると眠気を感じる人もいますよ」

「姉は生まれつき夜型の人間なんです。わたしは朝型ですが、姉はいつも夕方にいちばん元気でした」

「まだこの病院で研修を始めたばかりなので、今はおこたえしかねますが、こたえを見つけておきます」

「よろしくお願いします」

「連絡先を教えてもらえますか？」

先走りしすぎている問いのように感じ、エリザベスは眉根を寄せた。

「失礼しました」と医師はすぐに撤回した。「立ち入りすぎるつもりはありません」

「そうですね。すぐにまた伺いますので、そのときにお話しください」

「お待ちしております」軽くお辞儀をし、医師は立ち去ろうとした。

「姉の容態について、どう思われますか？」本心では、まだ立ち去って欲しくないのだった。

「明らかに、深刻な精神状態に陥っています」

「治るんでしょうか？」

そのとき、部屋の向こう側で大きな音がした。家具が倒れるような音。振り向くと、チェス盤の机が横倒しになり、駒が床に散らばっていた。青い寝間着を着た若者がそれを見下ろし、勝ち誇ったような笑みを浮かべている。薄暗い光のもとでも、その顔に深いあばたや傷痕があるのがはっきりと見えた。おそらく重度の天然痘の痕だろう。

先ほど見かけた老人が、信じられないという表情でその若者を見つめ、やがて怒りに身を震わせ、両腕を振り回しながら相手に向かって突進した。「殺してやる！　神様のお力を借りて、お前の肝臓を食ってやる！」

不意をつかれた若者は後方へ倒れ込み、床に激しく叩きつけられた。その上に老人が覆いかぶさり、拳で叩き続ける。エリザベスとジャミソン医師があわてて引き離そうとしたが、老人の細い腕には驚くほどの力があった。もがいて逃れようとする老人を押さえつけるのは容易ではなかった。

「この汚い犬め！　下劣なやつ！　引き裂いてやる！

放せ！」と老人が叫ぶ。「放せと言っているのだ！」

　騒ぎを聞きつけたふたりの屈強な職員が部屋に駆け込んできた。ひとりが老人を取り押さえ、もうひとりは若者の襟首を片手でつかんで引きずり起こした。

「こんどは何をしでかしやがった？」体格のいいほうの職員が言った。頭をきれいに剃り上げた大男で、太い腕には入れ墨がびっしりと彫られ、片耳に金の耳飾りが揺れている。まるで海賊のような姿で、口ぶりも海賊に似ていた。「さあ、どうなんだ？」と問い詰める。「いったい何があった？　言わないと、張り倒すぞ」

「その必要はありません」ジャミソン医師が前に出て言った。

「あんた、病棟で見かけない顔だな」職員が目を細める。

「ハイラム・ジャミソン医師。新任の研修医です」

「ほう、ハイラム・ジャミソン医師、あんたは新任ほやほやで、ここの仕組みを知らないらしいな。おい！」逃れようとする老人に言う。「どこへ行くつもりだ？　こんど身動きしたら、今夜は隔離室で過ごすはめになるぞ！」老人の腕を後ろ手にねじり上げた。

「お年寄りじゃないですか！」エリザベスは叫んだ。「そんな乱暴に扱うべきではありません」

「年寄りかもしれないが、ずる賢いんだよな、サム？」と職員は老人に言った。老人は歯をむき出し、身をよじっている。

「下劣なやつめ！　この汚い犬！」その職員が、青い寝間着を着た若者を睨みつけて罵った。若者はもうひとりの職員に押さえつけられていたが、抵抗はせず、痘痕の残る顔には従順な表情を浮かべている。

「エゼキエルは骨の谷に立ち……エルサレムは滅びるであろう」後ろからローラのつぶやきが聞こえた。

　エリザベスが振り返ると、ローラはふらつきながらこちらへ歩いてくる。急いで駆け寄り、抱きしめて椅子へ導いた。「大丈夫よ。何もかもうまくいく」耳元で優しくささやいてやる。しかしエリザベスは自分が嘘をついているように感じた。姉はもう、何もかも二度とうまくいかないのではないか？　エリザベスにとって、それがこの世の何よりも怖かった。

第十七章

職員たちがふたりの患者を連れ出すころには、ローラも落ち着きを取り戻した。眠たそうにしていたので、エリザベスとジャミソン医師はローラを部屋まで送り届けた。父親が手配した個室からは、イースト川の素晴らしい眺めが見渡せる。室内には、父が贈ってくれたぬいぐるみの麒麟《きりん》や、彫刻が施された木目の美しい宝石箱、ローラが学校で描いた水仙の水彩画など、さまざまな私物が置かれている。

ジャミソン医師はほかの患者のようすを見に行くために席を外し、エリザベスは姉の就寝の準備を手伝った。ローラが寝間着に着替えたあと、エリザベスは子供のころに姉がしてくれたように、姉を優しく寝かしつけた。

「本を読んであげましょうか、ロロ?」

ローラは伸びをして、あくびをしたあと、布団のなかに潜り込んだ。「あなたは、もう帰ったほうがいい。だいぶ疲れているでしょ」そう言って、ローラはエリザベスの手を取って軽く握り、瞼を閉じた。手のひらは冷たく、滑らかで乾いていた。

姉の病気の奇妙な一面は、ときおりまったく正常に見えることだ。まるで窓掛け布が取り払われて、エリザベスが長年知る優しく愛情深い姉の姿が現われるかのようだった。病気の初期には、そんな姿を垣間見るたびに希望を抱き、一瞬、妄想や恐怖が十月の木の葉のように散ったのではないかと信じたものだ。けれども、症状の改善はけっして長く続かなかった。すぐにまた幻聴が聞こえ始め、奇行が戻った。ひとりごとや不可解な笑い声、奇妙な空想や妄想が繰り返された。病気の暗雲が、つねに姉の頭上に立ち込めていた。この苦い現実に気づいたエリザベスは、ローラが急に正気になって以前の自分を取り戻すことは夢見なくなったものの、いつの日か完治の可能性があるという希望は失っていなかった。

「お帰りなさい」とローラがささやいた。「わたしのそばにはエイワウトがいてくれるから」

エリザベスは姉を見つめた。姉は穏やかな表情で、枕の上に広がった黄色い髪は、まるで夏の小麦の穂のようだった。子供時代のありふれた夏の夜を思い出さずにいられなかった。ふたりは寝室で寝ていて、階下には両親がいる。父は煙管をふかしながら法律文書に目を通し、母親はピアノの前に座っている。ブラームスの子守唄の心地よい旋律が耳奥によみがえってくる気がした。ふたりを眠りに誘《いざな》うために、母親はときどきその曲を弾いた。ふたりのお気に入りだったからだ。めい長年、ローラとエリザベスは同じ部屋で眠った。めいめいの部屋もあったが、お互いの存在に安らぎを感じた。

柔らかなノックの音が、エリザベスを現実に引き戻した。振り向くと、部屋のすぐ外にジャミソン医師が立っていた。「眠りましたか？」

「そのようです」とエリザベスはこたえ、静かに部屋を出た。ガス灯の明かりを弱め、扉を閉めても、ローラの反応はなかった。

「だいぶ落ち着いたみたいですね」とジャミソン医師が言った。「ラウダナムを投与しましたか？」

「鎮静剤の使い過ぎはよくないと思います」

「わたしも、過剰な投与には反対です。患者をおとなしくするために使われがちですが、患者の健康に与える影響を考慮すべきです。お姉さんはエイワウトについて話しましたか？」

「ああ、聞きました。ベッドの下に住む小さな妖精ですね」エリザベスは溜め息をついた。

「新しく始まった妄想ですよね？」

「ええ。善し悪しはともあれ、その妖精にいくらかの慰めを見出しているようです。姉の空想のなかには、もっと不安を煽るものもありますが」

エリザベスが出口へ向かって廊下を歩きだすと、ジャミソン医師もあとに続いた。いくぶん嬉しさが湧いたものの、育ちのよい若い女性らしく、その気持ちにはほとんど意識を向けず、両側の壁に取り付けられたガス灯の明かりを頼りに、薄暗い廊下を足早に歩いた。

玄関広間が近づいてくると、「お宅の前まで送らせていただいてもよろしいですか？」と医師が尋ねた。

「お気持ちはありがたいですが、ひとりで帰れますので」とエリザベスはこたえ、帽子をかぶった。屋内が暑すぎて帽子を脱いでいたが、もちろん、身なりに敏感な女性であれば、きちんとした帽子もかぶらずに公共の場に出ようなどとは考えない。社会の規則には辟易させられることが多いが、エリザベスは礼儀に従い、顎の下で紐を結んだ。

「夜の街は用心してください」と医師が言った。ふたりは正面階段を下りて一番街に出た。おもては意外なほど過ごしやすかった。日中の暑さが和らぎ、嵐のせいで空気が澄んでいる。頭上のガス灯のまわりを蛾がひらひらと舞い、そのか細い羽根が白く輝いていた。後方にはイースト川の穏やかな流れがあり、真ん円《まる》には少し欠けた青白い月のもと、数隻の船が滑るように進んでいた。

少しのあいだ、エリザベスは美しい夜の風景に見とれた。「こんな夜に危険が潜んでいるはずがないわ」

「気候がいいからといって、悪が存在しなくなるわけではありません」と医師が諭す。

「母みたいな物言いね。母は、ニューヨークは危険だと口を酸っぱくして言うんです」

「お母さんのおっしゃる通りです。やはり、お宅まで送らせてください」

「では、承知いたしました」渋々という口ぶりだったが、実際にはまったく別の感情を抱いていた。

医師は二本の指を唇にあてがい、エリザベスが今まで聞いたこともないような大音量の指笛を吹いた。通りかかった辻馬車が、ふたりを乗せようとあわてて曲がり、ほかの馬車とぶつかりそうになった。

「そんなみごとな指笛、どこで覚えたのですか？」辻馬車が目の前で停まったとき、エリザベスは訊いた。

「祖父から習いました」こたえながら、エリザベスのために扉を開けた。

御者が、後部の高い位置から見下ろして、指示を待っている。

「〈スタイベサント・アパートメント〉までお願いします」とエリザベスは告げた。「東十八――」

「かしこまりました」御者が帽子のつばに手をやってこたえた。「場所は存じております」

「おじいさまもお医者様だったんですか？」一番街を走り始めた辻馬車のなかで、医師に尋ねた。

「いえ、べつに」ネクタイを直しながらこたえる。「〈スタイベサント〉はいかがですか？　広々としていて、いうまでもなく流行の先端だと聞いていますが」

急に話題を変えたことにエリザベスは気付いた。

「わたし、流行には関心がなくて。関心を持たなければ駄目だと、母に口うるさく言われますけれど。でも、とても設備が整っているアパートメントなのは確かです」

「お姉さんから聞いた話では、お父上はバンデンブルック判事だそうですね」辻馬車は二十三丁目を東へ曲がった。

「父をご存じですか？」

「この街では珍しい誠実な判事だともっぱらの評判ですよ」

エリザベスは窓の外に目をやった。若い恋人同士が腕を組んで歩いている。男は女のほうへ頭を傾け、女の話を熱心に聞いているらしい。エリザベスは、若いころの両親は付き合い始めた当初あんなふうだったのではないかと想像した。若い男性の態度にはどこか父親と似たところがあり、明らかに、伴侶に対して強い愛情を抱いている。父親は、結婚して何年経っても、華やかで才能あふれる妻に魅了され続けていた。父親のような善良な男性を愛に駆り立てることができるという点が、母親の最も尊敬できる長所だと思う。

その若い恋人同士が、街灯の下を通り過ぎた。光はまるで守護の輝きのようにふたりを包み込んだ。エリザベスは静かにそのふたりの幸福を祈った。幸福は儚《はかな》いものであり、たとえそれが晩夏の夕べのひとときしか続かないとしても、若い愛のきらめきには人の心を打つものがあった。

エリザベスは隣のぬくもりを感じながら、ジャミソン医師に目を向けた。「姉の病状についてどうお考えですか？　治る見込みはあるでしょうか？」

「わたしはまだ研修医の二年目ですので、専門的な意見は申せません」

エリザベスは深く溜め息をついた。

「どうしました？」

「自分でも嫌になるのですが、ときおり、姉に怒りを覚えることがあるんです。姉の状態が本人のせいではないのはわかっているのですが、それでも……ときどき、自力で立ち直ってくれないものかと願ってしまいます」

「いたって自然な心の動きだと思います」

「そんなふうな考えを持つわたしは、罪深いでしょうか？」

「あなたは人間だ。自分ではどうにもならない考えのせいで自分を罰してはいけません」

辻馬車が揺れながら走る。ふたりのあいだに沈黙が下りた。やがてエリザベスが口を開いた。「ベルビュー病院には着任したばかりとおっしゃっていましたね」

「一年目はブルーミングデール病院でした」

「うちの両親は、ベッドが空いたらすぐに姉をそちらに入れたいと思っているんです。素敵なところなんでしょう？」

「ええ、それはもう」

「そのわりに、あなたは一年しかいなかった。何か気に入らない点でも？」

「わたしは、革新の精神に満ちていて、医学研究も盛んで、患者の治療も進んでいるちゃんとした病院に勤めたかったんです」

「ベルビューはそういう病院なんですか？」

「はい。スティーブン・スミス博士をご存じですか？」

「政治組織の〈タマニー・ホール〉に立ち向かった医療改革者のひとりではありませんか？」

「スミス博士は、この街の貧困の多くは〈タマニー・

ホール〉のせいだと糾弾し、ボス・トゥイードを失脚させたといわれています」この話題でジャミソン医師は俄然、生き生きとしてきた。声が熱を帯び、目が輝き、興奮のあまり、からだに力が入っている。「スミス博士はまさに比類なき人物です。真の開拓者。市の保健委員として、全国的な予防接種制度を確立し、医科大学を創設し、貧困者のために多大なる貢献をした。博士のような人たちがいるベルビュー病院は、特別な場所なんです。ご存じですか――」

「お話の途中ですが、到着したようです」とエリザベスは言った。

馬車が建物の前で停まり、ジャミソン医師はすかさず降りて、エリザベスのために扉を開けた。

「いくらお支払いすればいいですか？」と医師が御者に尋ねた。

「二十五セントになります」

医師がポケットから金を出すあいだに、エリザベスが前に出て、御者に三十セントを渡した。「お釣りは取っておいてください」そう言って、手提げ鞄を閉じた。

「ありがとうございます、お嬢さん」と御者は礼を言い、馬車の向きを変えたあと、鞭で馬を軽くあしらい、夜の闇へ去っていった。

ジャミソン医師は眉をひそめた。「それはいけません。われわれは合意したはず――」

「お送りいただくことには同意いたしましたが、運賃まで払っていただくわけにはまいりません。あなたはどちらにお住まいですか？」

「病院の近くに部屋を借りています」

「ここから一、二キロもあるじゃないですか」

「気持ちのいい夜ですから、歩いて帰るのも悪くない」

「もっと有意義に時間をお使いになればいいのに」

「そうでもありませんよ。これ以上に有意義な時間の使いかたは思いつきません」

「じゃあ、おやすみなさい」エリザベスは手提げ鞄から鍵を取り出し、玄関の扉を開けた。

「おやすみなさい」

「家まで送っていただき、ありがとうございました」振り返って微笑んだ。「これで、わたしの居場所もおわかりになりましたよね」

ジャミソン医師が返事をする前に、エリザベスは足早に家に入り、扉を閉めた。けれども、玄関広間の窓から遠ざかる医師の姿を見守った。東十八丁目に建ち並ぶガス灯の光の輪を、順々に過ぎていった。エリザベスは溜め息をつくと、階段をのぼり三階の自室へ向かった。そう間を置かずに寝床に入ったが、落ち着きなく寝返りを繰り返し、なかなか眠ることができなかった。寝室は、満ちていく月の淡い光に包まれている。とうとうエリザベスは起き上がり、ダマスク織の窓掛け布を閉めて光をさえぎった。


しばらくベッドに横たわり、両手を頭の後ろに組んで天井を見つめたが、眠りはいっこうに訪れなかった。何かが変わったように思えた。空気が違って感じられる。漠然とした胸躍る可能性を秘めて、張り詰めているかのように……。ようやく眠りに落ちたとき、エリザベスは薄暗い廊下をさまよい、姉を探し求める夢を見た。けれども見つけたのは、掘ったばかりの深い穴の底で、ミイラのように白布に包まれている姉だった。

第十八章

エリザベスは、アパートメントの扉を叩く音で目を覚ました。ベッドからよろめきながら立ち上がり、ガウンを手に取ったが、まだ着るか着ないかのうちに、また扉を叩く大きな音がした。

「どなたですか?」大声で尋ね、夢うつつのまま、ふらふらと歩いた。

「わたし! カルロッタよ!」

エリザベスは、母親からもらった居間の置き時計に目をやった。まだ六時半前だ。窓から射し込む薄明かりが、太陽はいまだ地平線の上に顔を出していないことを示している。

エリザベスは勢いよく扉を開けた。廊下に立つカルロッタは、一方の手にパン屋の紙袋を、もう一方の手に散歩紐を持っていた。紐の先には、元気いっぱいのトビー。アパートメントの内側を覗き込みながら、匂いを嗅ぎ、尻尾を振っている。明るいつぶらな瞳に、幸福な期待感があふれていた。

「おはよう」とカルロッタは明るく言った。

エリザベスはあくびをしながら、ガウンの前をしっかりと合わせた。「どうしてあなたはいつもこんなに朝早くから活動しているの?」

「わたし、芸術家だから、光を捉えなくちゃ。なかに入ってもいい?」

「仕方がなさそうね」エリザベスは扉をさらに開けた。

カルロッタは、きのうに増して民族衣装ふうの服装だった。彩り豊かで裾の広がったスカートに、きつく編み上げた革靴を合わせ、白いひだ飾りのブラウスの上に、金の装飾が施された赤い胸当て。赤と金の飾り布で髪を包み、締め付け下着は着けていないらしい。

「ベーグルを持ってきたわよ。コーヒーはある？」

「今、淹れるわ」

エリザベスは室内履きを履かずに台所へ向かい、足裏に刺さるものが床にないかと気を付けながら歩いた。カルロッタとトビーも後ろからついてくる。トビーが散歩紐を引っ張り、部屋のなかを興味深げに見まわしている。このアパートメントは、いちばん奥に台所がある。料理の匂いが家じゅうに広がっているのは下層階級とみなされるからだ。

「お手伝いさんたちはどこ？」台所のテーブルの椅子に座って、カルロッタが尋ねる。

エリザベスは戸棚を開け、コーヒーを取り出した。

「わたしは雇っていません」

「なのに、こんな立派なお部屋に住んでいるのね」

「わたしは使用人を雇いたくないんです。人は他人のために生きるべきではない、と思っているから」

「それなら、うちの弟と気が合うでしょうね。無政府主義者だから」

コーヒーを準備していたエリザベスは一瞬、手を止めた。「本物の無政府主義者には、たぶん会ったことがないです」

「でもまあ、無政府主義者を気取ってるだけかもね。親を困らせるために、わざと格好を付けてるんじゃないか、って思うこともある」

「お会いするのが楽しみ」エリザベスはそう言って、コーヒーの準備を続けた。「すぐに出来上がるわ」

「最高。コーヒーといっしょに食べると、ベーグルはますますおいしいのよ」エリザベスが蛇口からコーヒー沸かし器に水を注いでいると、カルロッタが言った。

「ここ、水道があるのねえ」

「あなたのおうちにはないの？」

「わたしの家はオーチャード通りにあるの」

エリザベスは、ダウンタウンの貧困層の住居が劣悪な状況なのは知っていたが、実際に足を踏み入れたことはなかった。

「ほかの住人たちと共有してる中庭のポンプから水を汲むのよ。あ、コーヒーは濃いのが好き」エリザベスが沸かし器に挽きたてのコーヒー粉を入れるのを見て言う。「あなたがよければ、だけど」

「わたしも濃いほうが好み」とエリザベスはこたえ、ガスの火を点けた。カルロッタとその家族が寒くて暗い中庭で水を汲んでいると想像すると、自分の恵まれた環境が恥ずかしくなった。「こんなことを訊くのは失礼かもしれないけれど、この建物でアトリエを借りるお金はどうやって工面しているのかしら？」

「わたしには……応援してくれる人がいるの」

「なんだか謎めいているんですね」

「それに、両親のパン屋も繁盛してるし。お金を貯めて、もう少し広い家に引っ越すつもり」

「夢があっていいですね。じゃあ、今はご両親といっしょに住んでいらっしゃるの？」


「ええ。でも、アトリエに長椅子があるから、ときどきそこで夜を過ごすこともある」

「いつか、そのとても寛大な恩人のことをもっと詳しく教えてもらえるといいけれど」

カルロッタは咳払いをして視線をそらし、背を向けた。「トビーの散歩紐を外してもいい？」尋ねながら、トビーの耳を掻こうと身をかがめる。

「いい子にしていてくれるのなら、外してもいいです」

「じゃ、いい子にしてなさいね、トビー」小さな犬は部屋じゅうを走りまわり、床に鼻をつけて必死に匂いを嗅ぎ始めた。小さなテリアの無精ひげのようなひげと、元気いっぱいのようすを見て、エリザベスは、可愛いと思わずにいられなかった。

テーブルに皿とカップを並べだすと、「ベーグルに塗るバターかジャムはある？」とカルロッタが訊いた。

「冷蔵箱のなかにあります」とエリザベスは指さした。

「うちにもあるわよ、冷蔵箱なら」エリザベスの心を読んだかのように、カルロッタが言う。「だから、同情は無用」

「同情なんて――」

「もちろん、してないわよねえ。さあ、座って、いろいろ話してちょうだい」とカルロッタが催促する。まるで自分のほうが、あるじであるかのようだった。エリザベスがふたりぶんの熱いブラックコーヒーを注ぐと、「クリームはないかしら」とカルロッタが付け加えた。

「冷蔵箱――」

「取ってくる」とカルロッタがすばやく立ち上がって、身に着けた装飾品をじゃらじゃらと鳴らしながら部屋を横切り、部屋の隅にある小さな冷蔵箱を開けた。淡い金色の窓掛け布から朝日が射し込み、部屋全体を温かく照らしている。エリザベスの母親は、ここの台所の模様替えを手伝うと言ってきかなかった。だから結果として、母親が大好きな黄色が基調になっている。壁は淡いレモン色で塗られ、床のタイルは黒と金色。手ぬぐいや布巾にいたるまで、部屋と調和している。

「さて、と」コーヒーにたっぷりのクリームを注ぎながら、カルロッタが言った。「きのう別れたあと、どんなことがあったの？　すごく気になる」

エリザベスは包み隠さずに話しつつ、ベーグルとコーヒーを交互に口に運んだ。意外に空腹だった。カルロッタからベーグルをもう一つ勧められ、遠慮なくもらうことにした。胡麻がまぶされた柔らかそうなものを選び、バターをたっぷりと塗った。「ベーグルって、とても変わっていますね。パンみたいだけれど、もっと嚙みごたえがある。どうやって胡麻をくっつけるのかしら？」

「母さんに聞いてみないとわからないわ。母方の伯父はポーランドのクラクフでパン屋をしていたのよ」カルロッタが、足元でじっと待っているトビーにベーグルのかけらをやった。トビーはそれをひと口で飲み込み、もっと欲しいと尾を振った。「今はこれだけよ」とカルロッタが言うと、トビーは素直に小走りで部屋の反対側へ行き、幅木の小さな穴の匂いを嗅いだ。エリザベスはその従順さに驚いた。

「うちの父はいつも言っていました。テーブルで犬に餌をやるな、悪い習慣になるから、と」

「たいていの犬なら、あなたのお父さんの言うとおりだと思うけど、トビーは特別なの。とっても簡単にしつけができた」

名前を呼ばれたトビーは、小さな耳をぴんと立て、ふたりをちらりと見たあと、興味をそそる台所のさまざまな匂いを嗅ぎ分ける作業に戻った。

「きょうの新聞に自分が書いた記事が載るんでしょ。うれしいでしょうねえ」とカルロッタが言った。

「正直に言うと、わたしの条件を呑んでもらえるとは思っていませんでした。でも、社交界や服の流行について書く仕事に戻されないように祈りたいです。もう耐えられません」

そのとき、玄関の扉がふたたびノックされた。

「まあ」とカルロッタが言った。「こんな朝早くに誰が来たのかな?」

エリザベスは、カルロッタが来ることだって予想外だったと言いかけたものの、ノックの音が叩きつけるような音に変わった。

「誰であれ、かなり急いでいるようですね」とエリザベスは言い、部屋を横切った。カルロッタも、食べかけのベーグルを握りしめたまま、あとを追ってきた。

「どちら様ですか?」とエリザベスは尋ねた。

「僕だよ、ジョナだ!」

「うちの弟よ」とカルロッタが言った。

「どうしてあなたがここにいることを知っているんです?」

「アトリエに行く途中であなたに会う、って教えたの」

エリザベスはガウンをからだに引き寄せた。「若い男性を迎えられるような格好じゃありません」

「ただの弟よ。子供みたいなもんだってば」

エリザベスは曲げ木の洋服掛けから肩掛けを取って羽織った。「これでいいです。なかへお通しください」

カルロッタが掛け金を外し、扉を開けた。廊下には、姉にそっくりな少年が立っていた。姉と同様に小柄で、黄褐色の肌、巻き毛の黒髪。しかし違うのは、服装が控えめなことだった。明るい薄茶色の上着に薄黄色のチョッキを着て、それに合わせた手袋を嵌め、きちんとネクタイを締めている。磨き上げられた編み上げ靴が、光沢を放っていた。無政府主義者には見えなかった。むしろ、しゃれ男といえなくもない。移民であることを示す特徴は、頭にかぶったつばの広い中折れ帽くらいだった。

「入ってもいい?」少年が、その帽子を取って言う。興奮したようすで、声もうわずっている。

「もちろんです」とエリザベスは応じた。

少年が玄関前の泥落としで慎重に靴裏の汚れを落として、なかに入った。

「わたしの弟、ジョナ・アッカーマンよ」とカルロッタが紹介した。「こちらがエリザベス・バンデンブルックさんよ」

「初めまして」とジョナ少年が軽くお辞儀をした。

「早朝にお邪魔して、すみません。急用なんです」

「そのようですね」とエリザベスは言った。「どうぞお気兼ねなく、お姉様にご用件をお伝えください」

「ありがとう」

カルロッタが弟の腕に手を置いた。「どうしたの、ジョナ? 何かあった?」

少年は姉の手に自分の手を重ねた。この些細なしぐさにさえ、姉への愛情が表われていた。「母さんの具合が悪いんだ」

「悪いって、どう悪いの？」

「けさ、ものすごくようすが変で。コレラかもしれない」

弟の手を握りしめる。「まさか——そんな馬鹿な！間違いだと言って」

「うん、間違いだといいんだけど」

「父さんは？そばに付き添ってるの？」

「母さんをベルビュー病院に連れて行った。僕も今、行く途中なんだ」

「ごめんね」とカルロッタがエリザベスに言った。「弟といっしょに行かないと」

「わたしもごいっしょさせてください」とエリザベスは頼んだ。「お願いします」

「とんでもない！」とカルロッタが叫んだ。「あなたまで恐ろしい病気に感染したらたいへんよ。それに、今は何をおいても、自分の仕事があるでしょ。休んじゃ駄目よ」

カルロッタの言うとおりだったが、エリザベスは、知り合ってから日が浅いにもかかわらず、同行したい気持ちを抑えきれなかった。

「行こう、姉さん」とジョナが促す。「時間を無駄にしていられない」

冷めたコーヒーを一気に飲み干したカルロッタに、エリザベスはトビーの散歩紐を渡した。「ベルビュー病院には知り合いの医師がいます。手当てを頼んでみてください」

「そのお医者さんの名前は？」トビーの散歩紐を締めながら、カルロッタが訊いた。

「ハイラム・ジャミソン先生。まだ二年目の研修医だけれど、有能な医師です」最後の言葉は、つい口から出てしまった。本当に有能かどうかはわからないが、あれだけ知的で思いやりがあるのだから、きっと優秀な医師に違いない。

「ありがとう」とカルロッタは言い残し、あわてて出て行った。

エリザベスが仕事に出かける支度を終えるころには、八時近くになっていた。胸の内で、相反する感情が戦った。カルロッタの母親を心配する一方、《ヘラルド》に自分の記事が掲載されるという期待に胸が躍る。冷めてしまったベーグルをコーヒーで胃へ流し込み、急いでアパートメントを出て、高架鉄道の二番街線の駅をめざした。

道の向かい側、街灯のそばに、濃い色の外套を着たひとりの男が立ち、煙草を吸っていた。紫煙が顔のまわりに渦巻き、その顔立ちは、目深にかぶった広いつばの帽子で隠されていた。周囲の人々は、その男をほとんど気に留めていない。男は煙草を捨てて靴で踏み消し、帽子をさらに深くかぶり直して、二番街線の駅へ向かって歩きだした。

第十九章

それから四十分ほどして、エリザベスはダウンタウンに到着した。一帯は活気に満ちあふれ、露天商たちが賑やかに立ち働いていた。ドイツ人は、ロールパンに腸詰めを挟み、からしとザワークラウトを添えたものを売っている。あっちにもこっちにもいる牡蠣売りたちの古びた荷車には、氷の上に浅蜊《あさり》や牡蠣が並んでいた。荷車から突き出した棒にプレッツェルを束ねてぶら下げて売る商人も数あまた。果物やナッツを売りさばく者もいる。エリザベスは、駅近くのいつもの場所で、お気に入りの新聞売りを見つけた。新聞を山ほど抱えている。

「さあさあ、お読みあれ。セントラルパークでエジプトのミイラが発見されたよ！　この新聞でしか読めない！　《ヘラルド》の特ダネだ！」

「こんにちは、ビリー」とエリザベスは手提げ鞄から金を出した。

「新聞はいかが？　きょうは大きなニュースがあるんですよ」

「ええ、一部お願いします」と十セントを渡した。

「ありがとうございます」ビリーがポケットの釣り銭を探る。

「お釣りは取っておいて」エリザベスは新聞を脇の下に挟んだ。

「こいつはどうも、お嬢さん！」礼の言葉を背中に受けながら、エリザベスは急ぎ足で立ち去った。さっきの新聞売りの言葉が頭のなかにこだまし、心臓が喉までせり上がる思いだった。「セントラルパークでエジプトのミイラが発見されたよ！」それが一面最上段の記事なのだ。もちろん、「エジプトのミイラ」というのは事実ではないが、宣伝文句としては効果的で、感心せざるを得ない。世間ではエジプト文明の遺物が大人気だから、「本物のミイラが出た」と匂わせたほうが、「ミイラの格好をした死体が発見された」よりも、はるかに興味をそそるに違いなかった。


エリザベスは五階建ての《ヘラルド》の社屋に入り、大理石の玄関広間の壮麗さをしばし味わった。一階の高い位置にある窓から陽が射し込み、磨き上げられた螺旋階段が上階へ伸びている。心が落ち着いたところで、ようやく新聞の第一面を見る勇気が湧いてきた。柱の後ろに隠れて、震える手で新聞を広げ、第一面の左上にある大見出しを読んだ。

セントラルパークの恐怖
殺人鬼あらわる　かよわき女を餌食に！

エリザベスが発案した見出しも使われていたが、その上にもっと目を惹く見出しがでかでかと掲げられている。次に、エリザベスの視線は署名欄に落ちた。そこには「エリザベス・バンデンブルックとケネス・ファーガソン」と記されていた。それを見て大きな吐息が出て、今まで息を止めていたことに初めて気づいた。と同時に、入り組んだ複雑な感情が一気にあふれてきた。恐怖、興奮、悲しみ、安堵、そして誇り。

フレディが撮った被害者女性の写真が、紙面からこちらを見つめている。フレディのカメラは、亡くなった女性の、名状しがたい何かを捉えていた。ハート形の顔には無垢な平静が漂い、普遍的な人間性のようなものが表われていて、早すぎる死を遂げた純真な若い女性たちすべてを象徴するかのようだった。安らかに眠っているふうに見え、その顔は誰の娘でもありうる白紙の画布だった。写真の下に、見出しがもう一つあった。〈この女性を知りませんか?〉

見出しのあとには、被害者の身元を知る者は《ヘラルド》に連絡してほしいとの呼びかけがあり、報奨金についても触れられていた。被害者の顔を見つめているうちに、自分の文章が活字になったという喜びを押しのけて、別の、もっと心をかき乱す感情が膨れ上がってきた。それは〝羞恥心〟だった。ひとりの女性が亡くなった。しかも殺されたのだ。なのに、見出しを目にしてエリザベスが最初に考えたのは、自分の出世だった。

考えを整理しながら、顔が赤くなるのを感じた。野心は悪でも間違いでもないだろうが、罪のない若い女性の死とは、重大さが比較にならない。朝の太陽が雲に隠れ、玄関広間が薄暗くなるなか、エリザベスは身震いした。わたしは殺人犯を法で裁きたいのか、それとも、この若い女性を道具にして自分の職歴に箔を付けたいのか? しかし、エリザベスは思い直した。どちらか一方を選ばなければいけないわけではない。両立も可能ではないか?

あらたな思いに胸が高鳴り、エリザベスは二階への階段をのぼった。ケネス・ファーガソンには何を言われるだろう？　編集室へ続く廊下の角を曲がったとき、背後で足音がした。誰かが急いで近づいてくる。振り返る前に、首に手をかけられ、もう一方の手で上腕をつかまれた。

襲撃者は手際よくあっという間にエリザベスを小さな備品倉庫に押し込んだ。反応する隙すらなかった。事務用紙の束が置かれた金属製の棚に押しつけられた。悲鳴を上げようとした口に、布切れを突っ込まれた。襲撃者はエリザベスの両手を背中に回し、滑らかで柔らかい何かで縛った。ネクタイのような感触だったが、確信は持てなかった。それが何であれ、痕は残らないだろうと思った。

恐怖が全身を駆けめぐり、膝が震えた。どうにか逃れようともがいたが、襲撃者の握力は鋼鉄のごとく強く、一方の手はエリザベスの首を押さえ、もう一方の手が服をまさぐり始めた。襲撃者の意図を察した瞬間、エリザベスは本能的に固く目を閉じた。胃が反乱を起こしそうになったが、口を布で塞がれている今、もし吐いたら窒息してしまうと、懸命にこらえた。

スカートがたくし上げられ、襲撃者の熱く湿った息を首筋に感じた。ふと首元の力が緩んだ隙に、身をよじって相手の顔を見ようとしたが、襲撃者がからだごと強く押し付けてきて動きを封じられた。金属製の棚が頬に冷たい。背後で荒い息をする襲撃者の下腹部が、しだいに硬くなっていくのがわかった。

誰にも打ち明けたことはないものの、エリザベスは処女ではない。何が起こっているのかを正確に理解していた。襲撃者は左手でエリザベスを押さえつけながら、右手でみずからを慰め、硬くそそり立ったものを下着越しに押し当ててきた。エリザベスはもがき苦しんだが、無駄だった。金属製の棚にいっそう強く押し付けられた。襲撃者の呻き声がだんだん大きくなり、呼吸が荒く不規則になるにつれ、みずからを慰める速度が増した。やがてついに、喘ぎと呻きのなかで襲撃者は絶頂に達した。

すると何より奇妙なことが起こった。襲撃者が笑いだしたのだ。女性の笑い声にも似た、柔らかな笑い。楽しさよりも安堵感からくる笑いだった。襲撃者は一瞬、からだを弛緩させ、それから大きく息を吸ってふたたび笑った。こんどは陰湿な、勝ち誇ったような笑いだった。襲撃者はエリザベスの手首を縛っていた何かを解き、口に詰めた布を引き抜くと、扉を開けて外へ身を滑らせ、勢いよく閉めた。正体はいまだ不明だった。

エリザベスは、からだをねじって扉の取っ手を引いたが、反対側から施錠されていた。扉を叩き、大声で叫んだ。数分後、扉が開いた。上下つなぎの服と作業靴という姿の整備士が、困惑した表情で立っていた。右手に締め具を、左手には丸めた縄を持っていた。

「どうされましたか、お嬢さん?」整備士は大柄で若く、赤ら顔で、天使のように滑らかでふっくらした頰をしていた。誠実で親切そうな榛《はしばみ》色の瞳を見て、エリザベスは泣きそうになった。

衝動的に、すべてを打ち明けようと思ったが、別の衝動がまさった。そのような告白がもたらす結果は明らかだ。自分の経歴にどんな影響が及ぶか、目にどう映るか、そして誰が責任を問われるか? 非難の声が聞こえてくるようだった。「男性の職業に首を突っ込まなければよかったものを」「自業自得だな」「そういう立場にみずから身を置いたんだから、当然の報いだろう」「分別ってものが足りない」「突き詰めれば、しょせん、ありふれた娼婦とたいして違わないだろ」……。

涙がこぼれそうになるのを必死にこらえ、数分前には考えられなかったことをやってのけた。自分でも驚くようなことを。整備士の瞳を見つめて、微笑したのだ。

「わたしったら、馬鹿ねえ。自分で鍵をかけて閉じ込められしまって」できるかぎり落ち着いた声で言う。

整備士は首をかしげた。「どうやったら、そんなことに？」

「扉を閉めたとき、音を立てて掛け金がかかったのが聞こえました」言いながらも、あり得ない話だと自覚していた。「本当に、何をやっているんだか」わざとらしく笑ってみせる。内心では、もっと演技がじょうずならよかったのに、と自分を責めた。

哀れな嘘だったが、整備士は納得したらしく、寛容に微笑んだ。これだから女は勤めには向かない、とでも言われるのではとエリザベスは覚悟したが、そんなことはなかった。「気にしないでください、お嬢さん。おれもいちど、自分の家の地下室に閉じ込められたことがありまして。扉をのこぎりで切って、どうにか脱出しましたよ。新品同様の扉を台無しにしてしまいました」

「助けてくださってありがとうございます」エリザベスは心から感謝した。

「何でもありませんよ。この錠は少し油を差す必要がありますね。また起こらないようにしておきます」

「本当にありがとうございます。ご親切に」

「なあに、これも仕事ですよ、お嬢さん」整備士は帽子に手をやって礼儀正しく挨拶し、廊下を歩いていった。

その姿を見送りながら、エリザベスは、騒ぎにならなくてよかったと思った。〝ふしだら女〟という烙印《らくいん》を押されたくない。物事がどう進むかはじゅうぶんに知っている。加害者が誰であろうと、自分の言葉より加害者の言葉が勝つだろう。エリザベスは人けのない廊下にしばらく立ち尽くし、叫びたい、泣きたい、傷ついた動物のように吠えたいと思った。誰にこんな目に遭わされたのかを証明する手立てはないが、おおよその見当は付く。

　エリザベスには希有な才能がある——才能と呼べるかどうかは別として、困難な感情や不都合な感情を、いずれ対処できるようになるときまで棚上げしておくという能力だ。《ヘラルド》の廊下に立ち、エリザベスは、この能力が今こそ大切だと悟った。きょうは自分の職業上、最も重要な日だ。一面に署名記事が載ったのだから、勝利を収めた日といえる。ファーガソンのデスクに堂々と歩み寄り、勝利を宣言し、この物語のたどり着く先がどこであろうと、どこまでも追いかけるつもりだと明らかにする必要がある。

　けれども、エリザベスは勝利を感じるどころか、むしろ自分が矮小《わいしょう》で、汚らわしく、嫌になるほど恥ずかしい存在のような気がしていた。利用され、捨てられた。自分に非はないと頭では理解しているものの、極度の屈辱感を拭い去ることはできなかった。汚された、不潔な女。廊下を歩き始めたが、突然、膝が骨ではなく、何か粘つく物質でできているかのように感じられ、からだを支えきれなかった。近くの扉の取っ手にしがみつき、体勢を整えようとすると、自分の手が震えているのがわかった。恐怖ではなく、怒りと嫌悪感が全身を支配している。深呼吸をしてから、よろめきつつ廊下を進み、女性用の手洗い所へ向かった。前進するより先に今回の出来事を浄化する必要があると、本能が告げていた。

　手洗い所には誰もいなかった。このささやかな幸運に感謝しながら、エリザベスは奥の個室をめざした。硬い革の靴音が陶製のタイルに響く。頭がぼんやりし、思考は鈍っていたが、感覚だけは異常に研ぎ澄まされていた。高い窓のガラスブロックから射し込む淡い黄色の陽光に心を奪われた。個室の木製扉の蝶番のきしみから、金属の掛け金の音まで、あらゆる音が妙に大きく感じられる。個室の重い扉が閉まる音は、まるで銃声のように聞こえた。

個室の扉に鍵をかけ、激しく嘔吐した。やがて終わると、洗面台に向かい、入念に口をすすいだ。少しでも気分が良くなることを期待していたが、それは叶わなかった。頭は冴えてきたものの、手の震えが止まらない。自分の内側にあるものがすべて掻き出され、空っぽの殻だけが残っているような錯覚に襲われた。かつて姉といっしょにロングアイランドの砂浜で見つけた、死んだ甲蟹《かぶとがに》の殻のようだった。

鏡に映った顔は、自分が知っている顔ではなかった。けさ見たときよりもずっと老けて、疲れ果て、限りなく深い悲しみに暮れていた。ひょっとすると、正気を失ったのではないかと不安になった。バワリー通りを徘徊する浮浪者になったような心持ちだ。ぼろぼろの袋にわずかな所持品を詰めて、擦り切れた縄で縛り、ひとりごとを言いながらうろつく自分を想像した。

エリザベスは洗面台に寄りかかり、指の関節が白くなるほど縁を強く握りしめた。

「あなたには負けない」歯を食いしばってつぶやく。「負けてたまるものですか」

鏡のなかの自分を見つめ、ベルビュー病院の死体安置所に横たわっていた女性との共通点に気づいた。今、理解した。報道記者としてではなく、ひとりの女性として、共通の重荷を背負っている。ともに沈黙を強いられているのだ。暴力的に、残酷に、（推測するに）男の手によって。ただ女であるがゆえに。あらゆる面で――身体的にも、社会的にも、経済的にも、つまり重要な点すべてにおいて――弱者なのだった。

しかし、死体安置所の被害者は永遠に沈黙させられたが、エリザベスにはまだ声がある。もし自分のために使えないとしても、安置所の暗闇のなかで冷たく静かに横たわる白金の髪の若い女性のために使うことができる。

エリザベスは大きく息を吸い、ゆっくりと吐き出した。幼いころ、癇癪《かんしゃく》を起こしがちだったため、そうやって深呼吸しなさいと父親に教えられたのだ。自分の世界は永遠に変わってしまい、二度と同じ自分には戻れないだろう。何とかして、暗い経験を有利な材料に転じるすべを見つけなければいけない。不運は人間を叩き上げるか、押しつぶすかどちらかだ。強靭な鎧をつくり上げるのに活かすこともできる。

自分は恵まれ、裕福で、甘やかされて育ったかもしれない。しかし今は、金属台の上の女性とのあいだに生じた切っても切り離せない絆を無視できない。もはや、記者と対象物という関係ではなく、ふたりは姉妹だ。エリザベスはそれを肝に銘じて、この先どんな苦難が待ち受けていようとも、ひたすら前進していこうと心に誓った。服装を整え、髪を撫でつけてから手洗い所を出た。背後で、扉が空虚な音を立てて閉まった。

第二十章

彼はフォーサイス通りに立ち、幼少期の多くの年月を過ごした薄汚い共同住宅を見上げた。窓は相変わらず汚れて埃だらけで、無機質な壁に囲まれて暮らしている貧しい人たちのことが思いやられる。冬には唯一の暖房源である台所の薪ストーブのまわりに子供たちが集まっているのだろうか？　彼のように、路上で暴れまわっているのか、それとも食品加工場や食肉処理場、劣悪な環境の衣料品工場などで働かされているのか？　父親がいなくて、母親もろくでなしで、彼と同じように親の愛を知らず、誰にも顧みられずに育っているのだろうか？

彼は溜め息をつき、石を蹴飛ばして側溝に落とした。

疲れたようすの女が、二階の窓から伸びた紐に洗濯物を干している。その女は、古びた綿の服の上に青と白の格子柄の前掛けをしていて、額の汗を袖でぬぐった。女のスカートに小さな男の子がしがみつき、泣き叫んでいる。女はかがみこんで何かを言って慰め、男の子のふっくらした頬の涙を拭いてやった。男の子は泣き止み、しゃくりあげたあと、汚れた親指を口にくわえたが、もう一方の手は母親のスカートから離さない。

曲がりなりにも、あの女は子供を慰めたのだ、と彼は思った。そして、肥やしや腐った野菜、絶望の臭いが漂う道を歩きだした。あの女は、自分の置かれた厳しい境遇にめげず、母親としてできるかぎりのことをしたわけだ。八月の太陽がマンハッタン島の西側をめぐるようにして沈んでいくなか、彼は見慣れた道を歩きながら、何年も前のある日のことを思い出した。それは、彼が十三歳の誕生日を迎えた直後の夏の午後だった。彼の母親は、数人の女友達と〝お茶〟を飲んでいた（とはいうものの、母親が花柄の欠けた紅茶カップに注いだ液体は、近所の食料品店で一本数セントで買った安ウィスキーだった）。彼は部屋の隅に座らされ、母親のドレスの一枚を繕っていた。母親から定期的にそういう縫い物をやらされていた彼は、十歳を迎えるころには針と糸を巧みに扱えるようになった。

三人の女たちは台所のテーブルを囲み、オレンジを食べながら酒をあおり、からだを扇ぎつつ、客たちの噂話をして陽気に騒いでいた。客たちを〝小賢しい男《トリッキー・》ども《ボーイ》〟と呼び、ひどい軽蔑の言葉で描写して笑い合うのが好きだった。話を聞いていると、世のすべての男を嫌っているかのようだった。

「そいつは判事でさ」と、長身で馬づらの赤毛の女、ロング・セイディが言った。母親の友達はひとりも美人ではなかったが、それがかえって、男たちを間抜けだとする意見を裏付けるもののように感じられた。

「そいつ、判事の法衣を着たままじゃないとできないんだよ！」とセイディは続けた。「それでもいいかって訊かれたから、あたしは言ってやったよ、『金を払ってくれるんなら、あたしにゃ関係ないよ。夜どおし判事の木槌で叩いてくれたって構わないよ』ってね！」

　ほかのふたりが大爆笑し、彼の母親はみんなのカップに酒を注ぎ足した。もうひとりの友達である、ぽっちゃりしたブラスィー・ベティが、大きなあくびをして伸びをした。「少し涼しくなればいいのにねえ」薄くなった髪を隠すためにかぶっている金髪のかつらを直しながら言った。「暑さのせいで、頭がくらくらするよ」ベティはアイルランド出身で、ときおり彼にケルト民謡を歌ってくれた。その声は、甘くかすれたソプラノだった。

　ベティがカップの液体をがぶ飲みするのを見て、彼は、めまいの原因は暑さではないと気づいた。けれども、何も言わなかった。母親の友達が酒を飲んでいるときは、目立たないようにするのがいちばんだと学んでいたからだ。彼はまた黙々と裁縫に戻り、糸を噛み切った。鋏を取りに行くと、女たちの注意を惹きかねない。しかし、そんな努力もむなしく、ロング・セイディのさまよっていた視線が彼のほうを向き、その唇がにやけ笑いで歪んだ。

「ずいぶんと静かじゃないか、坊や」とセイディはオレンジをひと切れ頬張りながら言った。「ちょいと一杯どうだい？」本人の弁によると、セイディはスコットランド生まれらしく、「ちょいと《ウィー》」や「坊や《ラディー》」といったスコットランド語をときおり口にする。

「遠慮しときます」と彼は言い、作業に集中した。

「なぁに、いいじゃないか」セイディが唇を舐めながら言った。「酒を飲んだことがないの？」

「ないわよ」と母親が口を挟んだ。

「ビールなら飲んだことあるよ。何度も」と彼は言った。嘘だった。友達はみんな、酒に強いと自慢するのが好きで、実際よりも大げさに言うのだが、彼はそれ

が好きではなく、母親にも叱られるとよくわかってい
た。
「ウイスキーはどう？」とセイディが誘った。
「飲まないよ」と母親が制した。
「どうして？」とベティが尋ねた。
母親は肩をすくめた。「味が嫌いだってさ」
セイディが笑った。馬がいななくような笑い声。
「味なんか問題じゃないわ！　肝心なのは効き目よ」
「この子、いくつ？」ベティが母に尋ねた。
「先週、十三になったばかりよ」
「もう一人前の男じゃない！」セイディはまたいなな
くように笑った。「そろそろ、男らしく振る舞わなき
ゃ」
辻褄が合わない言葉だった。女たちの話を聞くかぎ
り、男らしい振る舞いは、誇るべきことではないはず
なのに……。背中を丸めて縫い物に集中し、ぐるぐる
と回る頭を静めようとしたが、この状況の行き先には
嫌な予感がした。
「そうよ」とベティが加勢した。「ちゃんと誕生日を
祝わなきゃね！」そう言いながら自分のカップを満た
し、彼に差し出した。「ほら、お飲みよ」
ためらう彼をセイディが煽った。「さあ、見せてご
らん、あんたがどんな男なのか」
彼は母親を見た。必死に助けを求める目で。しかし
母親は肩をすくめただけだった。酔いで表情がぼやけ、
目がとろんとしていた。母親がこうなると、彼は自分
自身で何とかするしかなかった。縫い物を脇に置き、
手を伸ばしてカップを取った。中身の黄色がかった液
体は、小便を思わせた。
「何をぐずぐずしているのよ？」ベティが前かがみに
なった。豊かな乳房が二匹の小犬のように押しつぶさ
れているのが目に入った。欠けた前歯をむき出しにし
て満面の笑みを浮かべ、その歯には噛み切れていない
オレンジの房が挟まっていた。

彼はカップを唇に当て、おそるおそる、ひと口飲んだ。しかし、強烈な液体が喉を焼き、彼はむせ返り、咳き込んだ。目から涙があふれ出た。まるで炎を飲んだかのようだった。女たちは笑い声を上げた。

「おやまあ、そんなんじゃ駄目だよ！」セイディが、骨ばった自分の膝を手のひらで叩いた。

「本人が嫌なら、もう——」とベティがたしなめたが、言葉の途中でセイディが打ち消した。

「男らしさを証明したいんでしょ？」

彼は母親に目をやったが、顎を鎖骨に当て、指は紅茶カップをつまんだまま、うとうとと居眠りをしているようすだった。彼はカップを持って、もうひと口飲んだ。こんどは覚悟ができていたので、ほとんどのウイスキーが喉を通り、むせずに済んだ。

「その調子だよ」とセイディが背中を叩いてきた。「いい感じになってきただろ？」

彼は、つくり笑いを浮かべてうなずいた。

「さあ、飲み干しちまいなよ」とセイディ。「一気に、ぐいっと」

彼は従った。すぐに、手足が妙にしびれてきた。心地よい感覚だったが、綿で包まれたように意識に霧がかかってきたのは想定外だった。

「どうだい？」セイディが長く細い腕を組んで言った。彼女の両手に、長年の労働で荒れて赤みがかった青い静脈が透けて見えた。

「気分はどう？」とベティが尋ねた。

「まあまあです」

「もっと飲む？」とセイディが勧めてきた。

「もういいです」

「放っておいてあげなさいよ」とベティが諫めた。

「まだちっちゃな子供なんだから」

女たちはウイスキーを注ぎ足し、汚れた台所の窓の外が薄暗くなるなか、黙々と飲み続けた。四人で同居している部屋は、典型的な貧民用アパートメントで小さくて暗いものの、建物の前面に位置しているだけましだった。裏手の部屋はさらに不健康で、もっと暗くて風通しが悪かった。この部屋は台所に窓が二つもあるのだから幸運だった。どんなにニューヨークの生活が厳しかろうと、下にはさらに下がいる、と母親は飽きることなく繰り返し彼に言った。

しかし今、母親は静かにいびきをかいて、頭を片側に傾け、口の端から少しよだれを垂らしていた。

「そうか、十三歳になったばかりか」セイディは、よく見えるほうの目で彼を見つめた。

彼はうなずいた。頭が刻々とぼんやりしてきていた。

「あんた、ほんとに男になるにはどうすればいいか知ってる?」それは質問というより、一方的な主張だった。

ベティが彼女を見た。「ああ、あんたまさか――」

「どうしていけない?」喧嘩腰の口調だった。「いつかはやらなきゃいけないんだし、それが今でなぜ悪い?」

「まだ十三歳なのよ」

「ウイスキーを飲める年齢なら、ほかのことだってできるだろ」

彼女たちが何を話しているのかを理解し、彼は、腹のなかで恐怖の糸が絡まるのを感じた。全身が凍りついた。母親は椅子に眠ったままで、いまや脚を広げ、大きないびきをかいていた。こんなふうに眠りこけているときに起こそうとしても無駄だった。揺すっても、ほとんど反応がなかった。

「駄目よ」ベティは断固として言った。「あたしは関わりたくない。あなたもそうでしょ」

「でも――」

「駄目だって言ってるだろ。話はおしまい!」

セイディは肩をすくめ、煙草に火をつけた。「わかったわよ、好きにしな」

安堵がからだじゅうに広がり、大きく息を吸い込んだが、その瞬間、胃がむかついて、前触れなしに嘔吐物が口から噴き出た。黄色い嘔吐物には、昼に食べたパンのかけらと、いっしょに飲み込んだクレソンの緑色の粒々が混じっていた。

ふたりの女性は驚いたようすで目をみはったが、彼の恐怖をよそに、大笑いし始めた。

「まだ立派な男にゃなりきれてないらしいね？」セイディは笑いながら長身を揺らした。

「気にするなって、お坊ちゃん」ベティは涙を拭きながら言った。「誰にでもあることよ」

彼は返事をしなかった。恥ずかしさと嫌悪感で顔が熱くなっていた。ふたりの女を残して、壁の窪みにある寝床へ向かった。仕切り布を持ち上げ、布団にもぐりこみ、枕に顔を埋めて、ふたりの嘲笑を聞くまいとした。

第二十一章

エリザベスは大股で廊下を歩き、自信がないのに自信ありげに見せようとした。編集室に近づくと、ケネス・ファーガソンの私室の前に行列ができていた。並んでいる人々の職業はまちまちだった。店員、船乗り、革の前掛けをした鍛冶屋、緑の遮光帽をかぶった事務員や会計士、長靴とつなぎの作業服を身に着けた荷役作業員たち……。

エリザベスがその光景に目をみはっていると、フレディ・エバンズが急いで近づいてきた。

「これはいったい何ですか？」とエリザベスは訊いた。

「何の騒ぎ？」

「けさの新聞の反響だよ。あの気の毒な娘の身元を特定するのを手伝おうと、おおぜいが押しかけてきた」

「おそらく、報奨金が目当てなのでしょう」エリザベスは人々の列を通り過ぎながら言った。

「ほかのかたはどうだか知らないけれど」と背の高い細身の女性が反応した。鼻眼鏡をかけ、本が詰まっているらしい絨毯生地の鞄を提げている。図書館の司書かもしれない。長くて細い鼻筋に皺を寄せて、その女性が言う。「わたくしは、市民としての義務を果たすためにまいりました」

不思議な感覚に襲われながら、エリザベスはフレディとともにファーガソンの私室に入った。

「すごいだろう？　こんなに多くの人が仕事を休んで、〝第四の権力〟を助けるために集まってくれた」ファーガソンはそう言って、ふたりを迎え入れた。「扉を閉めてくれ」

「報奨金はいくらですか？」とフレディが質問した。

「まだ決まっていない。だいいち、提供された情報が役立つかどうかによる。それはともかく、おめでとう」とファーガソンはエリザベスに言った。「新聞が飛ぶように売れている」

エリザベスは返事をしようと口を開けたが、喉が詰まってむせてしまった。そんなようすをファーガソンが見つめ、いつものように葉巻をくわえたまま、声をかけてくる。「大丈夫か？」

「はい」エリザベスはうなずいた。油が切れた蝶番の軋みのように、かすれた声だった。耳鳴りを鎮めるため、深呼吸した。

「よし。なにしろ、外で待っている人たちの話を聞かなくてはいけない」

「全員ですか？」とフレディが尋ねた。

「ひとり残らずだ。きみにできるか？」とエリザベスに向かって訊く。

「わたし、ですか？」

「きみのネタだろう？」

「かしこまりました。ありがとうございます」自分が発している声とは思えず、どこか遠くから聞こえてくるような気がした。

「じゃあ、頼んだぞ。何かわかったら教えてくれ」

「それで、僕は？」とフレディ。

「バンデンブルックさんを手伝ってくれ。助手が必要だ」

「でも僕は――」

「写真係なのは知っている。きょうから昇格だ。さあ、ふたりとも仕事に取りかかってもらおう」

「場所はどこを使えば――」とエリザベスは戸惑った。

「この私室でいい」

「でも、あなたはどこに――」

「きみのデスクはどこだったかな？」とファーガソンはエリザベスに尋ねた。

「記者室の奥の、窓際です」

「借してもらうよ」

「でも――」

「終わったら呼んでくれ。メモを取るのを忘れないように」

「はい」ファーガソンがデスクの書類を束ねていく。書類を整理するときすら、細身のからだに活力がみなぎっているようすだ。その自信と目的意識の強さに、エリザベスはどこか安心感を覚えた。

「じゃあ、あとはよろしく」ファーガソンは紙挟みを小脇に抱え、もう一方の手にたくさんの鉛筆を握りしめて、そそくさと部屋を出て行った。

エリザベスとフレディは、しばらく動けずにいた。さながら竜巻が通り過ぎたあとのように、空気を吸い取られてしまった気がした。

「さて」とエリザベスがようやく口を開いた。「始めましょうか？」

事情聴取は思いのほかいい気晴らしになった。しばらくのあいだ、エリザベスは自分に起こった出来事を脇に置き、ほかのことに集中できた。ほとんどの人が協力的だった。なかには報奨金について持ち出す者もいたが、ファーガソンの説明を繰り返した。情報の有用性による、と。これに対して失望する人や、なかには怒りだす人もいたが、大多数は冷静に受け入れてくれた。ニューヨークに住むと、物事は一見するほどいいものではないとすぐに学ぶことになる。つねに代償があり、忍耐を早く育んだほうが身のためだ。

情報提供者たちの聴取は、一時間を超え、さらに二時間を超えた。エリザベスとフレディは座って話を聞き、メモを取り続けた。列に並ぶ人々がようやく少なくなってきた。寄せられた情報のほとんどは曖昧で、役に立たなかった。「先週、ブロードウェイでよく似た女性を見た」という程度の内容が多かった。被害者の名前やおおまかな住所を知っている者はいなかった。なかには、被害者の写真すら見たことがなく、けさの《ヘラルド》を読んでいない人もいた。友人や同僚からの又聞きでやって来たのだが、そんな人の情報が役立つはずもなかった。鼻眼鏡をかけた細身の女性の正体は、自称〝透視能力者〟であることが判明した。なんでも、死んだ娘が夢に現われ、犯人がボス・トゥイードの亡霊であると明かしたという。

「ここに座ってください」青白い顔の娘がためらいがちに部屋に入ってきたのを見て、フレディが言った。

整っているものの質素な服装で、謙虚な雰囲気を漂わせている。その清潔な顔立ちは、〝美しい〟というより〝可愛らしい〟に近く、修道女のような印象だった。淡い茶色の髪を結ってうなじの後ろで目立たないように丸くまとめ、無地の黒い飾り紐で留めてある。淡い黄褐色の大きな瞳は無邪気さをたたえ、肌が透きとおるように白く、病弱に見えるほどだった。年齢は自分とほぼ同じだが、エリザベスは、守ってやりたいという母性本能を抱いた。

フレディが差し出した椅子に座ると、娘は静かに手を膝の上に置き、エリザベスとフレディを見つめて、どちらかが話し始めるのを待った。落ち着いた態度がエリザベスの関心を惹いた。ほかの人たちはたいがい、自分の言いたいことを早くぶちまけたくてうずうずする。

エリザベスは、膝が触れ合いそうになるほど娘の椅子に近づいた。

「わたしはエリザベス・バンデンブルックと申します。こちらはフレディ・エバンズ」と優しく切りだした。

「わたしはマディ。正式名はマデリンですが。マディ・ティアニー」

「お時間を割いて来ていただき、ありがとうございます、マディさん。どんな情報をお持ちですか？」

「じつは、わたしは〈バワリー救護院〉で働いています」

「それは素晴らしいですね」とエリザベスは言った。一八七九年に設立された〈バワリー救護院〉は、ニューヨークで二番目につくられた社会救済施設だ。牧師夫妻によって設立され、信仰や背景を問わずあらゆる困窮者を受け入れている。

「それで、マディさんは、この若い女性といっしょに働いていたのですか？」とエリザベスは《ヘラルド》の第一面を示しながら尋ねた。

「いいえ。その女性は、ええと――〝お客様〟でした。そう呼ぶようにと、ルーリフソン牧師に言われているんです」恥ずかしそうに付け加える。「敬意を表すべきだと牧師はおっしゃいます」

「素晴らしいお気遣いですね」とエリザベスは言った。

「この女性はいつあなたのもとに来たのですか？」

「一週間ほど前です」

「援助を必要としている理由は何でしたか？　お酒に依存していた？」

「いいえ、そうは思いません。酔っ払っているようには見えませんでした」

「なぜ来たのか、理由を言っていませんでした?」とフレディが問いかける。

「正直なところ、なんだか曖昧でした。でも、理由がどうであれ、わたしたちは誰も拒みません」

「姓名は名乗りましたか?」とエリザベス。

「名前だけ――〝サリー〟と言っていました」

「本名を名乗る人ばかりではないのでしょう?」

「本名を言う人もいれば、言わない人もいます。でも、あの女性は〝サリー〟に見えたから、そう信じました」

「ほかに何か知っていることは?」とフレディが尋ねた。

「以前、ハリー・ヒルの〈ハリー・ヒル興業酒場《コンサート・サルーン》〉で働いていたけれど、あんな生活はもうご免だと言っていました」

エリザベスとフレディは視線を交わした。ハリー・ヒルが経営する店は、娯楽施設のなかでもとくに悪名が高く、常連でさえも眉をひそめる。〈興業酒場〉では音楽やショー、ボクシング試合などの娯楽が提供されていたが、これらは客にもっと酒を飲ませるための余興に過ぎなかった。美人の〝女給〟たちが、酒とともに色事の誘いをかけるのだ。〈興業酒場〉に足を運ぶ客が、純粋に娯楽を求めていることはまずなかった。

「すると被害者女性はその店で女給をしていたわけですか?」とフレディが尋ねた。

マディは服の前面に付いている黒い飾り紐を指でねじりながら、不道徳な話題を口にするのをためらっていた。「どうやらそのようです。好きこのんでやっていたわけではない、と言ってましたが」

「あなたはその言葉を信じましたか?」とエリザベスは尋ねた。

「疑う理由はありませんでした。なにしろ、みずからわたしたちのもとに来たのですから」

「それが一週間前?」

「はい。ルーリフソン牧師が、立ち直るまでのあいだ、一時的でもいいからここで働いたらどうか、と提案しました。食事代も負担するから、と」

「女性はその提案を受け入れたのですか？」

「翌朝早くにやってきました。その次の日も。それに、とてもよく働いてくれました」

「それで？」

ティアニーが悲しげに溜め息をつく。「そのあと、ふっつり姿を消してしまったのです。翌日も、その後も現われませんでした」

「あなたは、その女性が更生する気持ちを失ったと考えた？」

「正直なところ、どう考えたらいいのかわかりませんでした。あの女性は善の道を歩むことにとても熱心だったように見えましたから。わたしにとっても、牧師や牧師夫人にとってもとても残念でした。みんな、あの女性のことが好きでしたから」

「その人はあなたに住所を言い残しませんでしたか？」

「住所は尋ねませんでした。各個人の私生活を尊重していますので」

「敵がいるような感じはありませんでしたか？」

「いいえ、とくに」

「誰かを恐れていると話したことは？」とフレディが畳みかける。

マディは首を振った。「個人的な話はあまりしませんでした」

「危険そうな人物が周辺をうろついていたことはありませんか？」とエリザベスは言った。

マディは小さく笑った。「失礼ですが、うちの施設はバワリー通りにあります。そんな人物なら毎日見かけますよ」

「そのなかに知り合いがいるような素振りは？」

「いいえ。あの人はもっぱらひとりで過ごしていました」

「お越しいただき、本当にありがとうございました」とエリザベスは立ち上がった。「もし今後、またお話を伺う必要があれば――」

「わたしはほとんど毎日〈バワリー救護院〉にいます」とマディがこたえた。

「あらためてお礼申し上げます」エリザベスはマディの手を握った。マディは控えめにうなずき、部屋を出ると、待っている人たちと目を合わせないようにして急ぎ足で廊下を歩いていった。

結局、このマディ・ティアニーが唯一の有望な手がかりとなった。ほどなくして、エリザベスは、記者室にいるファーガソンを呼びに行った。ファーガソンは廊下にいて、カール・シュスター編集長と話していた。ふたりはエリザベスの姿を見ると、会話を中断した。ファーガソンが笑みを浮かべて近づいてくる。エリザベスは、社内で尊敬されている犯罪担当の編集者が自分を認めてくれたことに誇りを感じた。

しかし、幸福な時間は長く続かなかった。ファーガソンの後ろで角を曲がってこちらへ向かってきたのは、相も変わらずにやけた表情のサイモン・スニードだった。スニードを見た瞬間、エリザベスの心臓は喉まで跳ね上がり、視界が暗くなり、足がすくんだ。最後に感じたのは耳をつんざく轟音で、やがて闇に包み込まれた。

第二十二章

「水を！——誰か、水を持ってきてくれ！」

　遠くで、せっぱ詰まった男の人の声がする。聞き覚えのある声……年上の誰か、自分が好意を持ち、信頼している人物の声……父親だろうか？　エリザベスがどうにか瞼を開くと、カール・シュスター編集長の心配そうな顔が見えた。驚きで青い目を大きく見開き、広い額に汗の粒を浮かべている。エリザベスは言葉を発しようとしたが、力を振り絞っても無理だった。編集長がさかんに頬を叩いてくる。それが鬱陶《うっとう》しく、片手を上げて払いのけようとすると、その手を編集長がつかんで熱心に握りしめた。目に涙が浮かんでいるようだが……？

　廊下を駆けてくる足音。「どうぞ！」フレディが水の入ったグラスを持って現われた。こぼしながら、そのグラスを編集長に渡す。

「おいおい！」と編集長が大声を出した。「半分こぼしたじゃないか」

「わたし……大丈夫です」エリザベスは肘をついて身を起こした。「何が起きたのでしょう？」

「きみは気を失ったんだ」その声はケネス・ファーガソンだった。編集長の隣に立ち、重心を左右に揺らしている。活力あふれるファーガソンは、長くじっとしているのが苦手なのだ。エリザベスは自分が今どこにいるのか、何が起こったのかを思い出し、胃がきりきりと痛むのを感じた。さいわい、サイモン・スニードの姿はどこにも見当たらない。

　エリザベスは座ったまま背筋を伸ばした。編集長が水の入ったグラスを差し出してきた。「これを飲むといい」

受け取る指が震えた。唇がグラスに触れたとたん、焼け付くような喉の渇きを感じた。一気に飲み干して、編集長にグラスを返した。「ありがとうございます。こんどは立ち上がってみます」

ファーガソンが眉根を寄せた。「本当に大丈夫なのか？」

「はい。立つのを手伝っていただけますか？」三人ほどの助けの手が伸び、エリザベスを優しく立ち上がらせた。周囲は大騒ぎだった。エリザベスはまだ社に残ると言い張ったが、直ちに帰宅するようファーガソンに強く勧められた。エリザベスは自分が気を失った理由を承知していたが、誰にも明かすことができなかった。エリザベスの抵抗あえなく、ファーガソンがみずから階下まで付き添い、辻馬車を呼ぶことになった。「あすも体調がよくないようなら、休養を取っていい」ファーガソンは辻馬車の座席にエリザベスを押し込み、御者に指示を出した。「〈ヘスタイベサント・アパートメント〉、東十八丁目。大至急で」

「きっと大丈夫です」とエリザベスはこたえた。ファーガソンが合図すると、御者が鞭を振り下ろし、馬が速足で走り出した。数区画進んだところで、エリザベスは屋根を叩き、停車させた。

御者の顔が、窓越しに逆さまに現われた。「はい、何か？」

「行き先を変更してください。バワリー通りのヘルマン・ウェーバーさんの精肉店までお願いできますか？」

「かしこまりました。場所は知っております」

到着したとき、ウェーバーは昼時の多くの客をきびきびとこなしていた。エリザベスは歩道に立ち、客たちが茶色い包装紙に丁寧に包まれた品物を手に店を出るのを眺めていた。二軒隣の酒場〈サースティー・クロウ〉も同様に活気づいていた。二階建ての古びた木造の建物のなかから、客たちの歓声や笑い声が聞こえてくる。

その酒場から、若い男がひとり、威勢よく出てきた。酔いは回っているものの、よろけるほどではない。酒が入っていても屈託のない優しそうな顔つきで、日焼けした肌にそばかすが浮かび、橙《だいだい》色の髪が特徴的だった。服装は典型的な労働者だ。毛糸の帽子、広い襟の短い上着、厚手のズボンの上にぴったりとしたチョッキ、作業用の長靴。首に巻いた白い木綿の薄布だけが、社会的な地位の低さを覆い隠そうとしていた。上流の女性が見知らぬ男に話しかけるなど、非常に見苦しい――いや、前代未聞のことだろうが、エリザベスは大胆に前に出た。「すみません、失礼ですが」

若い男は立ち止まり、驚いた表情を浮かべた。「何でしょう、お嬢さん」と丁寧にこたえ、帽子のつばに手をやった。

「こちらのお店にはよくいらっしゃるのですか?」と〈サースティー・クロウ〉を指し示して尋ねた。

男はにっこりと笑った。「ええ、家にいるよりもここにいるほうが長いかもしれないな」

「では、〝グラミー〟と名乗る女性をご存じでしょうか?」

男の笑顔がいっそう広がった。「ああ、グラミー・ネイグルのことですね?」

「はい。本名はマチルダだそうですが」

「みんな、グラミーと呼んでます。ええ、いい人ですよ。酒に溺れていることもあるけれど、それでもいい人です」

「最近、見かけましたか?」

男は高帽子を脱いで頭を掻いた。「そういえば、ここ数日、見かけてないな」

「最後にお見かけになったのはいつでしょう?」

「月曜日だったと思う」

「グラミーさんの住まいをご存じないですか?」

男は微笑んだ。「いや、知らないねえ。そのへんの木の枝にぶら下がって寝てるんじゃないかな、蝙蝠《こうもり》みたいに」

「どうもありがとう。お時間を割いていただいて感謝します」

「グラミーのお友達ですか？」

「ある意味では」

「じゃあ、見つかるといいですね」と男は軽くお辞儀をして、立ち去った。

振り返ると、ヘルマン・ウェーバーが精肉店の店先に出て、煙草を吸おうとしているところだった。ウェーバーが火のついたマッチを顔に近づけたとき、ちょうど目が合い、エリザベスは手を振った。ウェーバーが一歩あとずさるのもかまわず、エリザベスはあっという間に距離を詰めた。

「こんにちは《グーテンターク》、ウェーバーさん《ヘル・ウェーバー》」ドイツ語で話しかけて親近感を持ってもらおうという努力だった。

だが、先方はそれに応じるようすもなく、「こんにちは」とひどいバイエルン訛りの英語でこたえた。バイエルン地方の訛りだとわかったのは、エリザベスのバッサー女子大学時代の教師のひとりがミュンヘン出身だったからだ。「きょうは何をお求めかな――白腸《ブラート》詰め《ブルスト》か、それとも日曜日向けのロースト肉？」

「じつは、少しお時間をいただければと思いまして。もしよろしければですが。あ、でも」店主を和ませようとした。「おいしい牛肉があれば、いただこうかしら。もちろん、あなたが煙草をお吸いになったあとで結構です」

店主はエリザベスを用心深く睨めつけた。「おれに何を聞きたい？」

「こちらの三階に住んでいた女性のことですが……」

「言っとくが、そんな人間はいない！　その女が何者《ベル・イスト》なの《ジー》か、なぜそんなに興味がある？」

一瞬、その行方不明の女性の親戚だと名乗る手も考えたが、やはり真実を告げることにした。「わたしは

《ヘラルド》の犯罪事件記者、エリザベス・バンデンブルックと申します」

「あんた、ただの娘さんじゃないか《アーバー・ズィー・ズィント・ヌーア・アイン・フロイライン》」と店主は眉をひそめて言った。

「ただの娘かもしれませんが、記者でもあることは保証いたします。わたしは本物の記者です《イッヒ・ビン・アイネ・エヒテ・レポルテリン》」

店主は肩をすくめた。「あんたのドイツ語はそう悪《イーア・ドイチュ・イスト・ニヒト・ゾー・》くない《シュレヒト》」

「ありがとうございます。もっとじょうずになりたいですけれど」

「おれのことは匿名にしておいてもらえるかな?」

「もちろんです」

誰も聞いていないことを確認すると、店主は煙草を最後にもういちど吸い込み、靴のかかとで踏みつぶして消した。「どうぞ、なかへ《コム・ヘライン》」と店主は手招きした。

エリザベスは店主のあとを追って店のなかに入ったが、扉が閉められ、鍵がかけられると、胸がどきりとした。男性とふたりきりになることに恐れを感じたのだ。しかし、窓辺にちょこんと座る薄茶色の猫を見つけ、少し安心した。その猫は、半ば閉じた目でこちらを見つめていたが、そういう目つきは猫が微笑んでいるのと同じだと姉が話していたことを思い出した。

店主も明らかに緊張しているようすで、それがまたエリザベスを少し落ち着かせた。店主は〝準備中〟の札をかけ、窓の日よけを下ろした。店内はとても清潔で、肉を陳列するガラス棚もきれいに磨かれていたが、肉の匂いが漂う空間にはどこか不吉なものを感じた。

「さて《イェット》」と店主は襟を緩めながら言った。「これから話すことは、おれが言ったとは誰にも漏らさないでほしい」室内は涼しいが、店主は汗をかいていた。

「もちろん、お名前は出さないと約束いたします」

「上の階に若い女が住んでいた。名前は知らない。ところが、ある日突然いなくなった。消えちまった」

「あなたに口止め料を渡したのは誰ですか?」

店主の顔に驚愕が浮かんだ。「どうしてそれを――」

「あなたが、きちんとした身なりの男性に会ったあと、多額の現金を持って銀行へ行ったのを、ある人に目撃されています」

「その男の正体は明かせない」

「では、正体をご存じなのですね？」

「その男を遣わした人物なら知ってる」

「でも、名前は言えない？」

「もし言ったら、おれの命はあの骨の山ほどの価値もなくなっちまう」店の受付台の奥にあるスープ用の骨を指さす。

「それでは、何かお話しできることはありませんか？」

「警察はあんたを助けちゃくれないよ」

その言葉が空気に漂い、エリザベスの頭のなかでこだました。警察はあんたを助けちゃくれないよ。

第二十三章

精肉店主のヘルマン・ウェーバーと会ったあと、エリザベスはひどい疲労感に襲われ、帰宅するために馬車鉄道に乗る気力を出すのがやっとだった。無事にアパートメントにたどり着き、服を脱いで、よろよろと浴室へ向かった。獅子の脚を模した装飾が付いている浴槽で、熱い風呂に浸かった。この浴槽は、大学卒業後に住む場所を探していた際、〈スタイベサント・アパートメント〉に惹かれた大きな理由の一つだった。母親の意に反し、五番街にある両親の家に戻ることは問題外だった。父親は理解を示してくれたが、母親は娘に侮辱されたと気を悪くした。しかし、母親は日常生活に劇的な要素を加えたがるたちだ。親不孝な娘のおかげで、苦労が絶えず、評価されない母親を演じることができた。

浴槽に横たわり、立ちのぼる湯気に包まれながら、エリザベスは首まで湯に浸かった。湯は手足の痛みを和らげてくれたが、まるで万力で締め付けられたような心の痛みは和らげることができなかった。目を閉じ、心地よい湯に浸かっていること以外は何も考えないようにした。しかし、それは逆効果だった。空想のなかで、ふたたびあの備品倉庫へ連れ戻され、紙や段ボール、鉛筆、かび臭い金属製の棚の香りを吸い込んでいた。ただ、もう一つ別の匂いを嗅いだことに気づいた。どこかで覚えのある匂いだが……。エリザベスは、はっと目を見開いた。匂いの正体を思い出したのだ。

湯気の立つ浴槽からからだを引き上げ、母親からもらったエジプト綿の白い布を取って、身に巻いた。とそのとき、全身を白い布で包まれてセントラルパークの穴の底に横たえられたサリーの姿を連想した。水蒸気が浴室の窓で結露して水滴となり、窓ガラスを伝って流れ落ちるようすと、サリーが早すぎる墓から引きずり出されたとき、警官たちの顔を伝っていた雨の雫とが、だぶって見えた。

これ以上考えたくないと思ったエリザベスは、全身で大きなあくびをして、窓から目をそむけた。まだ昼過ぎだというのに、からだが疲れて重く、平綾織りの寝間着を着ると、布団をろくに整えもせずベッドに倒れ込み、眠気に身をゆだねた。

窓の外で鳴く鳩の声で目が覚めた。ほとんどの人は鳩を無視するか、鳩について文句を言うが、エリザベスはいつも、たくましくて賢い鳩が好きだった。仰向けに寝転がり、天井の優美な円い装飾枠を見つめた。さっきのことが思い出され、胃のあたりに不安が募る。さいわい、覚えているかぎりでは夢は見ていなかった。あくびをしながら身を起こし、寝室用の室内履きを突っかけて、化粧台のいちばん上の引き出しを開けた。

奥のほうに、柔らかい布に包まれた祖父のストームドルク——つまり、突撃用短剣——があった。何年も前に父親から譲り受けた家宝だ。それを手に取り、鋲《びょう》が打たれた革の鞘に指を這わせた。美しくも、そら恐ろしい。頑丈な柄に手をかけ、刃を引き抜いた。刃は細く鋭く、繊細な研ぎが施されている。握りしめていると、エリザベスの恐怖は消え去った。自分が力強く、危険な存在になったように思えた。

なおも短剣に見とれていると、玄関の扉を激しく叩く音がした。恐慌に陥りそうになったが、勇気を奮い立たせ、歯を食いしばって、感情を抑えた。ノックが続くなか、短剣を握りしめ、応接間を抜けて玄関口へ向かった。覗き穴の覆いを持ち上げると、カルロッタの姿が見えた。安堵が波のように押し寄せた。トビーの姿は見当たらなかった。

エリザベスは鍵を開けて、友人を招き入れた。カルロッタがなかに入ったのを確かめると、ふたたびしっかりと施錠した。「今、何時かしら？」とエリザベスはあくびをして訊いた。何十年も眠っていたリップ・バン・ウィンクルの気分だった。

「夜の七時よ」カルロッタは泥落としで靴底を拭いた。「昼間に眠るのが習慣になったの？」

「少しお昼寝をしていただけ」

カルロッタはいつもどおり奇抜な服装だった。花柄の長いドレスに、ゆったりとしたスカート。頭に赤い飾り布を巻いている。首には銀とトルコ石の首飾りがぶら下がり、手首にはそれに合わせた腕輪が輝いていた。「紅茶が飲みたいな。ベーグルを持ってきたわ」エリザベスに茶色い紙袋を差し出す。

「お母様のご容態はいかがでした？」応接室を通り抜けながらエリザベスは尋ねた。

「よくなったわ、ありがとう。あなたが勧めてくれたお医者さんを弟が見つけて、診てもらった」

「ジャミソン先生？」

「そう」とカルロッタは暖炉のそばの黄色い絹の長椅子に座ってこたえた。「昔から伝わる家庭の薬だと言って、あの人が薬草のチンキ剤を投与してくれたおかげで症状がずいぶん和らいだ」

「コレラという見立てでした？」

「何らかの毒を摂取した可能性があるって」

「毒？」

「あのお医者さんが使った言葉は違ったな。何だったっけ？　ああ、そうそう、〝毒素〟！　そう呼んでた。腐った肉か野菜が原因かもしれないけど、とにかくたぶん治るだろうって。まだ完全に快復したわけじゃないけど、かなりよくなったみたい」

「そう聞いて安心しました。紅茶を淹れますね」

紅茶の盆を持って居間に戻ると、カルロッタが縦長の窓の前に立って通りを見下ろしていた。

「人間って本当にいろいろで驚いちゃう」とカルロッタは言った。

「どうしてですか？」エリザベスは大理石の茶卓に盆を置いた。

「ふくよかでとっても幸せそうな家族が歩いてるかと思えば、その後ろで乳母車を押している女性は棒みたいに細い」

「この街は素敵な画布なんです」とエリザベスは紅茶を注ぎながら言った。「あなたは芸術家だから、多様性の素晴らしさがわかるでしょう」そう付け加え、カップを手渡した。

「たしかに。文筆家のあなたも同じように感じてるはず」

「そうですね」とエリザベスはこたえ、紅茶をひと口飲んだ。

カルロッタは、新鮮なバターを塗ったベーグルを取り上げた。「うちでは、これにクリームチーズを塗って食べるのよ。ぜひ試してみて」

「そのうちやってみます」

「いつの日か、あなたが本を書いて、わたしが挿絵を入れる。楽しそうだと思わない？」

「きっと楽しいでしょうね」とエリザベスはぼんやりとこたえた。紅茶カップを暖炉の上に置き、ガウンの紐をもてあそぶ。

カルロッタも自分のカップを置き、そんなエリザベスを観察した。「大丈夫？　何か悩んでるみたいだけど」

エリザベスは、その日あったことを洗いざらい話した。備品倉庫での出来事だけは省いた。その件は誰にも言わないつもりだ。カルロッタに漏らしてしまえば、いずれ両親に、あるいはもっと悪いことに、雇い主にまで知られてしまうかもしれない。そもそも、話そうにも無理だった。考えるだけで吐き気がする。

カルロッタは注意深く耳を傾け、エリザベスが話し終えると、弾かれたように椅子から立ち上がった。

「つまり、公園で死んでいた娘の身元を突き止めるには、〈ハリー・ヒル興業酒場〉に行けばいいわけね！」

「だと思います」

「もちろん、わたしもいっしょに行く」

「それはどうかと思いますが……」

「何言ってるのよ。決まりね。でもその前に、警察に相談したほうがよくない？」

エリザベスは紅茶カップの縁を指でなぞった。「警察には警察の捜査方針があるんじゃないかしら」

「そうね、だけど……」

「わたしは警察を完全には信用していないの」

「いったいなぜ？」

「ボス・トゥイードの死後も〈タマニー・ホール〉の腐敗が続いているのを知っているでしょう？」

「うん、弟がうんざりするほど話してくれた」

「それに警察は、〝警備費〟と称して商人に賄賂《わいろ》を強要している」

「うちの親はパン屋よ。そんなの言われなくてもわかってる」

「それなら、警察の腐敗ぶりもよく知っているはずでしょう」

「でも、あの親切なオグレディ部長刑事は？　あの人には借りがあると思わない？」

「わたしたち、あの部長刑事をまだほとんど知らない。礼儀正しいし、身なりもきちんとした人ではあるけれど」

「でも、死体安置所への立ち入りを取り計らってくれたんでしょ？　たしか、その人が名刺をくれて、おかげで被害者の遺体を見ることができた」

「それはそうです」

「あなたを手助けするために、骨を折ってくれたみたいに思うけど」

「わたしが心配しているのは、部長刑事ではありません。汚職に手を染めている可能性が高いのは、あの人の上司です」

カルロッタはエリザベスを見つめた。顔に軽い笑みが浮かんでいる。「編集長から、情報は警察に伝えずに《ヘラルド》の特ダネにしろ、って指示されたとか？」

「ぜんぜん、そういうわけではありません」事実、指示は受けていない。もちろん、警察が突き止める前に《ヘラルド》で被害者の身元を公表すれば、ふたたび自分の手柄になるだろうが。「ただ、ミイラとわたしが窓から見た女性とは、何か関係があると思うんです」

「でもねえ、この街では毎日、殺人が起こる。失踪事件もね。死んでいる場合もあれば、生きてひょっこり帰ってくる場合もある」

「わたしの睨んだところでは、ミイラの女性と、絞殺されるのをわたしが目撃した女性は、同一人物だと思います。ふたりとも同じ、印象的な髪の色でした」

「だけど、どうやってそれを証明するつもり？」

「これから方法を見つけます」

「権力には楯突かないほうがいい。とくに警察には」

「必要なときは仕方ありません」

「気を付けて。世のなか、万事を左右するのは権力よ。権力を手に入れて、維持することが何よりも優先される」そう言って、紅茶をスプーンでくるくるとかき回す。

「あなたの弟さんは虚無主義者でしたっけ」

「弟は無政府主義者であって、虚無主義者とは違う」

「いずれにしろ、あなたは虚無主義者ですね」

「とんでもない。虚無主義者は人生に意味がないと思ってる。わたしは人生に意味があると信じてるの」

「でも、人間関係はしょせん、すべて権力に根ざしているなんていう考えは、虚無主義に限りなく近いんじゃないかしら。愛だって大切な要素だと思いませんか？」


カルロッタは紅茶に砂糖を足してかき混ぜた。「わたし、愛の大切さは過大評価されていると思う」

「あなたの心は悲しい場所にあるんですね」

カルロッタは苦笑した。「大昔から続く男女間のせめぎ合いを考えてみて。この社会では男性が圧倒的に権力を握ってるわよね。そして」と言葉を継ぐ。「わたしたち女性には、いちかばちかの賭けをするとき、使える切り札が一枚しかない」

「それは何？」

「わたしたち女は、男が欲しいものを持ってる。それが、男を操るのに唯一残された力なの」

エリザベスは、膝の上で固く握りしめた手を見下ろした。「男たちはいつだって、それを力ずくで手に入れることができます」目を見開いて、そうつぶやく。

カルロッタはエリザベスをしばらく見つめ、やがて自信なさげに小さく笑った。「まあ、そうね。でも、よっぽど堕落した男でないかぎり、わたしたち女の協力が必要よ」

「その〝よっぽど堕落した男〟は、想像以上に多いですよ」エリザベスは苦々しげに言うと、急に立ち上がり、紅茶セットをまとめて台所へ運んだ。

「どうしたの？」とカルロッタが尋ねて、あとを追う。

エリザベスはこたえずに、台所の作業台を片付け始めた。紅茶入れを洗う手が震えていた。

「何かあったんだなって、さっきから感じてた。何があったのか教えて」

エリザベスはスプーン類を熱湯に浸し、指を火傷しそうになった。「できれば、別の話題に移りたいのですが」

「明らかに悩みがあるのに隠し続けるとなったら、友達としてもっと仲良くなるのは無理じゃないかなあ？」

エリザベスは作業台に身を寄せ、歯を食いしばって感情を抑えてから言った。「わたしたち、もっと仲良くなる必要なんてあるでしょうか？」

「えっ、わたしはてっきり——」

エリザベスはカルロッタと向き合い、顔を紅潮させた。「あなたは、上の階にアトリエがあるからというだけで、わたしの生活に首を突っ込んできた。わたしのことやわたしの生い立ちも知らず、わたしたちに共通点があるかどうかなど何も知らないままに」

「ごめん、でもわたしは——」

「わたしには心の友はひとりしかいません。その友はベルビュー病院の精神科病棟で苦しんでいます」

カルロッタが立ち上がった。「お互い尊重し合う仲だと思ってたのに」冷静な口調ながら、下唇が震えていた。「はっきりとわかった。わたしの勘違いだったのね。これ以上あなたに迷惑はかけないから」手袋と鞄を取ると、背を向けて、部屋を出て行った。

数秒後、玄関の扉が閉まる音がした。しばらくのあいだ、エリザベスは身動き一つしなかった。洗面台の上の掛け時計の音だけが部屋に響いていた。やがてエリザベスはくずおれて床に座り込み、深い嗚咽にからだを震わせた。

第二十四章

一八八〇年のニューヨークは、聖なる欲望から不浄な欲望にいたるまで、人間のあらゆる欲望を満たすことができる場所だ。じつにさまざまな娯楽があふれている。ビアホール、見世物小屋、入れ墨屋、サーカス小屋、人形を使った寸劇《パンチ・アンド・ジュディ》からシェイクスピア劇や風刺劇にいたるまで各種の演目を提供する劇場の数々……。ありとあらゆる悪徳を味わえて、供給も豊富にある。賭博、飲酒、喧嘩、買春に耽《ふけ》ることのできる場所が無数に存在する。バワリー通りでは、一区画に五、六軒の酒場が並んでいるところも珍しくない。賭け事の機会にも事欠かず、ケノやファロの賭博場もあれば、スリーカードモンテのような路上賭博もさかんだ。

十年前まで、キット・バーンズが経営する〈スポーツマンズ・ホール〉では、猟犬が鼠を食い殺す見世物が催されていた（なかでも有名な犬はジャック・アンダーヒルという名のフォックステリアで、ニュージャージー州セコーカスで百匹もの鼠をわずか十二分足らずで仕留めたといわれる）。バーンズの興行は旗揚げから四年後の一八七〇年、アメリカ動物虐待防止協会によって閉鎖されたが、以後も、人々の違法な娯楽に対する欲望は衰えることがなかった。

好ましくない施設はダウンタウンに多く、悪名高いバワリー通りにとくに集中していたが、ブロードウェイ沿いにも点在している。不正の巣窟のなかには、驚くほど長く存続したものもあった。たとえば、ジョン・モリッシーがつくった賭博場はブロードウェイ八一八番地にあり、三十年以上も続いた。公共賭博場のほとんどは、酔っ払い、船乗り、田舎者、うぶな観光客から金を巻き上げるみすぼらしい施設だ。なかでも悪質なものがイースト川の岸辺に並んでいて、暴力沙汰が絶えない。そのような場所に一歩入ったが最後、強盗、薬物、暴行、殺人の危険にさらされる。

一方、裕福な人々はパーク通りの上品な建物で賭博を楽しむことができた。ここでの賭博には、豪華な夕食、きらびやかなシャンデリア、上等な葡萄酒が伴い、客が現金を手放すのをためらう気持ちを和らげた。環境は豪華だが、結果は同じ。つねに胴元が勝つ。

こうした巣窟の中でも名高い――というより、悪名高い――場所が、ヒューストン通りとクロスビー通りの角にある〈ハリー・ヒル興業酒場〉だった。ここに足を踏み入れた女性は、すべて売春目的とみなされる。名ばかりの〝演奏会〟も開かれるが、酔っ払った紳士たちが好き勝手に楽器を演奏するにすぎない。男性客は必ず、女性は求めに応じて、〝ダンス〟をする。実際には、これは長い前戯のようなもので、性行為につながることもあれば、そうでないこともある。敷地内で公然と行なうことは許可されていないものの、ここで出会った女性と連れだって出て行く場合、そのあと何らかの性的行為につながると一般に理解されている。結果がどうなるにせよ、男性は相手の女性と自分の飲み物の代金を支払わなければいけない。これらの掟《おきて》に従わない者は退場を命じられ、もし少しでも賢い者ならすぐに従う。二度目の退場命令は、もっと強硬な身体的な処分というかたちをとることが多いからだ。

客には、常連の賭博師、ギャング、物見高い野次馬のほか、政治家や作家、警察官などの〝良識ある〟人々も含まれていた。こうした紳士たちに加え、経営者であるハリーに気に入られた者たちは、女性との〝ダンス〟を強制されずに、酒を心ゆくまで楽しめる。酒が提供される場所のあたりで、判事や警察署長、有名作家などを見かけることも珍しくない。もっとも、若き日のマーク・トウェインが一八六七年に友人たちとともにこの店を訪れた際には、ひとりの若い女性にしつこく絡まれ、その真の意図に気づいて早々に立ち去ったらしい。

エリザベスは、そんな有名な〈ハリー・ヒル興業酒場〉へ足を運んだのだった。こうした場所に不慣れな若い女性にしては知識が足りないと非難されてもおかしくなかった。しかし、手提げ鞄に武器を忍ばせていれば話は別だろう、とエリザベスは考えた。祖父の短剣を心強く思いながら、店の建物の一歩手前で立ち止まった。入り口に赤と青の角灯が吊るされていて、めざす店はすぐにわかった。夜気は暖かく、調子外れのピアノと錆びたバイオリンが民謡の『バッファロー・ガールズ』を奏で、騒々しい笑い声や歓声が響きわたっていた。酔っ払いたちが、さまざまな音程で歌詞を口ずさんでいる。

バッファローに住む娘たち
今夜は外に出ておいで

今夜は外に
今夜は外に
バッファローに住む娘たち
今夜は外に出ておいで
月明かりのもと、踊ろうや

とんでもないことを思いついたものだとエリザベスは後悔した。まったく馬鹿げている。いくら鞄のなかに短剣を持っているとはいえ、今すぐ引き返してまっすぐ家に帰るのが賢明であることは明らかだ。手のひらに汗がにじみ、息が荒くなり、めまいがする。けれども、きのうまでの自分とはもう別人であり、二度と以前の自分には戻れないのだ。心の一部分が切り取られてしまった。かつて身を守るためにまとっていた自信も、永遠に失われた。なぜ明日まで待ってフレディを誘わなかったのか？　フレディならきっと快諾してくれただろうし、男性といっしょなら状況はまったく違ったはずだ。酒場のなかでグラスが割れる音が聞こえ、どっと笑い声が沸いた。

「お母さんがあなたのしていることを知ったら、どんな反応をすると思う？」と背後から声がした。振り向くと、半笑いを浮かべてカルロッタが立っていた。

「きっと大騒ぎするでしょうね」そうこたえて、店を見やった。いくつもの窓から明るい光が漏れている。

「さっきは失礼な態度を取ってしまって、ごめんなさい。あなたは何も悪いことをしていないのに」

「まったくよ」

「なのに、あなたは来てくれた」

「ここに来るって、さっき部屋で言ってたから」

「でも、どうして――」

「あなたが本心であんなことを言ったわけじゃない、ってわかってるからよ。何か悩みがあって――」

「その先に踏み込むのは勘弁して」

「だから許す、って言おうとしたところよ。それに、そんな店に入る必要はない。まだ引き返せる。自分を証明してみせる必要なんてないのよ――わたしに対しても、誰に対しても。

「べつに、あなたは帰ってくれて構いません。でもわたしは、やりとおすつもりです」エリザベスはみずからを鼓舞するように毅然と言った。強がったわりには、胃が空っぽになり、足の力が入らない。

「あなたを見捨てたりしない」とカルロッタはこたえた。「〝精霊よ、先導したまえ〟」

『クリスマス・キャロル』からの引用だとエリザベスは気づいた。「あなたはユダヤ人のはずなのに」

カルロッタが、呆れたふうに目玉をくるっと上に向けた。「ユダヤ人だって、本くらい読むのよ」

一つ深呼吸をして、エリザベスは正面玄関の横にある狭い通用口から店内へ入った。手書きの看板に〝女性専用〟と書かれており、男性は正面玄関から入るよう求められ、その際、二十五セントの入場料を請求される。通用口を入った先は、がたがた揺れる短い階段だった。体重を支えるのがやっとと思われる不安定な階段をのぼりきると、広い店内に出た。

そこで目にした光景は、まるでダンテの『神曲』の地獄篇のようだった。七つの大罪のうち、とくに〝色欲〟が際立っており、僅差《きんさ》で続く〝暴食〟は、途方もない量の酒の消費で表現されている。部屋の装飾は簡素だ。壁にボクシングの写真がいくつか貼られているだけで、あとは、木製のテーブルと空のビール樽が数個。隅に、椅子が雑然と置かれている。男どもは飢えた犬のような表情を浮かべ、女たちは偽りの陽気さの裏に警戒心をちらつかせていた。もっとも、酔いが回るにつれ抑制が鈍り、無防備になる。

そこらじゅう、葉巻の煙が充満している。一方の壁ぎわに長いバーカウンターがあり、その反対側に舞台がつくられていた。舞台上には、興味なさげな表情を浮かべた演奏家が数人。バイオリン奏者は、みすぼらしいかつらをかぶった貧弱な体形の男で、無表情のまま楽器を弾き続けている。ピアニストは対照的に太っていて、腸詰めのような太い指で鍵盤《けんばん》を叩き、山高帽を斜めにして頭に載せている。きれいにひげを剃ってある三人目の男は、けだるそうな長細い顔でコントラバスをつま弾いていた。

客たちは踊り、酒を飲み、歌い、ときにはその三つを同時に楽しんでいる。屈強な男たちが数人、周囲のようすを警戒しながら巡回していた。ハリー・ヒルのお抱えの有名な用心棒たちだろう。壁に掲げられている大きな看板に記された〝酔っ払いお断わり〟の規則を徹底させる役割を担っているらしい。

もっとも、大声を上げて騒ぐ客たちを見るかぎり、この店の〝酔っ払い〟の定義は非常に甘いようだ。給仕の娘たちも忙しく歩きまわっている。エリザベスは、そうした娘たちの十年後を想像した。若さの輝きを失い、都会に埋もれて誰にも気にかけられず、生きるためにもがき苦しむはめになるのではないか。今は華やかな衣装に身を包み、安っぽい服を着てさらに安っぽい靴を履いた男たちと踊り、自分たちが舞踏会の花形であるかのように感じているのだろうが、ほとんどの男たちの目的はどうせ一つしかない。心の奥では、娘たちもそれを承知しているに違いないが、強がりの仮面で隠している。まるで、〝ダンス〟の相手を務めている若い男やそう若くない男が、将来の夫になる可能性を秘めているかのように。

「さて、どうするの？」とカルロッタが尋ねた。そのとき、にやにやと笑みを浮かべたふたりの男が近づいてきた。

「やあ、可愛いお嬢さんたち」と背の低いほうの男が言った。禿げ頭で顔が円く、ダイヤのネクタイピンを着け、いかにも自信ありげな振る舞いだった。「見かけない顔だけど、ここは初めて？」

もうひとりの男は、田舎から出てきたばかりのような素朴な顔立ちだった。粗末な仕立ての背広は小さすぎ、袖からひょろ長い腕が飛び出して、骨ばった手首があらわになっている。恥ずかしそうに立ち、相棒が得意げに女性たちに話しかけるのを見守っていた。

「この近所に住んでいるのかな？」禿げ男が言い、唇を舐めた。

エリザベスたちは視線を交わした。そこへ、人をかき分けながら第三の男が近づいてきた。自信満々な歩きぶりからみて、エリザベスはすぐにそれが誰なのかを理解した。

経営者のハリー・ヒルは、がっしりとした筋骨隆々の中年男だった。短い髪のところどころに白いものが交じり、顔には表情豊かな皺が刻まれている。頑強な体格が、かつて拳闘家だったことを物語っている。この酒場は、売春だけでなく、ときおりボクシングの試合が開催されることでも有名だ。

「おやおや！」とヒルは声を張り上げた。「これは珍しいな、え？　若くて可愛らしいお嬢さんたちがふたり、ハリーおじさんと夜を過ごしに来てくれたのか？」ニューヨークの労働者階級の言葉とイギリス英語が奇妙に交じり合ったしゃべりかただった。よく知られているとおり、生まれはイングランド南東部のサリーだ。

「わたしはエリザベス・バンデンブルックです」とエリザベスは名乗って、手を差し出した。

ヒルはその手をしっかりと受け止め、温かい握手をした。「ああ、そうだ、五番街のバンデンブルック家のご令嬢じゃないか。お父上のことは存じ上げている。まことに立派なおかただ。ようこそ、ようこそ！」続いてカルロッタに目を向け、歯を見せてにこやかに笑った。「こちらはどなたかな？」

カルロッタは笑顔には応えず、「カルロッタ・アッカーマンと申します」とつっけんどんに言った。「オーチャード通りのアッカーマン家の令嬢でございます」

「しかるべき歓迎をしなきゃいけない」ヒルは、カルロッタの皮肉な物言いを完全に無視して、ふたりの肩に腕を回し、「さあ、ハリーおじさんのおごりで一杯やろう！」と大声で言った。エリザベスたちは連れられてバーカウンターへ向かい、取り残された男たちはがっかりしたようすでその背中を見送った。エリザベスは自分たちに多くの視線が注がれるのを感じた。煙草や葉巻の煙が立ち込めるなか、ヒルはふたりを引き連れて客たちのあいだを縫うように進む。客たちはしばし騒ぎを中断し、ヒルがひいきにする新顔に目を向けた。ヒルがお気に入りの特定の客を丁重に扱うのは有名だ。当然、そういう特別扱いの客は上流階級に属していることが多い。

エリザベスの耳に、先ほどのヒルの言葉が残っていた。お父上のことは存じ上げている。いったいどうやって、ハリー・ヒルみたいな男が、尊敬される判事であり、清廉潔白な人物として知られる父親と接点を持ったのだろう？　父親がこんな店に足を踏み入れるとは思えなかったが、過去二十四時間で自分の信じていたものが次々と打ち砕かれた今、もはや自分の判断が信用できなくなっていた。

「さあ、お嬢さん」とハリーはエリザベスを引っ張り、カウンターの腰かけに座るよう促した。「何を飲む？　今夜はハリーおじさんのおごりだ」

第二十五章

〝ハリーおじさんのおごり〟は、かなり薄いウイスキーの水割りだった。カルロッタはジンを選んだが、同じくらいおいしくなさそうだ。

「さて、うちみたいな質素な店に何の用かな？」とヒルがエリザベスに尋ねた。「なにしろ、きみは判事の娘さんだから」

エリザベスは水っぽいウイスキーのグラスを置いた。バーカウンターの表面は触れるとべたつき、ビールジョッキやウイスキーグラスの長年の汚れが重なっていた。入れ墨の入ったバーテンダーが持っている布巾で手を拭きたい衝動をこらえた。背が高く赤ら顔のその男は、日焼けした片方の腕に錨《いかり》の入れ墨を、もう一方の腕には人魚の入れ墨をしているところをみると、おそらく船乗りだ。筋張った首に、長く細い傷痕が蛇のように這っている。いったい何の傷だろう？　エリザベスの想像では、この男は店の仕事を終えたあと、酔っ払いを捕まえてウォーター通りへ行き、停泊している船に無理やり乗せて強制労働させる手助けでもするのではないか。男が金の前歯を見せてにやりと笑い、エリザベスは目が合わないように視線をそらした。男はめげずにこんどはカルロッタに笑みを向けたが、冷ややかな一瞥を食らい、注いでいる途中だったビールジョッキを危うく落としそうになった。

エリザベスはヒルに向き直った。「どうして父をご存じなのですか？」

ヒルが気まずそうに咳払いをする。「なにせ、きみのお父上は有名人だ。みんなの尊敬を集めている判事さんだからねえ」

エリザベスがこたえる前に、店内の中央で大きな騒ぎが起こった。客たちは手を止めて成り行きを見守った。喧嘩も気軽な娯楽の一種とみなされている。音楽家たちさえも演奏を中断し、休憩がてら楽しんでいるようすだ。

先ほどエリザベスとカルロッタに声をかけてきた背の低い禿げ男が、別の男と対峙していた。そちらは中年の労働者ふうで、締まったからだと剛毛の金髪の持ち主だった。

「失せろ。さもないと、ぶん殴るぞ！」と金髪の男が言う。農家の人なのだろうか、顔と首が日焼けし、田舎者という印象で、腕がたくましく、手は荒れていて力強い。

「ほう、そうかい？」と禿げ男が応じた。「やれるもんなら、やってみろよ！」

日焼けした男が上着を脱ぎ、観衆に向かって投げた。

「こてんぱんにしてやる！」

「さあ、いいぞ。全力でかかってこい！」

ふたりを囲んで人だかりができ、応援の声が飛び交う。結果をめぐって賭けをしようと、数人の男が慌ただしく動いている。女たちも目を輝かせ、男たちに負けず劣らず、足を踏み鳴らして声を張り上げていた。この店に集まる人々にとっては、単純に楽しい催しなのだった。

「やっちゃえ、ウィリアム！　あいつなんか、ただの田舎者よ！」

「行け、ケイレブ！　都会の若造に誰がボスか見せてやれ！」

「おれはウィリアムに賭けるぜ！」

「やっちまえ！」

ふたりが戦い始める前に、ハリー・ヒルがみずから中央へ歩み出た。ふたりの用心棒を引き連れている。禿げ男の襟をつかみ、いとも軽々と持ち上げた。逃れようともがくその男を、ヒルは玄関まで引きずって、紙人形を扱うかのように街へ放り投げた。一方、ふたりの手下は日焼けした男に近づき、いくぶん穏やかにバーの端へ連れ出した。少し頭を冷やさせてから、結局はこちらも退店させた。

観衆たちは、自分たちの娯楽のみなもとがあっという間に片付けられてしまったのを見て、いっせいに失望の溜め息を漏らした。即席の賭け屋はしぶしぶ金を返却し、みんな興醒めしたようすでもとの行動に戻っていった。

「申し訳ない」とヒルはエリザベスたちのそばに戻ってきて言った。投げられた球をうまく取ったときのボーダーコリーと同じような満足げな表情を浮かべていた。「さて、何の話だったかな？」

「エリザベスのお父さんをどうして知ってるのかって話よ」カルロッタが冷たく言った。

「それはもう、どうでもいいです」エリザベスは鞄からサリーの写真を取り出した。「この娘さんをご存知ですか？」ヒルが写真を見つめている時間が少し長すぎるのを感じ、どんな返事がかえってきてもそれは嘘だと悟った。

「いや、見覚えがない」ヒルが頭を掻きながらこたえる。「しかし、ここには毎晩たくさん人が来るからねえ」

「この娘さんは以前、こちらで働いていたと聞いたのですが」

ヒルの顔の困惑がさらに深まり、エリザベスは次の嘘に備えた。

「うちの給仕は、わたしが採用するわけじゃない。マーティンの仕事でね」

「そのかたにお話を伺うことはできますか？」

「今夜は休みだ」

「いつなら、いらっしゃいます？」

「そうだな、たいがいの夜はいるんだが。しかし、数日前から床《とこ》に伏せっていてね。腰痛がひどいらしくて」

カルロッタは顔をしかめた。「腰痛？」

「うん、かなり痛いそうだ。湿度が高いと、よけいひどくなる。ところで」と明るく言う。「きみたちは今、仕事が欲しくないか？」

「いいえ、結構です」とエリザベスはこたえた。

「この子はちゃんとした仕事に就いてるのよ」とカルロッタ。

「そいつは残念だ。今ちょうど女給をふたりほど雇いたいところなんだが」

「この子、記者なの」とカルロッタが付け加えた。

ヒルは眉根を寄せ、頭を掻いた。「新聞社かな？」

「《ニューヨーク・ヘラルド》よ」

無理やり笑みを浮かべて、ヒルが言った。「それじゃ、もう一杯どうだ？　おごるよ」

「ありがとうございます。でも、そろそろ失礼いたします」とエリザベスはこたえた。

「そう急がなくてもいいだろう。しばらくゆっくり楽しんで。これからが盛り上がるところだ」

「ヒルさん、でもわたし――」

「なあに、心配するな。わたしが面倒をみる。ハリー・ヒルは情に厚い男だからな！」

「また別の機会にお願いいたします。おやすみなさい、ヒルさん」

「お会いできてよかったです」カルロッタが手を差し出し、冷ややかな目つきでヒルと握手した。

ふたりが出口に向かう途中、数人の男が口笛を吹き、何人かは無礼な言葉を投げかけてきた。

「よう、赤毛の姉ちゃん！　あそこのおけけも赤いのか？」

「なあ、ハニー。一曲、踊ろうぜ」

エリザベスとカルロッタは、凹みや傷だらけの古びた木の扉を押し開けた。何年ものあいだ、拳や靴やビールジョッキをぶつけられた扉なのだろう。ナイフによる深い傷ばかりか、銃弾の痕までいくつかある。

外に出ると、カルロッタが言った。「あいつ、嘘をついてる」

「何を隠しているのかしら」とエリザベスは考え込んだ。

ふたりはヒューストン通りを東へ歩いた。まだそれほど進んでいないとき、一台の馬車がハリー・ヒルの店の前で停まった。

「なんだか場違いね」とカルロッタが言った。馬車から降りてきたのは、上等な服を身にまとった若い男の一団だったからだ。歓声を上げ、笑い合っている。ほとんどが夜会服に身を包み、高帽子や洒落《しゃれ》た杖を持っていた。

「たしかに妙ですね」とエリザベスも同意した。突然、西からつむじ風が吹き、カルロッタは飛ばされないように帽子を押さえた。エリザベスも帽子を押さえ、ピンで固定しようとしたそのとき、若者のひとりに目が留まった。背が高くて痩せたその若者の服は、高級そうなわりに、どこか似合っていなかった。ガス灯の薄暗い明かりのなかで定かではないが、ジャック・アスターによく似ていた。

「どうかしたの？」とカルロッタが尋ねた。若い男たちは、屈託のない高揚感に満ちて、建物のなかへなだれ込んでいった。

「知っている人に似ていた気がして」とエリザベスはこたえた。引き返そうかとも考えたが、思い直した。今夜はもう、ハリー・ヒルにじゅうぶん振り回された。

ふたりはまた歩きだしたが、しばらく経ったとき、後ろから足早に近づいてくる音が聞こえた。エリザベスが驚いて振り返ると、入れ墨のあるバーテンダーが追いかけてくるのが見えた。恐怖に襲われたエリザベスは足がもつれ、カルロッタが支えてくれなかったら倒れてしまうところだった。

「ごめん、驚かせるつもりはなかったんだ。おれはジーク、ジーク・ドンレビーだ。サリーのことを尋ねてただろ？」

「何か情報をお持ちですか？」

「サリーはあの店で働いてたことがある」

「苗字をご存じでしょうか？」

「ほとんどの女の子は本名を名乗らない。いろんな名前を使い分けてて……。なぜサリーを捜してるのかな？」

「殺されました」

ジークは心から仰天したようすだった。「サリーが？　殺された？」

「写真がけさの《ヘラルド》の一面に載りました」

軽い咳払い。「じつはその、新聞を読む習慣がないもんで」

字が読めないのではないか、とエリザベスは疑ったが、問い詰めて恥をかかせるつもりはなかった。「ヒルさんはどうですか？」

「毎日、読んでるよ」

エリザベスたちは顔を見合わせた。

「本当に？」とカルロッタが言った。「それなら、とっくにサリーの写真を見てたことになるよね？」

「といっても、いつも同じ新聞を読むわけじゃなくて、《サン》を読む日もあるから……。可哀想なサリー」悲しげな声。「犯人は誰です？」

「それを今、調べているわけです」

「警察は何やってるんだ？　調べるのは警察の仕事なのに」

エリザベスは、風に煽られて飛ばされそうになった帽子を直した。「ドンレビーさん——」

「ジークと呼んでください」

「じゃあジークさん、ヒルさんは毎月、警察にいくら〝警備費〟を払っていますか？」

ジークは顎を掻いて考えた。「五百ドルくらいかな」

「だから、元従業員の殺人事件の解決を警察に任せるわけにはいかないのです」

「なるほど」

「やっぱり、サリーの苗字はわからないですか？」

「うん。ただ、住んでた場所なら知ってる」

「どうしてご存じなのです？」

「いちど、帰りに送ってやったんだ。遅い時間で、サリーがびくびくしてたから。あとを尾《つ》けられてるみたいだって」

「誰のしわざか、言っていました？」

「いや。おれは話を信じてなかった。女の子たちは、ときどき店の物を盗む。そうすると、後ろめたいもんだから被害妄想になりやすい」

「サリーはどこに住んでたの？」とカルロッタがせっつく。

「バワリー通り。連れて行ってやってもいい」

「何番地か覚えていますか？」とエリザベスは訊いた。

「いいや。でも、一階が精肉店で、二軒隣の角に酒場があった」

「それは〈サースティー・クロウ〉というお店では？」

「あっそう、それだ。どうしてわかった？」

「ありがとう、ジーク」エリザベスはそう言って、握手した。「とても助かりました」

「よかった。サリーはいい子だったんだ。殺されるような子じゃない」ガス灯に照らされて、頬に一筋の涙が光ったように見えた。溜め息をついて、付け加える。「じゃあ、ヒルさんが怒りだす前に戻らなきゃ」

「本当にありがとうございました」軽やかに駆けだすジークの背中に、もういちど礼を言った。

「さて、どうする？」とカルロッタ。

　エリザベスはこたえなかった。バワリー通りに住んでいた娘が、なぜセントラルパークでミイラ姿になって発見されるはめになったのか、考えをめぐらせ続けていた。

第二十六章

　また連絡すると約束を交わしたあと、カルロッタはオーチャード通りにある共同住宅に帰るため、ダウンタウンのほうへ去っていった。オーチャード通りも含め、移民たちが多く暮らすロウアー・イーストサイドの雑然とした、ことによると不潔な生活環境をよく知るエリザベスは、カルロッタの家族がどんな暮らしをしているのか気になった。けれども、カルロッタによれば、両親が営むパン屋は〝繁盛している〟とのことだったから、多少は安心できる。

　まだ夜十一時にもなっていない。昼寝をしたにもかかわらず、エリザベスは疲れていた。〈スタイベサント・アパートメント〉まではアップタウンの方向にほんの二キロ足らずの距離だが、辻馬車を使って帰ることにした。この時間帯にひとりで街を歩きたくないという気持ちもあった。以前のお気楽な態度とは打って変わって、今は神経質にあたりを警戒している。街角で焼きたてのじゃがいもを売る露店商から、路地裏のごみをあさる片腕の路上生活者まで、すべてが漠然と危険に思える。ヒューストン通りを腕を組んで歩く恋人たちまで不審な気がした。逆に相手側も、男たちはエリザベスに冷たい視線を送り、女たちはエリザベスをちらりと見るなり隣の男の腕にしがみつくのだった。

　エリザベスは、〈ハリー・ヒル興業酒場〉で目にした性的な熱気あふれる光景を思い出した。込み合った汗臭い酒場で恋が芽生える場合もあるのだろうが、おそらく稀《まれ》なのではないか。ハリー・ヒルがたとえ礼儀正しい行動を強く求めようと、狂気じみたダンスや大量の酒がもたらすものは、愛や結婚ではなく、もっと野蛮な何かだと、誰もが心の奥底で知っている。

だからといって、女たちの不品行をとがめる気はないし、男たちすら責めたいとは思わない。ニューヨークでは匿名性が簡単に手に入る。過去から逃れたい人々であふれている。あるいは、アメリカの辺境や、やっとの思いで逃げ出した母国にいるころには夢にも思わなかったような未来を模索する人々で……。しかし、夢は一夜にしてはかなく消えるかもしれないし、ハリー・ヒルの店のような場所でアルコールが人生の厳しい現実を和らげてくれるのも、そう長くは続かない。

〈スタイベサント・アパートメント〉にたどり着いたエリザベスは、扉に鍵をかけ、加えて掛け金もかけた。引っ越してきた当初は、母親が過剰なまでに防犯を気にして大げさだと思ったが、今はその用心深さに感謝していた。鍛鉄製の掛け金がかかる重い音を聞いて安心した。二重鍵はこれまでほとんど使ったことがなかったし、不審者に侵入される可能性は極めて低いと理性では理解していても、心は穏やかではなかった。

無事に防護壁の内側に収まってようやく安堵したエリザベスは、ベッドに入って服を脱いだ。ひんやりとした清潔な布に体を滑り込ませ、すぐに眠りに落ちた。しかし、安らかに眠ることはできなかった。暗い思いが夢にまで侵入してきた。ふと気がつくと、混雑した酒場のなかにいた。見知らぬ人々が騒ぎ、飲み、踊っている。カルロッタを探したが、周囲は知らない顔ばかりだった。出口を探して、人込みをかき分けながら進む。みんなが自分を見つめていることに気づいて、部屋の奥にある人形劇《パンチ・アンド・ジュディ》の舞台の裏に隠れようとしたが、集団がどんどん迫ってきて、ハリー・ヒルの酒場でふたりの喧嘩を取り囲んだみたいに輪をつくった。

突然、自分が全裸であることに気づいた。夢の論理の薄暗い世界では、なぜ裸なのかという疑問は湧かなかった。早く逃げ出したいとだけ願った。自暴自棄になり、押し寄せる人々を振り切ろうとしたが、からだをつかもうとする手が何本も伸びてきた。赤の他人に触れられたくないともがくものの、嘲笑の波が襲ってくるばかり……。

エリザベスは震えながら目を覚ました。毛布がはがれ、足元で丸まっている。それを顎まで引き上げて、しばらくのあいだ、暗闇のなかで目を開けたまま、脳内を駆けめぐる考えを追い払おうとした。備品倉庫で襲ってきた犯人を見つけられるだろうか？　もし見つけられたとして、その後どうすればいいのか？　犯人が誰なのかはわかっているつもりだが、確信はない。もし間違っていたら？　なぜカルロッタに話せないのだろう？　唯一打ち明けられる相手は、ベルビュー病院の精神科病棟に収容されていて、夜闇の訪れと同じくらい速く正気を失いつつある。

窓の外で、梟が優しく鳴いた。心やすらぐ鳴き声。窓から漏れてくる街灯だけで淡く照らされた天井を見つめながら、梟の柔らかな羽毛や大きな円い目を想像した。しかし同時に、硬く鋭いくちばしや長い爪も思い浮かべた。目を閉じて、梟のように生きようと心に誓った。夜を味方につけ、夜の生き物に変身しよう、と。外で羽ばたきの音がかすかに聞こえ、やがて闇の奥へ消えていった。寝返りを打って横を向き、楽な姿勢を取って、呼吸を整えた。次は〈サースティー・クロウ〉を訪れ、グラミーを捜し、精肉店主のウェーバーともういちど話をしよう。エリザベスは、あくびをして伸びをしたあと、布団をからだに巻き付けた。

そしてその日三度目の眠りに包み込まれた。

第二十七章

友人から〝スペンス〟の愛称で呼ばれるシェイマス・R・スペンサー巡査は、眠たげな足取りでマディソン広場の暗い小道を歩いていた。公園の夜の香りを吸いながら、木製のベンチの列の前を通り過ぎつつ、あくびをこらえた。あこがれのまなざしでベンチを見つめる。あそこに横になって、少しのあいだ目を閉じていられたら、どんなにいいだろう。

たいていの日は、夜勤が性に合っている。昼にくらべて平穏で静かなのがいい。けれども、今夜は疲れていた。息子のブレンダンが前夜、流感にかかり、妻がつきっきりで看病した。妻が少しは休めるように、睡眠時間を削って看病を交代した。息子が咳をするたび、胸に鋭い痛みが走った。まるで心臓に短刀を突き刺されたような痛み。息子がようやく眠りについたころには、出勤しなければいけない時刻になっていた。いつもどおり暗闇のなかで身支度を整え、夜十一時半ごろ署に到着し、始業時刻を打刻した。勤務は午前零時から八時までだ。

今、まだようやく三時。迷信深い義母によれば、魔女が横行する時刻だという。疲労が限界に近づいている。雲一つない空に明るい月が輝き、その青白い光が、ほとんど人けのない公園の木々の上に優しく注いでいた。ベンチの一つで、浮浪者が横になって熟睡し、静かにいびきをかいている。その男をあえて起こす気にはなれなかった。妻にさえ、警察官にしては根が優しすぎるとよく言われる。けれども、眠っているこの男が誰かに迷惑をかけているとは思えなかった。

前方で、自由の女神像の手の部分だけが、月明かりに照らされて銅色に輝いている。コンクリートの台座に設置されたその手は、大空に向かって突き上げられ、火を灯していない松明《たいまつ》を握りしめていて、公園内のほとんどの木々よりも高さがある。この彫刻を展示するためにつくられた巨大な四角い台座だけでも、馬車を二台積み重ねた高さだ。スペンス巡査は、台座に埋め込まれている銘板を覗き込んだ。そこには、いずれ完成するはずの像全体が描かれ、この像がフランスからの友好のあかしであることや、今、寄付を募っていることなどが記されていた。

ニューヨーク湾に像を建設するための資金を集めるべく、手の部分だけがこの公園に展示されているというのは、いまや周知の事実だった。この手は街の名物の一つになっている。しかしスペンス巡査は、ばかでかい手だけがぽつんと置かれている光景に違和感を覚えた。正直なところ、不気味だ。巨大な金属の手の下を通り過ぎながら、つい身震いした。けれどもやがて、もうすぐ休憩時間に食べる鰯《いわし》とチーズのサンドイッチはどんなにおいしいだろうかと考え始めた。自分の休息の時間を削って妻の睡眠時間を確保してやったら、感謝のしるしとして妻がいつもより多めにつくってくれたのだ。

ふと、像の後ろの茂みに何かあることに気づき、近づいて目を凝らした。近づくにつれ、嫌な予感が募った。あなたは予知能力を持っている、と妻によく言われる。それが本当かどうかは別として、急に足が止まった。直感が、これ以上近づいてはいけないと告げている。はっきりとは見えないものの、最初の印象では、その物体は黒っぽくてねじれた何か邪悪なものに思えた。深呼吸をして、無理やりさらに前へ出た。警察に勤めて早十年を超えるが、スペンス巡査は、マディソン広場の茂みのなかに置かれた物体に対して、心の準備がまだできていなかった。

像の陰に隠れるようなかたちで、一部を木の葉に覆われたその物体は、黒焦げになった人体だった。

スペンス巡査の手足が凍りついた。全身が、目の前にある焦げてねじれた肉と同じくらい、硬直した。逃げ出したかった。この恐ろしい光景に背を向けて、夜の闇に溶けてしまいたい。周囲を見まわしたものの、ベンチで眠る浮浪者のほかには誰も見当たらない。茂みのなかの死体を目覚めさせないように、巡査は爪先だけ使ってそっと歩み寄り、つぶさに観察した。長くほつれた毛髪からみて、焼け焦げたこの死体は女性のものらしい。からだに巻きついた赤い服からも、そういえる。不思議なことに、服はどうやらまったく焦げていない。まるで、火が消えたあとで巻かれたかのようだ。さらに目を凝らすと、淡い月明かりを反射する白い何かが見つかった。

被害者の首の上に丁寧に置かれたそれは、大型動物の歯を紐でつないでつくったと思われる首飾りだった。月光のもと、この先の災厄を払う魔除けのように、白く鋭く輝いていた。

第二十八章

翌朝は希望のない灰色の空が広がり、《ヘラルド》で働き始めて以来初めて、エリザベスは出勤するのが憂鬱だった。昨夜の決意は、朝の鈍い光のなかで薄れていった。欠勤をファーガソンに願い出れば了承してもらえるとわかっていたが、代償として、記事の担当から外されるのではないかと思うと恐かった。重い足取りでベッドから這い出し、顔を洗い、ふだんはあまり着ない地味な灰色の服を身に着けた。自分の体形や顔色には似合わないと思っていた服だが、きょうはあえて選んだ。冷めた残りのコーヒーを一気に飲み干し、頭巾の顎紐をきつく結んでから、いつもの書類鞄と手提げ鞄を持ち、慎重に二重に鍵をかけて部屋をあとにした。

《ヘラルド》の建物に着いたのは九時過ぎだった。玄関広間でフレディ・エバンズの姿を見つけて、ほっとした。

「体調はどう、お嬢さん？」とフレディが声をかけてきた。肌が日焼けして赤みを帯び、額のそばかすがいっそう目立つ。

「そろそろエリザベスって呼んでくれてもいいんじゃないかしら、フレディ」

「わかったよ、お嬢さん。それで、大丈夫？」

「ええ、とても元気です。おかげさまで」エリザベスは溌剌《はつらつ》とこたえた。

「きのうはみんな心配してたよ」

みんなではないだろうけど、とエリザベスは思った。

「これからファーガソンさんに会いに行きます」

「おれもだ。あの人、さっきすごく興奮してるみたいだった」

「もう会ったんですか？」エリザベスは大理石の階段をのぼり始めた。横の高い窓から朝日が射し込んでいる。

「きょうは早めに出社したんだ。ここ二日で販売部数がかなり伸びたって言ってたよ。きみの記事が原因だと思ってるみたいだ」そう言いながら、フレディがエリザベスの前を駆け上がっていく。

エリザベスはそのあとを追った。二階に近づいたとき、すぐ前方にいる別の男性に気づいた。その人物がまだ振り向かないうちに、ぎこちない足取りからみてシュスター編集長だとわかった。

「おやおや、今をときめく女性じゃないか。ちょっとした有名人になったらしいな。おめでとう」と編集長は言った。

「ありがとうございます」エリザベスはこたえた。

「でも、けさは何が――」

「もうすぐわかるさ」編集長が、自分の私室に向かって廊下を歩きだす。去ったあとの残り香に、エリザベスははっとした。備品倉庫で嗅いだ、ライムとミントが交じった香りだった。恐怖が全身を貫いた。まさか、シュスター編集長が自分を襲った男ではあるまい。襲撃者と編集長は同じ理髪店を利用しているのだろう。いやそれとも、あの香りは襲撃の前から倉庫に漂っていたのか——定かではない。父親もひげを剃ったあと、似たような香りの化粧水をときどき使っていた。

「お嬢さん?」とフレディが言う。「どうかしたかい、お嬢さん」

「あ、ううん。大丈夫よ」

「さっきの話は本当だよ、お嬢さん。ファーガソンさんはあなたの記事に大喜びだ」

大げさではなかった。私室に入ると、ファーガソンが、身の丈に合わない背広のように不釣り合いな満面の笑みでエリザベスを迎えた。ふだんは表情が乏しいのに、山羊《やぎ》がネクタイを締めて座っているかのような違和感があった。

エリザベスの手を取って、もみ込むように握手する。

「あんな記事を女性に書かせるなんてとんでもない、と周囲から非難されたが、おれもきみも、これでみんなを見返してやれたな、リジー?」

「そうですね」ファーガソンが急に温かさを見せ、父親以外は口にすることを許していなかった〝リジー〟という愛称を使ったことに驚いた。

「さてと」いつものとおり、火のついていない葉巻を唇に挟む。「きょうはどんな特ダネを持ってきてくれたのかな? ゆうべ遅くまで手がかりを追っていたそうだね」

どこからそんな情報を手に入れたのだろう? 「ええ。被害者の身元について、いくつかの手がかりを得ました」

「さっそく話してくれ!」手をこすり合わせながら興奮して言う。

ジークとの会話も含め、ハリー・ヒルの店の内外で起こったことをすべて伝えた。ファーガソンはデスクの端に腰掛け、腕組みをして、注意深く耳を傾けていた。

エリザベスが話し終えると、口を開いた。「じゃあ、被害者の住まいは判明したが、苗字はわからないままか？」

「サリーという名前すら、本名かどうか確証がありません。そう呼ばれていたのは間違いありませんが」

「こういう仕事をする娘たちは、身を守るために偽名を使うことがままある」

「でも、サリーは身を守れなかったようですね」

ファーガソンは葉巻を口元から外し、灰皿に置いた。「たしかに、危険な商売だな。そういう危険性を世間はじゅうぶん認識していないから心配だ」

「今回の報道を通じて、世間に実情を知ってもらえるかもしれません」

「おれとしては、あまり期待していないがね」

「被害者の身元を特定するうえで、新しく一つ提案があります」

「というと？」

「被害者の首に奇妙な印があるのを写真でご覧になりましたよね？」

「そう言われれば、そうだった。焼き増ししたのがどこかに置いてあるはずだ」デスクに散らばった大量の資料を掻きまわす。《ヘラルド》の編集者はデスクの上を派手に散らかすことが義務づけられているのだろうか、とエリザベスは思った。「きみの時代に先駆けた精神には感服するよ」とファーガソンは言い、資料の山から一枚の紙を拾い上げ、しばらく眺めてからまた山に戻した。「しかし世間は、低俗な刺激を求めてこういう記事を読みたがる。いずれ自分の不道徳を見つめ直したくなったら、講演会にでも足を運んでもらうとしよう」

「あなたがおっしゃるほど世間の人々が冷血だとは、どうしても思えません」

ファーガソンは肩をすくめ、デスクの発掘作業を続けた。「きみはまだずいぶん若い。おれの年齢になるころには、きっと――」

「あなたみたいに、人間の本性を斜に構えて見るようになるのでしょうか？」

「新聞業界で長く働いていると、人間をいい方向には捉えられなくなってくる。……あっ！」一枚の写真を高らかに掲げた。「あったぞ！　そう、これはたしかに……」写真をしげしげと観察する。「かなり奇妙な印だな。きみは、これが被害者女性の死に関連していると思うのか？」

「被害者の首に刻まれていました。それが遺体の唯一の傷です」

ファーガソンは室内を歩きまわり始め、眉と同じくらい黒いひげを撫でた。「それが何を意味するのかを突き止める必要があるな」

そのとき、扉をノックする音がした。ファーガソンが勢いよく開けると、厳しい表情のオグレディ部長刑事が立っていた。

「ケネス・ファーガソンさんですか？」

「そうです。何かご用でしょうか？」

「ニューヨーク市警第二十三区所属のウィリアム・オグレディ部長刑事といいます」

「おや、初めまして、部長刑事」とファーガソンは丁寧に挨拶した。「どうぞお入りください。ご紹介しましょう――」

「このお嬢さんなら、もう知っています。こんにちは、バンデンブルックさん」

「おはようございます、部長刑事。いらしてくださったので、こちらから伺う手間が省けました」

「ほう、そうですか？」首をかしげて言う。「手間が省けた？」

「ええ。ちょうどお会いしに行こうと思っていたところです」

「そうでしたか」

ファーガソンは口から葉巻を外し、ぎこちない笑みを浮かべた。「《ヘラルド》としましては、つねに警察への協力を惜しみません」

「そう聞いて安心しました」と部長刑事はこたえた。

「それで、わたしにお話というと？」

エリザベスはサリーの身元についてつかんだ情報を伝えた。「もっとも、警察も独自の捜査を進めていらっしゃると思いますが」

部長刑事は咳払いをした。「まだ、実質的な手がかりは何も見つかっていません」

「賄賂集めで大忙し」とファーガソンが小声でつぶやいた。

部長刑事が鋭い視線を送った。「今、何か？」

「いえいえ、われわれの愚かさと滑稽さを反省していたところです。新聞屋っていうのは、まったくねえ」

部長刑事はエリザベスに向き直った。「わたしがノバクを紹介したおかげで、きみが新聞の一面に写真を掲載できたことを忘れないでいただきたい」

「本当なのか？」とファーガソンがエリザベスに訊く。

「ええ、まあ。でも……」写真を撮らせてもらう方法はほかにもあった、と言いかけたが、思いとどまった。大きな恩を施したと信じている警察官の神経を逆なでしても始まらない。

「おたくの新聞はニューヨークの日刊紙のなかで最も多く流通しています」と部長刑事が言う。「もし可能なら、今後、情報提供者が警察に直接、情報を知らせるよう促してもらえると、わたしも上司も非常にありがたい」

「情報提供に対して、報奨金は出るんですか？」とファーガソンは尋ねた。

「市警の方針としては、いちいち報奨金は――」

「じゃあ、世間の人たちが警察に報告する動機なんてありますかねえ？」

「市民としての責務を果たす満足感が得られるでしょう」

「その満足感では、ガス代を払ったり、腹ぺこの子供に食事を与えたりすることはできませんよ」

部長刑事の白い顔が赤くなった。「いいですか、ファーガソンさん――」

「わたしたちが何か情報をつかみしだい、すべて必ず、警察にご報告するというかたちではいかがでしょう？」とエリザベスは提案した。

「もちろんです」とファーガソンが急いで加勢する。

「新事実が見つかったら、ただちにお知らせします」

「そうしていただきたい」とオグレディ部長刑事は応じた。

「それが、われわれの市民としての義務ですよ」

「本当に知らせてくれるんでしょうな？」まだ疑いを含んだ口調だった。

ファーガソンが首をかしげて言う。「ひょっとして、アイルランドのコーク郡のご出身では？」

「ええ、そうです――」

「父はグラスゴー出身ですが、母はコーク郡のデリー・クロスで生まれ育ちました」

部長刑事の表情が和らいだ。「ほう？　あなたはアイルランドへ行かれたことは？」

「まだいちども。しかし、行くのが夢でして」

「でしょうな。緑豊かな美しい土地です」

「どのあたりを訪れて、何をするといいか、お勧めがあればぜひ教えてください」

部長刑事は小さくうなずき、故郷を懐かしむように溜め息をついた。「では、そろそろ失礼しないと」やがてそう言って、帰り支度をした。扉の取っ手に手をかけながら、ファーガソンを振り返る。「お母様がデリー・クロスの出身とはねえ」

「いまだに、帰ってそこで暮らしたいと言っています」

「そうそう、一つ思い出したんですが」と部長刑事がエリザベスに目を向けて言う。「けさ、別件で友人のノバクを訪ねたら、昨夜遅く、ある巡査が非常に珍しい死体を発見したと話していましたよ」

「まあ」とエリザベスは驚いた。「わたしたちのミイラと何か関係があるとお考えですか？」

「まだわかりませんが、夜中に発見されたばかりなので、ほかの新聞はまだこの件を追っていない。おたくが、そのう――何と言ったか――〝すっぱ抜く〟のにいい機会かと思いまして」

「それはありがたい」とファーガソンが言った。「ノバクさんから何か詳細を聞いていますか？」

「焼け焦げた女性の死体だったこと、発見場所はマディソン広場だったこと、くらいかな」

エリザベスとファーガソンは目配せをした。「うちのミイラとはまったく状況が異なるようですね」とファーガソン。「しかし、情報提供には感謝します」

「又聞きですがね」

ファーガソンは微笑した。「了解しました。すぐに誰かを向かわせますよ。重ね重ねありがとうございます。恩に着ますよ。この恩は忘れませんからご安心を」

オグレディ部長刑事も笑みを返した。「ではよい一日を、ファーガソンさん――バンデンブルックさんも」

「ごきげんよう、部長刑事」

ファーガソンは私室の扉を閉めた。「きわめて興味深い情報だな。しかし、これであの部長刑事には二つ借りができた」

「前回は、べつに――」

「だって、部長刑事の計らいでサリーの遺体を見ることができたんだろう？」

「それはそうですけれど。でも、遺体が死体安置所へ運ばれることは秘密ではないし、力を借りなくても、正義のためならノバクさんを説得して写真を撮影させてもらうことができたと思います」

「あの部長刑事はたしかに善意で行動しているかもしれないが、腐敗した制度のなかで動いているにすぎない。警察関係者は全員、〈タマニー・ホール〉とつながっている。だから、部長刑事を全面的に信用しては駄目だ」

「警察全般についてはそうでしょうけれど、オグレディ部長刑事にかぎっては、おそらく――」

「その〝おそらく〟に用心しないと」

「あの人にかぎっては、正義を追い求めているように見える、と言おうとしたのです」

「そうかもしれない。しかし、報道機関の利益と市警の利益が一致することはめったにない」

エリザベスは黙っていた。部長刑事に好感を抱いていたし、ついさっき、有益な情報を提供してくれたばかりだ。

「きみの年代だと、トンプキンス広場の暴動は知らないだろう？ つい六年前の事件だが」

「もちろん、覚えています」熱っぽく反論する。「父の友人のカー市会議員は、馬車鉄道から飛び降りて、暴徒から逃れました」

「警察が不当な行為さえしなければ、暴動になんて発展しなかったはずだ」

一八七四年のトンプキンス広場における暴動のきっかけは、前年の恐慌により職を失った労働者たちによる平和的な抗議集会だった。市民たちは知らなかったが、前夜、警察は公園管理局を説得し、集会の許可を取り消させた。そのうえで、集まった人々に襲いかかり、一部の警察官は馬に乗って、男性、女性、子供を問わず棍棒で殴り、追い散らしたのだった。

「じゃあ、あのとんでもない事件のあと、〝正義〟がどれほどうまく機能したか知っているだろ」とファーガソンが苦々しく言う。「警察側の人間は誰ひとり処分されず、以後、警察の監視の目がかつてなく強化された」

「あなたがそんな進歩的な思想の持ち主とは知りませんでした」

ファーガソンは溜め息をついた。「《ニューヨーク・トリビューン》のほうが向いてるんじゃないかと思うことも多いが、今はここにいる」

《トリビューン》は、著名な改革者ホレス・グリーリーが創刊した新聞で、奴隷制度への反対運動を先導するなど、進歩的な報道の姿勢で知られている。

「カール・マルクスがあの新聞に載せた文章をいくつか読んで、とても勉強になりました」

複雑な気持ちが交錯したのか、ファーガソンは軽く唸った。「いずれにせよ、うちの読者は可哀想なサリーの運命について続報を期待している。首にあった謎の印に関してはどうする？」

「考えがあります」

「ほう？」

「アスター夫人の家に伺ったとき、こういう場面で助けになっていただけそうな紳士と知り合いました」

「そうなのか？」

「メトロポリタン美術館とつながりがあるかたです」

「つまり、きみのパーティー取材も、まんざら無駄ではなかったわけか」

「それはまだわかりません」

「じゃあ、行ってこい。ほら」とポケットから金を出す。「辻馬車を使え。それから、これを忘れるな」写真をエリザベスに手渡した。

「何かわかったら、ご連絡いたします」

「できるだけ早く頼む。できれば、あすの新聞に続報を載せたい」

「ノバクさんにも会ってきましょうか？　あらたな被

害者も、何らかの関連があるかもしれません」

「そうだな。しかし、気を付けてくれよ。あまり訪問しすぎて嫌がられても困る」

エリザベスは写真をだいじに手提げ鞄にしまい、意気揚々と社をあとにした。重要な任務を与えられた以上、失敗するつもりはない。このときはまだ、運命が自分に何を企んでいるのか知るよしもなかった。

第二十九章

彼は、目の前に並ぶ本の列を見つめ、革の表紙、黄ばんだ紙、積もった埃が織りなす馴染み深い匂いに酔いしれた。ラファイエットプレイスにこのアスター図書館という施設があるのを発見して以来、少年時代の暮らしが大きく変わった。読み書きを学ぶ程度の教育はどうにか受けていたし、知識の吸収の速さについては教師たちからよく褒められた。館長は、みすぼらしい少年に同情してくれた。暖かい場所に座り、自分とはかけ離れた冒険や英雄的な活躍、人生の物語に浸るだけが、この子の楽しみなのだろう、と。

科学や自然についての本もあり、それもそれで面白かったが、彼が本当に楽しめたのは犯罪に関する本、とくに実話だった。なかでも最高に思えたのが、解決できたもの、できなかったものも含め、自分が担当した事件について綴った刑事たちの回顧録だった。彼は一つ一つの事件を興味深く追いかけ、刑事たちが勝利を収めるのを楽しんだ。とくに、愚かで不器用な悪党をとっちめるのは爽快だった。しかしその一方、大胆な犯罪者の成功譚にも興奮し、哀れな探偵を打ち負かしたときには痛快だった。

ところがある日、まったく偶然に古代エジプトと出合い、人生が一変した。広大な天井と静寂に包まれた主閲覧室の片隅のテーブルに、一冊の本が開いたまま置かれていた。室内の墓地のような雰囲気には気後れしなかった。むしろ、騒がしく汚らしい日常からの避難場所だった。

『古代エジプトの神々』と題されたその本のページをめくるうち、頬が熱くなってきた。彼が少しだけ教わった聖書のなかのキリスト教の神々とは比べものにならないほど、生き生きとしていた。そこには、野心や欲望に燃え、復讐心に満ち、血肉を持った神々がいた。人間と似た欲望によって動かされる神々は、まるで目の前にいるかのようだった。本そのものが熱情を放っているように思え、読んでいると、未知の力に包まれるのを感じた。彼は何時間も読み続けた。休憩をとるのは手洗い所に行くときだけだった。手洗い所が屋内に設置されているとは、途方もない贅沢に思えた。

彼は心を奪われ、脳内には太陽と砂の国の情景が渦巻いた。汗と煤にまみれた自分の街とは似ても似つかない。その夜、帰宅して、彼は記憶にあるかぎり初めて、深く、よく眠った。

目が覚めたとき、なぜあの本がこれほどまでに鮮やかに自分に語りかけてきたのか、揺るぎない確信を持って理解していた。自分は、冥界の王であり死者の裁き主であるオシリスの生まれ変わりなのだ。重要かつ強大であり、天空のごとき永遠の存在。それは、凡人にはとうてい知り得ない、甘美な秘密だった。この秘密を知る者は自分しかいない。その思いが、人生の軌道を永久に変えることになった。

第三十章

エリザベスは、ケネス・ファーガソンに対する認識を改めつつあった。当初思っていたような口達者で野心家の編集者ではなく、庶民の苦境を心から案じているらしい。辻馬車がメトロポリタン美術館に近づくなか、エリザベスは窓の外に目をやった。一見するとずんぐりとして無骨な建物に思えたが、徐々に、温かみのある赤煉瓦の正面外壁や、高い窓があり白と灰色の石でできた弓形の門が見えてきた。御者に運賃を払い、入り口へ続く急な階段をのぼりきった。黒と白の大理石の床を進み、靴のかかとで音を鳴らしながら、館内に入った。

玄関広間の受付に座る若い女性は、教会にいるかのような静かな口調でエリザベスを迎えた。その受付嬢は、黒い大きな飾り紐をあしらった臙脂色のスカートに、ひらひらした襟の真っ白なブラウスを着ていて、黒褐色の髪を簡単にまとめて優雅さを醸し出していた。

「どのようなご用件でしょうか？」

「アバナシー博士はいらっしゃいますか？」

受付嬢の顔にかすかな不快感がよぎった。「どちら様ですか？」

「エリザベス・バンデンブルックといいます」

「少々お待ちください」回転椅子から立ち上がり、素早く静かに、長い廊下の向こうへ消えていった。

遠ざかっていく受付嬢を見ながら、エリザベスは、どうすればあんなに足音を抑えられるのだろうと不思議に思った。弓形の天井と大理石の床があるこの広間では、あらゆる音が反響する。

ほどなく戻ってきた受付嬢が、つくり笑顔を浮かべて言う。「アバナシー博士は今すぐ面会可能とのことです。廊下のいちばん奥、左手の部屋へどうぞ」自分が先ほど歩いていた廊下を指し示す。

「ありがとうございます」廊下へ向かいながら、エリザベスは背中に受付嬢の視線を感じた。いちばん奥の扉のガラスにはこう書かれていた。

チャールズ・ウィリアム・アバナシー博士

エジプト学

ノックしようと手を上げたとき、アスター夫人のパーティーで博士が自分を見た目つきや、博士の妻の不機嫌な顔を思い出した。しかし、いつ誰が扉をノックするかもしれない美術館の執務室なら、不穏なことなど起こらないだろう。エリザベスはもういちど手を上げたが、扉に触れる前に内側から開いた。

すぐ目の前にアバナシー博士がいた。記憶にある以上に背が高かった。豊かな銀髪、優雅な体軀、彫りの深い顔立ちで、端正な雰囲気を漂わせている。丈の長い薄灰色の外套に同じ色のネクタイを合わせ、磨き上げられたイタリア製の革の編み上げ靴が光沢を放っていた。エリザベスに気づくと、灰色の目を大きく見開き、顔をほころばせた。

「なんとまあ、バンデンブルックさん。うれしいですが、驚きました」そう言って、扉を広く開いた。

「お邪魔でないといいのですが」エリザベスは礼儀正しく言った。

「とんでもない、どうぞお入りください」

エリザベスが躊躇《ちゅうちょ》すると、博士は一歩後ろに下がり、場所を空けた。頭の奥で聞こえる警告のささやきを無視して、エリザベスは部屋に入った。

「どうぞお座りください」沢胡桃《さわぐるみ》材でできたチッペンデール様式の椅子を指し示す。地位を重んじる母親にしっかりと教育されたエリザベスは、高価な家具について造詣が深い。黄色と深紅色の絹地が張られたイギリスの摂政時代の椅子に腰掛けながら、このような家具を仕事場に置いている博士はそうとう裕福な人物だと瞬時に悟った。アスター夫人の招待客に選ばれるくらいだから、当然かもしれない。壁に旧世界の巨匠による絵画が飾られていて、床には毛足の長いペルシャ絨毯が敷かれ、ところどころに深紅があしらわれた花柄の模様が椅子とよく調和している。

「お越しいただいて光栄ですが、どのようなご用件でしょう?」博士はデスクの向こう側に座った。磨き上げられた高級木材に精緻な彫刻が入ったそのデスクも、チッペンデール様式のように見えるが、どの時代のものかまでは定かでなかった。

「図々しいとお思いになるかもしれませんが、力をお貸しいただきたいのです」

博士は自信に満ちた笑い声を上げ、椅子の背にもたれた。「こんな魅力的な若い女性の訪問を受けて、図々しいなどと思う男はいません。それで、どういった件でしょう？」

エリザベスは鞄から写真を取り出し、デスクの上に置いた。「この不思議な印に何かお心当たりありませんか？」

博士はしばらく写真を見つめた。「なぜこれについてわたしにお尋ねに？」

「エジプトと関係のある意匠ではないかと思いまして」

「どうしてです？」

「最近、博物館の近くで女性が殺害されたのをご存じですか？」

「その話なら、おたくの新聞の一面に大きく報じられていましたね。まだ知らない人がいるとしたら、洞窟のなかででも暮らしているのでしょう」

「この印は、その被害者のからだから発見されました。ミイラのように布でくるまれていて」血を抜き取られていた点は省く。「場所は――」

「〈クレオパトラの針〉を設置するために掘削中の穴のなか、ですね。じつは、わたしもその輸送の準備に関わっているひとりです」

「印、布、場所が偶然の一致とは思えません」

「あなたのような若く美しい女性が、そんな恐ろしいことに心を痛めるのは、いかがなものでしょうね」父親のように優しいが、完全に見下している口調だった。

「でも、よんどころない事情で関わってしまっているのです。お力を貸していただけないでしょうか？」

博士がデスク越しに写真を返してきた。一瞬、無理な頼みだったかと思い、写真を鞄にしまったが、博士が咳払いをしてデスクに肘をついた。

「あなたの直感は正しいかもしれません。それは古代エジプトの模様である可能性が高い」

「やはり、そうなのですね？」

「大地を象徴する古い図像と考えられます。参考になりそうな事典をお見せしましょう」そう言って、デスクの後方にある高い本棚を眺めた。棚から一冊取り出し、エリザベスに手渡す。革表紙がひび割れて摩耗し、金色の文字で『古代エジプト――その神話、神々、女神たち』と記されている。

エリザベスは盛り上がった金文字を指先で撫でた。

「このご本を――」

「お持ちいただいて結構。同じような本をほかにも持っています」

好意的な申し出が、エリザベスの額をかすかにくすぐった。奇妙な心地よさを感じ、油断している自分に小さく身震いした。

「寒いですか?」と博士が尋ねる。

「いいえ」とこたえたが、博士は立ち上がって近づいてきた。エリザベスも椅子から立った。

「大丈夫ですか? 顔色がよくありません」

「いたって元気です。お気遣いなく。たいへん参考になるご意見をありがとうございました」言いながら、少し後ずさりした。

「なぜお急ぎに?」と博士がエリザベスと扉のあいだに立ちふさがる。

「わたしは、そのぅ――次に行くところが――」エリザベスは、しどろもどろになった。突然、舌が回らず、足が鉛のように重くなって、狼狽のあまり考えがまとまらない。

博士が上からかがみ込み、エリザベスの頬に手を触れようとした。息にかすかにジンの匂いが混じり、瞼の縁が赤くなっている。無意識のうちに、エリザベスは博士の手を払った。驚いた博士が一歩下がる。その隙をとらえて、エリザベスは扉の方向へ身をよじり、取っ手をつかんで引いた。

「ごめんなさい――行くところがあるので」それだけつぶやいて逃げ出した。廊下の端までたどり着いてから、勇気を出して振り返った。誰もいない。受付の若い女性の横を通り過ぎるとき、なぜさっき不快な表情を向けてきたのかを理解した。恋敵《こいがたき》と勘違いしたのだろう。

　重い玄関扉を押し開けると、八月のまぶしい陽光に迎えられ、エリザベスはしばらく立ち止まった。けれども、やがて額に汗がにじみ、上着の襟元が不快な湿り気を帯びてきた。アバナシー博士から渡された本をまだ握りしめていた。それを手早く鞄に押し込み、一つ深呼吸したあとで玄関の階段を下りて、五番街に出た。エリザベスは、ニューヨークの喧騒に包まれた人々の流れに加わった。

第三十一章

　七十二丁目に着くまで、エリザベスはひたすら歩き続けた。息を整えようと立ち止まったとき、今の十区画のあいだの記憶がないことに気づいた。八月の風は心地よく、晩夏の花々が公園を芳香で満たしていた。大空を鳥が優雅に舞い、栗鼠《りす》が丸太の上をすばしっこく駆け抜け、柔らかな土を掘り返して木の実を探している。一角では、群生する麒麟草《きりんそう》が朝遅くの陽射しに揺られている。しかしエリザベスは、そうした風景も、歩道を散策する恋人たちも、通りを行き交う馬車や人力車、荷車も、まったく目に入らなかった。

　セントラルパークを囲む低い石垣沿いの木製ベンチに腰を下ろし、ついさっきの出来事を振り返った。アスター夫人のパーティーの席で、博士のようすには不審なものを感じていたから、先ほどの行動は驚くほどのことではない。だがもちろん、誰にも打ち明けられないだろう。博士は尊敬されている歴史家であり、アスター夫人の内輪にいる人物だ。その評判を汚そうとしたと、非難されるに違いない。今後は博士を避けるくらいしか打つ手はなく、それが難しくないことを祈るばかりだった。しばらくのあいだ、アスター夫人のもとを訪れるのはやめよう。

とはいえ、博士は貴重な情報をくれた——その引き換えに、女性の名誉を損なうような行為を求めてきたとしても。名誉？　エリザベスは苦い気持ちで考えた。上流社会の基準に照らせば、エリザベスはその〝名誉〟をとうに手放した。大学時代の若気の至りについては母親にいちども話したことがないし、ここ最近の出来事についても話すつもりはないけれど。

一陣の風が吹き、麒麟草の花粉の霞が流れてきた。エリザベスは、スカートに付着した黄色い粉を払いながら、くしゃみをした。この季節、どうも鼻のなかが腫れやすい。大量の花粉のそばにいるだけで、目も潤んできた。ふと見ると、二頭の白い馬に引かれて、五番街の急行の乗合馬車が七十二丁目の停留所に近づいてくる。エリザベスはベンチから立ち上がった。御者が乗客を降ろすために馬車を停めた。エリザベスは料金を払い、派手な羽根飾りの帽子をかぶった大柄な婦人の隣に座った。またくしゃみが出て迷惑をかけないかと不安だったが、さいわい、その婦人は次の停留所で下車した。

三十丁目で降りたエリザベスは、少し歩いて一番街に着いた。ビクトル・ノバクは死体安置所に隣接した狭い事務室にいた。デスクの前に座って、黒パンに腸詰め、ビールという昼食をとっていた。ニューヨークの水道水の質はいまだにあまり信用されていない。一八三二年にはコレラが大流行し、数千人が命を落とした。一八四二年にクロトン導水路が建設され、清潔な水が供給されるようになったが、それでもまだ水道水を飲むことを拒否する人もいる。たんに、代わりに酒を飲むための口実ではないか、という気もするのだが。

しかし、ノバクにはそんなことは言わずにおいた。ノバクは上機嫌にエリザベスを迎えた。

「バンデンブルックさん。驚いたな、ようこそ！」

死体に囲まれて、なぜこれほど明るく元気にいられるのか、エリザベスには謎だった。けれども、ノバクの存在は心強かった。

「お食事の邪魔をするつもりはありませんでした。もっとご都合のいい時間帯に出直します」

「とんでもない！　もう食べ終わるところですしね。うちの家内が用意してくれる弁当はいつも、量が多すぎる。まあ、ありがたいことですが。おかげでこの腸詰めみたいに腹がぱんぱんです。さて」と椅子から立ち上がり、口元を拭いた。「あなたがいらした理由を当ててみせましょうか？」

「できましたら――」

「昨夜マディソン広場で発見された謎の死体に興味がおありなんですね」

「はい。ええと、つまり――」

「無理もありません。死体はまだ検死官事務所で検死待ちの状態なので、お見せすることはできません。でも、ご覧にならないほうがいいでしょう。いくらあなたのような勇敢な若い女性でも、さすがに楽しい眺めではありませんから」

エリザベスは、死体を見るくらい平気だと抗議しかけたが、実際にはほっとしていた。このところ、各所で恐怖を味わいすぎている。

「いずれにせよ、見るべきものは多くありません。気の毒に、ひどく焼け焦げて、人体であることがやっとわかる程度です」

「性別は判明しましたか？」

「髪の毛が長いから、女性である可能性が高い。検死官によると、ほかにも、そのう……〝生物学的な指標〟が認められたそうです。それと、これですね」棚の上に積まれた衣服のなかから一枚を取り、注意深く広げて見せた。深紅のドレスだった。上品な仕立てで、同じ色の腰帯と飾りボタンが付いている。煙の臭いが染みついているものの、焼け焦げた箇所はなさそうだった。

「被害者はこれを着ていたのですか？」とエリザベスは尋ねた。

「いいえ、着ていたとはいえません。発見した警察官によると、遺体の上に掛けてあったそうです」

「それは興味深い点ですね。ほかに何か教えていただけることは？」

「死体を発見したのは若い巡査で、ひどく動揺していましてね、可哀想に。ちょうどわたしが出勤してきたとき、ほかの人といっしょに死体を運び込んできたんです」

「その巡査は、何か情報を口にしませんでしたか？発見時の状況とか？」

「そうですねえ……ああ、そうそう、死体に気づかずに通り過ぎそうだったと言っていました。手の後ろに隠れていた、と」

「手？」

「ええ。取り乱していたから、わけのわからないことを口走ったんだと思いますがね」

「もしかしたら、〈自由の女神〉の手ではありませんか？」

「なるほど——そうか、そうですね！　四年も前からあの公園にあるのをすっかり忘れていました。家内のゾフィアが見に行きたいとさかんに言うんですが、ちょん切られた巨大な手だけ展示されてるというのはどうも不気味で……いやしかし、覚悟を決めて、行くつもりですよ。家内の希望を叶えてやることが夫婦円満の秘訣だと思いますんで」

エリザベスは、死体に囲まれて平気な男がなぜ彫像を怖がるのだろうと奇妙に思ったが、黙っておいた。

「ほかには、何か？」

「ああ、もう一つだけ。死体の上に奇妙な首飾りが置かれてたんです。故意に置かれたと思われます。炎で傷んでいないので、死後に置かれたものに違いない」

「どんな首飾りですか？」

「たしか、まだこちらにあると思います。検死官事務所には送ってないはずで……少々お待ちください」事務室の扉から外へ出す。「ヒギンズ？――いるか？」

救急馬車の御者のヒギンズが大きな手を布巾で拭きながらすぐに現われた。「どうした、何か手伝うことでも？　おや、お嬢さん」エリザベスに軽くお辞儀をする。

エリザベスも軽く会釈を返した。「こんにちは、ヒギンズさん」

「けさ早く到着した死体の首飾り、まだここにあるかな？」とノバクが尋ねた。

ヒギンズは眉をひそめた。「ああ、あの可哀想な焼け焦げた女性ね。痛ましい話だ」

「そう、その女性の首飾り」

「たしか、所持品の箱に入ってると思う」

「取ってきてもらえる？」

「捜してくる。ちょっと待っててくれ」そう言い残して、事務室を出て行った。

ノバクは笑みを浮かべた。「頼りになる男だ。必要なとき、いつもいてくれる」

「所持品の箱というのは何ですか？」とエリザベスは質問した。

「死体から見つかった品物を保管しておくんです。帽子のピン、鍵、覚え書き、糸くず、などなど。人間というのは、不思議なものを持ち歩いてるもんです。死体の外套のポケットに生きた兎が入ってたこともある。

あとで身元が判明したら、その人は奇術師でした」

ほどなくしてヒギンズが戻ってきた。持ってきたのは、動物の歯らしきものが細い革紐でつながった首飾りだった。

「ああ、これだ」ノバクがエリザベスに手渡す。

「不思議な首飾りですねえ」エリザベスは目を凝らした。歯は大きく、鋭く、真っ白だ。「何の動物の歯かしら?」

「中国人街に行けば、こういう首飾りを売ってますよ」とヒギンズが言った。「虎の歯かもしれない」

ニューヨークの中国系住民は一八七〇年代に急増した。これは、西部の諸州で中国人排斥の暴動が相次いだ影響だ。わずかな賃金で鉄道敷設の労働に携わっていた移民たちは、東へ逃れてマンハッタンにたどり着き、ダウンタウンのペル通りやモット通り、ドヤーズ通りの付近に集まった。

「どんな意味を持つ装飾品なんだろう?」ノバクが首をひねった。

「こないだの遺体と関係があるのかな?」とヒギンズ。

「正直、どう考えてよいかわかりません」エリザベスはそうこたえ、両手で首飾りを広げた。見つめているうち、自分の首筋がぞくりとした。

第三十二章

　ベルビュー病院のすぐ前に馬車鉄道の停留所がある。死体安置所を出たエリザベスは、ダウンタウン行きの車両に飛び乗った。馬の蹄の音と車両の揺れに身を委ねながら、『古代エジプト――その神話、神々、女神たち』を読みふけった。イシス、オシリス、ホルスの血なまぐさい伝説に夢中になるうち、ほかの文化、とくにキリスト教との類似点に気づかされた。オシリスがアベルと同じように兄に殺され、少なくとも部分的には死からよみがえったという点でイエスと似ていることに興味をそそられた。

《ヘラルド》編集部に到着すると、ほとんどの人が昼食に出かけていて、かえって好都合だった。一階の電報室へ直行した。積まれた用紙からまっさらな一枚を取り、二十三区警察署のオグレディ部長刑事に宛てた文言を走り書きした。

　ヒガイシャノ　クビノ　シルシハ
　コダイエジプトデ　ダイチノ　イミ
　ヘラルドマデ　レンラクコウ
　E・バンデンブルック

　電報係にそれを渡すと、エリザベスは二階に上がり、窓際のデスクで次の記事を書き始めた。仕事に没頭するあまり、時間を忘れた。やがて遠くで雷鳴が轟《とどろ》き、ふと我に返った。窓の外で、イースト川の上空に嵐が迫っていた。紫色の雲が低く垂れ込め、勢いを増した冷たい風が、街路のごみや枯葉を巻き上げている。雷鳴がしだいに大きくなり、突然、轟音がとどろいて、エリザベスは椅子から飛び上がった。稲妻が枝分かれして空を切り裂き、大きな雨粒が歩道を叩く。あまりにも突然の豪雨に、エリザベスは、昼食休憩中の同僚たちが無事に社へ戻れるかと心配になった。おそらく多くの人は、この雨を言い訳にして、ビールをもう一、二杯、牡蠣をもう一ダースほど腹に入れるだろう。

エリザベスはふたたび仕事に取りかかった。雨粒が窓を打ち、雷鳴と稲妻が響きわたり、強風がダウンタウンを襲うなか、脇目も振らず筆を進めた。むしろ嵐が味方に思えた。荒れ狂う天候が防護幕となって自分を守ってくれている気がした。背を丸め、鉛筆を滑らせるようにして紙の余白を埋めていった。外部からの邪魔が入らなかったおかげで、一時間あまりで記事が仕上がった。

完成した原稿を脇によけ、アバナシー博士から借りた事典を開いた。ページをめくるうち、火の女神セクメトに関する記述に目が留まった。〈猛々しい戦いの女神。血の色である赤い衣をまとった雌の獅子として描かれる。ファラオたちの守護者であり、戦いにおいて彼らを導き、死後も彼らを守り、安らかな来世へ送り届ける〉

〝赤い衣をまとった雌の獅子〟。焼け焦げた死体の服は赤かった——それに、あの首飾りの歯が虎ではなく獅子のものだとしたら？　胸から飛び出しそうなほど、心臓が激しく脈打った。死体が置かれた場所の意味に、急に思い当たった。重要なのは〈自由の女神〉の手ではなく、手が握っている松明だったのだ！　身元不明の哀れなあの女性は、殺人者のねじれた心のなかでは古代エジプトの火の女神セクメトそのものだった。すると、サリーは大地の女神を意味していたのだろうか？　それなら、いろいろなことに説明がつく。首にあった図像、ミイラの格好で土の穴のなかに横たえられていたという事実……。エリザベスは、大地の女神についての記述を探したが、見つからなかった。推理に反して、エジプトの大地の神ゲブは男であり、ファラオたちはその子孫を自称していたという。

この謎について考えをめぐらせていると、雨に濡れた道をたどって記者たちが徐々に戻ってきた。フレディと親しいトム・バニスターが、別の記者が言った何かについて笑いながら、小走りに建物に入った。その記者の名はアーチボルド・スウィンバーンといい、〝アーチー〟の愛称で呼ばれている。噂によれば、わずか二年ほどのあいだに、新聞売りから活字組版係、さらには見習い記者へ出世したらしい。たいへんな野心家として知られている。

「こんにちは、エリザベスさん」とトムが言い、胴長の猟犬のような顔に、疲れた笑みを浮かべた。「さっきの大雨に遭わずに済んだとは、きみは運がいい」緑色の綾織りの上着の袖から水滴を払い落とした。「まるで天の怒りが降り注ぐみたいな雨だった」

「こんにちは、トム、アーチー」エリザベスもふたりに挨拶した。「お昼休みは楽しかったですか？」

「楽しいというより、ちょっと飲み過ぎちまったな」トムが椅子にどさりと腰を下ろす。「なあ、アーチー？」

アーチーは引きつった笑みを軽く浮かべ、猫のようにきちんと椅子に座った。

原稿やほかのものをまとめて、エリザベスは部屋を出ようとした。

トムが椅子をくるりと回して言った。「あれ、どこへ行くんだい？」

「原稿を提出しに行きます」

トムはくすくすと笑い出した。「見たか、アーチー？　これが本物の記者ってもんだ。牡蠣やビールになんか目もくれない。仕事ひと筋、ってな？」

さあどうかな、とばかりにアーチーが片眉を上げる。その簡潔な反応に、エリザベスは思わず微笑んだ。

「じゃあまた、あとで」とトムは言い、椅子に深く腰掛けて、何枚かの写真を眺め始めた。

エリザベスが私室を訪れたとき、ファーガソンは足をデスクの上に乗せ、林檎を食べながら記事の校正をしていた。その無作法ぶりは、控えめに言っても〝型破り〟だ。発行人のベネットにこんな姿を見られたら、即刻、解雇されるのではないか。

「おお、入ってくれ、入ってくれ！」ファーガソンはデスクから足を下ろした。「記事の進み具合はどうだ？」

「完成しました」エリザベスは原稿をデスクに置いた。

ファーガソンが椅子の上で姿勢を正した。「もうできたのか？」

「それより、たいへんな新情報があるのです——」

「ちょっと待ってくれ。まずはこれに目を通す」原稿をひったくるようにして取り、林檎をもうひと口かじった。

「第二の犠牲者が出た模様です」

「なんだと？」ファーガソンは林檎のかけらをごみ箱へ吐き捨てた。「今、なんと言った？」

「本当なのです」エリザベスは、死体安置所を訪れたことや、事典の記述から導き出した結論を説明した。

話を聞き終えたファーガソンは「なるほど」と漏らした。「仮にきみの推測どおりだとしたら、われわれは少々厄介な立場に置かれることになる」

続きを話そうとしたとき、扉をノックする音がした。

「入れ！」ファーガソンが鋭く命じた。

開いた扉の向こうから、かの有名人が姿を現わした。過去二年間に何らかの新聞、タブロイド紙、大衆紙を読んだことのあるニューヨーカーなら、誰でも知っている人物だ。長身だが、それ以外はあまり魅力的な外見ではなく、ぽっちゃりとした体格に、丸い顔、垂れ下がった口ひげ。それでも、トーマス・バーンズは、ニューヨーク市警で最も名高い。少し前に警視に昇格し、伝統に囚われない粘り強さで知られている。容疑者から自白を引き出すためには手段を選ばない。

示した。

「これはこれは、警視」とファーガソンが警戒の色を示した。

「ごきげんよう、ファーガソンさん。わたしのことをご存じのようだな」バーンズ警視の言葉にはわずかにダブリンの訛りが感じられた。中折れ帽を取ると、薄くなった短髪が露わになった。エリザベスに向かって、軽くお辞儀をする。「ニューヨーク市警のトーマス・バーンズといいます」

「こちらは、うちの優秀な記者のひとり、エリザベス・バンデンブルックです」とファーガソンが紹介した。部下の能力を高く評価しているのではなく、《ヘラルド》の権威を印象づけようとしているのだとわかって、エリザベスは苦笑した。

「バンデンブルック？」と警視は言った。「もしや、ヘンドリック・バンデンブルック判事のご親戚か？」

「父です」

「あのかたは素晴らしい。完璧な評判をお持ちだ」と警視は口ひげを触りながら言った。「よろしくお伝えください」

「かしこまりました」

ファーガソンがデスクの上の葉巻入れを取って、警視に差し出した。

「いいや、結構」と警視は辞した。「服に煙草の臭いがつくと、女房に文句を言われる」

ファーガソンが微笑する。「うちの妻も同じです」

いつも火をつけずに葉巻をくわえている理由がようやくわかった、とエリザベスは思った。

「お座りください」とファーガソンが勧める。

「いや、話はすぐに済む」

「では警視さん、ご用件をどうぞ」

「この画像の公開を控えていただきたい」警視はそう言いながら、サリーの首にあったエジプトの印を写しとった紙を出した。

ファーガソンが眉をひそめ、腕を組む。「それはまた、なぜ？」

「捜査上、ある種の情報は公開しないほうがいい。犯人だけが知りうる情報、ということになる」

「しかし今回の場合、おおやけにすれば――」

警視のたるんだ顔が、見るからに不自然な笑顔に変わった。「申し上げたとおり、ぜひご協力願いたい」

言外に込められた意味は明らかだった。これは要請ではなく、脅迫なのだ。警視はそれを隠そうともしなかった。協力を拒めば、ニューヨーク市警の怒りが《ヘラルド》に降りかかるだろう。その結果、不都合を被る程度で済めばいいが、刃向かった者が命を落とす恐れもある。

ファーガソンが両腕をからだの脇に落とす。「了解しました。そういう要求でしたら呑むしかありません」

「要求だと言った覚えはないが――」

「建前はやめましょうや、警視殿。あなたの〝お願い〟には応じますよ。それでいいんでしょう？」

「もう一つ、お願いがある。今後、情報を公表する際は、事前にわたしのほうを通してもらいたい」

「お恐れながら、現在までに捜査で判明した事実を伺ってもよろしいですか？」とファーガソンが言った。

「われわれが適切と判断した時点で、記者会見の予定を組むつもりだ」

「オグレディ部長刑事はどうなりましたでしょう？」とエリザベスは口を挟んだ。「まだ事件を担当なさっていますか？」

「わたしがみずから捜査を指揮することになった」

「でも――」

「では失礼する、ファーガソンさん」警視が中折れ帽をかぶりながら言った。「バンデンブルックさんも、お元気で」

警視は、帽子のつばを軽く上げて挨拶し、現われたときと同じように足早に去った。

「さあて」とファーガソンが言った。「あいにくだが、きみには記事を全面的に書き直してもらうしかない」

「わたしがさっき口にしたことは、まったく話題になさいませんでしたね」

ぞんざいな笑み。「必要ないと思ってね。だってなにしろ」ここで狡猾な笑顔に変わった。「現時点では、まだ仮説にすぎない」

エリザベス自身は、すでに結論に達している。と同時に、結論がもう一つ出た。トーマス・バーンズ警視は、いけ好かない男である、と。

第三十三章

ほかにも対応すべき案件を抱えていたファーガソンは、時刻がもう遅いせいもあり、きょうは帰宅して、あす新しい原稿を提出するように、とエリザベスに指示した。エリザベスとしても、疲れが溜まっているところへきて、記事を一から練り直さなければならないとあって、いったん帰れるのはとてもうれしかった。焼け焦げた死体との関連性については、少なくとも現時点では無関係な事件として報じることで、意見が一致した。

短い雷雨が過ぎ去って、ダウンタウンの空気は澄んでいた。エリザベスは水たまりを避けながらシティホール公園を横切った。優雅な市庁舎の前に、つなぎの服と布の帽子を身に着けた靴磨き少年たちが一列に並んで座っていた。短靴や長靴を一日じゅう磨き、指が靴墨で黒く汚れている。九歳か十歳にしか見えない少年もいた。政治家や、プリンター通りの新聞記者たちが行き交うだけに、市庁舎の前は、靴磨きの商売にはうってつけの場所だ。エリザベスが通り過ぎるとき、最年少の、黄色い髪を逆立てた少年が、視線をとらえて笑いかけてきた。続いて、からだのわりに小さすぎるつなぎを着た、いちばん背の高い少年が、からかうように舌を出してみせた。ふだんならそういうしぐさを楽しいと思うのだが、きょうはなぜか卑猥に感じられた。

公園の中央あたりまで来たとき、エリザベスは突然、父親に会いたくなった。父親の執務室は、近くのトゥイード裁判所のなかにある。エリザベスは空腹を我慢し、市庁舎の裏手めざして北へ歩きだした。市庁舎は正面がダウンタウンを向いている。ニューヨーク市民の多くがマンハッタンの南端に住んでいる時代に建てられたからだ。

トゥイード裁判所は、シティホール公園の北端、チャンバーズ通り五十二番地にある。威圧感のある新ロマネスク様式の建物だ。細長い緑地を挟んで市庁舎とは隣り合わせに建っている。この裁判所の建設は、ボス・トゥイードがじきじきに発注したものだった。しかし皮肉にも、建設資金から多額を横領していたことを《ニューヨーク・タイムズ》に暴露され、トゥイードは政治的に失脚するはめになった。

エリザベスは長い階段をのぼって、四本の巨大な石柱が支える古典的な庇《ひさし》を過ぎ、頭上で三つの弧を描いている開口部の中央を通って建物に入った。ギリシャやローマの建物に見られる、無機質で抑圧的な対称性は好きではないが、この裁判所の円形法廷は別だった。煉瓦は、深紅、濃緑色、柔らかな黄色という美しい色合いで彩られており、弓形の装飾や外廊下が連なって、みごとな彩色《さいしょく》ガラスの天窓と一体化している。周囲の曲線的な窓のほか、天窓からも光が降りそそぎ、場に活気を与えつつも安らぎをもたらしていた。みずからの栄光に執着する悪徳政治家が生み出したとは思えない、素晴らしい遺産だ。

エリザベスは精巧なタイル張りの床を進んだ。足音が、広々とした空間に柔らかく反響する。ペルシャあたりの宮殿にいる気分だった。父の執務室は二階にある。重厚な木製の階段をのぼりつつ、外廊下の天井から垂れ下がる金色のシャンデリアに感嘆し、そこから放たれたふんわりとした光が屋内の隅々にまで行き渡っているさまを眺めた。

執務室に足を踏み入れると、父親は重厚な楓材《かえでざい》のデスクに座っていた。デスクには見事な彫刻が施され、表面に緑色の革と金の縁取りがはめ込まれている。母親が目録を見てロンドンから取り寄せたものだ。

エリザベスの父親、ヘンドリック・バンデンブルックは背が高いものの、自分より小柄な人たちと話す長年の習慣で、肩が丸まっている。細身のからだに比べて、波打つ赤毛が覆う頭部がかなり大きく、ともすればひっくり返ってしまいそうに見える。次女のエリザベスと同じく、深い青色の瞳と、色白の肌、高い頬骨を持つ。男性にしては唇が厚く、鼻は長めで、フランスの哲学者ドゥニ・ディドロに少し似ている。美形とは呼べないかもしれないが、印象的な顔立ちだ。エリザベスは自分の容姿についてもそう思っていた。自分が父親似なのに対し、姉のローラは、母親の繊細で幽玄な美しさを受け継いでいる。

エリザベスに気づいた父親が、破顔一笑した。「リジー! うれしいよ、ここへ来るなんて珍しいじゃないか」

エリザベスは一瞬、何かあったに違いないと察した父親に、質問攻めを食らうのではないかと危惧した。備品倉庫で襲われたあと、感覚が以前とは変わってしまい、娘をよく知る父親にはその変化を見破られそうな気がした。父親が、デスクの横から回り込んで、エリザベスを抱きしめた。抱擁がいつもより長く続いた。それがどのような意味を持つのか、エリザベスは判断しかねた。娘が来てうれしかったのか、愛情がこみ上げたのか、それともやはり、何かおかしいと感じたのか……。

しかし、杞憂だった。「お邪魔だったかしら」と服を直しながら言うと、父親は笑い声を上げた。岩の上を水が流れていくような、素朴で心温まる笑い声。

「〝お邪魔〟？　ハハハ！　最愛の娘に会うのが喜び以外であるわけがない」

エリザベスは、〝最愛の〟と呼ばれて居心地の悪さを覚えたものの、それが真実であることは理解していた。姉のローラを思うと抗議したかったが、状況を考えると、言葉尻をとやかく言っても、おだて甲斐のない子だと白けられるのがおちだろう。

父親は重要な人物であり、ほぼあらゆる人やものが金で買える現在のこの街で、汚職とは無縁の刑事裁判所の判事として評判を確立していた。ボス・トゥイードは死んだにせよ、〈タマニー・ホール〉はいまだ街全体に恐ろしいほどの影響力を及ぼしている。しかし、ヘンドリック・バンデンブルックは誠実そのもので、街でこれほど汚点がなく高評価されている人物はいない。しかも、高名でありながら、親切で温厚。市民を裁くよりもチューリップの手入れを好む。

「お仕事中、邪魔してはいけないわね」とエリザベスは言った。

「たまたま、次の裁判まで少し時間がある。さあ、座って、おまえの若い人生で何が起こっているのか、何もかも話しておくれ」

そう言って、繊細なフランス製の古風な肘掛け椅子を指し示した。母親が〝格安で手に入れた〟と語る逸品だが、はたしていくらだったのかは永遠の謎だ。エリザベスは、薄黄色の絹の張り地に慎重に腰を下ろした。座るとき、スカートがこすれて音を立てた。

父親は向かいの椅子に座り、身を乗り出して、希望に満ちたようすで言った。「記事の成功、おめでとう。この界隈でも、その話題で持ちきりだ」

「司法関係者にまでこんなに反響があるとは思わなかった」

「むしろ、裁判に携わる人間だからこそ、醜聞に目を光らせているのだ。今回は、醜聞どころか、非常に恐ろしい殺人事件だがね。しかし、このような犯罪報道が本当に――」

「わたしみたいな若い女性にふさわしい職業なのか、でしょ？」

父親が苦笑する。「どうしても違和感を覚えてしまうな」

「誰にとっても、ふさわしい職業とはいえない気がする。でもわたしは、女性がこの仕事から閉め出されないように力を尽くします」

「しかし、なにもおまえが――」

「もちろん、わたしのほかにも、同じような女性が現われるでしょうね。わたしなんかより才能があって、成功を収めるかもしれない。おおいに名を馳せる女性だって出てきておかしくないと思う」

「それでもおまえは、先駆者として道を切り開きたいのだね」

「まずは地面を耕さないと、価値のあるものが芽を出しません」

「さすがは、わがリジーだ！ おまえはいつも自分の意見をしっかりと持っている。その点は母親譲りだな。それで、あの可哀想な女性の身元調査には進展があったか？」

「ええ、進展中よ」

「危険な真似をしていないといいが」

ハリー・ヒルの店を訪れたことについて話すつもり

はないものの、父親とヒルがどの程度の知り合いなのか尋ねてみたい気がする。

「どうかしたか？」

「いいえ、何でもないわ」

「おまえの困った表情は、見ればわかるよ。何を悩んでいる？」

「今週、姉のお見舞いに行ってきたの」とあらたな話題を振った。面会したのは事実だし、本当に考えていたことから話をそらすのによさそうだった。

父親が咳払いをして、ネクタイを直した。「ローラは、おまえが妹だと認識できたか？」

「ええ、ちゃんとわかってくれた」

「容態はどうだった？」

「家族ともっと頻繁に顔を合わせられれば、快復が早まると思う」

父親の顔に苦痛が満ちた。「見舞いに行くように母さんにも勧めているんだが……ローラの件になると冷静でいられなくてね」

「長女の快復よりも、お母様の精神状態のほうが大切なの？」

父親が目を閉じ、親指と人差し指で鼻筋の付け根を押さえた。エリザベスはそのしぐさに見覚えがあった。頭痛がひどいときの癖だ。

「リジー」と父親が静かに言う。「おまえは、姉さんがもう快復しないという可能性を受け入れなければいけないと思う」

エリザベスは唇を噛みしめ、床を見つめた。豪華なペルシャ絨毯の模様が、揺れ動いているように感じられた。「姉さんは、必ず治る」

「すでにローラの状態は――」

「そんな言いかた、よして――許せない！」

「しかしだな――」

「わたしたちが希望を捨てるわけにはいかない！　じゃなかったら、姉さんだって察して、みずからも希望

「おまえの母さんには……兄がひとりいた」

「わたしには伯父様がいらっしゃるの？」

目を合わせまいとして、父親がうつむく。「〝兄がひとりいた〟と言ったのだ」

「もう亡くなったということ？」

「二十五歳で自殺した」

「今の姉さんより一つ上ね。ひょっとして、その伯父様も――」

「同じ症状が、ちょうど同じ年齢で現われた。母さんととても仲がよかったそうだ。おまえとローラのように」

「じゃあ、それをお母様がわたしに話さなかったのは――」

「そうなんだ、リジー。母さんはたいへんな罪悪感に苛《さいな》まれている。自分の血筋に欠陥があるのだと、責任を感じている……」

「長女の病気は、自分の血のせいだ、と」


を失ってしまう」

父親が溜め息をつき、視線をそらした。

エリザベスは父親をしげしげと見つめた。「何か、わたしに隠していることでもあるの？」

父親は立ち上がり、デスクのそばの縦長の窓から外を眺めた。ニューヨークの街並み。公園の東側にラファイエットプレイスが、西側にはブロードウェイが広がっている。この窓から見て後方には古い街があり、前方の北側には未来がある。ちょうど、分厚い灰色の雲の合間から、太陽が顔を出した。高い窓から射し込む陽光が、父親のまわりを光の輪で包んだ。

振り向いた父親は、絞首台へ向かう罪人のように頭を垂れた。「本来なら母さんがおまえに話すべきことだが、まだ伝えていないところをみると、永遠に胸にしまっておくつもりなのだろう」

心臓が凍りついた。「何の話？　お母様はわたしに何を隠しているの？」

「そう」

ささやくような、かすかな声だった。しかしその瞬間、エリザベスの母親に向ける目が一変した。母親の落ち着きのなさ、脆く崩れやすい明るさ、地位への執着心――そういうものはすべて、人生で最もつらい悲しみを遠ざけようとする必死のあがきだったのだ。エリザベスは父親の顔を見つめ、自分たち家族を結びつけている痛みと愛の深さを初めてしみじみと感じた。

「なぜお母様はわたしに話さなかったのかしら?」

「自分の失意をおまえにまで負わせたくなかったのだ」

「わたしに負わせる?」

「みずからの苦しみをおまえに感染《うつ》したくなかった」

納得しきれず、エリザベスは小さく鼻を鳴らした。すぐさま、頭のなかで母親の声が聞こえた。〈なんてお行儀の悪い音を鳴らすの、エリザベス!〉

ほっといてちょうだい、とエリザベスは胸のうちで言い返した。お行儀のいい振る舞いを重んじるあまり、母親が自分自身をどれだけ追い詰めているかを振り返りながら。「秘密にしていたせいで、わたしとお母様との距離は広がるばかりだった」と苦々しくつぶやいた。

「ここでおまえに打ち明けてしまって、母さんを裏切ったような気がする」と父親は言い、椅子に深々と身を沈めた。

「お父様は誰も裏切っていませんわ。でも、もしお望みなら、お父様からその話を聞いたとはけっして口外しません」

「そうしてくれるとありがたい」暖炉の上に飾られている船舶用の時計が三回鳴った。「すまないが、裁判の打ち合わせがある」

「どうぞ、いらしてください。判事さんが遅刻してはいけませんもの」

「弁護士に待たされるのは、しょっちゅうだがね」そう言って、黒い法衣をまとった。

「それなら、たまには同じ目に遭わせておやりなさい」

「会えてよかったよ、リジー」エリザベスの頬に軽く口づけする。「いつでもおいで。長居してもかまわない」そう言って、執務室の扉を開く。「帰るとき、この扉を閉めるのを忘れずに。じゃあ、日曜日にまた」

日曜日の晩餐が、家族のしきたりになっている。大学から戻って以来、とくに大切にしてきたしきたりだが、今週は楽しみとはいえない。エリザベスはしばらくのあいだ、父親の執務室の窓から外を眺めて立っていた。秘密は、ゆっくりと人を蝕む毒だ。その害の効き目はおもてには出ない。眼下の街を行き交う人々の波を見ながら考えた。この街も、胸の奥に数々の秘密を抱えている――暗く、危険な秘密を。やがてエリザベスは、夕暮れの霞のなかへ踏み出した。

第三十四章

父親の執務室を出たエリザベスは、シティホール公園の先に、お気に入りの牡蠣売りのマルコがいるのを見つけた。早朝の朝食以来、何も口にしておらず、空腹でふらつきかけていた。

「こんにちは、お嬢さん！」近づいてくるエリザベスに気づいて、マルコが擦り切れた帽子に手をかけて挨拶した。背が低く小太りで、荒く剃ったひげはダイヤモンドを削れそうなほどだ。茶色い目は陽気そうだが、潤んで充血している。ウイスキーと赤葡萄酒をたらふく飲むせいかもしれないが、この男が不機嫌なところは見たことがない。

「こんにちは、マルコ。新鮮なのを一ダースちょうだい」

「うちは最高のものしか置いてないよ」とマルコはこたえ、荷車に平らに並べた氷の上の牡蠣の身を殻から外していった。エリザベスが食べるのが追いつかない速さだ。皺だらけの手は、売り物の牡蠣の殻に似ていた。荒く分厚いその手には、牡蠣ナイフや殻で切った傷の痕が何十年ぶんも重なっている。どんな熟練の貝商人でも、こうした手の傷は絶えない。建設作業員や港湾労働者が背中や膝の痛みに悩まされるのと同じで、仕事柄やむを得ないのだ。

エリザベスは軽く上を向いて、次から次へ牡蠣をすすり、海の香りと味がする甘く柔らかい身を味わった。一ダースをあっという間に平らげてしまい、二ダースめを注文しようかとも思ったが、後ろに列ができていたので切り上げることにした。いつもどおり、勘定は少し多めに支払った。親切心と同時に、新鮮な牡蠣を選んでもらうためでもある。何年か前にいちど、牡蠣であたった経験があり、あの苦しみを味わうのは二度とご免だった。

ブロードウェイをぶらつきながら、温かいじゃがいもと、とうもろこしを買った。別の屋台で、近ごろ流行りのウィーン風ワッフルも食べた。ワース通りに着くころには、父親が日曜の晩餐に好んで食べる、具をぱんぱんに詰めて焼いた山鶉《やまうずら》と同じくらい、腹が膨らんでいた。馬車鉄道に乗ろうとしたが、ふと、〈サースティー・クロウ〉に戻って何かあらたな発見ができないかと思いついた。腹ごなしがてら、頭をすっきりさせるために歩くことにした。

東へ進むうち、二区画ほど北に〈トゥームズ〉が見えてきた。馬車鉄道の線路が交差する角にそびえ立っている。重厚で威圧的なエジプト復興様式のこの建物は、市の刑務所として使われている。公式名称は〈正義の館〉だが、誰もが〈トゥームズ〉と呼ぶ。エジプトの墓《トゥーム》を模した形状だからだ。そのじめじめした壁面の内側に収監されている犯罪者たちに対して、市民に不気味な思いを抱かせる狙いがあった。

さらに東へ進むと、悪評高い貧民街、通称〈五つ辻〉地区だった。エリザベスは子供のころから、ここの荒れ果てた木造建築に潜む危険や病気について警告されていた。チャタム広場を南東の境界とし、キャナル通りとセンター通りの交差点を北西の境界とするこの地区には、退廃や酩酊、殺人や騒乱などが渾然一体となって集中している。行政上は〈第六区〉と分類され、ありとあらゆる悪意や脅威の源泉とみなされていた。〈五つ辻〉の通称は、バクスター通り、ワース通り、パーク通りなど五つの道が交わる交差点にちなんだ命名であり、貧しく、人口が密集し、ほかからは見捨てられた土地だ。殺人発生率がアメリカ国内で最も高く、この地区で生まれた子供の大半が幼児期に死亡するのも不思議ではない。

社内で襲われて以来、エリザベスは、わりあい安全な場所でもつねに不安を感じている。そこで、ふと思いついた――愚かな発想かもしれないが、〈五つ辻〉の狭い路地や密集した建物のあいだを歩いて度胸を付ければ、軽微な恐れなど吹き飛ばせるのではないか、と。もちろん、誰かに言えば止められるだろうし、自分でも心の片隅では危険だと感じている。しかしそれ以上に、つきまとう恐怖から解放されたいという願望が強かった。

ワース通りを東へ向かって進み続け、荒れ果てた共同住宅の前を通り過ぎた。建物と建物のあいだに洗濯物が吊るされ、湿った路地の上で八月のそよ風に揺れている。子供たちは水たまりで遊んだり、ごみの山を棒でつついたり、輪投げに熱中したりしていて、道沿いに並ぶ酒場や売春宿には無関心だった。宿の入り口にはさまざまな服装の女たちがうろつき、男を誘い込もうとしていた。口車に乗せられた客が無事に財布を持ち帰れるとしたらよほど運がよく、たいがいの場合は〈隠し扉泥棒〉の餌食となる。客がほかのことに気を取られているあいだに、娼婦と結託した連中が、部屋の壁に仕掛けられた隠し扉を開けて客室へ忍び込み、貴重品を奪うのだ。

エリザベスは、この界隈の名前の由来となった交差点を過ぎ、パーク通りに入った。とくに危険といわれる〈マルベリーベンド〉に差しかかった。通りが北東に折れるあたりにあるこの場所は、〈盗賊の巣《バンディッツルースト》〉〈空き瓶通り《ボトルアレイ》〉〈屑拾い通り《ラグピッカーズロウ》〉といった薄暗く不気味な路地が入り組み、〈五つ辻〉の暗黒の中心地と広く認識されている。

悲しげな目をした若い娼婦が、荒れ果てた玄関口に立ち、通りを眺めていた。赤いドレスの片方の肩だけを下ろし、白い肌を露出させている。老朽化した建物の一つから酔っ払った中年男が千鳥足で出てくるのと同時に、二階からけたたましい笑い声が響いてきた。街灯に寄りかかった中折れ帽の若者たちが、通り過ぎるエリザベスを見て口笛を吹いた。そのうちのひとりは、市庁舎前の最年長の靴磨きによく似ていた。

〈ラッキー・ジャックス〉という名の酒場から、バンジョーの安っぽい音色が漏れてくる。看板には二枚のエースの絵が粗雑に描かれ、トランプ賭博ができる店であることを示していた。バンジョーに合わせて、数人の酔っ払いの酒焼けした声が、へたな歌を合唱している。エリザベスは、その曲が人気の船乗り歌だと気づいた。さびの部分に差しかかると、酔客たちの歌声がいっそう高まった。

さあ航海だ、波躍る大海原を乗り越えて
これから先、幾多の嵐に遭おうとも
ジャックはふたたび故郷に帰る！
さあ航海だ、波躍る大海原を乗り越えて
これから先、幾多の嵐に遭おうとも
ジャックはふたたび故郷に帰る！

路地の悪臭がひどく、エリザベスは呼吸を止め、ときどき浅く息継ぎをした。灰や腐ったごみ、排泄物、絶望が混じり合った悪臭だった。

路地の一つを抜けるとき、自分と同じ年ごろの若い女が汚れ物の入った洗濯桶に屈み込んでいるのを見かけた。女の粗末な灰色の服は、着古してぼろぼろになっている。エリザベスは頬が熱くなるのを感じた。自分の美しい装いが恥ずかしくなった。ロンドン製の緑の絹のドレス、ビロードの縁飾りがついた清潔な日傘、柔らかなイタリア製の革の編み上げ靴……。

しかし、エリザベスが思わず足を止めたのは、自分とその女の容姿が酷似していたからだ。ふたりとも、同じ淡い赤褐色の髪で、体形や顔の造作も似ている。女は疲れ果てたようすで額の汗を拭いながら屈んで洗濯をしていたが、不意に、エリザベスを見上げた。脂じみた髪が片方の目にかかったまま、やはり驚きの表情を浮かべた。青い目を大きく見開き、失礼に当たるほど長く大胆にエリザベスを見つめている。エリザベスのほうも見つめ返さずにいられなかった。

女の目を見つめながら、エリザベスは全身に電流が走ったような衝撃を受けた。自身の相対的な豊かさや快適さはたんなる運命のいたずらであり、その一方で、こうして貧困に苦しみ、悲惨な路地で汚い洗濯桶に屈み込んでいる女性もいることを、突然、目がくらむほどに明白な現実として突きつけられた。

こうした考えが、数秒間、猛然と走る荷馬車のように脳裏をよぎった。絡み合った視線が解けると、女は挑戦的な笑みを浮かべ、やがてまた洗濯に戻った。エリザベスはしばらく立ち尽くしたあと、ようやく足を動かすことができた。〈五つ辻〉の境界線であるリビングトン通りまでは遠くなかった。エリザベスが目的地に着くころ、太陽はマンハッタンの南端に沈みかけており、ノース川に沿ってワッチャング山脈の彼方へ向かっていた。

ウェーバーの精肉店は閉まっていたが、〈サーステイー・クロウ〉は賑わっていて、店内から歓声や笑い声が伝わってきた。近づくと、安い煙草の煙、汗、古いビールの臭いが鼻を突いた。入るかどうか迷っているあいだに、客のひとりが店から出てきた。これまでおおぜいの酔っ払いを支えてきたであろう鉄の手すりに寄りかかり、帽子で顔を扇ぎ、煙草に火をつけた。

典型的な〈バワリー・ボイ〉の風体だった。ブラシをかけた高帽子、特徴的な赤いシャツ、重い編み上げ靴、裾をまくり上げた黒いズボン。髪にたっぷりと油をつけて撫でつけ、黒の長い外套を片腕に掛けている。〈ボイ〉の全盛期は過ぎたものの、かつて名を馳せたギャングの風貌を真似たこのいでたちで自信満々に往来を歩く男は今でも見かける。〈ボイ〉という言葉は、〝ボーイ〟の典型的なアイルランド訛りに由来するものの、労働者階級である当の〈ボイ〉たちはアイルランド人やカトリックに対して激しい反感を抱いている。〈ボイ〉が暴力的だった日々は過ぎ去り、対抗勢力である〈デッド・ラビット〉との有名な抗争はすでに数十年前に終息した。

エリザベスの視線に気づいたその男は、口元を緩め、煙草の箱を差し出した。「お嬢さん、一服どうだい？」

「いいえ、結構です。ただ、もしよろしければ、ほんの少しお時間をいただけないでしょうか？」

「まあ、べっぴんなお嬢さんのためなら、やりくりできないこともない」煙草を深く吸い込む拍子に、唇から細かい葉が落ちた。「で、何の用だい？」

「グラミーという老婦人をご存じですか？　通り名ですが」

「もちろん知ってるぜ。ここらの連中は誰だってグラミーを知ってる。いや、知ってた、と言うべきか」

「知ってた？」

「あいにく、あの世行きだ」

「えっ、亡くなった？」喉に恐怖がせり上がってくる。

「気の毒になぁ。あんた、知り合いかい？」

「何があったのでしょう？　つまり、どんなふうに——」

「きのうだったかな、発見されたのは。首を絞められたらしい」

「間違いありませんか？」

「みんな、そう言ってる」

「警察は？　捜査しているのでしょうか？」

軽蔑を込めて鼻で笑う。「もちろんさ。酒浸りの哀れな老いぼれ婆さんが死んだとなりゃ、警察としちゃあ、さぞかし大事件だろうよ」煙草の吸殻を靴のかかとで踏みつけ、首を振った。「可哀想なグラミー。酒と名が付きゃ何だって飲む婆さんだったけど、いい飲み友達だった。ほんとに」

エリザベスは、精肉店の上にある三階の暗い窓をちらりと見やった。陰惨な事件についてグラミーが何を知っていたにしろ、知りすぎていると判断した者がどこかにいるのだ。

第三十五章

人を殺すのは不思議なほど難しい。最初はそう思っていた。彼は驚いた。生気がいかに速く、いかに容易に、犠牲者の目から失われていくかを知った。恐怖が驚愕へ変わり、怒りへ、やがて諦めへと移り変わるようすを眺めるのに飽きることはなかった。いつも同じ順序だった。この過程に個人差はないらしい。最初は、純粋に動物として恐怖を感じ、生き延びようとしてからだが本能的な反応を示す。そのあと、逃れるすべはないと悟ると、自分の人生はこんなふうに終わるのかと驚愕する。事態を食い止める手立てがないという苛立ちから、怒りが生じる。最後には、運命に屈して、からだを弛緩させ、遠くを見つめるような目になって、死が近いことを彼に告げるのだ。

当初は混沌としてぎこちなかった過程が、しだいに滑らかで優雅な、バレエの二人舞踏に近いものになった。まるで性行為のように、親密で個人的な営み。ときには、この世のものとは思われないほどの霊妙さを伴った。一連の過程に慣れるにつれて、くつろいで楽しむ余裕が生まれ、それぞれの貴重な段階をじっくりと味わえるようになった。ほかのあらゆる技術と同じように、殺人は、練習を繰り返せば完璧に近づくのだ、と彼は結論した。数週間のうちに、彼は初心者から達人へと成長を遂げた。すべては努力と準備の賜物だった。

友人たちはときおり、彼が愛人を囲っているに違いないと冗談交じりに言う。ある意味では、それは正しい。目が覚めているあいだじゅう、彼の頭のなかはそれでいっぱいだ。暇さえあれば、次の獲物狩りについて考え、計画を練る。狩りに無関係なことに費やす時間は、たとえ一時間だろうと、無駄遣いに思える。

初めは、心の内に煮えたぎる怒りから生じた殺人だった。他人を傷つけることで、心の奥底の炎のような苦悩が鎮まるように思えた。しかし、しだいに殺人それ自体が目的となり、楽しさが募っていった。いまや殺人は、彼の秘密であり、情熱であり、存在理由であり、人生の軸だ。ほかのすべては、殺人への欲望、さらなる犠牲者を求める思いに付随するものにすぎない。彼は働き、食べ、飲み、人と会話し、街が提供するさまざまな〝娯楽〟にも参加した。しかしそれは、ひたすら水を掻くような無為な時間だった。狩りの緊張感や興奮や、生かすも殺すもこの手にかかっているという陶酔感には、遠く及ばない。人を殺している最中は、全身の細胞が脈打ち、生きる喜びをかつてなく感じる。彼はオシリス、冥界の王、死者の裁き主。誰が生き、誰が死ぬかを決定する力を持つ唯一の存在だ。

クレオが喉を鳴らして、彼の脚に擦り寄ってきた。

そろそろ夕飯の時間だ。彼は猫を抱き上げ、柔らかく滑らかな毛並みを撫でた。喉の奥でゴロゴロと鳴る音が、しだいに大きくなった。クレオの首の厚い毛に顔をうずめながら、彼は、老女を絞め殺したことについてやや憂鬱な気持ちになった。ちっとも楽しくなかった。自分が小さく、汚い存在であるかのように感じた。まるで自分の母親を殺しているかのようだった。それはたんに、自分が生き残るための措置であり、不快ではあるが必要な作業だった。あの老女はあまりに多くのものを見すぎた。酒で緩んだ舌で何をしゃべるか知れたものではなかった。金を与えて解決しようかとも考えたが、酔っ払いを信用するほど愚かではない。

窓の掛け布を押し開き、クレオを抱えたまま、夕暮れが迫るのを眺めた。街が夜の帳《とばり》に包まれれば、闇の作業に取りかかれる。彼は溜め息をつき、掛け布を閉めた。もうすぐだ。

「さあクレオ、おいで」と彼は言った。「おいしいものを食べさせてやるからな」

第三十六章

帰宅したエリザベスは、ゆったりとしたガウンを羽織って、台所に立ったまま、パンとチーズをひと切れずつ頬張った。そのあと、記事を書き上げようと、居間の書き物机の前に座った。肘の横に『古代エジプト――その神話、神々、女神たち』を置いた。オシリスに関する章を開いてみる。

古代エジプトにおいて最も重要な神話であるとされるにもかかわらず、オシリスの死について直接的な記述がある遺物はなかなか見つからない。エジプト人は文字には大きな力があり、現実に影響を及ぼすことさえあると信じていたため、神の殺害について直接書くことは避けたのである。

つい、癖で爪の甘皮を噛みながら——母親によく叱られるのだが——エリザベスはこの情報について考えをめぐらせた。自分もつねに文字の力を信じているが、エジプト人はさらに一歩進んだ信念を持っていたらしい。続きを読んだ。

この神話に関して最も普及している筋書きは、以下のようになっている。セトがオシリスを殺害し、その遺体を切り刻んでエジプトじゅうにばら撒く。オシリスの妻であるイシスは、その断片をすべて見つけて拾い集め、丁寧にもとどおりのかたちに組み合わせてから、上質の亜麻布で包み、歴史上初のミイラをつくった。

歴、史、上、初、の、ミ、イ、ラ。エリザベスはあくびをしながら、ミイラ化について書かれているページをめくった。

遺体を保存するにあたって、エジプト人はまず内臓を取り除き……

大きな柱時計が夜十時を告げる音で、エリザベスは目を覚ました。顔を上げ、デスクで眠り込んでしまっていたことに気づいた。目をこすりながら、自分が書いたものを読み返す。悪くはないが、書き直す必要がある。あす早起きして仕上げようと決めた。足首に鉛の重りを付けられたような気分で、よろよろと寝室に向かった。

しかし、何かが違っていた。社で襲撃されて以来、意識を覆っていた恐怖の薄布が消えていた。風呂を沸かすうち、不思議なほど幸福感に包まれた。力ずくで冒瀆されたことに変わりはなく、その恥辱と怒りはまだ心のなかに淀んでいる。けれども、軽やかな浮き立つような気分になり、恐怖も薄れていた。〈五つ辻〉を通り抜けたのが、目論見どおり功を奏したのかもしれない。そう思いながら、湯気が立ちのぼるなかに手足を沈めた。街で最も危険な路地を歩いて、無傷で切り抜けた。今はもう、自宅アパートメントで安全だ。もはや無敵とまでは思わないが、おそらくこれまでより重みのある人間に、〝覚醒した〟人間になった。

入浴を終えて浴槽から出ると、厚くふわふわとした大判の布をからだに巻き、台所でカモミール茶を淹れた。これを飲むと安眠できると母親が教えてくれたのだ。飲み終えて、糊の効いた白い敷布と掛布のあいだに身を滑り込ませた。ベッドの頭元には胡桃材の板がしつらえられ、敷き布団には綿がたっぷり詰まっている。肩まで掛け布団を引き寄せたとたん、心地よい眠りが身を包み込んだ。

翌朝、目を覚ましたエリザベスは、誰かが部屋にいる気配を察した。ゆうべ掛け金をかけるのを忘れたことに突然気づいた。すぐさま身を引き締め、ベッドから飛び起きると、廊下の傘立てから重い傘を手に取った。台所で物音がする。両手で傘を握りしめ、忍び足で廊下を進んだ。傘を振りかざし、いつでも侵入者を攻撃できる構えで台所に入った。とたんに、コーヒーの香りが鼻をくすぐった。

台所のテーブルにカルロッタが座っていた。足元にはトビー。「あらっ、やっと起きたのね！」と立ち上がる。トビーが短い尻尾を振って、その場で飛び跳ねた。「何してるの、傘なんか持って」

「あなたこそ、うちの台所で何しているんですか？」

「ノックしても返事がなかったから、勝手に入ったのよ」

「いったいどんな神経を――」

「ずいぶんと扉を叩いたんだけど、どうやらあなた、死んだように眠ってたみたい。具合でも悪いのかなと思ったから、失礼して……」

「押し入ったわけですね？」

カルロッタが眉根を寄せる。「まあ、そうも言えるかな……」

「ほかにどう言えばいいんですか？」

「あなたが死んでなくて、眠ってるだけだってわかったから、コーヒーを淹れてあげたの。菓子パンも持ってきた」と紙袋を手に取る。「コーヒーと菓子パンの香りで目を覚ますのって素敵じゃないかと思って。でも、間違ってたみたいね」不機嫌そうに付け加えた。

エリザベスは唇を噛んだ。すっかり振り回されているのを自覚しつつも、カルロッタが善意で行動していることも理解できた。それに、コーヒーと菓子パンの香りは、たしかに天国そのものだった。エリザベスは台所の椅子に腰を下ろした。「どうやって部屋に入ったんですか？」

「管理人さんに、あなたの従姉妹《いとこ》だと言って、鍵を忘れたと伝えたの」

「信じてもらえたんですか？」

「わたし、説得力には自信があるから」カルロッタが、湯気の立つコーヒーをカップに注ぎ、エリザベスの前に置く。菓子パンも、青と白の陶器の皿にきれいに並べた。「それに、上の階にわたしのアトリエがあることは管理人さんも知っているから、べつに不審人物ってわけでもないし」

エリザベスは、葉巻のような形状の小さな菓子パンを手に取った。ジャムとナッツが詰まっている。「これは何？」オーチャード通りのパン屋で見た覚えがあるが、名前を思い出せない。

「ルゲラー。ポーランド系ユダヤ人の好物よ」

少しだけかじってみると、甘さとナッツの香ばしさが口いっぱいに広がった。「うああ」と思わず声が出てしまう。「うああ、うああ」

「それはつまり、気に入ったってこと？」

「今の今まで食べなかったことが悔やまれます」そう

言って、大好きな濃いコーヒーをひと口。

「母さんの自信作なの」

「お母様のお加減はいかが？」

「おかげさまで、だいぶよくなった。そう言うあなたは？　疲れぎみみたいだけど」

「例の殺人事件の続報を書いています。ゆうべ、書き上げる前に眠ってしまって」

「最初の記事、読んだわよ。とってもよかった」

「そう言ってもらえるとうれしいです」エリザベスは二個目のルゲラーに手を伸ばした。

「その後どうなってるの？　警察の捜査は何か進展した？」

「警察はこの事件を本気で解決したいのか、少し疑問です」

「うちの弟が聞いたら、やっぱり、って言うでしょうね。ニューヨーク市警をてんで信用してないから」

「わたしもそういう考えに傾きつつあります」前日、なぜかバーンズ警視がわざわざ編集部にやってきた件を話した。

カルロッタはじっと耳を傾けた。「その人の狙いは何でしょうねえ」と訝かりながら、ふたりのカップにコーヒーを注ぎ足す。

「わかりません。でも、どうにも嫌な感じの人でした」

「重大な事件だから解決すれば自分の評価が上がる、と思ってるのかも」

「だからって、情報を公表するなという命令はおかしいと思いませんか？」

「もっともらしい理屈を付けてはいるけどね」

「どこか陰気な雰囲気をまとった人です。ひとことも信用できません」

カルロッタが、ルゲラーをひとかけら、トビーへ投げてやる。トビーは空中でとらえ、ひと口で飲み込んだ。「長居は禁物ね。あなたは記事を書かなきゃいけないし、わたしも制作中の絵があるの」

「専門は彫刻でしたよね？」

「最近なぜか、絵に惹かれてて。そうだ、いつかあなたの肖像画を描かせてくれない？」

「どうしてわたしなんかを？」コーヒーを注ぎ足しながら尋ねた。きょうのコーヒーはまるで魔法の活力剤だ。眠っていた脳が少しずつ目覚めていく。

「なんていうか、あなたは……華があるのよ」

「やめておいたほうがいいかも」

「なんで？」

「迷惑をかけると思います。わたし、じっとしているのが苦手だから」

「なら、手早く描くことにする。それならいい？　じゃないと、誰かにお金を払って描かせてもらわなきゃいけないし、あなたみたいに魅力的な人は見つかりそうにない」

「またルゲラーを持ってきてくれるなら、考えてみてもいいです」

「まかせといて」肩掛けを丸めて持つ。「こんどの日曜日の朝はどう？」

「あまり早い時間帯は無理です。日曜日はゆっくり眠りたいので」

「じゃあ、十時で」

「わかりました」

「被害者がどうしてミイラみたいな姿にされてたか、バーンズ警視には何か考えがあった？」

「残念ながら、結論はまだです。わたしも今、いろいろ調べていて」

カルロッタがコーヒーを口元に運ぶ。「何かわかったことは？」

「エジプト人はミイラをつくるとき内臓をすべて取り除きました」

「でも、あの被害者はそんなことをされてなかった。なんでだろう？」

「犯人は、ミイラのつくりかたを表面的にしか理解していなかったのだと思います」

「それか、本物そっくりじゃなくてもよかったのかも」と言って、ルゲラーをもう一個取る。

「時間がなかったとも考えられます」

「人体から血を全部抜くのにどれくらいの時間がかかるのかな?」

「わかりませんけれど、それほど長くはかからないのではないでしょうか」

カルロッタは身震いをした。「よくまあ、そんなおぞましいことを一日じゅう考えてられるわね。信じられない」

「〝おぞましい〟で思い出したけれど、どうやら第二の犠牲者が出たみたいです」

「ええっ、どうして早く言わないのよ?」

「わたしの思い過ごしかもしれません」エリザベスは冷静に応じた。「でも、聞いてもらえますか?」マディソン広場で発見された黒焦げの死体や、死体安置所を訪れて聞いたことについて打ち明けた。

聞き終えたカルロッタが「本当に恐ろしい話ね」とつぶやいた。「どうして関連があると思うの?」

エリザベスは、赤い服と獅子の歯をめぐる推理を説明した。「そこで、最初の犠牲者であるサリーは大地の女神に見立てられたのではないか、と思いついたんです。そう考えれば、地面の穴のなかに横たえられていた理由も納得がいきます。ただ、古代エジプトには大地の女神がいないみたいで……」

「もしかしたら、ありもしないつながりを無理やりこじつけようとしてるだけかも」とカルロッタが言い、トビーにルゲラーをもうひとかけら投げ与えた。トビーはまたあっという間に平らげ、もっと欲しそうに尻尾を振った。

「うちの母なら、あなたは飼い犬を甘やかしすぎだと叱るでしょうね」とエリザベスは言った。

「この子がいなかったら、ミイラだって発見できなかったでしょ」

「それはそうですけど。ただ、被害者同士の関係がどうしてもわからなくて……」

「そういえば、学校でエジプトの冥界の神について教わった気がする。名前は何だったたっけ?」

「オシリス。歴史上、最初のミイラとして広く知られ——そうだ!」エリザベスは叫んで、あやうくコーヒーをこぼしそうになった。「なぜ気づかなかったのかしら。サリーはオシリスそのものを象徴しているのです——オシリスの復活を!」

「復活?」

「説明している暇はありません。仕事に戻らなければ」

「ちょうどわたしも帰ろうと思ってたところ」とカルロッタが膝の上のパン屑を払う。

「おいしい菓子パン、ありがとうございました」

「どういたしまして。じゃ、またね。さあトビー、おいで」小犬は素直に従い、間もなく玄関の扉が閉まる音がした。エリザベスはコーヒーカップを置いて、廊下に出た。扉の鍵をかけ、さらに掛け金で念を入れた。これからはどんなに疲れていても二重の施錠を忘れまいと胸に誓った。

記事の仕上げは台所のテーブルで済ませることにした。部屋の奥にあるぶん、応接間よりも静かだった。もっとありがたいのは、熱いコーヒーとルゲラーが手の届く範囲にあることだ。あらたな光明を見いだした喜びで勢いづき、一時間足らずで書き終えた。八時半には、三番街を南へ走る高架鉄道に乗っていた。

第三十七章

霞んでいた空が、いつしか晴れわたっていた。エリザベスは列車を降りた。朝の暖かい光を浴びた人々が、大通りを散歩したり、ダウンタウンに建ち並ぶ露店で買ったものを食べたりしていた。きのうの不安な気持ちはもう消えた――と思ったが、それは《ヘラルド》に到着するまでだった。建物に入った瞬間、鼓動が速まり、汗が噴き出した。高い窓から射し込む光、大理石の玄関広間に響く足音、印刷用のインクや紙の匂い……すべてが絡み合い、不快な感情を呼び起こした。

「バンデンブルックさん！」

呼ばれて振り向くと、肩に革の鞄をかけたシュスター編集長が近づいてきた。アルプスの山道を下りてきたかのように、やや息を切らし、大きな顔を紅潮させている。毎度のことながら身だしなみが行き届いておらず、髪はぼさぼさ、袖口が片方だけめくれ、靴も擦り切れていた。

「驚かせてしまったかな？」

「いいえ、大丈夫です」ふたり並んで階段をのぼった。

「ちょっとお祝いを言いたくてね」鞄を反対の肩にかけ直しながら言う。「きみが犯罪記事を担当したいと強く希望していたのはよく知っている。願いが叶ってよかった」

はたして願いどおりになったのだろうか？　エリザベスは自問した。二階に差しかかったとき、前方にサイモン・スニードが見えた。手すりに寄りかかりながら、雑用係と話をしている。エリザベスは思わず編集長の腕を強く握った。

編集長が驚いてエリザベスを見る。「大丈夫か？　どうした《バス・イスト・ダス》？」

「い、いえ——失礼いたしました。あの……大事なことを思い出しまして」エリザベスは階段を離れ、廊下を急ぎ足で進んだ。困惑したようすの編集長があとを追ってきた。「ごめんなさい。ちょっと」エリザベスは婦人用の手洗い所の前で立ち止まった。

編集長は肩から鞄を下ろし、両手で抱えながらとまどっていた。「本当に大丈夫か？　もし何か《イスト・アレス》——」

「何の問題もありません《アレス・イスト・イン・オルドヌング》。それから、ご親切にお祝いの言葉をありがとうございました」そう言って、手洗い所の扉を抜けた。

なかに入ったエリザベスは、無理やり深呼吸を繰り返した。「これでは駄目だわ」つぶやいて、頑丈な磁器製の流し台が並ぶ前を往復した。

「何が駄目なの？」

エリザベスは振り向いた。秘書課のふくよかな若い女性が立っていた。金髪で、不自然なほど唇が赤く、いつも服がぴっちりしすぎているように見える。この女性のデスクのまわりをサイモン・スニードがうろついているのを何度も目撃したが、女性のほうもまんざらではないようすだった。

「何かおっしゃいました？」エリザベスは毅然とした態度を装った。

赤い唇に薄笑いが浮かぶ。「〝これでは駄目だわ〟なんて言うから、どういう意味かと思って」

「スカートの縁飾りのことです」とエリザベスは沈着にこたえた。「いくらなんでも派手すぎます。せっかく尋ねてくださったのですが、ええとお名前は……」

「グレタ・ボルカーレよ。オランダ人の血を引いているの。あなたの家族と同じように」

うちの家族についてほかに何を知っているのかと疑問が湧いたものの、冷たい微笑を返すにとどめた。

「グレタさん。今後は、知らない人のひとりごとを盗み聞きするのが礼儀にかなった行為かどうか、よく考えたほうがよさそうですね」

「あら、あなたは〝知らない人〟じゃないわ。それどころか、いまやこの建物にいるほとんど全員があなたを知っていると思う。なかには、あなたが女性陣の筆頭だなんて考えている女子従業員もいるみたいだけど、わたしはそうは考えない」一歩前に出て、顔と顔をすぐ近くまで近づけた。唇に塗られた珊瑚色の紅が際立って見える。「わたしが思うに」甘い声色。「あなたは安っぽい娼婦と同じよ」

エリザベスは、胃の奥から冷たい恐怖がせり上がってくるのを感じながら、必死で無表情を保った。「もしわたしがあなたなら」と、ゆっくり言葉を発する。「すぐにここを出て、自分の持ち場に戻るでしょうね。そうしないと、あなたの身の安全は保証できません」

グレタの目が大きく見開かれた。何か言い返そうとしたが、考え直したらしく口をつぐんだ。鼻で小さく笑うと、背を向けてその場をあとにし、乱暴に扉を閉めた。

エリザベスは近くの流し台にもたれかかり、額の汗をぬぐった。グレタはいったいどこまで知っているのだろう？　誰から聞かされたのか？　さらに重要なのは、ほかに誰が知っているのかということだ。もしも自分が襲われたことが表沙汰になり、グレタがほのめかしたような歪んだかたちで広まったら、やっと始まった記者としての経歴は確実に終止符を打たれるだろう。グレタの言葉の含みは明白だった。みずから進んで男に身を任せた、という非難だ。グレタが本当にそう信じているかどうかは問題ではない。それを真実として公表するつもりなのだ。

エリザベスは流しの横の大理石の化粧台に拳を叩きつけた。その音が部屋のタイル張りの壁に反響した。手に痛みが走ったが、不思議と心が落ち着いた。肉体的な苦痛が、精神的な不快感から意識をそらしてくれたのだろう。歯を食いしばりながら、誰が自分を潰そうとしているにせよ、くじけてなるものかと固く心に誓った。

ファーガソンは私室でふたりの記者と打ち合わせ中だったが、エリザベスの姿に気づくやいなや、ふたりを追い払った。

「さあ、入ってくれ」とエリザベスに言う。「記事は仕上がったか?」

「はい、これです」と原稿を手渡した。

「よし、よし」ファーガソンは原稿をデスクに置いた。「何か新しい情報は?」

「じつは、あります」前日に伝えられたグラミーの死について話した。

デスクの前に座ったファーガソンが腕組みをした。

「なぜその老女の死が本件と関係していると思うんだ?」

「グラミーさんは何かわたしに話していないことを知っていたと思います。あまり多くを明かすのはためらっているようすでした」

「無関係の殺人事件じゃないのか? きみの話からすると、その老女の知り合いたちは好ましからざる連中のようだが」

「それだけではありません。わたし、わかりました。サリーの死には意味が――」

部屋の扉をノックする音。ファーガソンが機敏に立ち上がって扉を開いた。雑用係が封筒を持って入ってきた。ファーガソンが手を伸ばすと、雑用係は後ずさりして、エリザベスを見た。

「お嬢さん宛てです」背の低い小太りの少年で、下唇が突き出ている。顎の産毛をひげに見せかけようと努力しているらしかった。

「わたし宛て?」

「バンデンブルックさんでしょう?」

「ええ、そうですけれど」

雑用係がエリザベスに封筒を差し出す。

「これをどこで?」

「通りすがりの男の人から頼まれました」

「どんな男だった？」とファーガソンが尋ねた。

「正直、よく見えなかったなあ。背が高かったかも。帽子を目深にかぶっていた」

「髪の色は？」とエリザベス。「ひげはあった？　それとも剃っていた？」

「黒髪だったと思う。ひげはなかったです」

「それで、どうしたの？」

「そいつが寄ってきて、これをあなたに渡してくれと五セントくれました」

「ありがとう」とエリザベスは言った。

「あんまり役に立てなくてすみません」

「ご苦労様」エリザベスは硬貨を一枚、雑用係の手に握らせた。

「ご親切にどうも」帽子を軽く上げてから、静かに出て行った。

ファーガソンが顔をしかめた。「雑用係に心付けをやる必要はない」

「それはわたしの自由ですよね」

「一回やると、癖になるから。それに、給料はちゃんと払ってる」

「たいした額ではないと思いますが」

ファーガソンが封筒を睨む。「そいつの封を切るのか、切らないのか？」

エリザベスは封筒をひらひらと振った。「しばらく寝かせておこうかしら」

「頼むから、さっさと開けろ！」

エリザベスは腕を組んだ。「そんな言いかたをなさられては、開けられるものも開けられません」

「も……申し訳ない」苦々しげな声で、ファーガソンが謝罪の言葉を絞り出した。

エリザベスは封筒を開けた。中身は紙きれが一枚だけだった。少しのあいだ、目の前にあるものを理解できなかったが、やがてエリザベスは、この紙きれの重大さに気づいた。文面に視線が釘付けになり、紙を持つ手が震え始めた。

「何だ？　何が書いてある？」とファーガソン。

エリザベスは無言で紙切れを手渡した。

「まさか」とファーガソンが絶句する。「たいへんだ。もしこれが本物なら……」

「いたずらだと思います？」

「どちらとも言い切れない」

エリザベスはうなずき、返された紙きれを受け取って、穴の開くほど見つめた。そこには、青いインクで古代エジプトの水のシンボルが描かれ、その下に大文字の活字体でこうしたためられていた。〈次は、これ。——オシリス〉

第三十八章

メアリー・マリンズは退屈していた。もともと退屈なことが多い仕事だが、今夜はとくに憂鬱だ。ガンゼボート通りの牡蠣食堂の奥の部屋で、籐椅子の背もたれに片腕を掛け、傷だらけの樫材のテーブルを挟んで、ひとりの老人と向かい合って座っている。

「で、そいつに呼ばれて、納屋まで行ったわけだな？」と老人は言い、安物の巻き煙草を吸った。指先が脂《やに》で茶色く染まり、黒ずんで欠けた歯は石炭のかけらのように見える。メアリーは身震いした。煙草のけむりが大嫌いで、できるだけ避けたい。

この老人は、性行為を求めない客のひとりだ——もはや不能なのかもしれないが。ただ話を聞いてくれる相手が欲しいのだ。メアリーは聞き上手という評判が立っていて、このような客が少なからずいる。人に同情してもらいたがっている男がいると、〈いかれたメアリー〉のところに行ってこい、と言われる（数年前、ブラックウェル島の精神科病棟で過ごしたあと、このあだ名を付けられた）。

「牡蠣をもっと食ったらどうだ？」老人がそう言いながら一つをすすり込む。汁が灰色のひげに飛び散り、汚れたシャツにまで垂れている。

「今はいらない」メアリーはビールを飲み干した。じつは牡蠣が好きではない。性行為を連想させるからだ。忌まわしく白っぽい汁。ぬるぬるして塩辛く、男が射精する液体を思わせる。

初めのうちこそ、汚れた汗まみれの手にまさぐられずに済むと安堵したが、その安らぎはすぐ退屈に変わった。脚の曲がった船乗りや、引退した露天商、怪我で仕事を失った御者らの話し相手ばかりさせられるはめになり、しかも老いぼれが増える一方だった。今夜の相手は、ウォルターという名の、なかば頭の惚けた牛飼いだ。日焼けした肌。太った体格。脂ぎった薄い髪。話の中身は、若いころの思い出話の繰り返しだった。恋愛や仕事の話のいくつかは、たしかに事実らしく、なんど繰り返し語っても、内容にぶれがない。今は、豚飼いと熊手にまつわる回想の最中だ。

「でもって、おれはそいつに言ってやった。おいおい、そんな豚なんて見たことないぜ、ってな。すると、そいつが言うには……」

メアリーの心は遠くをさまよっていた。相づちを打ち、微笑は絶やさなかったものの、思いははるか彼方にあった。自分の魅力の虜になった裕福な銀行家が、贅沢でゆとりのある生活へ連れ去ってくれる夢を見ていた。

「……でな、そんな豚は、じつのところ……」

頭上にある掛け時計がかすかに時を刻む音が妙に大

きく聞こえ、秒針の動きが痛いほど伝わってくる。年齢を重ねても、目の前のこんな老人にはなりたくないものだ。こんな退屈な人間にならずに済む方法がきっとあるはず。これが年を取ることとの必然的な結果ではないと信じたい。煙草をひと口吸い込んだ老人が、喉を押し潰すような深い咳をし、胸の底で痰をごろごろと鳴らした。メアリーのほうへ身を乗り出してきた老人から、腐った口臭が漂ってきた。堆肥のような臭いだった。

老人が煙草を揉み消しながら、くすくすと笑った。

「そしたら、そいつがちょっと変な感じでおれを見てさ、でもって……」

メアリーは話の終わりを辛抱強く待ちつつも、そろそろ終わりだと考えていた。

「ちょっと失礼するわ」老人が山羊と土砂崩れに絡んだ別の逸話を話し始めたところで、メアリーは言った。この話もすでに何度も聞いたことがあり、少し外に出て新鮮な空気を吸いたかった。言葉の合間に老人が息を吸うたびに、まるで部屋の空気がすべて吸い込まれるかのようで、息が詰まる。「すぐ戻るから」と言って、前室にいる数人の客の横を通り過ぎ、おもてに出た。老人の終わりのないおしゃべりから解放され、少しの静寂が欲しかった。

隣の区画にあるガンゼボートの農産物市場は賑わっていた。荷車の車輪の音、商人たちの大きな呼び声、馬のいななき、子供たちの笑い声などが、入り交じって響いている。メアリーは深く息を吸い込んだ。近くの九番街の高架鉄道から吐き出された煤が、舌の上でざらついた。それでも、紫煙でむせかえる牡蠣食堂の空気よりはましだった。

もう一杯飲みたくてたまらなくなった。酒がもたらす柔らかな酔いに包まれれば、この退屈さも少しは紛れるだろう。店に戻ろうとしたそのとき、背後から誰かが近づいてくる気配を感じた。振り返ると、高帽子をかぶり、上質な長い外套をまとった身なりのいい男がいた。真珠の飾りがついた杖を持ち、山羊皮の手袋をはめている。

男が帽子に軽く手をかけ、微笑した。「こんばんは。一杯いかがです？」

メアリーは、煙草のけむりで満ちた牡蠣食堂の店内を一瞥し、ふたたび男に目を戻した。

「いいわよ」とびきりの魅惑的な笑みを浮かべてこたえた。「ぜひごいっしょしたいわ」

第三十九章

ケネス・ファーガソンはデスクの前に立ち、手にした紙きれを見つめていた。やがて真剣な表情でエリザベスに視線を向けた。「〝オシリス〟？　なんだ、この変てこな名前は？」

「古代エジプトの冥界の王です」

「どうしてそんなことを知っている？」

エリザベスは、アバナシー博士から借りた本のことや、サリーの死の状況をめぐる仮説を伝えた。

「ミイラがオシリスを象徴するものだとしたら、犯人はなぜ男を殺さなかったんだ？」

「この犯人は、男性を殺すことには興味がありません」

ファーガソンが紙切れを掲げて言う。「これは本当に、水を表わす古代エジプトのシンボルなのか？」

刺繍の施された上品な手提げ鞄に手を入れ、エリザベスは一枚の素描を取り出した。事典に載っていた古代エジプトのさまざまな表象を写し取ったものだ。サリーの首に刻まれていた印も含まれている。

ファーガソンはその素描をしばらく眺め、エリザベスに返した。「この手紙がサリーを殺した犯人からのものだと、どうして決められる？　偽者のいたずらだとしたら？　騒ぎを起こしたり、注目を集めたりすることだけが目的かもしれない」

「サリーの首に印が付いているのを見たのは、ほんのひと握りの人間に限られます。フレディとわたし、ほかには検死官と助手、そしてビクトル・ノバクさんだけです」

ファーガソンが眉をひそめる。「ビクトル・ノバクとは、ベルビュー病院の死体安置所の担当者か？」

「はい」

「信頼できる人物なのか？」

「そう見えましたが、確実なことは言えません。あともちろん、オグレディ部長刑事はこの事実を知っています。バーンズ警視も」

ファーガソンがデスクの上にあった葉巻をつかみ、唇のあいだに押し込む。「あの腐った野郎め！　〈タマニー・ホール〉の手の上で転がされやがって。この街の警察官はひとり残らず連中に操られてやがる」

「今回の手紙の件、警視に知らせないのですか？」

「なぜ知らせる必要がある？　あいつは、うちの報道の内容まで指図してきやがった。わざわざ情報を共有してやる理由などない」

「警察が犯人を見つけるのに役立つのでは？」

「この手紙はきみに宛てて書かれたものだ。きみの好きなようにすればいい。で、きみはこの文面をどう解釈する？」

「次の犠牲者は水辺かその近くで発見されるという示唆だと思います」

「そんな程度じゃ、手がかりにならないな。マンハッタンは島だ。われわれは水に囲まれている」

「手がかりになることを意図しているのではないでしょう。むしろ挑発に感じられます」

目をこすりながら、ファーガソンはデスクの椅子に深く沈み込んだ。「きみ宛てだった点が非常に気にかかるな。きみが危険にさらされてるんじゃないか、と」

エリザベスは黙っていた。恐れるべき脅威はもっと身近に潜んでいる。しかし、それについては話すべきでないとわかっていた。「心配なさらないでくださ い」

溜め息のあと、ファーガソンが言う。「きみはこの件から外れたほうがよさそうだな」

「そんな！　嫌です——どうかお願いします」

「きみを危険な目に遭わせる責任は負えない」

「じゃあ、誰かと組んで行動しますから。フレディとならどうでしょう？」

葉巻を噛んで考え込む。「フレディか。あいつは、なかなかの体格だ。力は強いだろう。しかし、危機的な局面でうまく立ち回れるかどうか……」

「フレディはロンドンのイーストエンドの出身です。危ない場所には慣れていると思います」

「〈五つ辻〉に匹敵するほど危険な地区はロンドンにはないだろう」

「本人に訊ねてみてください。ホワイトチャペルの街角での武勇伝をしょっちゅう話していますから」

ファーガソンがひげを撫でる。妥協するときの癖だ。

「わかった。フレディと相談してみよう」

「きっと後悔なさらないはずです」

「後悔なら、もうしてるよ。きみにもしものことがあったら、お父上にどう申し開きすればいい？」

「父には、頑固な娘があなたの許可なしに行動したと言ってください」

「きみがどこかの路地で絞殺体で見つかったら、そんな言葉はまったく慰めにならない」

「わたしの身に降りかかっている危険を大げさにお考えすぎだと思います」

「きみが正しいことを祈るよ。そうじゃなかったら、きみはとても愚かな小娘で、おれは上司として失格だ」

ファーガソンの表情には真の苦悩が浮かんでいて、エリザベスは気の毒に思った。自分のためだけでなく、この人のためにも、くれぐれも用心しなければ。

エリザベスは紙切れを示した。「わたしの立場だったら、どうなさいます？　バーンズ警視に知らせますか？」

「何を知らせるんだね？」

ふたりが振り向くと、新聞社の発行人ジェームズ・ゴードン・ベネット・ジュニアが戸口に立っていた。頭を片側に傾け、高級な黒い艶消し毛皮でつくられたおしゃれなパリふうの外套を身にまとっている。落ち着きと上品さを絵に描いたような姿だ。

ファーガソンが驚いて、はっと短く息をついた。

「ベネットさん！　てっきりパリにいらっしゃるとばかり思っておりました」

「パリにおりましたが」とベネットは言いながら、黄色い子牛革の手袋をきれいに折りたたみ、高帽子と合わせて近くの椅子に置いた。「帰ってまいりました。興味深いことが起こっていると耳にしましたので」エリザベスと向かい合う。「はじめまして、ミス……」

「こちらはミス・エリザベス・バンデンブルック。わたしの自慢の記者です」

「おお、そうでしたか。ああそうそう、こちらで働いていただくとお父上にお約束したのでしたね。どうやらお父上のご期待以上の活躍をしておいでだ」そう言って、ファーガソンを見やる。

「はい、非常に優れた仕事ぶりでございまして――」

ベネットは手を軽く振り、ファーガソンの言葉をさえぎった。「《ヘラルド》が女性の犯罪記者を雇ったと、巷《ちまた》ではたいへんな話題になっているようですね。さらに重要なことに、あなたの記事が新聞の売れ行きを伸ばしている」空いている椅子の一つに優雅に腰を下ろし、いかにも大物の経営者といった態度を示した。

エリザベスはベネットの写真を見たことがあり、なかなかの美男子だと思っていたが、実物はもっと印象的だった。面長で、顎の線がすっきりと美しい。額が広く、頬骨が出ている。鼻筋は長くまっすぐで、薄い唇の下にわりあい濃いひげがある。しかし、何より際立っているのは瞳だった。ベネットの父親は寄り目で有名だったのに対し、ベネット・ジュニアの瞳は大きく輝き、淡い珊瑚色という珍しい色をしている。やや垂れた瞼の下の深い眼窩の奥から、話す相手を貫くかのように見つめる。

ベネットは、ズボンの裾を整え、きれいな折り目から、ごくごく小さな埃を取り払った。「バンデンブルックさん、あなたの記事は一字一句読ませていただきました。さて、ほかにどんな情報をつかんだのか教えてください。いっさい省略せずに」

エリザベスはちらりと横を見やり、ファーガソンがうなずくのを確かめた。

「かしこまりました」とエリザベスは言った。「最善を尽くしてお話しいたします」

ベネットは顎に手を当てて、ときおりうなずきながら、エリザベスの話に耳を傾けた。話が終わると、「あなたは勇敢な女性ですね」と言った。「そう思わないかね？」とファーガソンに尋ねる。

「おっしゃるとおりです」何を今さら、とでも言いたげな口調。

「では、あなたはこれについてどう思いますか？」ベネットは手紙を指さし、エリザベスに訊いた。

「わたしたちへの挑発だと考えます」

「と同時に、われわれを試しているんじゃないでしょうか」とファーガソンが付け加える。

「どういう意味です？」

「犯人は、これが紙面に載ることを期待しているんでしょう」

ベネットはエリザベスに目を向けた。「あなたも同意見ですか？」

「はい。自分の犯行を誇りたいのだと思います」

「しかしそうすると、逮捕される可能性が高くなってしまいませんか？」

「犯人は、ぜったい捕まらないと信じているのです」とエリザベスはこたえた。「危険を厭《いと》いません。なぜなら――」

「自分は無敵だと思い込んでいるから」

「そうです」

「すると、われわれが割り出さなければいけないのは、なぜ犯人は捕まらないと自信満々なのか、その理由ですね」とファーガソンが返した。

「そのとおり」とベネットは言った。「そこが問題です。なぜなのか、まったく不思議ではありませんか？」

その瞬間――あとにも先にも、その瞬間だけ――犯人は永遠に捕まらないかもしれない、という思いがエリザベスの脳裏をよぎった。

ニコズ〉で夕食をとるらしかった（もっとも、食事が口に合わないと紙面で辛辣に批判することでも知られている）。

「で、どんな人だった？」《ヘラルド》を出て北行きの馬車鉄道に乗り込みながら、フレディがエリザベスに尋ねた。「ベネットさんって、噂どおりの変人？」

「ごくふつうの男性でした」エリザベスは車内の座席に座った。「ただ、身なりはかなり上品でしたけれど」

「フランスで長いこと暮らしてたから、フランス訛りなのか？」

「いいえ。なぜか、イギリスふうの英語をお話しになっていました」

フレディが笑う。「ひと口にイギリスふうと言っても、上流階級のしゃべりかただろうな。おれみたいなイーストエンド育ちとは違う」

「わたしは、あなたの話しかたのほうが好きです」ま

第四十章

発行人のベネットもエリザベスの安全を気にかけていたため、帰宅時にはフレディが付き添って家まで送り届けることに決まった。ベネットも、バーンズ警視や〈タマニー・ホール〉には好感を持っていなかった。なにしろ、父親が数年前、おおやけの場で〈タマニー・ホール〉の手下に襲われたのだ。結論として、例の謎めいた手紙を紙面に掲載する、ただしエリザベス宛てだった点は伏せる、ということになった。

「バーンズ警視に義理立てする筋合いはありません。ほかの市民と同じ時点で事実を知るがいいでしょう」

ベネットはそうつぶやき、ファーガソンの私室を出ていった。そのあと、お気に入りのレストラン〈デルモ

ったくの真実とは言えないが、嘘でもない。

「ありがとう、お嬢さん」

「エリザベスと呼んでください、って言いましたよね？」

「わかったよ、エリザベスお嬢さん」

エリザベスは微笑を返し、窓の外に流れる街並みを眺めた。陽光は晩夏のレモン色に変わり、秋の到来を予感させるかすかにひんやりとした空気が漂っている。建物は黄金色に輝き、磨《す》りガラスが西へ沈みゆく太陽の光を反射していた。往来を歩く人々が、店先の品物を眺めたり、食べ物の屋台に立ち寄ったりしている。柔らかな夕暮れのなか、街は穏やかで無害に見える。罪のない女性をあやめる凶悪な殺人鬼がどこかに潜んでいるとは信じがたかった。

列車は北をめざして着実に走っていた。「わたし、この足でオグレディ部長刑事に会いに行きたいです」とエリザベスは切りだした。「バーンズ警視のことをどう思っているか訊いてみます」

「家に帰るんじゃなかったのか？」フレディが眉根を寄せて言う。

「終わったら、すぐ帰ります。あなたはどこかほかに行く用事でも？」

「そういうわけじゃないけど。きみに街なかをうろついて欲しくないんだ」

「できるだけ無駄な外出は控える。約束します」

フレディは溜め息をついた。「じゃあ、わかったよ」納得していない顔。

警察署へ向かう途中も、フレディの心配ぶりは度を超えていた。馬車鉄道に乗り込んでくる客たちをひとりずつじろじろと眺め、尊大に睨みを利かせる。用心棒という新しい役割を与えられ、明らかに張り切っているのだった。数人の男が睨み返してきて、ひとりは「生意気なやつ」と小声でつぶやいた。誰かと喧嘩を始めるのではないかと気を揉み、エリザベスはとうとう、見知らぬ人たちを威圧してくれとは頼んでいない、とフレディを諫めた。

　オグレディ部長刑事は自室のデスクの前に座り、長身の痩せた巡査と話していた。エリザベスとフレディに気づくと、巡査を退室させ、歩み寄ってふたりを迎えた。再会を喜ぶ表情が浮かんでいたものの、と同時に何かに怯えているようすで、落ち着かない視線を周囲に走らせた。

　エリザベスがバーンズ警視について尋ねると、部長刑事の顔にますます不安の色が広がった。

「ここでは話せない」部長刑事はそう言い、「ついてきてください」と促した。

　以前にも内緒話に使った倉庫へふたりを案内し、扉を閉める。室内には古い埃と茶封筒の臭いが漂い、前に見たのと同じひび割れた警棒が片隅に転がっていた。

「どうして、そこまで神経を尖らせていらっしゃるのですか？」とエリザベスは質問した。

「よく聞いてください」と部長刑事がこたえる。「本当は何も言わないほうがいいんだが。わかってくれますよね？」

「それなら、なぜお話しになるのですか？」

　部長刑事は耳たぶを引っ張り、唇を噛んだ。「ようするに、だ。個人的には、賄賂や恐喝にまみれた警察なんて、うんざりなんです」

　エリザベスは顔をほころばせた。「ニューヨーク市警をみごとに簡潔に描写なさいましたね」

「都会で警察官を務めるとなったら、仕方ないのかな」とフレディが言った。「ロンドンの警察も大差なかった」

「この仕事を長くやってるから、そんなことは承知なんだが」と部長刑事がこたえる。「ただ、今回の事件は……どうしても関わりたくない」

「それはいったい、どういう意味でしょう？」とエリザベスは先を促した。

そのとき、扉をノックする音がした。部長刑事は一瞬ためらったが、さらに強く、急《せ》かすようにノックがまた響いた。扉を開けると、ついさっき話していた背の高い痩せた巡査が、心配顔で立っていた。

「どうした、サリバン？」

巡査が部長刑事の耳元で何かをささやく。

「わかった」部長刑事は眉をひそめた。「申し訳ないが、わたしは出かけなければいけない」とエリザベスとフレディに言う。

「また別の機会にお話しできますか？」エリザベスは尋ねた。

「どうでしょうかな。やめておいたほうがいい気もするが……。サリバン巡査が出口までお送りしますよ。ただ、その前にひとこと忠告しておきます。くれぐれも気を付けて。行動は慎重に」

エリザベスが返事をする前に、部長刑事は出て行った。ふたりはサリバン巡査と取り残された。

「こちらへどうぞ」柔らかいものの有無を言わせぬ口調で、巡査が促す。

おもてに出たところで、フレディがエリザベスを見つめた。「どうなってるんだろう？　どうして急に追い出されたのかな？」

エリザベスは首を振った。「わたしたちには知るよしもなさそうです」

ふたりは辻馬車を呼び止めた。すぐさま一台の馬車が、艶やかな栗毛の騸馬《せんば》に引かれてやってきた。御者は若く、細身で、頬に稲妻のような紫色の傷痕があった。エリザベスは、ドイツ系の貴族たちが勇気と高貴さの象徴として誇る決闘の傷痕を連想した。

エリザベスが住む建物に着くまで、ふたりはほとんど会話をしなかった。やがて〈スタイベサント・アパートメント〉の前で辻馬車を降りた。エリザベスは「お茶でもいかが？」と誘ったが、遠慮するとの返事だった。内心ほっとした。フレディは帽子を軽く上げて別れを告げ、口笛を吹きながら去っていった。その姿を見送り、エリザベスは、フレディが都会で享受している若者らしい自由な暮らしをうらやましく思った。好きなときに出かけ、会いたい人に会い、気が向いた場所で食事や飲み物を楽しむ。夜は、恐ろしい悪夢にうなされることもなく、安らかに眠りにつくことができる。

入り口扉に鍵を差し込もうとしたとき、男の声がエリザベスの名前を呼んだ。「バンデンブルックさん！」

振り返ると、来たのとは反対の方向から男が近づいてくる。

「驚かせてすみません」と、エリザベスの顔色を見て言う。「ジョナ・アッカーマンですよ。覚えてませんか？　カルロッタの弟です」

安堵が心を洗い流した。「ああ、そうでしたね。またお会いできてうれしいです。お姉さんに会いにいらしたのですか？」

「そうなんです」と言うと、エリザベスのあとに続いて建物に入った。「姉のアトリエで会う約束をしました。あなたに偶然会えたのは運がいい」前に見かけたときに着ていた地味な服装とは打って変わって、膝下までの柔らかい革の編み上げ靴に、ロシア農民ふうのシャツ、短いつばの付いた四角い帽子をかぶり、まるで無政府主義者を演じる役者の衣装のようだった。

ふたりがまだ玄関広間にいるうちに、階段を駆け下りてくる靴音が聞こえ、カルロッタが現われた。軽やかな白いスカートと花柄のブラウス。いつもどおり、じゃらじゃらと音を立てる飾りを着けている。どこまでが実用でどこからが装飾なのか判然としないものの、カルロッタによくお似合いの装いであることは間違いない、とエリザベスは思った。豊かな巻き毛と黄褐色の肌を持つカルロッタは、遊牧民ふうの自由奔放な芸術家そのものだ。

カルロッタは玄関広間を走り、弟の腕へ飛び込んだ。

「迎えに来てくれてありがとう！　おまけに、エリザベスまでいっしょに行ってくれるわけね！」

エリザベスはジョナを見た。「行くとは、どこへ？」

「姉さん、誤解だよ。バンデンブルックさんには今、偶然会ったんだ」

カルロッタがエリザベスに向き直る。「じゃあ、決まりだ。運命の女神のお導きよ。いっしょに行こう！」

「ジャスタス・シュワブさんの酒場に行くところなんです」とジョナが説明した。

「あの急進派の政治活動家のかた？」

「もちろん。ほかに誰がいる？」とカルロッタ。

ジャスタス・シュワブは社会運動で名高いドイツ移民だ。トンプキンス広場における暴動の際、警察の暴力が激しさを増すなかで赤い旗を振りながら群衆をかき分けて突進し、一躍有名になった。広く報道されたところによれば、逮捕時には『ラ・マルセイエーズ』を歌っていたという。

「東一番通りにジャスタスさんの酒場があるんです」とジョナが続けた。「急進的な思想家や活動家の溜まり場になっています」

「ぜひいっしょに行こうよ！」とカルロッタが誘う。

「記事のネタにできるわよ」

「お誘いはうれしいけれど、今夜は姉のところへ行く予定があって」

「じゃあ、お姉さんもごいっしょにどうぞ」とジョナがなおも言う。

「それは無理なんです。姉はベルビュー病院にいます」

「病気なの？」

「ちょっと……調子が悪くて」

「だったら、みんなでお見舞いに行きましょう」とカルロッタが提案した。「あなたが紹介してくれたジャミソン先生、母にとってもよくしてくれたの。そのお礼に」

「でも、今夜は予定があるのでしょう?」

カルロッタが肩をすくめる。「あした行けばいいわ。きっとジャスタスさんが歌をうたってくれる。アンブローズ・ビアスさんもいるかもしれないわ」

「作家の?」

「そう、常連なのよ。ジョナ、どう思う?」

「いいよ、お見舞いに行こう——バンデンブルックさんがお邪魔じゃなければ」

「どうなの?」とカルロッタがエリザベスに尋ねる。

「わたしたちもくっついて行っていい?」

「さっき気軽に誘っていただいたのに、わたしのほうはお断わり、というのは失礼ですよね。でも、警告させてください。ベルビュー病院へお見舞いに行くのは、お酒の場で楽しく夜を過ごすのとは雲泥の差です」そう言えば諦めるだろうと思ったのだが、カルロッタの意固地さは想定外だった。

「ご心配なく」とカルロッタが明るく返す。「わたしたちの目的はただ一つ、あなたの付き添いよ。嫌なら無理にとは言わないけど」

エリザベスはためらった。「姉の容態は……かなり厄介なんです」

「わたしたちがいっしょなら、少しは気が軽くなるかもしれないでしょ。すごく重い病気なの?」

「残念ながら、そうなんです」

ジョナが顔をしかめた。「伝染病?」

エリザベスは、ここで肯定して姉弟の気持ちをくじきたいという衝動に駆られたが、カルロッタに嘘をつくことはできなかった。

「いいえ、伝染《うつ》る病気ではありません」

「じゃあ何?」とカルロッタ。

「どちらかというと、心の病です」

「お医者さんがそういう診断を下したんですか？」とジョナが訊いた。

「まあそうなんですけれど、診断なんて、曖昧で役に立ちません。お医者様がたも、治療法に困っていらっしゃるみたいで」

「ようし、それじゃあ」とカルロッタが張り切った。「みんなで押しかけて、お姉さんに元気を吹き込めるかどうか、やってみましょう」

エリザベスは、友人の楽観的で善意に満ちた熱心な顔を見つめた。本来なら自分も意志が強いつもりだが、今は疲れ果て、神経がすり減っている。カルロッタの元気と決意に押し切られたことに、むしろ安堵を覚えた。

「わかりました。ただ、あなたがたが同席することに姉がどう反応するかは予測できません」

「もしお姉さんが少しでも動揺するようなら、さっさと引き上げるわ」カルロッタがエリザベスの腕に自分の腕を絡めた。

「思いがけない反応をするときもあるんです」とエリザベスは言った。三人そろって建物を出たあと、重い鉄の扉が金属音を立てて閉まった。

第四十一章

気持ちのいい夕暮れどきなので、歩くことにした。夏の長い昼間がしだいに短くなっている。八時を過ぎてもまだ明るかった気だるい夕べをエリザベスはすでに懐かしく思った。太陽はもうだいぶ低い位置にあり、東へ向かって三人の前に長い影を落とした。海に近づくにつれ、鷗の鳴き声に交じってときおり船の汽笛が聞こえ、イースト川から薄い霧が流れてくる。二番街に並ぶ食堂から焼肉の香りが漂い、空腹のエリザベスは、きゅんと胃が縮んだ。さいわい、病院の前には賑やかな屋台があり、エリザベスはおしゃべり好きなドイツ人から腸詰めと黒パンを買った。

「天国みたいな香り」とカルロッタがうっとりした。

「とびっきりおいしいよ！《ガンツ・アオスゲツァイヒネット》」と売り手が片目をつぶった。金髪で瞳が青く、シュスター編集長にいくぶん似ている。

「そんなにおいしいなら、わたしも買うわ」とカルロッタが注文した。

「ドイツ語は話せるかい？《スプレッヒェン・ズィー・デン・ドイチュ》」売り子は、粗い粒入りのからしを腸詰めにたっぷりと塗った。

「少しだけ《アイン・ビッシェン》」とカルロッタはこたえ、硬貨を手渡した。

「どうもありがとう《フィーレン・ダンク》」

ジョナは、ウィーンふうの焼き菓子を注文した。弟は菜食主義者なのだとカルロッタが説明した。

「無政府主義者のあいだでは菜食主義がふつうなんですか？」とエリザベスは不思議がった。病院の敷地前の鉄柵そばで、三人そろって食べ物を頬張る。

「政治に興味を持つ前から菜食主義でした」こたえながら、ジョナは布で口元を拭った。「でも、政治的な信念が強まるにつれて、肉を食べない決意が強まりました。偉大な哲学者の多くは菜食主義か、それに近い生活をしていました。ヘンリー・デビッド・ソローにしろ、各個人の内面や生活の向上にこそ価値があると説いています」

「菜食主義のほうが健康にいい、ということかしら?」

「僕はただ、動物を殺して食べるなんて、考えるだけでも嫌なんです」

「この子ったら、心優しい子猫みたい」とカルロッタが言い、まるで母親のようなしぐさで弟の上着の袖に付いたパン屑を払ってやる。「無政府主義者にしては、そうとう穏やかな性格——なのよね、ジョジョちゃん?」

ジョナは顔をしかめ、赤くなった。「僕はどちらかといえば、マルクス主義者だよ」と真剣な面持ちで言う。

威厳を保とうとするジョナを見て、エリザベスは笑いをこらえた。カルロッタには人を取りまとめようとする癖があり、エリザベスは子供のころ飼っていたボーダーコリーを思い出した。牧羊犬の本能なのか、羊の群れを追い立てるようにエリザベスとローラをひとところにまとめようとしたものだ。シャルロッタにも似た本能があるらしい。

「マルクス主義者と無政府主義者の違いは何?」とエリザベスは質問を投げた。「わたし、政治哲学の微妙な違いについては、ろくに教育を受けていないんです」

「変に刺激しないほうがいいわよ」とカルロッタが言った。「話しだしたら止まらないんだから」

病院の玄関広間は静まり返っていた。さいわい、厳格なスターク看護師の姿はない。きょうの当直は、親切そうな顔立ちの中年のアイルランド人女性だった。通常の面会時間は終わっているものの、エリザベスの姿を認めると微笑み、談話室のほうを指さした。「お姉さんは今、あなたが差し入れてくれた本を読んでいますよ」

カルロッタとその弟を従えて、廊下を進んだ。赤と黒の幅広のタイルの上で、靴がきしむ。ローラは、談話室のお気に入りの籐の長椅子に座ってくつろぎ、膝に載せた本に夢中になっていた。ゆったりとした花柄のブラウスに、黒の長いスカート。高い位置で髪を結い上げたローラは優美で――後ろめたい表現ではあるが――まったく正常に見えた。

「あら。いらっしゃい、エリザベス。来てくれてうれしいわ」入ってきた一行を見て、ローラが言った。

「調子はどう、ロロ？」

「あなたがくれたこの本からなかなか離れられないことを除けば、まあまあね」

「何を読んでるの？」とカルロッタが尋ねた。

「『若草物語』。もちろん昔、読んだことがあるけれど、何度読んでも楽しめる本ね。わたしはエリザベスの姉のローラよ」と片手を差し出した。見知らぬ訪問者に驚いていないようすだった。それどころか、来るのを待っていたかのようだ。

「ごめんなさい、紹介が遅れて。こちらカルロッタ・アッカーマンさんと、弟のジョナさん」エリザベスは慌てて口を挟んだ。

カルロッタはローラと温かい握手を交わした。「初めまして。でも、前に会ったような気がするくらい。エリザベスがあなたのことをよく話してるから」

エリザベスは、この発言に困惑した。カルロッタと知り合って間もないころ、姉がいるといちど話しただけだ。カルロッタは、こちらの生活に入り込もうとしているのだろうか？　そう考えると、落ち着かない気持ちになる。勘ぐるのはやめよう、カルロッタは社交辞令を言っているにすぎない、と結論した。

ローラはジョナにも手を差し出した。礼儀として、女性から握手を求められたらこたえなければいけない。

ジョナはすぐに手袋を外し、男らしくローラの手に口づけをした。

「まあ、なんて紳士的なの！」とローラは笑った。

「これほど育ちの良さと魅力を放っている女性にお会いしたからには、相応のことをしないと」とジョナが応じる。カルロッタは苦笑ぎみだったが、エリザベスは誠実さを感じた。ジョナは頬を赤らめ、生き生きとした態度だった。どうやら姉に心を奪われたらしかった。

「紅茶でもどう？」とローラが長椅子から立ち上がった。

エリザベスは、姉の病状について詳しく説明すべきだったかもしれないと考えた。今のところローラは適切にふるまっているだけに、悲しいながらもあまりにも頻繁な狂気の兆候が露わになった場合、ジョナたちが衝撃を受けるのではないかと心配だった。けれども、ローラは品よく落ち着きをもって部屋を横切り、紅茶のセットを手に取った。エリザベスは、暗い思いを振り払い、姉は本当に快復しつつあるのではないかと胸を躍らせた。

「冷めかけている紅茶で申し訳ないけれど」とローラが言った。「あなたたちが到着する少し前、職員のかたが、入院中のみなさんでどうぞと持ってきてくれたの。でもご覧のとおり、今はほかに誰もいないから、あなたたちと飲んでしまってもいいわよね」

「ありがたく頂戴します」とカルロッタがこたえた。

「クリームと砂糖は？」

「じゃあ、両方とも。ここまで歩いてきて、喉がからからなの」とカルロッタ。

「どちらからいらしたの？」ローラがカップを手渡しながら尋ねる。

「〈スタイベサント・アパートメント〉から」

「あら、あなたもそこにお住まい？」

「アトリエがあって」

「ああ、芸術家なのね？」

「すごく才能があるんです」ローラに紅茶を注いでもらいながら、ジョナがひとこと挟んだ。

「いつかあなたの作品を見たいわ。お茶菓子はどう？」

「ありがとう」カルロッタは干し葡萄が入ったケーキをひと切れ取った。

「わたし、芸術家にとてもあこがれる」とローラが切なそうに言う。「わたしも昔、少しだけ絵を描いていたことがあるんだけど、才能がなくて」

「そんなことないわ」とエリザベスは言った。「やめてしまっただけで……」そこまでで急に口をつぐんだ。姉が描くのをやめたのは病気のせいだったと思い出した。

「見てのとおり、妹はわたしを誰より支えてくれる」そう言って、そよ風に揺れる風鈴のような、小さな笑い声を上げた。

「あなたはきっと、ご自分で思っている以上に才能があるはずです」とジョナが断言する。

「わたしの話はもういいわ。あなたはどんなことに情熱を燃やしているの？」とジョナに尋ねる。

「もともとは芝居の演出家をめざしていましたが、最近、政治に興味が出てきて、両方をうまく融合できないかと思っているところです」

「政治的な演劇作品に取り組んでいるのよ」とカルロッタが言い添えた。

「それは素晴らしいわ。詳しく教えて」

「観客は傍観者のつもりで劇場に入りますが、知らないうちに劇の一部になっていくんです。自我同一性がいかに脆く儚いものかを伝え、われわれがどんなふうに社会的な役割に囚われていくかを表現するのが狙いです」

喜びに満ちた表情でローラが拍手する。「とても魅力的ね！」

「演劇は、たんなる軽薄な娯楽ではありません」誇らしげな口調。「僕は、社会変革のための道具になり得ると思うんです」

大風呂敷もたいがいにしてとばかりに、カルロッタが唇を固く結び、溜め息をつく。しかしエリザベスは、その瞳に愛情と誇らしさを見て取った。

こうして夜が過ぎていった。ローラは魅力的で、好奇心旺盛で、思慮深く、機知に富んでいた。指が少し震える以外には病気の兆候はなく、優雅なもてなし役を務めた。ほかの人たちと交わる姉のようすを見て、エリザベスの胸に希望が芽生えた。ローラはジョナに向けてとくに明るい微笑みを何度も投げかけ、ときにはジョナの腕に触れた。袖をそっと指でなぞられたジョナは赤面した。

時はあっという間に過ぎた。こらえきれず、みんながあくびをし始め、エリザベスはだいぶ遅い時刻になっていることに気づいた。

「疲れたでしょう」とローラに声をかける。「もうすぐ十時よ」

「あら、そう？　気づかなかった」女の魅力を振りまくかのように、ローラが首を軽く振り、髪を揺らした。姉のそんなしぐさを見るのは久しぶりだった。

「まあ、ほんとだ」とカルロッタが立ち上がった。

「長居してしまってごめんなさい」

「そんなことないわ」とローラは片手を振って否定した。「しばらくぶりに楽しい時間を過ごせた。近いうちにまたいらして」

「そのつもりです」とジョナが言い、ローラの手の甲にまた口づけをした。

ローラは上品に顔を赤らめた。カルロッタにそっと肘を引っ張られ、ジョナがはっとしてローラを見つめ続けるのをやめた。

「帰りましょう」とカルロッタが言った。「バンデンブルックさんはお疲れよ」

「嫌だわ、ローラと呼んでちょうだい。わたしたち、もう友達でしょう?」

「もちろんです」とジョナがこたえた。「それじゃ、またこんど……ローラさん」

「またね」とローラも返した。もしカルロッタに腕をきつく握られなかったら、ジョナはひと晩じゅうローラの瞳を見つめていたかもしれない。

三人は玄関広間へ向かった。おもてに出ようとしたとき、ハイラム・ジャミソン医師が急ぎ足でやってきた。ローラのことが気がかりでほとんど忘れていたが、こうして見ると、この医師ほど会いたかった人はほかにいない、とエリザベスは気づいた。

第四十二章

「バンデンブルックさん!」ジャミソン医師が息を弾ませながら叫んだ。「ベックリー看護師から、あなたが面会にいらしたと聞いたもので」

「こんにちは、ジャミソンさん」前回会って以来、さまざまな出来事があった。この街が今までより危険で予測不可能な場所のように思える。けれども、ジャミソン医師の顔を見て、エリザベスは安心した。この人がそばにいてくれるあいだは悪いことは何も起こらないだろう、と感じた。

「会えて本当によかった。前回のあと、あなたのことがずっと気になっていました」

その言葉を聞いてどれほどうれしいかを悟られない

ように、エリザベスは視線を落とした。「ご親切に、どうも」

「やあ、アッカーマンくん」と医師は言った。「また会いましたね」

「こんばんは、先生」とジョナが温かく言い、握手した。「うちの母の世話をしていただき、ありがとうございました」

「お母さんはお元気ですか？」

「おかげさまで」

「それは何よりです」続いて、医師はカルロッタに軽くお辞儀をした。「こんばんは、アッカーマンさん」

カルロッタは浮かないようすだった。手も差し出さず、弱々しい笑みを浮かべた。「こんばんは、先生。熱心に母を治療してくださったので、弟は先生のことをすごく褒めています」

「そりゃあ、当たり前でしょう」とジョナ。

「お姉さんのきょうの具合はどうでした？」と医師がエリザベスに尋ねる。

「姉は……とても元気そうでした」

「おや、あまり喜んでいない顔ですね」

「とんでもない。少し驚いたのです。まさかこれほどまでに快復しているとは思わなくて」

「あのかたの病状について、詳しく教えていただけますか？」とジョナが言った。「エリザベスさんの話では――」

「わたしたちには関係ないでしょ」とカルロッタがたしなめた。「よけいな口出しはやめなさい」

「いえ、構いませんよ」と医師はこたえた。「わたしの所見では、まだ納得のいく診断は下せない、という段階です。難しい症例でして」

「お引き留めして申し訳ありません、先生」とエリザベスは言った。「お忙しいでしょうに」

「忙しいどころか、この時間帯はほとんどの患者が眠っているので、暇を持て余していますよ」

「もう遅いものね。そろそろ失礼しましょ」とカルロッタが促した。

「みなさんにまた会えてよかったです」と医師は言った。

「いろいろとありがとうございました」そう礼を言うジョナの腕をとって、カルロッタが出口へ引っ張った。

エリザベスもあとに続こうとしたとき、医師が一歩前に出た。「バンデンブルックさん、少しお話ししてもいいでしょうか？」

「先に行ってください」エリザベスはほかのふたりに言った。「すぐに追いかけますから」

「どうぞごゆっくり」とカルロッタがこたえた。「わたしたちは勝手に帰るから、急がなくていいわよ」

「ちゃんと家に帰れますか？」とジョナが言った。

「わたしが無事に送り届けますよ」と医師がこたえた。

「よろしく頼みます」とジョナ。「それじゃ、おやすみなさい」


ふたりが立ち去ると、ジャミソン医師はエリザベスに向き直った。「さっき言ったことは本心です。会えて本当によかった」

「どうお返事していいか、わかりません」頬が熱くなるのを感じる。

「返事など必要ありませんよ。あなたの気持ちがわからないという謎そのものが、とても魅力的です」

「わたしは魅力的になりたいなんて思いません」

「であれば、その願いは叶いませんよ。あなたはどうしたって魅力的ですから」

「わたしに心を寄せていらっしゃるのですか、ジャミソン先生？」

「もしそうだとしたら？　いけないことでしょうか？」

「いけなくはありませんけれど、礼儀に反するかもしれません」

「おやまあ、礼儀に反すると来ましたか。おおごとですね」

「わたしをからかっていらっしゃるの？」

「そんなつもりは、さらさらありませんよ。ただ、上流社会の〝礼儀〟とやらは、少しばかり眉唾ものだという考えでして」

「礼儀がなかったら、社会はあっという間に無秩序と暴力に陥りかねません」

「そうかもしれないですね——ある程度は」

「では、代わりに何がいいとお考えですか？」

「人間の本質は多様で、無限に揺れ動いているという点を考慮に入れて、もっと合理的な規律に則るべきでしょう」

「その〝多様性〟は——本当に無限に存在するとお思いになります？」

「おおぜいの人間を見れば見るほど、確信しつつあります」

「では、わたしの姉も〝揺れ動いている〟一例でしょうか？」

「きわめて不運な例ではありますがね。もっとも、元気そうだったと先ほどおっしゃっていませんでしたか？」

「はい、でも希望を持つのが怖くて……。何か新しいお薬を投与なさったのですか？」

「いいえ。それどころか、わたしはあなたと同様、精神科の患者のかたに鎮静剤を使いすぎではないかと懸念しています。もちろん、わたしひとりがお姉さんの担当医ではありませんが、その点はほかの医師たちにも伝えました」

「姉の状態がよくなったのは、ほかにどんな理由が考えられます？」

「わたしの経験によれば、精神的な病を抱える人たちは、ときどき寛解期を迎えます。ただしそのあと、もとの症状が再発することが多いですね」

「つまり、わたしが目にしたものは、快復を意味するわけではない、と？」

「残念ながら、そういうことです。快復の可能性も皆無ではありませんが、低いといえるでしょう」

エリザベスは何も言わなかった。

不愉快な話題を切り出すときの常として、ジャミソン医師は咳払いをした。「ブルームデール精神科病院にベッドが一つ空いていると聞きました。ご両親はあなたのお姉さんをそちらへ転院させたいとお考えだとか」

「でも、わたしは転院を望んでいません！」

「ご両親は――」

「母親は、姉が遠くへ転院したら喜ぶでしょう。姉のことをほとんど諦めているようですし」

「あなたは？」

「わたしはぜったいに姉を見捨てません」

「ご両親は、のどかな環境のほうが幸せだろうとお思いのようですね」


「先生のご意見は？」

「わたしはあそこで働いていたことがあります。ベルビュー病院よりもずっと広々としていますね」

「わたしはお見舞いに行きづらくなります。それに、あなたみたいに進歩的なお医者さんがいるとはあまり思えないし」

「ベルビュー病院が進歩的なのは確かです。スミス博士が革新と自由な発想を奨励し、この病院の医療の向上を使命にしています」

「ローラがもしあなたのお姉さんだったら、どうしますか？」

「それは難しい質問ですね。わたしの勤務は十時で終わりです。家まで送らせていただけますか？」

「ご親切はうれしいですが、でも――」

「あなたを安全に家までお送りすると、アッカーマンくんに約束しましたから」

「そうなると、あなたに約束を破らせるわけにはいきませんね」

「道理がわかる女性でよかったです」

正直なところ、エリザベスはジャミソン医師ともっと長くいっしょに居たい。しかし、頭の片隅で母親の声が聞こえる。「男は、簡単に手に入ったものは大切にしないのよ。あなたの気を惹こうと苦労させなさい」エリザベスはふだん、男女関係について母親の意見をあまり尊重しないが、ジャミソン医師の魅力に心を奪われ、たちまち自分を制御できなくなるのでは、と警戒した。襲われる前までは、男性と過ごす時間は楽しかったが、今は自分でも初めて経験する不安定な気持ちに苛まれている。

「よろしければ、辻馬車を呼んでいただけますか」

「いいですが、いずれにしろ、あなたの家の前まで送らせてください。そうしないと、アッカーマンくんとの約束を破ることになる。彼のお姉さんにはそもそも好感を持たれていないようだし」

「気を悪くなさらないでください。カルロッタは気分屋さんらしくて」

「長いお付き合いですか?」

「ほんの数日に知り合ったばかり。でも、思ったことをすぐ行動に移す子です」

「わたしはどうかな? 〝思ったことをすぐ行動に移しすぎる人〟とみられていないか心配です」

「いいえ。でも、判断するのはまだ早いですね」

「行動が先走りしすぎて、すべて台無しにしてしまうかもしれません」

エリザベスは微笑した。「今まで知るかぎり、あなたは物事を台無しにするかただとは思えません」

「あなたを驚かすような行動に出るかも」

「楽しみにしておりますわ」ふたりは、おもて通りに出た。「でも、きょうのところは、辻馬車を見つけていただけるとうれしいです」

ジャミソン医師が片手を振ると、すぐに辻馬車が前に止まった。

「ほうら、われわれを待っていたかのようです」そう言って、医師がエリザベスのために扉を開ける。

「〈スタイベサント・アパートメント〉まで頼む」と御者に告げた。

前に利用したことのある辻馬車だと、エリザベスは気づいた。艶やかな栗毛の騸馬《せんば》に見覚えがある。痩せた御者の頰の傷痕にも……。乗り込むとき、近くで梟の鳴き声が聞こえたような気がした。その鳴き声に、思わず身震いした。ジャミソン医師が隣に座り、エリザベスは肩掛けを強くからだに巻きつけた。御者が馬車の屋根を一つ叩いて、出発の合図をした。鞭をひと振りする音のあと、石畳を踏みしめる蹄の音が響き始め、ふたりは謎めいた深い夜闇のなかへ運び去られた。

第四十三章

ウォーター通りに立つ彼は、海水と藻の匂いを吸い込みながら、三階建ての古い建物を見つめた。かつてキット・バーンズが〝ラット・ピット〟と称し、猟犬と鼠《ラット》を戦わせていた呪わしい場所だ。彼は、ならず者や小悪党、政治家たちが四六時中、出入りするさまを思い出した。ぱっとしない煉瓦づくりの建物はほとんど変わっていないように見えるが、経営者のバーンズが死亡してかれこれ十年になる。扉の上の看板には〈スポーツマンズ・ホール〉と書かれているが、体裁を取りつくろったその名称は滑稽でおぞましい。薄汚れた壁のなかで行なわれていたことは〝スポーツマン〟とは程遠く、純然たる虐殺そのものだった。常連客の誰ひとりとして〈スポーツマンズ・ホール〉と呼ぶ者はなく、〈キット・バーンズ〉あるいはたんに〈ラット・ピット〉と呼ばれていた。

彼が幼いころ、バーンズは彼のような少年たちに鼠を捕まえさせ、一匹につき十二セントで買い取っていた。少年にとっては大金だった。もちろん、この場所で何が行なわれているかは耳にしていたが、聞くのと実際に見るのではまるで違う。ある午後、ふらりと建物のなかに入った彼は、目の前に広がる光景に恐怖と嫌悪を覚えた。悪臭漂う穴《ピット》の中央に陣取った一匹のテリアが、鼠を素早く次々と始末していくさまを見て、彼は愕然とした。テリアは鼠の首に嚙みつき、軽く一、二回振り回しただけで脊椎を折り、動かなくなった死骸を囲いの脇へ放り投げた。そこには血まみれの死骸が山と積み上げられていた。穴のまわりに木製の観覧席が階段状に並び、観客たちは興奮しながらテリアの鼠殺しに熱狂的な声援を送っていた。汗と殺戮の臭いが酒臭さと混ざり合い、空気が黄色がかって見えた。

その場景に腹の底から嫌悪感があふれ出し、彼は逃げ出した。以後、キット・バーンズのむごたらしい〝スポーツ〟に鼠を調達するのはやめた。テリアたちが鼠の首を嚙みちぎるために生育されているのだとしても、いっさい関わりたくなかった。

一方、女の首はごく繊細だ。柔らかく、白く、小鳥のように震えていて、無造作に扱えばすぐ折れかねない。もちろん彼は、取扱いに細心の注意を払う。命を奪うことの責任を自覚し、一つずつ丁重に、感謝の念を持って接する。殺しが、血に飢えた狂気のスポーツであってはならない。それはごく個人的な体験であり、味わい、崇《あが》めるべき行為なのだ。

今、彼はあらたな犠牲者に――ある重要な存在に――狙いを定めた。この女にはじゅうぶんに時間をかけるつもりだ。猫が鼠と遊ぶように、しばし戯れてから仕留める。今のところこの女は彼を追い求める連中の仲間だが、いずれ形勢が逆転するだろう。死に際しては、女神として祭りあげたいと思う。初めのうち、彼は、たんに都合のいい女を犠牲者に選んだ。容易に狩ることができ、いなくなってもすぐには誰も騒ぎたてず、身元の特定すら困難な相手を……。しかし、腕を磨いた今、選りすぐる余裕ができた。なにしろ、女神になるというたいへんな名誉を授ける相手なのだから。

彼は川のほうを向いた。一艘の蒸気船が、帆船や小型船、はしけや手こぎ舟を追い越しながら、ゆっくりと北へ進んでいく。桟橋に着いたばかりの二艘の大きな帆船からは、まるで鼠のように船員たちがあふれ出し、押し合いへし合いしつつ、汗水垂らして稼いだ金を娼婦や賭博、安酒に注ぎ込もうと街なかへ急いでいた。

南の方角には、壮大なニューヨーク・アンド・ブルックリン橋――またの名をイースト川橋――が水面に架かっている。まだ建設中だが、完成したあかつきにはマンハッタンとブルックリンを結ぶ予定だ。何本もの支柱が天に向かって伸び、鋼鉄の線が透かし飾りのように複雑に編まれている。遠目に見ると、その構造は巨大な重量を支えるには強度が足りなさそうに思える。彼はかつて、このような建造物の建設に携わることを夢見ていた。しかし運命は彼を別の方向へ導いた。

短いチョッキのポケットから懐中時計を取り出して開いた。もうすぐ時間だ。

第四十四章

「もうちょっとじっとしてられないの？」とカルロッタが言う。

エリザベスは溜め息をついた。「ごめんなさい」

日曜日の朝十時過ぎ、ふたりは〈スタイベサント・アパートメント〉の五階にあるカルロッタのアトリエにいた。ややぐらつく古びた肘掛け椅子に緑色と黄色の布が敷かれ、エリザベスはその上でくつろいだ姿勢をとっている。カルロッタの指示に従って、黒いビロードのドレスを着たものの、大きすぎて肩からずり落ちそうだった。画架の前に立ったカルロッタが、集中した表情で額に皺を寄せ、エリザベスと画布を交互に見つめては、自信に満ちたようすで筆を動かす。

ひと筋の陽光が、エリザベスの顔に危険なほど近づいてきた。もし光が目に入ったら、くしゃみが出そうな気がする。首が痛み、額にかかった髪の束がくすぐったい。背中は汗ばみ、左足がしびれている。

「じっとしているのがこんなに難しいとは思いませんでした」エリザベスは唇をできるだけ動かさないようにつぶやいた。

「ぜんぜん苦にしない人もいるのよ」左手の調色板に筆をつける。

エリザベスはくしゃみをしないように鼻をつまみ、垂れた髪を人差し指で払った。

「じっとしてなさい！」カルロッタが命じた。「でないと、鼻を甘藍《かんらん》くらいの大きさに描くわよ」

「ごめんなさい」これほどの苦行だとわかっていたら、肖像画を描かれることなど引き受けなかっただろうに。窓枠で弱々しく羽音を立てていた蠅が、突然ひっくり返って動かなくなった。「まだだいぶかかります

「あなたが落ち着きなく動けば動くほど、時間がかかるのよ。じっとしていられるように努力してちょうだい」

エリザベスは溜め息をこらえ、筋肉をこわばらせて、この絵が完成したら二度とこんな目はご免だと思った。

「おしゃべりならしてもいいですか？」

「ええ、でも頭を動かさないでね」

時間が耐え難いほどゆっくりと流れていく。蠅はわずかに脚を動かしたあと、完全に動かなくなった。

「あ、そうそう」とカルロッタが言った。「あなた聞いたことある？　ロンドンの新しい流行。〝スラミング〟っていうんだって」

「裕福な人たちが貧しい人たちの住む場所に行って見物するという、あれですか？」

「そう。弟からその話を聞いたんだけど、あんまりだと思う」

「同感です。もし貧困に関心があるのなら、生活環境を改善するための手助けをすべきだと思います」

「弟は金持ちが大嫌いなのよ」

エリザベスは何も言わなかった。客観的にみれば、自分は裕福な家族に属しているのだろうが、そういうふうに考えたくない。足先からせり上がってくる痺れを無視しようとした。「わたしは誰を演じているんでしたっけ？」

「あなたは人魚よ。色っぽさを振りまいて」

それは不可能、とエリザベスは心のなかでつぶやいた。片方の眉を上げ、これでじゅうぶんだろうと思った。

「金持ちと言えば、アスター家の庭園パーティーの記事をやっと読んだわよ。何の知識の足しにもならなかったけど」

「それは編集者の責任です。読者は招待客たちが何を着て、何を飲食しているか、それぞれの値段はいくらか？」

なのかといったことにしか興味がない、って言い張るんです」

「それじゃあ、ただの〝スラミング〟の逆ね」

「ほんとですね。覗き見の一種です」

「で、実際のところ、どんな人たちだった？」

「アスター夫人は間違いなく、高貴な義務感を持っていました。わたしは少し居心地が悪かったけど、夫人には好感を持ちました。向こうもわたしを気に入ってくださったみたい。あのかたの息子さんは少し変わり者だったけれど」

「会ったの？」

「はい。わたしのことを好きになったらしくて。じつは先日、《ヘラルド》の社屋までわたしに会いに来たんですよ」軽蔑的な口調で言ったものの、なかば自慢話であることを自覚していた。ジャック・アスターは厄介な少年であるにせよ、この街で最も有名な一族の跡取りだ。

「見た目は格好いい？」

「そう思う人もいるでしょうね」

「あなたは？」

「わたしはそうは思いません。だいいち、まだ十六歳なんですよ」

「自分の好みがわかってくる年頃ね。ちょっと、動かないで！　あなたの眉の曲線をじょうずに描こうとしているのに」

「あのくらいの年齢の男の子は、いっぺんにいろいろなものを好きになって、次の瞬間にはまったく違うものを好きになったりするものです」

「その子は莫大な価値のある不動産を相続する立場にあるのよ」

「何年先のことかわかりません」

カルロッタが溜め息をつく。「男って、ほんとに……無意味だわ」

「すべての男がそうとはかぎりません」とエリザベス

は反論した。ジャミソン医師が思い浮かんで、頬が熱くなった。

「もういいや」とカルロッタが筆を置いた。「きょうはこれでおしまい」

「続きがあるということですか？」とエリザベスは落胆した。もういちどこれを繰り返すと思うと堪えがたい。

「芸術には時間がかかるのよ」カルロッタが絵筆を灯油に浸して洗いながら言う。「辛抱なさい」

「残念ながら、わたしの美徳には〝辛抱〟は入っていません」エリザベスは椅子から立ち上がり、手足を揉んで血行を回復させた。「絵を見てもいいかしら？」

「描き終わるまでは駄目。ああ、喉がからから。お茶を飲ませてくれない？」エリザベスは着替えるために中国ふうの屏風の後ろに回った。カルロッタは油を浸した布で絵筆を拭く。

「じゃあ、わたしの部屋で紅茶を淹れておきますね」

「手伝うけど？」

「いいえ、大丈夫です。ゆったりした服を羽織れば行けますから」

「きょうは締め付け下着をしてないのね。あれって邪魔だもの」

「ふさわしい場面もありますよ。でも、週に一日くらいは着けずにいたいですし、きょうはその日なんです」

自分の部屋に戻ったエリザベスは、紅茶を淹れ、果物とチーズを皿に盛りつけた。

カルロッタの顔が曇った。「お菓子はないの？」

「さっき話題に出た締め付け下着を着けてみます？」

「三日月パンの一つくらい、問題ないでしょ。イタリアには、筒形の生地においしいものを詰めた素敵なお菓子があるのよ。カンノーロとかいう……」

「きょうはこれで我慢して」とエリザベスは洋梨を薄く切った。

「清く正しい食生活なのねえ」とカルロッタは言い、カマンベールチーズを切った。「あの美しい花はどこで手に入れたの?」窓辺に飾られた豪華な花束を見やる。

「ジャック・アスターさんからいただきました」エリザベスはお互いのカップに紅茶を注いだ。「けさ届いたんです」

「あなたに本気なのかもね。あれ、けっこう高いわよ。でも、アスター家の御曹司にとっちゃ、どうってことない金額かな」

「あなたは偉大な芸術家をめざしているんですか?」とエリザベスは話題を変えた。花束が届いたことには複雑な思いだった。若いジャックは純粋な気持ちなのだろうが、その好意にこたえるつもりはない。まるで子犬に求愛されているようなものだ。

「ええ、そのつもり。あなたは? 富や名声を夢見てるわけ?」

「それよりも、時を超えて生き続けるような文章を書きたいです。何か貴重な作品を」

「でも、貴重な作品ってどういうものかな? 人気がある作品とはまた違うでしょ?」

「ときには正反対ですね」エリザベスは皿の李《すもも》を取ってかじり、深い赤紫色の味を楽しんで、果汁を顎に滴らせた。「なぜそんなに野心を燃やしているのか自分でもわからないけれど、でも……わたし、世間の人たちに知られたいんです」

「それはべつに恥じることではないと思う。ほかのものと同じで、野心は善にも悪にもなり得る」

「わたしは重要な事柄について書きたいんです。社会正義に本気で関心がある。でもその一方で、自分の名前を売りたいという気持ちもあります。それって間違っていますか?」

「どうしてそんなふうにややこしく考えるのかな。あ、ちょっと待ってて」紅茶を飲み干し、果物の皿を手に取る。「これを描きたい」

「今？」

「まだ筆が乾いてないし、上の階の光の加減は今が最高のはず。よかったら紅茶入れを持ってきて。すぐ終わるから。あなたもいっしょに——紅茶を持って」

ふたりは階を二つのぼってアトリエへ移動した。カルロッタが紅茶入れを果物やチーズの隣に置き、エリザベスは背後の椅子に腰を下ろした。李を頬張りながら、友人の制作過程を見守る。カルロッタが大胆な筆さばきと色づかいで画布を埋めていくようすを眺め、洗練された動きに感心した。「絵の題名は何にしますか？」

「『李のある風景』とでも名付けようかなあ」

「それは李ですか？」と、中央の紫色の渦巻きを指さす。

カルロッタは絵の具が飛び散った前掛けの上で腕を組み、小首をかしげた。「まだ決めてない。そこが印象派のいいところよ」調色板の色とりどりの絵の具に筆をつけて混ぜ合わせ、赤みがかった果肉と同じ色をつくる。その筆で画布をひと掃きすると、中央に引かれた鮮やかな線から数滴の絵の具が垂れ落ちた。

手に持った李を食べ終えたエリザベスは、種をごみ箱へ捨てた。「うらやましい。わたしは思い切りが悪くて、物語の細部に執着しすぎてしまいます。物書きが避けられない、呪いみたいなものでしょうか」

「どういうこと？」

「わたしは、つねに意味を求めてしまいます。すべてが何らかの物語に集約されることを望んでいるんです」

「それがなぜ呪いなの？」カルロッタが、エリザベスの部屋に戻ろうと、まわりを片付け始めた。

「あなたの思考回路は本当に素晴らしいと思います。自分を取り巻く世界を整理するうえで、物語を必要としないんですね」

「素敵な物語なら、わたしだって好きよ」

「ええ、でもぜったいに必要というわけではないでしょう。わたしの場合、意味を見つけようとして、つい物語を探してしまうんです」

「みんなの思考回路が同じだったら、退屈じゃない？」

「たぶん、そうでしょうね」エリザベスはそう言って、部屋の玄関の鍵を捜す。

「あれかこれかで二分できない物事もある。いい、悪いのどちらかに決めてしまえるとはかぎらないでしょ。ときには、あるがままに受け入れなきゃ」

「わたしもまさにそう思います」と言いながら、エリザベスは自分の部屋に入った。「あなたの心は、わたしの心よりもずっと大きく広がっているんですね。意味を求めて神経をすり減らすわたしは、物の見方が狭くなっているかもしれません。気を付けないと」

廊下を通って台所へ向かう途中で、扉をせわしなく叩く音がした。

「誰か来るんだったの？」とカルロッタが尋ねる。

「いいえ」エリザベスの胃に嫌な感覚が走った。

カルロッタが不思議そうに見る。「出ないの？」

「もちろん、出ますけれど」とエリザベスは平静を装ってこたえた。ゆっくりと廊下を歩き、覗き穴に目を近づけた。

〈ウェスタン・ユニオン〉の制服を着た青年が廊下に立っていた。エリザベスは扉を開けた。「はい？」

「エリザベス・バンデンブルック様宛てに電報です」

青年が黄色い封筒を差し出す。

「ありがとう」とエリザベスは受け取った。「お返事が必要ですか？」

「いいえ、結構です」

「少しお待ちになって」廊下のテーブルの上に置いてある磁器の小皿から硬貨を一枚取り、青年に渡した。

「ありがとうございます」と青年が帽子のつばに手を

やる。

扉を閉めるなり、エリザベスは封を破って開いた。

アラタナ　ギセイシヤ　ハッケン
サウスドオリ　十七フトウ
スグコイ
K・ファーガソン

「何だった?」とカルロッタが背後にやってきた。

「出かけないといけません」エリザベスは電報をカルロッタに渡した。

「いつ?」

「今すぐ」

第四十五章

エリザベスは急いで両親に電報を打ち、きょうの晩餐は残念ながら欠席すると伝えた。母親によると、日曜日に揃って晩餐をとるという一族の習慣は、まだオランダに住んでいた十七世紀から続く伝統だという。当日になってから欠席を申し出るのは好ましく思われないだろうが、やむを得ない。

サウス通りに到着したときには、蒸し暑く不快な天気になっていた。イースト川から吹く塩風で空気が湿り、木造の波止場を重く覆っていた。サウス通りは、ノース川沿いの埠頭に商売を奪われつつあるものの、古くから〝船着きの道〟と呼ばれていただけのことはある場所だ。高速帆船、蒸気船、各種の小型船など、じつにさまざまな種類の船が、岸辺に所狭しと停泊している。ちょうど引き潮で、桟橋の下の腐りかけた支柱が露わだった。まるで海へと連れ戻そうとするかのような潮の引きに抗いながら、それぞれの船が揺れ、きしみ、係留綱にしがみついていた。

到着した蒸気船や渡し船の甲板上では、船乗りたちが動きまわり、大声で何か叫んでいる。綱具を操作していた者も下りてきて、群れ集まりながら、誰もが次なる仕事――買春、飲酒、賭博――に向けて意欲をみなぎらせている。もし運がよければ、川に潜む盗賊に襲われたり、睡眠薬を盛られて拐《かどわ》かされたり、ウォーター通り沿いの簡易宿泊所で寝込みを襲われて殺されたりせずに済むだろう。社会改革家のオリバー・ドライヤーは、ウォーター通りを〝アメリカで最も邪悪な街の、最も邪悪な区域にある、最も邪悪な道〟と呼んだ。

エリザベスは、板張りの道を水際に沿って歩き、錆びた高速帆船の前を通り過ぎた。帆と金具がぶつかり、哀しげで空虚な音を立てていた。桟橋の一つに何かが横たわっているのを見たとき、エリザベスは喉が締めつけられる思いだった。おそらくあれが犠牲者だろう。男たちが取り囲んでいる。近づくと、そのなかのひとりが振り向いた。トーマス・バーンズ警視だった。エリザベスを見るや、大きな顔に嫌悪の表情が浮かび、唇の左端が歪んだ。敵意が強風のように襲ってきたものの、エリザベスは歩調を緩めなかった。

警視が、ひとりの若い警察官の耳元に口を寄せ、何かささやいた。するとその警察官がエリザベスのほうへ歩いてきた。

「申し訳ありませんが、お嬢さん。一般のかたは、この先は立ち入り禁止です」非常に若く、青ざめた顔色で、上唇の上の産毛に汗のしずくが浮かんでいる。

「わたしは一般の者ではありません」とエリザベスは少し高慢な口調でこたえた。「報道関係者です」

「あいにく、報道のかたも立ち入り禁止です」

「何か教えていただけませんか、ええと――」

「ハリソンといいます」

「では、ハリソン巡査、何かお話しいただけることはありますか？」

「そうですねえ……」自信なさげな声を出し、背後をちらりと見やったが、警視は私服の刑事と話し込んでいた。

「被害者が女性であることはすでに知っています」とエリザベスは言った。

「どうして知っているんですか？」

「何か情報をくださったら、お教えします」

巡査がひげのない顎をつるりと撫でた。ひげが生えるほどの年齢に達していないのかもしれない。「どうかなあ……いっさい口外するな、と……」

「では、こうしましょう」とエリザベスは切りだした。

「わたしが死因を教えますので、そちらも何か教えてください」

巡査が眉をひそめる。「どうして死因を――」

「死因は絞殺です」

目が大きく見開かれた。死体が横たわっている場所を振り返ってから、エリザベスに視線を戻す。「お嬢さん、あなたまさか、魔女とかそんなんじゃないですよね？」

「次はあなたの番」

「被害者は、ええと、変なものを身に着けていて」

「どう変なのですか？」

「両腕に妙な宝石を、蛇みたいなものを巻いてる。それと、丈のある帽子、いや帽子じゃなくて――」

「頭飾り？」

「そう、それ。羽根でできてるやつ」

「ハリソン！」警視が険しい顔で向かってくる。

「はい、今まいります！」ハリソン巡査が急いで警視のもとへ戻る。警視はエリザベスのところまで来ようとしたが、思い直したとみえ、仲間たちのところへ引き返していった。

さてどうしようと考えていたとき、エリザベスは名前を呼ばれた。

「バンデンブルックさん！」

振り返ると、魚市場のほうからケネス・ファーガソンが近づいてくる。

「いつ到着した？」とファーガソンが尋ねた。

「十分ほど前です」

「ぽんこつの辻馬車が途中で故障して、ほかの辻馬車もつかまらなくてね。日曜の散歩に利用する客が多いんだろう」脱いだ帽子で、からだを扇ぐ。むき出しの桟橋に太陽が照りつけ、気温が四十度近くなっている気がする。

「どこか日陰を探しましょうか？」

「それがいい。まったくなんて暑さだ。グラスゴーの夏はこんなにひどくない。いやあ、暑いなんてもんじゃないな」ぼやきながら、宿屋の軒先の日陰をめざして後戻りする。「若い巡査としゃべっていたようだが、興味深い情報でもつかめたか？」

「いくつか聞き出したところで、バーンズ警視に邪魔されました」

「あの野郎。警視に昇格したもんだから、大物気取りだ。で、若造から何を聞いた？」

エリザベスはハリソン巡査の言葉を伝えた。

「頭飾り、か。どう思う？」

「推測にすぎませんが、古代エジプトの水の女神、アヌケトの姿を模したのではないかと」

ファーガソンは、髪の薄くなった頭を掻いた。「しかし、なぜ？ 目的は何だ？ いやだいいち、きみはどうやって知ったんだ、そのアナ……アノ……」

「アヌケトです。わたし、古代エジプトについて調べたんです。アヌケトはナイル川の女神。犯人が川べりに死体を置いたのは、明らかに偶然ではありません」

「ふむ。しかし、どういう意味がある？」ふたたび帽子で自分を扇ぐ。「くそっ、バーンズ警視め。よけいな手間をかけさせやがる。まあ、直接かけ合ってみるか」ファーガソンは帽子をかぶり直し、蒸し暑い板張りの歩道をたどって、死体のまわりに集まっている警察関係者たちのもとへ向かった。

エリザベスは、ファーガソンと警視が会話を交わすようすを見守った。態度から察するに、警視は一歩も譲る気配がない。腕を組み、足を広げて、防御の構えで仁王立ちしている。顎を少し上げ、いつでもかかってこいと言わんばかりだ。おそらくファーガソンも殴りかかりたい気分だろうが、礼儀正しく話を続け、真剣な表情で数回うなずいた。しかしやがて警視が背を向けるとともに、会話は一方的に打ち切られた。一瞬、殺意のこもった怒りを浮かべたものの、ファーガソンはその場をあとにした。

「ちっ」とファーガソンはエリザベスに近づいて言った。「あのくそ野郎からは屁もひり出せなかった。おっと、汚い言葉で失礼」

「男性だらけの職場に割り込むからには、そういう言葉づかいにも慣れないといけませんよね」

「きみは鼻息が荒い娘だな。いい意味で」感情が高ぶると、グラスゴー訛りが強くなる。語調を整えるゆとりが残っていないかのようだ。

「警視は何と？」

「例によって、詳しくは記者会見で、だとさ。連中が報道を避けたいときの決まり文句だ」

「なぜそこまでして、わたしたちをはぐらかそうとするのかしら」

ふたりは、ふと顔を上げた。重いカメラを引きずるようにして、フレディ・エバンズが波止場を駆けてくるのが見えた。カメラが脚にぶつかり、板の上の足音が不規則になっている。つまずいてしまうのではないかと、エリザベスは気が気ではなかった。

「よく来てくれた、エバンズ」とファーガソンが声をかけた。

「どうも、ファーガソンさん」とエバンズは息を切らしてこたえた。「エリザベスさんも」

「こんにちは、フレディ。カメラを持ってきたんですね」

「しかし、写真を撮るのは難しそうだな」ファーガソンは、そう言ったあと、十メートルあまり離れた建物の横を指さした。毛織物の帽子をかぶった小柄な若い男がいる。「見えるか？　あれは《サン》の犯罪写真係だ。それから、あっちにいるのが編集者のネッド・ストローマンと、お抱えの人気記者」と、少しだけ離れた場所にいるふたりの男を指さす。煙草を吸いながら雑談に興じているふたりは、数メートル先の警察官たちには興味がないふうに見える。「誰があの連中に情報を漏らしたんだろう？」

《サン》の記者たちは、桟橋の陰惨な現場に対して無関心を装っているようだが、地元住民や通行人は野次馬根性を丸出しにしていた。警視やその部下たちを取り囲むように人だかりができ、青い制服組が立ちはだかる向こう側の死体をひと目見ようと、首を伸ばしている。数人の警察官が群衆を押し戻そうとするが、野次馬たちは前へ前へと押し寄せ続ける。警察側は見るからに手を焼いていた。

「すごい人数が集まってきましたね」とフレディが言った。

「警視の手下どもが群衆に向かって発砲し始めないことを祈るよ」とファーガソンがつぶやいた。

「《タイムズ》や《ワールド》がまだ来ていないのが不思議なくらいです」とフレディが言い、カメラを反対の肩に掛け直した。

「《トリビューン》も来ていませんね」とエリザベス。

「現われるのは時間の問題だろう」とファーガソンがこたえる。

「あっ、あそこに《デイリーニュース》のハロルド・サイクスがいる」とフレディが指さした。ゆったりとした背広を着た精悍な顔立ちの長身の男が〈ワーフ・ホテル〉の壁にもたれている。一見、ぼんやりと煙草を吸っているようだが、十七番埠頭で進行中の出来事を監視しているに違いない。

「人種差別主義の新聞のくせに」とファーガソンが吐き捨てる。《デイリーニュース》は、南北戦争の戦中から戦後まで一貫して、南軍を支持する立場だったことで知られる。「検死官はもう到着したのか？」

「あの人、検死官事務所の人だったような……」とエリザベスはひとりの私服の男性を指さした。「でも、違うかもしれません」

「見て！」とフレディ。一台の救急馬車が近づいてきた。車体に〝ベルビュー病院〟と大きく書かれている。

「あの人たちは、死体安置所の係員です」白衣を着た男がふたり、車両から降りた。「面識があります。ビクトル・ノバクさんと、助手のベンジャミン・ヒギンズさんです」

「ああ、たしかに」とフレディ。

「おれは他紙の連中とちょっと話をしてくる。そのあいだに、きみは安置所の係員に話しかけてみたらどうだ？」とファーガソンがエリザベスに提案した。「何か知っているか確認してみよう。フレディ、きみは、あそこの堅物の警視のお怒りを買わずにうまく写真を撮れるか、試してみてくれ。〈ワーフ・ホテル〉の脇からそっとまわって、陰に隠れて進めば、だいぶ近づけるかもしれない」

「はい、なんとかやってみます」

男ふたりがその場を離れると、エリザベスは小走りで救急馬車に近づいた。「ノバクさん！」

エリザベスの姿を認めて、ノバクが破顔一笑した。

「やあ！　こんにちは、バン……」

「エリザベス・バンデンブルックです」

「そうそう、またお会いできてうれしいですよ。覚えていらっしゃるかな、こちらはヒギンズ。救急馬車を走らせることにかけては、ベルビュー病院でいちばんの御者です」

ヒギンズが帽子を軽く上げた。「お元気でしたか、お嬢さん？」

「こんにちは、ヒギンズさん」ノバクに向き直って、先を続ける。「おふたりの留守中、死体安置所の管理はどなたが？」

「同僚のブランソンがやってくれています。救急馬車の人手が足りなかったので、志願して来ました。たまには救急馬車の乗り心地を楽しもうかと思いましてね」

「死体の引き取りにいらしたのですか？」

「病院から桟橋へ行くように言われただけで、理由は聞かされていません」ヒギンズと協力し合って、車両の後部から担架を出した。

「期待していた以上の興奮を味わうかもしれませんよ」

「なぜです？」

「殺人事件ですから」

ノバクが目を見開いた。「殺人？」

「ええ、そう。だから、こんなにおおぜい警察官が出動して、死体を警護しているわけです」

板張りの歩道の向こう側に立ちはだかっている、青い制服の警察官たちを凝視する。「何があったんです？」

「それをノバクさんに教えていただけないかと思って。捜査中のかたがたは忙しくて質問にこたえてくださらないんです」

「ようすを見てきますよ。お嬢さん、馬の扱いには慣れてますか？」

「十歳で乗馬を習いました」

「じゃあ、ジェレミーを見張っておいてもらえます？」そう言って、救急馬車につながれた黄褐色の馬を指し示した。「ちょっと目を離すと、ふらふら歩きだしてしまう癖がありましてね」

「喜んでお引き受けいたします」とエリザベスは手綱《たづな》を取った。ジェレミーは数度、頭を振り、鼻を大きく鳴らしたあと、柔らかな唇でエリザベスの肩を軽くくわえた。

ヒギンズがにっこりと笑った。「あなたのことが気に入ったらしい。ジェレミーは人見知りなんですが」

「さて」とノバクが担架を持ち上げ、ヒギンズに声をかけた。「死体を引き取りに行くとするか」

「ようし」ヒギンズが担架の反対端を持った。

ふたりを見送りながら、エリザベスは考えをめぐらせた。警察は何を知り、何を隠しているのか……そして、隠したがる理由は何か？

第四十六章

「あのバーンズ警視は非常にしたたかな男です」救急馬車のところに戻ったビクトル・ノバクは、真っ先にそう感想を漏らした。御者のヒギンズとともに運んできた被害者の死体は、きわめて華奢だった。こんな娘が、堅い板張りの桟橋に寝かされ、おおぜいの警察官たちにじろじろと見られたのかと想像すると、エリザベスは心が痛んだ。今、担架の上に横たわる被害者は、黒い髪が額にへばりつき、からだには濡れた服がまとわりついている。うだるように暑い日なのに、どこか寒そうだ。エリザベスは毛布をかけてやりたかった。救急馬車のまわりに集まった欲深い記者や写真係の目から守るためにも。

しかし、エリザベスの視線は、被害者の髪に絡みついている物体に引き寄せられた。鷗の羽根ではない。もっと柔らかい、ふわふわした何かだ。変色しているが、もとは白かったに違いない。首からは革紐の飾りが垂れ下がっていた。エジプト十字架《アンク》だ、とエリザベスはすぐに気づいた。古代エジプトにおける生命の象徴。

エリザベスは記者たちの群れを観察した。主要な日刊紙の記者のほとんどが顔を揃えている。《タイムズ》、《ワールド》、《サン》、《トリビューン》、先ほど〝人種差別主義の新聞〟と批判された《デイリーニュース》。ほかにも、《シュタッツ・ツァイトゥング》や《ニューヨーク・スター》など、小さめの新聞社の記者もいる。

エリザベス、ファーガソン、フレディの三人が並んで立つかたわらで、各紙の記者たちがノバクに質問を浴びせ始めた。

「何か教えてください」と《トリビューン》の記者が大声を上げる。無精ひげを生やし、背が高い。

「身分を示すものは何も所持していませんでした」とノバクはこたえた。「ただ、警察官のひとりが顔を見知っていて、この被害者は有名な娼婦だと――」

「そいつ、常連客だろ」とハロルド・サイクスが野次る。あちこちで小さな笑いが起こった。

「名前は？」と別の記者の声が飛んだ。

「通称だと〝いかれたメアリー〟ですが――」ふたたび笑い。静まるのを待って、ノバクは言葉を継いだ。

「本人はメアリー・マリンズと名乗っていたそうです」

「腕に巻きついているのは何です？」

「見たところ、宝石のようです」

「何か意味があると思いますか？」

「それは捜査の担当者に訊いてください。まもなく記者会見があります」

さらにいくつかの質問が投げかけられたあと、写真係たちが哀れな遺体のまわりに群がり、最高の写真を撮ろうと競い合った。ノバクとヒギンズは辛抱づよくそれを見守っていた。どうやらふたりは、ニューヨーク市警よりは報道の自由を重んじているらしい。

「こんなのはおかしい」とファーガソンがつぶやいた。

「こういう質問にこたえるのは、救急馬車の御者じゃなくて、警察官であるべきだ」

「警視が一時間後に市庁舎の前で記者会見を開くってさ」と《トリビューン》の記者が言った。

「そうか？」ファーガソンが小さくこたえた。「そりゃ楽しみだな」

エリザベスには、ファーガソンの警視に対する反感が度を超えているように思えた。復讐心に近いものすら感じられる。

「どんなふうに死亡したんです？」とハロルド・サイクスが叫んだ。

「明らかに首を絞められた痕がみられます」とノバクはこたえた。「けれども、死因はまだ正式には特定されていません」脚光を浴びているこの瞬間を楽しむような口調だった。でも責めるわけにはいかない、とエリザベスは思った。間もなくノバクはふたたび室内に閉じこもり、腐敗しかかった冷たい死体の山に囲まれるのだ。短い注目の時間を満喫して何が悪い？

しばらくして、記者たちは解散し、記事を書くためにめいめいのデスクに戻っていった。そうでない者たちは、バーンズ警視の記者会見に備え、市庁舎へ向かった。《ヘラルド》のエリザベスたちはその場に残り、ノバクとヒギンズがメアリー・マリンズの遺体を救急馬車の後部に固定するのを眺めていた。ふたりが哀れな被害者を丁重に扱い、そっと横たえてから後部の扉を閉め、施錠したのを見届けて、エリザベスは安堵した。

「検死官の所見について、あとでお話を伺えますか？」とノバクに尋ねてみる。

「聞きたければ、どうぞ。早ければ明日の午後には何か判明するかもしれない」

「ノバクさんはきみを気に入っているようだな」救急馬車がサウス通りの石畳をがたがたと去っていくのを見送りながら、ファーガソンが言った。

　エリザベスが返事をしようとしたそのとき、突然、暴れ牛のように何かが突進してくるのが見えた。バーンズ警視だった。《ヘラルド》を握りしめている。

「ファーガソン！」警視の怒鳴り声が響きわたった。

「いったいどういうつもりだ？」

「何の話だか、さっぱり」とファーガソンは冷静に受けた。

「これのことだ！」と新聞を剣のように振りまわす。

「不審な手紙を受け取っておきながら、わたしに届けずに公表するとは！　これは警察の仕事だ。一般市民を巻き込むな！」

　ファーガソンは肩をすくめた。「サリー殺しと関連があるかどうか、こちらでは知りようがなかったもので」

「関連があるか否かは、わたしが決める。おまえの知ったことではない！」顔色が茄子《なす》のように赤黒くなり、言葉を発するたびに唇から唾が飛び散った。

　ファーガソンは動じなかった。「ほう？」

「おまえにはもう我慢ならん、このベイジー・ゴムビーンめ！」警視のアイルランド訛りが強くなった。

　アイルランドの俗語をたびたび耳にしてきたエリザベスは、〝ゴムビーン〟が〝短期間で利益を上げようとする金の亡者〟を罵る言葉だと知っていた。〝ベイジー〟のほうは意味不明だが、褒め言葉でないことだけは確かだろう。

「おやまあ、そうかい、マトン・シャンターさんよ！」ファーガソンの全身に力がみなぎり、拳が固く握られた。〝マトン・シャンター〟とは、警察官を侮辱するときの呼びかただ。娼婦を追い払う役《シャンター》くらいしか与えられない無能な警察官をさす。娼婦についても、もはや若くない羊の肉《マトン》にたとえて、おとしめている。こんな汚い言葉がファーガソンの口から飛び出すとは、とエリザベスは少し驚いた。

「おまえこそ、死んだ淫売女に、やけに執着しやがるな?」と警視が挑発する。「それはきっと、おまえの母親も淫売――」

言い終わる前に、ファーガソンの拳が警視の顔面をとらえた。最初の一発は、下から突き上げた固い拳が顎を直撃し、警視はよろめいた。二発目は腹部に命中。警視は腰を折って前かがみになった。続く三発目の回し蹴りを横っ面にまともに食らい、警視は地面に突っ伏した。

エリザベスは瞬時に、事態が最悪の展開を迎えたことを察した。どこからか警察官が六人ほど集まり、警棒を振りかざした。殴打されたファーガソンは倒れ、からだを丸めたが、なおも上から打擲《ちょうちゃく》の雨が降り続ける。エリザベスは恐怖に震えた。助けようとフレディが飛び出したが、エリザベスはその袖をつかんで止めた。

「駄目! あなたまで殴られるだけです!」

一連の出来事は、わずか数分で終わったが、もっと長く感じられた。バーンズ警視は苦労して自分の足で立ち上がり、口の端から血を流していた。それを袖の内側で拭い、地面に倒れたままのファーガソンを見下ろした。意識があるのか、そもそも生きているのか、エリザベスにはわからなかった。

「〈トゥームズ〉にぶち込んでおけ!」しわがれた低い声でそう命じたきり、警視は無言で背を向け、立ち去った。

警視の部下たちがファーガソンを乱暴に立たせた。息を止めて見つめていたエリザベスは、ファーガソンにまだ意識があると知り、ほっとして泣きだしそうになった。とはいえ、顔面のあちこちから出血している。

エリザベスは一歩近寄った。

フレディも動いた。「大丈夫ですか……」

ファーガソンがふたりを手で制した。「おれのことは放っておいてくれ」と声を荒らげる。「出来事のあらましをベネットさんに伝えて、今後の対処について指示をもらえ」

「了解しました」とフレディがこたえた。

エリザベスは、かすれそうになる声を絞り出した。

「何か、わたしたちにできることは――」

「おれの心配はいらない」警察官たちに引きずられながら言い残す。「肝心なのは記事だ！」

「おれはあとをつけて、ファーガソンさんが殺されないように目を光らせるよ」とフレディがエリザベスにささやいた。

「あなたのカメラはどうします？」

「カメラを持っていくくらい、どうってことない。からだの一部みたいなもんだから」

「わたしもいっしょに行きます！」

「〈トゥームズ〉はご婦人には向かない場所だよ、エリザベスさん」

「でも……」

「ファーガソンさんに言われたとおりにしよう。記事のネタを追うんだ」

「気を付けてください」

「きみもね、お嬢さん。みんな用心しないと」そう言い置いて、小走りに去った。

エリザベスはしばらく呆然と立ち尽くしていた。徐々に、周囲の音が耳に入ってくる。木製の車輪ががたつく音、鷗の鳴き声、賑わう通りのあちこちで飛び交っている人々の声。会話し、笑い、口論し、噂話をしている。どれもが他愛ない内容で、街に殺人鬼が野放しになっていることなどお構いなしだった。その殺人鬼は、路地を徘徊し、建物の隙間を縫い、出入り口を抜け、静かな廊下を忍び歩きながら、次の攻撃の機会を虎視眈々と狙っているのだ。

第四十七章

「ありゃあ、真夜中だった。奴は女をずるずる引きずってやがった……」

ウイスキーに浸され続け、煙草で焼かれた喉の奥からの濁声《だみごえ》。声というより、痰が絡んだ呻きに近い。

エリザベスは声の主に目を向けた。前身頃に二列のボタンが並んだぼろぼろの青い上着と、風雨に晒《さら》された顔が、その男の職業を物語っている。もう引退したかもしれないが、船乗りだ。裾の広がった汚らしいズボンが、かつて梯子をよじのぼっていた痩せた脚を覆い、すり切れた上着が、帆を整え、甲板を磨き、世界じゅうの港から貨物を運び出していた細い腕を包み込んでいる。日焼けした顔の皮膚は、太陽と潮風を長年浴びたせいで、深い皺が入り組んで迷路のようだ。年齢を推し量るのは難しい。四十歳にも八十歳にも見える。片目には汚れた黒い眼帯をしている。

エリザベスは男に一歩近づいた。「今、何とおっしゃいました？」

「貧乏人に一杯飲ませる金くらい、恵んでくれんか？」

エリザベスは手提げ鞄のなかを探って、硬貨を取り出した。「先ほどのお言葉をもういちどお願いします」

男が硬貨を上着のポケットに押し込み、反対側のポケットから平たい小瓶を出した。ぐいっと呷《あお》ったあと、咳き込んで、染みがついた赤と白のハンカチで口元を拭った。「真夜中に奴がここで女を引きずってた、って言ったんだよ」子音がせめぎ合うような聞き取りにくい発音で、聞いているエリザベスのほうが喉奥に引っかかりを感じ、咳払いしたくなるほどだった。男の訛りは、イギリス西海岸のコーンウォール出身の海賊を思わせ、息苦しげな母音と巻き舌のrが特徴的だった。

「水中で発見された女性のことでしょうか？」

「そうとも」

「目撃なさった？」

「ああ、この目でな」

「なぜ警察におっしゃらなかったのですか？」

男は笑い、それから激しく咳き込んだ。口から内臓が飛び出すのではないかとエリザベスは心配になった。鯨の脂身のような柔らかな桃色のかたまりが吐き出されて歩道に落ちるさまが、頭をよぎった。咳が収まると、男は歩道に向かって唾を吐いた。煙草の脂にまみれた粘液が、唇から太く垂れ下がった。「おまわりの連中ってのは、金貸しの帳簿みてえに、ひん曲がってやがる！　あんな奴らに時間を使ってられるかよ」

「何をご覧になったのか、教えていただけますか？」

「おまえさんが考えてることはお見通しだ。そりゃあ、おれは片目が不自由だ。だがな、もう片っぽの目は鮫の歯みてえに鋭いんだぜ」

「それで、何を目撃なさったんでしょう？」

「おれは女とよろしくやってから、帰ってきたとこだった」得意げに、憎たらしい笑みを浮かべて言う。

　エリザベスは、この男の相手をさせられた娼婦がどんな女性だったのか、皺だらけの腕でどんなふうに抱きしめられたのかを想像した。娼婦の多くが酒浸りになるのも無理はない。

「それは何時ごろのことでしたか？」

「三時ごろだったかな。雲のあいだからお月さんが顔を出して、昼間みてえに明るかった。おれはいつもの場所にいた。あそこだ」と、桟橋の支柱の一つを指さす。摩滅を防ぐために太い縄が巻かれた、頑丈な支柱だった。「寝床の代わりの網を吊るそうとした。そしたら、後ろで物音がするもんだから、なんとなしに振り返ると、奴が肩に重たそうなもんを担いでやがった」

「何を担いでいるのか見えましたか？」

「そのときゃ、小麦の麻袋か何かだと思った」

「その人物は、それから？」

「十七番埠頭の端まで運んで、そいつを水のなかへ滑り落とした。妙な真似をしやがるなと思ったが、こっちは酒が入ってたから、それ以上は考えなかった」そこまで言うと、古びた毛糸帽を脱いで、頭を掻いた。脂ぎった白髪から頭垢《ふけ》が浮いて、肩に落ちる。

　エリザベスは顔をそむけ、軽く咳をした。「その人物のようすを説明していただけますか？」

「よくは見えなかったが、でけえ鳥みてえな格好でよ」

「どんなふうに？」

「頭に羽根が生えてやがった。いやまあ、とにかくそう見えた」

「羽根？」

「ああ。頭飾りらしかった。先住民の首長がかぶるような」

「ほかには？」

「肩掛けをからだに巻いてたよ。襟が垂れてる、昔ふうの肩掛けだ」

「身長はどれくらいでした？」

「まあまあ高いほうかな」

「ほかに、からだの特徴はありませんか？」

「少しがっちりしてたと思う。肩掛けの下だったからよくわからんが」

エリザベスは小さな鞄からあらたな硬貨を取り出し、男の手に握らせた。ざらついた手で、使い古しの縄のような感触だった。

男は帽子を軽く持ち上げた。「ありがとう、お嬢さん。ご親切に」

「そのお金はお酒ではなく食べ物に使ってくださいと言いたいところですけれど」

男がにやりと笑った。エリザベスは見なければよかったと後悔した。男の歯——というか、歯の残骸——は、腐りかけた桟橋の木材のように、虫食いだらけで、年季が入り、黒っぽく変色していた。

「ご協力ありがとうございました。ええと、お名前は……」

「〝シー・ドッグ〟と呼んでくれ。みんなそう呼ぶ」

「ありがとう、シ……シー・ドッグさん」

ふたたび帽子のつばに軽く手をやってから、男は桟橋の自分の居場所へ戻っていった。両脚ともかなり曲がっていて、まるで跳ねるような、よたよたとした歩きかただった。

見送りながら、エリザベスは、あの老衰が年齢と重労働によるものなのか、それとも、飲酒と放蕩の末なのかと考えた。時間と苦難がどれほど人のからだをすり減らすかの見本といえるが、と同時に、なおも生きる力は残っているという、生命のしぶとさの――あまり美しくはない――実例だった。ニューヨークには似たような人々があふれている。打ちのめされ、どん底まで落ち、それでも生にしがみつく人々が。奇妙なことに、そういう苦境の一因となった街そのものが、生き延びるための糧を与えてもくれる。ニューヨークの広大な自由空間には、大小さまざまな生き物がともに暮らす余地がある。五番街の豪邸に住む愛玩用のプードルから、汚いアパートメントの地下室を這いまわって腐った残飯をあさる卑しい害獣まで……。両極端の生活が共存している点が、南北戦争後のニューヨークの〝金ぴか時代《ギルデッド・エイジ》〟の特徴の一つといえよう。嘆かわしいことに、殺人事件の多発もまた、大きな特徴の一つなのだった。

第四十八章

彼はバイヤード通りの高みに立ち、角にある陰気な酒場から聞こえてくる酔っ払いの歌声に耳を傾けていた。

土曜の夜に大乱闘
新聞にでかでか出ちまって
猟銃、拳銃、棍棒、棒きれ、熱湯、古い煉瓦で
川の向こうへ追い立てられた

この歌なら、彼もよく知っている。一八五七年七月四日、街で対立していたギャング集団〈バワリー・ボイ〉と〈デッド・ラビット〉のあいだで起きた最後の

抗争について歌ったものだ。二日間にわたる大立ち回りのあと、一週間ほど小競り合いが続いた。しかしそれが、ギャングたちの衰退のきっかけになった。

さあ、古い外套を脱ぎ、腕まくりしろ
バイヤード通りをうろつきたきゃ覚悟がいるぞ
外套を脱ぎ、腕まくりしろ
〈ブラッディ・シックス〉をうろつきたきゃ
覚悟を決めろ

ニューヨーカーなら誰もが、この抗争の話をよく知っている。以後、それまでの嵐のような日々よりはいくぶん穏やかになり、ギャングが街を闊歩《かっぽ》することはなくなったが、犯罪は減らず、貧困層は今なお悲惨な環境で暮らしている。

黄色みがかった汚い犬が、疲れきった足取りでうなだれ、彼の横をすり抜けていった。かつては彼も、その犬と同じような気分だった。しかし、今は違う。夜闇が迫る通りを見渡し、彼は大きく深呼吸した。彼は今、偉大なる成功の間際に立っている。足元には強大な街が広がり、人々がこぞって彼の功績を口にする。今この瞬間も、居間や廊下、玄関や店先で、称賛の言葉がさかんにつぶやかれているのを感じる。彼は、秋の訪れを予感させる甘美な夜気を胸いっぱいに吸った。しかし、表面をひと皮剝けば、腐敗と絶望の悪臭が潜んでいる。

彼はマルベリー通りを歩き、〈ベンド〉に近づいた。一匹の鼠が道を横切り、鳴き声を上げながら排水溝に消えた。〈五つ辻〉地区は、魂が死にゆく場所だといわれる。希望そのものが、曲がりくねったこの通りを恐れているかのようだ。幸運な一部の特権階級は正義が普遍的なものだと主張するが、じつのところ、正義とはまったくもって人間がつくり上げた概念にすぎないことを、彼は知っていた。

しかし今、彼は正義の手綱をみずからの手で握っている。実業界の巨頭や、鉄鋼業界、鉄道業界の立役者であろうと、今の彼ほどの権力を持つ者はいない。この先、彼の名は巷に轟き、彼の影響は広く、遠くまで行きわたるだろう。彼は冥界の王オシリスであり、死者の裁き主なのだ。

そして、これからが本当の始まりだ。

第四十九章

〝シー・ドッグ〟と話したあと、エリザベスはフレディのいる〈トゥームズ〉刑務所へ行きたくてたまらなかった。しかし、あの威圧的な花崗岩の門を思い浮かべ、フレディの警告をしぶしぶ受け入れた。夕暮れ時の光が街をぼんやりと照らすなか、エリザベスは北をめざして歩き、《ヘラルド》の社屋にたどり着いた。

しかし、発行人であるベネットの姿はどこにも見当たらなかった。それもそのはず、日曜の夜だけに編集室には人がまばらだった。地下の印刷機は轟音を立てて月曜の朝刊を準備中だが、ベネットがどこにいるのかを尋ねても、誰もが困惑の表情を浮かべるだけだった。ようやく、編集助手のひとりから、ベネットはニューヨークにいるあいだいつも〈ウインザー・ホテル〉に滞在していると教えられた。エリザベスはすぐに電報を打ち、返信先を〈スタイベサント・アパートメント〉に指定した。

ファーガソンガ　ケイシヲ　ナグリ　タイホサル
レンラク　コウ
E・バンデンブルック

ベネットがいつこの伝言を受け取るかわからないが、少なくとも返事はすぐに直接、自宅アパートメントに届くだろう。衝動的に、ジャスタス・シュワブの酒場を訪ねてみようと思い立った。運がよければ、カルロッタとジョナに会えるかもしれない。

その酒場は、東一丁目五十番地にあった。赤煉瓦でできた五階建ての共同住宅の一階だ。前に一、二回、通りかかったことがあり、静かで目立たない区画だと感じていた。東一丁目は大通りとは言いがたく、ダウンタウンの道のなかでも短い。アベニューAからバワリー通りまでの三区画しかない。すぐ南にはヒューストン通りがあり、そちらは馬車鉄道、荷馬車、辻馬車がさかんに行き交い、規則正しい馬の蹄の音が昼夜を問わず響きわたっている。

酒場からの笑い声や話し声、叫び声が、外の歩道に立つエリザベスの耳に届いた。奥のほうで、小型ピアノが鈍い音色を奏でている。扉の上に掲げられた看板には〈ジャスタス・シュワブの熟成ビール酒場〉とあり、正面の窓ガラスに〈葡萄酒、ビール、リキュール販売中〉の文字がすり込まれていた。ためらいがちに扉を少し押すと、内側から勢いよく開かれた。エリザベスを迎えたのは、黒々としたひげと眉を持つ笑顔の若者だった。角ばった眼鏡をかけ、布の帽子をかぶり、丈の短い上着とだぶだぶのズボンを身に着けている。

「いらっしゃい！」と若者が叫び、エリザベスの肩に手を回して、煙草のけむりと客で満ちた店内へ引き入れた。「ようこそ、ようこそ。きょうは何を飲むんだい、同志?」

「ええと、わたしは――」

「ビールだな! あなたみたいな若いお嬢さんのために、とびっきりの熟成ビールを用意してある!」ロシアふうの訛りだった。動作が活気にあふれ、まるで全身が一つの大きな感嘆符のようだ。

「いえ、わたし――」

「お安いご用だ。すぐ持ってくるよ!」

若者は人の群れのなかへ姿を消した。エリザベスはひとり、横幅の狭い部屋に取り残された。縦には長いが、幅は三メートルほどしかない。めっき板の低い天井と、煙草の脂で汚れた壁が、ガス灯で照らされている。奥のバーに、縞模様の飾り布を首元に巻いた上着姿のみすぼらしい若者がいる。その背後の埃だらけの鏡に室内が写って、狭い空間を広く見せていた。


片側に扉があり、奥の部屋に通じているらしく、そこからピアノのかすかな音色がとぎれとぎれに聞こえてくる。しかし、室内があまりにも騒がしく、曲の判別まではできなかった。壁際にまばらに置かれたテーブルに、さまざまな服装の男女が座っている。〝流行〟と呼べるような装いを意識している者は誰ひとりいないらしかった。社会の〝良識〟など意に介さず、衣装棚を開けて目に付いたものを無造作に身にまとったような者もいれば、急進的な社会主義者に共通する服装の者もいる。ほかに、黒ずくめの学者然とした者や、髪をきっちりとまとめて男性的な服を着た女性も見受けられた。

客のうち、ゆうに三分の一は女性だった。また、黒人も数人、東洋人とみられる顔立ちの男もひとりいる。老いも若きも、笑いを交えながら話し込み、丈の高い金属製のビールジョッキで長いあいだ飲み続けていた。

エリザベスが入ってきたのに気づいて、数人が顔を上げた。少し興味を示したようにも見えたが、すぐに仲間たちとの会話と酒に戻っていった。見下されているわけでも、変に注目されているわけでもなさそうだ。エリザベスの存在は、淡々と受け入れられていた。見知らぬ人ばかりの部屋で、これほどくつろげるのは初めてだった。

エリザベスは、カルロッタとジョナの姿がないかと、立っている客たちの垣根の向こうを見ようと首を伸ばした。すると、先ほどの黒髪の若者がビールジョッキを二つ持って戻ってきた。

「どうぞ」と、若者がジョッキを一つエリザベスに手渡した。

「ご親切にどうも」

「さあ、カール・マルクスに乾杯しよう！」と若者が言い、ジョッキを掲げた。ためらっていると、背中を力強く叩いてきた。エリザベスは、こうやって叩くのが急進派の人々にとっては握手の代わりなのだろうかと訝かった。「心配は無用。ここは安全だ。同志よ、飲もう！」

急に喉の渇きを覚え、エリザベスはよく冷えたビールを大量に飲んだ。泡が喉をくすぐり、爽やかな刺激が胃へ流れ込む。

黒髪の若者も釣られてジョッキを一気に飲み干し、急に歌いだした。すぐにほかの数人も加わった。

立て、地の呪われた者どもよ
立て、飢えたる者どもよ
理性とどろき　炎を上《あ》ぐ
終焉の噴火ここに来たれり！

歌はさらにいくつかの節を重ね、最後は一同からの拍手と歓声で締めくくられた。

「この店は初めてだよね？」と黒髪の若者が尋ねた。

「どうしてそうお思いに？」

「まわりを珍しそうに見回してたから。知り合いがいないらしい」

「いいえ、その人にはちゃんと知り合いがいるわよ！」と背後から声がした。振り返ると、カルロッタとジョナがいた。「来てくれたのね。うれしい！」とカルロッタが抱きついてきて、エリザベスは危うく仰向けに倒れそうになった。

「どうも」とジョナが挨拶し、体勢を立て直したエリザベスと温かく握手した。

黒髪の若者が顔をほころばせた。「このふたりの悪党と知り合いなのかい？」

「同じ穴の狢《むじな》だろうが！」とジョナがやり返す。「きみこそ、そうとうな悪党のくせに」

「まあまあ、ふたりとも」とカルロッタが諫めて、エリザベスに向き直った。「グリゴリーと仲良くなったみたいね」

エリザベスは首を振った。「いいえ、まだきちんとはご紹介を受けていません」

ジョナが手のひらで額を叩いた。「おっと、僕としたことが、礼儀を失してしまって」

「礼儀をそのジョッキの底にでも置き忘れたんじゃないのか」とグリゴリーが茶化した。その肩に軽く一発、ジョナがお見舞いした。

カルロッタが割って入った。「グリゴリー、こちらはわたしの友人のエリザベス・バンデンブルックさん」

「お目にかかれて光栄です」と、グリゴリーがエリザベスの手に口づけした。

「でもって、こちらがグリゴリー・カリェンコフ。悪党にして革命家、はたまた文士でもあります」とジョナが紹介した。

「まあ、そうでしたか」とエリザベスは言った。「悪党はたくさん知っていますが、文士は数が少ないですし、真の革命家となるとますます珍しい。三つの要素を兼ね備えたかたなんて、お会いするのは初めてです」

グリゴリーがにっこりと笑った。「おれが社会主義者だってことも忘れてもらっちゃ困る」

ジョナが鼻で笑う。「ふん！　この部屋にいるのは全員、社会主義者だよ」

「わたしはまだ、数に入れないでいただきたいわ」とエリザベス。

カルロッタが自分のビールジョッキを指さした。「これをあと何杯か飲めば、あなたも仲間入りよ」ふたたび衝動的にエリザベスの片腕を抱きしめる。「ほんと、来てくれるとは思わなかった！」

「あなたが僕たちの闘争に加わってくれてうれしい」グリゴリーがエリザベスのもう一方の肩に手をかけ、ロシア語で歓迎した。「〝ドブロ・ポジャロバト〟――ようこそ！」

「その闘争とは、具体的にどのようなものでしょう？」とエリザベスは尋ねた。

「人々の意識を変革するための闘争なんです」とジョナがこたえた。「僕らは、現代社会の抑圧と不正を打破し、貧富の差をなくそうとしています」

「この子ったら、アスター夫人のパーティーに招かれたのよ」とカルロッタが告げ口した。

「わたしは記者として取材に行っただけです」とエリザベスは訂正した。

「でもね、好印象を与えたらしくて。夫人に気に入られちゃったんだって」とカルロッタが男ふたりに伝えた。

「誤解しないほうがいいですよ。夫人はあなたが気に入ったわけじゃないです」とジョナがエリザベスを諭す。「あなたが《ヘラルド》の記者だと知ったもんだから、自分が開くパーティーを称賛する記事を書くように仕向けたんです」

「馬鹿を言うな！」とグリゴリーがエリザベスの肩に

腕を回して擁護した。「アスター夫人は趣味がいいだけだよ。おれだって、この人が気に入った！」

ジョナが煙草に火をつける。「だいいち、上流社会に受け入れられたからって、それが何だ？　真の価値のあかしになるかなあ？」煙草を頭上に振りかざし、けむりを宙に吐く。「もちろん、ならない！　たんに家柄がいい、ってだけだよ」

グリゴリーがうなずいた。「特権階級ってのは、つねに現状維持を好むからな」

ジョナがエリザベスのほうへ煙草の先を向けて言う。「あなたの先祖だって、そういう保守性にうんざりして祖国を離れたんじゃないですか？　上流社会の連中ときたら、いまだに自分勝手な愚行ばかり繰り返してる」

エリザベスがこたえようとしたとき、案山子《かかし》そのものといった体形のひょろりと背の高い不精ひげの男が、奥の部屋から出てきた。男が両手を振ると、たちまちのうちに一同の注目を集めた。

「ジャスタスが『ラ・マルセイエーズ』を歌うそうだ！」まるで王室の侍従が女王の到着を告げるかのように、大げさにそう告げた。

その言葉を聞くと、客たちのあいだに興奮の波が広がり、みんないっせいに奥の部屋へ移動し始めた。

「あなたもごいっしょに！」とグリゴリーがエリザベスを誘った。「これを見逃す手はない！」

四人そろって、ほかの客とともに奥の狭い部屋へ入った。

隅にささやかなバーがあり、壁のつくり付けの棚にさまざまな酒瓶が並んでいる。その隣に置かれた古い小ぶりのピアノの前に、全員の視線が注がれていた。背が高くて肩幅が広く、もじゃもじゃの赤い髪と豊かな口ひげの持ち主――これが、かのジャスタス・シュワブその人だった。エリザベスが聞いていた噂に違わぬ人物だった。トンプキンス広場の暴動で英雄的な活躍をしたあと、どの新聞でも報じられたとおり、まさに、スカンジナビアの海賊〝バイキング〟を彷彿とさせる大男だ。
「入りたまえ、同志諸君！」ドイツ生まれなのが明らかな、中音域の太い声。「全員が入れるだけの場所が《エス・イスト・プラッツ・フュア・》ある《アレ》！」
熱気を帯びた人々がさらに前へ詰めかけ、狭い室内の密集度が増した。エリザベスは、目の前のひげ男の編み上げ靴に踏まれた片足を引き抜き、左右から挟まれた両腕をどうにか動かそうとした。酔いがまわって、ふわふわした気分になっている。ビールの泡が脳内で膨らんでいるかのようだ。背後にいる女性の香水の匂いが漂ってくる。距離が近すぎて、濃厚な花の香りがむしろ不快だった。社会主義を信じるロシア系の革命家と、アメリカで生まれ育った無政府主義者とのふたりに挟まれて、エリザベスは思いがけない帰属意識を感じた。両親が暮らす五番街の優雅な邸宅にいるときにも、バッサー女子大学で友人たちに囲まれていたときにも、こんな感覚を抱いたことはない。ここに集まった人々は、目的意識に満ちた真剣さと、浮き立つような陽気さを兼ね備えている。接していると、心が洗われる思いがした。
場内が静まり、ジャスタス・シュワブがピアノの前に座った。鍵盤を力強く叩きながら、フランスの国歌を中音域の声で堂々と、甘く歌い上げる。

祖国の子らよ、立ち上がれ《アロン・ザンファン・ドゥ・ラ・パトリ》
栄光の日は来たれり《ル・ジュール・ドゥ・グロワ・レ・タリベ》！

初めのうち、聴衆は畏敬の念に打たれて耳を傾けていたが、やがていっしょに歌いだし、合唱が狭い部屋の壁にこだました。

我らに向けて暴虐の輩が《コントゥル・ヌー・ドゥ・ラ・ティラニ》

けたのかもしれないと思った。

　とそのとき、何の前触れもなく、もといた隣の部屋が騒然となった。

　　血塗られし旗印《レタンダール・サングラン・エ・ルベ》を掲げたり！
　　血塗られし旗印《レタンダール・サングラン・エ・ルベ》を掲げたり！

　場の雰囲気に呑まれて、エリザベスも合唱に加わった。力強く声高に歌いつつ、フランス語の授業で習った歌詞をまだ覚えていることに我ながら少し驚いた。

　　聞こえずや、野辺にて《アンタンデ・ブー・ダン・レ・カンパーニュ》
　　荒ぶる兵士らの咆哮が《ミュジール・セ・フェロセ・ソルダ》

　エリザベスの目から涙がこぼれ落ちた。ドイツからの移民に導かれ、フランスの国歌を口ずさむこの多種多様な人々のなかに立つうち、アメリカへの愛国心よりも、自分が〝故郷〟と呼ぶこの街——偉大さと苦難に満ちあふれたニューヨーク——への誇りが胸に湧き上がってきた。じめついた、立錐《りっすい》の余地のないこの奥の部屋で、エリザベスは、自分の本当の居場所を見つ

第五十章

入り口に近い、さっきまでいた部屋で大きな音が響いたかと思うと、怒鳴り声と厚底の編み上げ靴の足音が相次いだ。

「警察だ！　動くな！」

一瞬、全員が固まった。そのあと、大混乱が起きた。小さな裏口へ向かって人々が一斉に押し寄せ、ヒューストン通りにつながる細い路地に出ようとする。冷静な判断は吹き飛び、警官隊の侵入に抵抗して揉み合った。

警棒を振りかざした集団が押し入ってきて、エリザベスは後ろによろめいた。警察官たちが抵抗しないひとりひとりに手錠をかけ、出入り口のほうへ引きずっていく。エリザベスは、いずれ父親の口利きで留置所から出してもらうときの恥ずかしさを思い描いた。そのとき、手首をきつくつかまれる感触があった。振り向くと、顔を紅潮させたカルロッタが見えた。

「こっちよ――早く！」と叫びながら、エリザベスをバーカウンターの裏へ引きずり込む。次の瞬間、ジョナとグリゴリーが床の隠し戸を引き開けた。エリザベスは騒がしい警察の動きをちらりと見たが、おおぜいの客を逮捕するのに夢中で、バーカウンターの陰にいる四人には気づいていない。「ほら、急いで！」とカルロッタが言い、エリザベスを地下へ通じる狭い階段に押し込んだ。

階段を駆け下りると、地下室だった。おもに倉庫として使われているらしい。石の床にビールと葡萄酒の木箱が並んで積まれ、不要な木材や壊れた椅子なども散らばっていた。天井近くの小さな汚れた窓が唯一の光源で、そこから漏れるかすかな風に、蜘蛛の巣が揺れている。

エリザベスが地下室にたどり着いた直後、カルロッタとふたりの男も次々と降りてきた。最後のグリゴリーが隠し戸を閉めた。

「ほかの人たちは？」エリザベスは手の汚れを拭うグリゴリーに尋ねた。

「みんな必死に、裏口から逃げようとしてた」

「どうしてこの隠れ場所を知ってたの？」とカルロッタが尋ねた。

「前にこの店でバーテンダーをしてたんだ」壁のガス灯に火を入れる。急に大きな炎が上がり、調節するにつれて揺らめいた。「酒や何かを補充するとき、ここへ下りてきてた」

「これからどうするの？」カルロッタが尋ねた。頭上で、重い足音が響いている。

帽子を取って埃を払いながら、グリゴリーは言った。

「待つんだ」

「ここに隠れているのが見つかったら？」

肩をすくめる。「そうしたら、逮捕されるだろうな」

「そんなに長くは待たなくていいと思う」とジョナ。

「みんなを護送馬車に押し込んだら、すぐに行ってしまうはず」

「どうせなら楽にしよう」グリゴリーは酒の木箱の一つに腰を下ろした。

エリザベスはビール樽の上の埃を払い、それにもたれかかった。「〝護送馬車《パディー・ワゴン》〟という言葉はもともと、逮捕されることが多かったアイルランド系《パディー》の人々を侮辱する意味合いがこもっていたのに、今ではその言葉がふつうに使われる——皮肉だと思いませんか？」

「今じゃ、逮捕する警察側がアイルランド系移民だもんね」とカルロッタが続けた。

「そうです」先を言われて、エリザベスは少しむっとした。

「まさに〝歴史はめぐる〟ですね」とジョナが漏らす。「虐げられし者が、やがて虐げる者に変わる」

「まったくだ」とグリゴリーが言った。「しかし、偉大なるツルゲーネフいわく、〝自然は破壊しながら創造する〟」

「それ、どういう意味？」とカルロッタが訊いた。

「ようするに、楽しむに限るってことさ」そうこたえて、木箱から葡萄酒を一本引き抜く。

「勝手に飲んだら駄目でしょう？」とエリザベスは言った。

「ご心配なく。こんどジャスタスさんに会ったとき払うよ」

「ちゃんと払うか、わたしが見張っとくから」とカルロッタが請け合った。

エリザベスは、ぶるっと震えた。この地下室はじめついていて肌寒く、冷えが骨の奥まで染み込んでくるようだ。すえた臭いのする古い空気を吸いながら、家に帰ったらゆっくりと熱い風呂に入りたいと思いを馳せた。立ち上がり、自分のからだを抱くような格好で部屋を歩きまわり始めた。

「寒いの？」とカルロッタが尋ねる。

「よかったら、おれの上着を貸すよ」とグリゴリー。

「平気です。ありがとう」言われるがまま上着を借りると、自分が意図している以上の親しさに踏み込んでしまう気がした。グリゴリーの情熱には感心するが、極端な政治的活動に深く関わりたいとはまだ思わない。

部屋の隅に置かれた小さなデスクが目に留まった。ほかの物に比べて、埃が少ないように見える。とくに高級品ではないが、頑丈そうで、最近磨かれたようだ。興味を持って近づくと、デスクの上から一枚の紙が床に落ちた。かがんで拾う。何かの台帳の一部らしい。最初に〝LDA〟と大きく書かれ、続きには日付と、おそらく支払い額と思われる数字が、青いインクで整然と記されている。

一月――九〇
二月――九〇
三月九日――一〇〇
四月十一日――一〇〇
五月十日――一〇〇
六月八日――一〇〇
六月十一日――一〇〇
七月十日――一一〇

三月と七月に増えている。八月の記録はない。ほかにも誰かこの紙に気づいたかと顔を上げたが、三人はグリゴリーが開けた葡萄酒を回し飲みするのに夢中だった。エリザベスは紙をスカートのポケットに忍ばせ、仲間たちのもとへ戻った。カルロッタが瓶を差し出してきたが、エリザベスは首を振った。

「ありがとう、でも記事を書かないといけないので」

ジョナがにやりした。「悪党に暇なし、って言いますからね」

カルロッタが思い出したように言った。「悪党といえば、さっきバーンズ警視が交じってたのに気づいた？」

エリザベスの胃のあたりに冷たい恐怖が広がった。

「バーンズ警視が来ていたんですか？」

「見なかった？」

「どうして警視がみずから急襲作戦に参加したのかしら」

「なぜでしょうね」とジョナがこたえた。「でも僕は、警視の〝しばき上げ《サード・ディグリー》〟を受けるのはご免だな」

「しばき上げ？」

「容疑者を徹底的に締め上げることを、あいつはそう呼んでるんだそうです」

エリザベスは、〈トゥームズ〉のじめつく冷え冷えした独房で身を縮こませているであろうファーガソンを思いやった。警視がこの急襲作戦で忙しく、ファーガソンの拷問にまで手が回らないことを祈るしかなかった。しかし、この恐ろしい、終わりの見えない一日が、このあとどんな災厄をもたらすのかは予測がつかない。

結局、ジョナの言ったとおりになった。ほどなくして、警官隊は靴裏の鋲を響かせ、大きな音とともに扉を閉めて立ち去った。四人は、なおもしばらく地下室で身を寄せ合い、馬の蹄や車輪の音が夜の闇に消えるのを待った。やがてそっと階段を上がり、男ふたりが扉の錠を外してゆっくりと押し開けた。靄のような埃が舞った。

「もう大丈夫」とジョナが言い、女性たちを狭い階段から引き上げようと手を差し伸べた。

全員が外へ出た。ひっくり返ったテーブルや壊れた椅子が散乱し、乱闘のあとのような光景が広がっていた。意外にも酒瓶は一つも割れていなかったが、いくつか消えているようだった。エリザベスは、欲深い警察官たちが去り際に酒瓶を素早くポケットへ突っ込むようすを想像した。

「これからどうします？」とエリザベスは問いかけた。「ほかのみなさんを助け出しに行きましょうか？」

グリゴリーが肩をすくめる。「朝までには放免されるだろう。警察は脅したかっただけだ」

ジョナもうなずいた。「そのとおり。前にも同じ手口を見たことがある」

「捕まった人たちは何かの罪に問われるのかしら？」

「酔っぱらって騒ぎを起こしたとして罪に問うことも可能だろうけど、手間に見合うとは思えない。金で買収できる判事がたまたま担当にならないかぎり、有罪にはできないだろうし」

「では、なぜこんな急襲を？」

「威嚇だよ」とグリゴリー。

「いつでも逮捕しに来ることができると知らせたかっ

たんでしょう」とジョナが付け加えた。

カルロッタの目つきがこれまでにない険しさを帯びる。「それはそうでしょうけど。でも、ジャスタスさんの店が狙われたのは初めてよね？」

グリゴリーを見やって、ジョナが訊く。「ジャスタスさんが警察に目を付けられたことは今までなかったのか？」

グリゴリーは首を振った。「あそこの開店当時からジャスタスさんを知ってるけど、警察の手入れを受けたなんて話は聞いてない」

「なぜ今なんだろう？」とカルロッタがつぶやく。

エリザベスは黙っていた。もしかすると、ポケットに入っている紙きれに何か手がかりがあるかもしれない。けれども、まずはファーガソンに見せるつもりだった。ここ最近の混乱した状況を考えると、誰を信じていいのか確信が持てない。

辻馬車で帰ったほうがいいと三人に強く勧められ、エリザベスは従うことにした。ジョナとカルロッタが家まで送ると言いだしたが、長い一日を終えたエリザベスは、ただただ早く眠りにつきたかった。興奮が収まるにつれ、疲労が全身に広がり、頭を支えるのがやっとだ。

「じゃあ、おやすみなさい」とカルロッタがエリザベスを抱きしめた。髪から甘い香りと油絵具の匂い。

「ごめんね」

「どうして謝るんですか？」

「だって、危険な目に遭わせちゃったから」

「あなたに責任はありません。わたしが自分の意思で来たんです」

「でも、怒ってない？」

「もちろん、怒ってなんかいません」エリザベスは辻馬車の扉を閉めた。「おやすみなさい」

友人たちに手を振られながら、辻馬車は走りだした。北へ向かって進む馬車に揺られ、エリザベスは革の内装に頭を預け、瞼を閉じた。〈スタイベサント・アパートメント〉に到着したときには、すっかり眠り込んでいた。どうにか意識を取り戻しつつ馬車を降り、運賃を支払った。

辻馬車が走り去ったあと、一瞬、誰かの視線を感じた。あたりを見まわしたが、通りにはほとんど人影がない。半区画ほど離れた場所を、犬を連れた男が歩いているだけだった。細かい雨が降り始め、濡れた石畳がガス灯に照らされて輝いている。犬と男が近づいてきた。男の黒っぽい外套の両肩で雨粒が撥ね、雪の結晶のようにきらめいた。犬は白黒のスパニエルだった。エリザベスのほうへ寄ろうとする犬を、男が散歩紐で引き戻し、申し訳なさそうな微笑を浮かべた。帽子のつばに隠れて、目元は見えない。通り過ぎる際、帽子を軽く上げて挨拶した。この道で見かけたことのない男だと、エリザベスは不思議に思った。犬を飼っているなら、散歩でしょっちゅう同じ道を通っているだろうに……。夜闇に溶けていく男を見送り、深く考えすぎだと自分を戒めた。向きを変えてアパートメントの建物に入り、階段をのぼって自分の部屋に到着した。

やっと帰ってこられたと安堵しながら、部屋の扉を二重に施錠して、掛け金をかけ、寝間着に着替えた。入浴は、あしたにしよう。記事を書き上げる時間を確保するため、目覚まし時計が夜明けに鳴るように設定した。枕に頭を乗せ、窓を叩く雨音に包まれて、無事を感謝しつつ眠りに落ちた。

第五十一章

彼は、きしむ階段を四階までのぼった。しみたれた共同住宅の最上階に、布で間仕切りしただけの二部屋からなる自宅がある。階段の吹き抜けには黴《かび》と絶望の臭いが立ち込めている。ノックをしても返事がない。彼は鍵を差し込んで扉を開け、家とは名ばかりの荒れ果てた部屋へ足を踏み入れた。彼を迎えたのは糞尿の悪臭だった。あの婆あ、また漏らしやがって。間仕切り布を引いて、老女の寝室を覗く。使い古した布団の上の汚い薄布に、痩せてしぼんだ老女が身を丸めて横たわっていた。

彼は軽蔑のまなざしで老女を見つめた。よくもこんなに長生きしたものだ。飲みすぎで壊れた肝臓は、もはや役目を果たしていない。黄ばんだ肌が、羊皮紙のように粗くひび割れている。むくんだ脚には、膿んだ出来物が水玉模様のように点在し、髪は薄くなり、錆びた灰色の塊のようだ。爪は分厚く、割れている。顔を覆う蜘蛛の巣の血管は、赤と青がねじれ合い、爆竹が破裂したかのように見える。

「もうじゅうぶん長生きしただろう?」と彼はつぶやいた。「おまえの黄ばんだ歯、涎《よだれ》を垂らした口、衰えた手足。そんなものが消えてなくなっても、惜しむ人間なんかいるものか。おまえは誰の役にも立っていない。物を持ち上げたり運んだりすることも、他人の肌を撫でたり、髪を梳《と》かしたり、痛がる者を抱きしめてやったりすることもできない。自分の汚れた尻を拭くことすらできない。おまえは無用だ。頬の面皰《にきび》や唇の口内炎みたいに、不快な付随物でしかない。価値のあるものや役に立つものを生み出すことはできない。おまえができるのは、若い人や健康な人たちのために確保されている貴重な資源を奪い、消費することだけだ。今のおまえができる情け深く有益なことは、ただ死ぬことだ。哀れなおまえを、そしておれを、人生と呼ぶに値しない重荷から解放してくれ」

昔を想像すると、胸が痛む。この老女の肉体がかつて若くしなやかで滑らかだったころ、嬉々として弄んだ男たちがどれだけ多くいただろう？　けれども、そのうちの誰ひとり、今の老女の世話をする者はいない。

父親を初めて見たときのことが頭をよぎった。父親が何者なのかをずっと知りたかったが、知ることができるとはあまり期待していなかった。母親と関係を持った男たちは無数にいて、とうてい絞り込めそうになかった。なのに、ほんの一年足らず前、男を見た瞬間、すぐにわかった。同じ体格、同じかたちの頭、同じ青白い肌、同じ平凡な顔立ち。頬の膨らみも、顎の丸みも同じだった。なにより決定的なのは歩きかただった。同じように、一歩踏み出すたびに、肩を前へ突き出す。誰彼かまわず相手に挑むような、傲慢な歩きかた。母親からはいつも、身分不相応に気取っていて滑稽だと言われたが、気取りなどではなく、ただ自然にからだがそう動くのだった。

その日、暖かな春の午後、父親のあとを追ってブロードウェイを歩いた。見つからないように距離を置き、数区画、歩き続けた。父親を知ったという情報をどう扱うべきか、まだわからなかった。それは後日、思いつくことになる。

老女が身じろぎし、呻いたかと思うと、大きなげっぷをした。口元から細い唾液の糸が垂れ、汚れた枕布に染み込んでいった。彼は溜め息をつき、台所の流しへ向かった。それほど汚れていない大小の布を見つけて、老女の身体から排泄物を拭き取るため、枕元へ戻った。

第五十二章

月曜日の朝は、明るく暖かな光に包まれていた。目覚ましが鳴る前に目を覚ましたエリザベスは、そっと窓の外をうかがった。前夜の雨で路面はまだ濡れており、朝の陽射しのなか、歩道から蒸気が立ちのぼっている。編集部に早く行きたくてたまらず、もう家を出て、社のデスクで記事を仕上げようと決めた。ケネス・ファーガソンのことが気がかりだ。発行人のベネットからはまだ返事がなく、電報を受け取ってくれたかどうかも定かではない。

《ヘラルド》の社屋に到着するころには、太陽がだいぶ高くのぼっていた。きょうも暑い一日になるだろう。どこの記者室もまだほとんど空っぽで、雑用係が数人と、眠そうな記者が二、三人いるだけだった。徹夜明けの記者たちは、ウィリアム通りの終夜営業の喫茶店から持ち帰ったコーヒーをすすりながら、書きかけの原稿にうつらうつらと目を通している。エリザベスは自分のデスクに座ったものの、ファーガソンのことが心配でならず、集中できなかった。廊下で足音が聞こえるたびに顔を上げ、いつもの快活な足取りで歩いてくるファーガソンの姿を期待した。ようやく記事を書き終えたとき、時計が九時を打った。エリザベスは足を引きずるようにして、ファーガソンの私室へ向かった。威圧的な〈トゥームズ〉の壁の内側で、殴られて傷だらけになり、ぐったりと横たわっているファーガソンが思い浮かんだ。

ところが、私室に着くなり、エリザベスは歓喜した。多少やつれてはいるものの、デスクの前に、見慣れたファーガソンが立っていた。右手に包帯が巻かれている。警視の顎に拳を命中させたときに傷めたのだろう。

顔に切り傷や打撲が目立ち、節々が痛むのか、姿勢もぎこちないように見える。しかし、もっとひどい状態を覚悟していただけに、無事に生きていただけで無上の喜びだった。

「おはよう、バンデンブルックさん」ファーガソンが申し訳なさそうに微笑した。

　エリザベスは抱きつきたい衝動に駆られたが、ぐっとこらえた。とはいえ、満面の笑顔だった。「正直なところ、無事とわかってよかったです」

「きみのおかげで、わりあい早く解放されたよ」と言いながら、慎重に椅子に腰を下ろした。

「ベネットさんがわたしの電報を受け取ってくださったのですね？」

「そうなんだ。で、おれの自由を取り戻してくれた。どうやらこの街にはバーンズ警視より影響力のある人物もいるらしい」

「なぜそんなにバーンズ警視を嫌うのですか？」

「あいつは弱い者いじめばかりする。おまけに、あくどい奴だ。〈タマニー・ホール〉から金を受け取ってるに違いない」

「お金と聞いて、思い出しました」エリザベスは手提げ鞄から、折りたたんだ伝票らしき紙きれを取り出した。「〝LDA〟とはどんな意味か、ご存じですか？」

　紙をしばらく見つめたあと、ファーガソンが言う。

「これは〝警備費〟という名の警察への賄賂だ。LDAは〈酒類販売業者協会《リッカー・ディーラーズ・アソシエーション》〉の略。警察が不正に金銭を受け取る際、隠れ蓑として使ってる組織の名前だ。どこでこれを手に入れた？」

　エリザベスは前夜の出来事を打ち明けた。ジャスタス・シュワブの酒場が警察の手入れを受けたこと、ジョナによればこれは警察からシュワブへの脅迫だろうということ……。

「きみの友達の言うとおりだろうな。察するに、シュワブは警視から金を搾り取られていた。ところが最近、

〝警備費〟の金額が吊り上がって、嫌気が差し、おそらく支払いを拒否した。そこで警視から、お仕置きを食らったわけだ。もっとひどいことをされなかっただけ運がいい」

それですべての辻褄が合う、とエリザベスは思った。突然の手入れ、盗まれた酒瓶。いずれも警告だったのだ。わたしを怒らせると後悔するぞ、と。

ファーガソンが警視を憎む気持ちもあるていど理解できた。ただ、それ以外にも何か、もっと個人的な理由があるような気がする。

「警視は、きみが店にいるのを知っていたと思うか？」とファーガソンが訊く。

「そうは思えません。わたしは、ふと思いついて足を運んだだけなので」

「あいつの情報網を見くびらないほうがいい。いたるところに密偵を配置している」

ファーガソンによれば、グリゴリーの予測どおり、改革派の仲間たちはその朝のうちに不起訴処分で釈放されたという。

「ベネットさんが現われたころには、その連中はもういなくなっていた」とファーガソンが付け加える。「みんな変わり者だったな。男よりも男みたいな女性もいた」

エリザベスは聞き流した。ひとこと擁護してやりたい気持ちもあるが、無意味だろう。今はもっと重要な事柄がある。代わりに、拘留中どんな目に遭わされたのかと質問をぶつけてみたものの、ファーガソンはお茶を濁した。受けた仕打ちを恥じているようだった。エリザベスは、想像していたよりはましだったらしいと安堵し、この話題は打ち切った。ファーガソンが詳しく触れたがらず、終わったことと割り切っているようすだったからだ。

「フレディが〈トゥームズ〉まで追いかけて行ったのは、何か役立ちましたか？」とエリザベスは尋ねた。

「フレディ？　いいや、来なかったよ。来ていたとしても、誰もそう教えてくれなかった。ところで、あいつは今どこにいる？」

「きのう以来、見かけていません。〈トゥームズ〉へ向かうと聞いて、別れたきりです」

ファーガソンが、ひげを引っ張りながら考え込む。

「何かあったのか……おい、トム！」フレディの友人であるトム・バニスターがそばを通りかかったのを見て、呼びかけた。

「はい、なんでしょう？」と、トムが顔をのぞかせた。

「きょう、フレディ・エバンズを見かけたか？」

「いいえ、けさは見ていません。昨晩、あいつに待ちぼうけを食らったんですよ。〈ホワイトホース〉で会う約束だったのに、姿を見せませんでした」

「じゃあ、まる一日は会っていないな？」

「そうですね。もしあいつが現われたら、こんど僕に二、三杯おごれと伝えてください」

「そっちも、もしフレディから連絡を受けたら、すぐおれに知らせてくれ」

「わかりました」と、トムは立ち去ろうとした。

「待ってください」とエリザベス。「わたしもいっしょに行きます」

「きみのこの原稿はすぐに推敲が終わると思うから、社内にいてくれ」とファーガソンが言った。

「自分のデスクにいます」エリザベスはトムと連れ立って廊下に出た。

「ファーガソンさんはなぜバーンズ警視をあそこまで憎んでいるのでしょう。心当たりはおありですか？」記者室へ向かう途中、エリザベスは尋ねた。

「知らないのかい？」

「何をですか？」

「ファーガソンさんは、奥さんの死が警視のせいだと思ってるんだよ」

「奥様がもう亡くなられているとは知りませんでし

た」

「奥さんは最初の子を妊娠中だったらしい」ぼさぼさの長髪を揺らしながら、頭を振る。「お気の毒に」

「何があったのですか？」

「詳しくは知らないんだ。僕がまだロンドンにいたころの出来事だから。流れ弾に当たったとか、そんなたぐいだったと思う」

「それは悲劇ですね」

「うん。以来ずっとファーガソンは警視に敵意を持ってる」そう言いながら、記者室に入った。すでに月曜日の朝らしい活気で賑わっていた。

「それで、フレディからはずっと連絡がないのですか？」ふたりとも、それぞれのデスクに腰を下ろす。

「ぜんぜん。ずっと待ってたんだけど」唇を噛み、思案顔になった。「なんか嫌な予感がする」

エリザベスも同感だった。フレディの身に何かあったのではないか？　何か、とても悪いことが……。

第五十三章

ニューヨーク市警のトーマス・F・バーンズ警視は、執務室に座り、握った手紙をじっと見つめていた。部屋は涼しいが、額に汗の玉が浮かび、手のひらが汗ばんでいる。まるで罪を贖《あがな》うかのように、すでに十数回は読んだその手紙を、穴が空くほど繰り返し読み続けた。

おまえがそこにいることは前からわかっていた。そして、ついに確認が取れた。おまえが何者なのか、わたしは知っている。ここまで読めば、おまえもわたしが何者か気づいただろう。おまえはもっと用心深く行動すべきだった。にもかかわらず、娼婦たちと交わったのだから、自業自得だ。妻や可愛い娘たちには知られたくないだろうし、むろん、世間の人々にも知られたくないだろう。よって、わたしが捕まるような事態はけっして許さないようにせよ。警告しておく。さもなくば、おまえは深く後悔するはめになるであろう。

以上、忠告まで。

オシリス

警視は震える手でデスクの下の引き出しを開け、隠してあった金属製の平らな小瓶を取り出した。飲み口を唇に当て、苦い金属の味を感じながら、舌を刺激する茶色の液体を喉奥へ流し込む。熱が喉を貫くのがこころよかった。ふと、窓の外に目をやる。際限なく人が流れていく。そのすべての人々に対して個人的な責任を感じずにはいられない。市民ひとりひとりを守るのが自分の仕事であり、同僚たちにはない熱意で任務を果たしている。だからこそ急速に出世し、少し前、警視にまで昇進したのだ。自分は市で最も重要な職務をこなしているに違いない。市長や〈タマニー・ホール〉の政治家たちよりも意義ある職務を……。この務めを遂行するためなら、いかなる手段もいとわない。

ウイスキーをもうひと口飲んだ。目を閉じ、椅子にもたれかかり、外の街のざわめきに身をゆだねる。これまで、街で横行する汚職を平然と受け入れてきた。もし立場上、政治家たちに一定の妥協を余儀なくされるなら――たとえば、票の水増しや賄賂の受け取りに目をつぶらなければいかないなら――それもやむを得ないと考えた。酒場や酒類販売業者、売春宿から金をゆすり取ることは〝悪徳税〟とみなし、犯罪行為の抑制につながると胸に言い聞かせてきた。そうやって巧みに責任転嫁し、これまで、法の枠を大きく踏み外して私腹を肥やしているにもかかわらず、法と秩序の強固な守護者という自己像を維持し続けてきた。

指先でその手紙を――同様の手紙の三通目を――握りしめた。深く溜め息をつき、チョッキのポケットからマッチ箱を取り出す。一本に火をつけ、燃え盛る炎に手紙をかざした。炎は貪欲に手紙に食らいつき、手紙は灰と化して、ごみ箱へ落ちていった。

第五十四章

ファーガソンから渡された原稿の修正案はごくわずかだった。エリザベスは二時には書き直しを終えた。五番街にある両親の家に顔を出す時間はじゅうぶんにあった。父親はその日の午後、担当する裁判がないため、母親の提案により、家族そろっての日曜の晩餐を月曜日へ延期したのだった。エリザベスは母親に何か魂胆があるのではないかと疑ったが、前夜の欠席についてはお咎めなしらしいと胸を撫で下ろした。《ヘラルド》の建物を出る時点ではまだフレディから連絡がなく、何か知らせが届いたらすぐに電報を送ってほしいとファーガソンに頼んだ。

まだ早かったので、自宅のアパートメントに立ち寄って着替えることにした。淡い青の縁取りが付いた濃い青のワンピースに、同系色の短い上着を身に着けた。湿気のせいで髪があちこちに跳ねていたが、樹脂入りの整髪剤に薔薇の芳香水をたっぷりと混ぜて塗り、どうにか整えることができた。

五番街にある両親の家に到着すると、焼いた子羊肉と白人参の香ばしい匂いが玄関に漂っていた。母親が戸口まで出てきてくれた。とたんに、ふだん出迎える気難しい少女ノラがきょうは休みだと悟り、エリザベスは安心した。母親はもっとおおぜいの世話係を雇いたがっているが、父親は、夫婦ふたりの暮らしには四人いればじゅうぶんという意見だった。ノラと料理人のほかにには、掃除や食器洗いをする係がひとりと、フィンというスウェーデン人の若い男性がいる。母親はフィンを〝執事〟と呼ぶのだが、現実には〝便利屋〟のような存在で、薪を運んだり、修理をしたり、さまざまな雑用や力仕事を手伝ったりしている。ノラが不在の日には、フィンが代わりに客の応対を任され、戸口で出迎えるのだが、きょうは来客がエリザベスだけなので、母親がみずから扉を開けたのだった。

「よく来たわね」と母親は言い、エリザベスの帽子と日傘を受け取った。「お父様は書斎にいらっしゃるわ」応接間へ向かいながら付け加えた。「すぐお越しになるはずよ」ふたりは両開きの大窓のそばに腰を下ろし、手入れの行き届いた庭園を眺めた。コーヒーテーブルの大理石の天板に、金の縁取りがある磁器の皿が置かれ、具材を載せたひと口大のパンが盛られている。その脇には、刺繡が施された麻の小さな布巾が重ねてある。母親が皿を手に取り、エリザベスに勧めた。「蝶鮫《ちょうざめ》の卵と海老。あなたの大好物よね。お一つ召し上がれ。あなた、少し痩せたのではなくて？」

「栄養はたっぷり摂っております。おかげさまで」とエリザベスがこたえたとき、父親が部屋に入ってきた。

父親の姿を見ると、いつも元気が出る。長い脚を活かして、父親は三歩で部屋の奥まで進んだ。いつも変わらぬ優しい、どこか照れくさそうな笑顔を浮かべている。父親の照れぎみの態度は、母親の堂々たる落ち着きと同じくらい、人に好感を与える。

「やあ、可愛いリジー」と父親が言い、頬に口づけしてきた。顔にひげが当たって、ちくりとする。息は薄荷《はっか》の香りがし、口ひげから煙管たばこの香りがかすかに漂う。エリザベスは母親に軽く目をやった。喫煙に断固反対の母親は、こころよく思わないだろう。

「さて、ホワイトライオンを一杯どうかね？」と、父親が両手をこすり合わせる。自分が楽しみにしていることに他人も巻き込もうとするときの癖だ。

「喜んで」とエリザベスはこたえた。ホワイトラム、ラズベリーシロップ、ライム、オレンジリキュールを混合したこの酒が、父親のお気に入りなのだ。エリザベスもラム酒をもとにした飲み物が好きで、混合酒は一家の伝統だった。正式な食事のときはいつも、まず食前酒と前菜が供される。父親は、彫刻の入った美しい木目のバーを自慢にしていて、上等なリキュール、甘口葡萄酒、ブランデーを豊富に並べてある。

父親がホワイトライオンをつくるのに専念しているあいだ、母親は向かい側の、金色の繻子《しゅす》を張ったルイ十四世様式の肘掛け椅子に優雅に身を沈めていた。その姿勢を見て、エリザベスは、母親が何かを伝えたくてたまらないのだとわかった。

「ねえ」と母親が口を開いた。「きのう誰がわたしを訪ねてきたと思う？」

「誰？」

「当ててみて！」

「ローマ法王？」

母親が顔をしかめる。「真面目に考えて」

「バッファロー・ビルさん？」

西部開拓の英雄の名を聞いて、苛立ったように小さく鼻を鳴らす。「あなたが真面目に質問する気がないなら、こちらから言うしかなさそうね」母親の機嫌は安定しない。夏にやってくる嵐に似て、突然やってきて、また去っていく。身を乗り出し、子供のように興奮して言う。「アスター夫人よ」敬意のこもった口調だった。社交界の神々に向かって心からの祈りを捧げるかのようだ。

「まあ」とエリザベスは言った。「お母様、お喜びになったでしょう」

「どういう意味かわかるかしら?」

「わからないけれど、何かいいお話なのでしょうね」

「わたしたち、〝４００〟《ザ・フォーハンドレッド》に加わるのよ」

エリザベスは、アスター家にも〝４００〟にも関心がない、そもそも上流社会のことなど何一つ興味がない、と口に出したくてたまらなかったものの、少女のように喜ぶ母親に水を差してはいけないと、黙っていた。

「アスター夫人は、おまえにずいぶん好意を持っているようすだったぞ」父親が、混ぜた酒を丈の高いグラスに注ぎ、櫛切りのライムと新鮮な木苺《きいちご》を添えて、エリザベスに手渡した。

「ありがとう」とエリザベスは受け取り、たっぷりと口に含んだ。差し迫った問題を胸に抱えているというのに、母親の軽いおしゃべりに耐えるためには、酒の力が必要だった。

「たしか、きみにおっしゃっていたよな?」と父親は妻に尋ね、十七世紀にオランダでつくられた堅牢な胡桃材の肘掛け椅子に腰かけた。「うちの娘にすっかり魅了された、と?」

母親は、麻の布巾を折ったり広げたりしている。

「はっきりそう口になさったわけではないけれど、そんなごようすでした」

「それなら間違いあるまい」と、父親がグラスを掲げた。「バンデンブルック家の社交界入りを祝して、乾杯」

「嫌だわ、おからかいになって」母親は唇を尖らせた。ますます魅力的な女性に見えるしぐさだった。

「何を言うんだね、そんなつもりは少しもないよ」妻の手を優しく撫でる。「しかしだな、偉大な女性とお近づきになれたリジーを素直に褒めてやろうじゃないか」

「もちろんですわ！　ただ、《ヘラルド》で働いているのが残念よね」

「何か、いけないかしら？」とエリザベスは聞きとがめた。

「そうねえ、いくぶん……世俗的というか」

「つまり、扇情主義だとおっしゃりたいわけね」

「まあ、そうね。働くのなら、もう少し別の――」

「《サン》とか？」この新聞が労働者階級に人気なのを承知で、エリザベスは皮肉を言った。父親はときおり目を通すが、生まれつき上流志向の母親には合わない。

「いいえ。つまり――」

「《デイリーニュース》？」

さらに扇情的な新聞の名に呆れて、鼻で笑う。「人を見下すような言いかたは、おやめなさい！　わたしが何より我慢できないのは――」

「嫌み？」

娘を睨みつける。「礼儀を失した態度、よ」

「それなら、リジーがどこで働ければ満足なんだね？」と父親が割って入った。

「そうねえ、たとえば《タイムズ》……あるいは《トリビューン》」

溜め息が出た。「お母様は、何につけても欲がお深いわね」

「どういう意味？」

エリザベスは額を押さえた。左のこめかみがずきずきする。「気になさらないで」

そのとき、〝執事〟のフィンが戸口に現われた。北欧ふうの縦長の顔は、氷の彫刻のように青白く、厳格な表情だった。「失礼いたします、奥様。お食事の用意が調いました」エリザベスは、このフィンの言葉の抑揚が気に入っている。高低が豊かで、聞いていると、スカンジナビアの峡湾をスキーで滑走しているような心地よさを覚える。

スープをちょうど飲み終えたとき、玄関の呼び鈴が鳴った。

「誰かしら？　あなた、お客様をお招きになりました？」と母親が尋ねる。

父親は優しい微笑でこたえた。「いいや。きょうはおまえだけのために時間を空けてある」

「急に、お父様の署名が必要な書類ができたのかもしれません」とエリザベスは言った。

「どなたがいらしたか、見てきてちょうだい、フィン？」と母親が少し高圧的な手振りで告げた。今まで目にしたことのないしぐさ。〝400〟の一員としての身のこなしを練習しているのだろうか、とエリザベスは思った。

「かしこまりました、奥様」スープを出したあと静かに待機していたフィンがこたえた。母親は食事中に世話係をそばに置きたがるのだが、エリザベスはどうも落ち着かない。

玄関へ姿を消したフィンが、見覚えのある黄色い封筒を持って戻ってきた。「お嬢様への電報です」

エリザベスは、封筒を受け取る手が震えた。

「どうして電報がここへ？」と母親が驚いた声で言う。

エリザベスも同じことを考えながら、封を切った。心臓の早鐘を感じながら、文面を読む。

ショクジチユウ　スマナイ
ツギハ　カクサレシ　モノ
ソノイエノ　チカク
ミカンセイノ　ツナガリヲ　ムスベ

トブトキ　キタレリ
オシリス

エリザベスは顔を上げ、両親を見た。「ごめんなさい、出かけないといけません」

母親が驚いて娘を見つめる。「急に、どうして？」

「のちほど説明いたします。できるだけ早く」

何か言う暇を両親に与えず、エリザベスは玄関から帽子と日傘を取り、邸宅をあとにした。

第五十五章

《ヘラルド》の二階で、ケネス・ファーガソンが私室のなかを歩きまわっている。

「奴は、これをきみの両親の家へ送ったわけだな？」包帯を巻いた右手で電報を掲げた。

「はい」

電報をデスクの上に置く。「なんてことだ。どうやってきみの居場所を突き止めたんだろう？」

「わかりません」エリザベスは、募る不安を抑えようと努めた。

「厄介な展開になったな」と、額の汗を拭う。「きみを狙ってる恐れがある」

「わたしたちに、なぞなぞを解かせようとしているようです」

「と同時に、きみを脅迫している」

「そうとも限りません」

「〝その家の近く〟だぞ？　これが脅迫じゃなかったら、いったい……」

「そうかもしれませんが、〝未完成のつながり〟は手がかりのように思えます。残念ながら、筆跡は役に立ちませんね」当然ながら、筆跡は、モールス信号を聞き取った電信技師のものだ。

「誰かを派遣して、信号を送信した側の技師に話を聞いてみるのも手だな。依頼人を覚えているかもしれない」

　エリザベスは首を振った。「犯人はそんな馬鹿ではないでしょう。そのへんの男の子か誰かをお金で雇って、電報局に行かせたと思います」

「〝隠されし者〟とはどういう意味だろう？」

「古代エジプトの空気や風の女神、アマウネトを指している可能性が高いです。この名前は〝隠れた者〟という意味ですから。それに、風の女神であれば、〝飛ぶとき〟にも関係します」

　葉巻を強く嚙みながら、ファーガソンが言った。

「いちおう、ベネットさんの耳にも入れておこう」

「この電報についてはどうしましょうか？」

「もちろん、明日の紙面に掲載する」壁の掛け時計に目をやる。四時半だ。「短い記事なら、印刷にまだ間に合う。きみが書いてくれるか？」

　エリザベスは軽く咳払いし、唾を飲み込んだ。「はい」

「いや、きみに頼むのは酷かもしれない。やっぱり、おれが書く」

「いいえ、わたしが書きます」即座に言った。

「この人物に関して情報を持っていたら提供してほしい、と読者に呼びかけるんだ。ただし、きみ宛てに送られてきたという事実は伏せ、電報を入手した経緯についてはあいまい曖昧にする。きみを特定される恐れがあるから、当然、宛先の住所は省く」

「でも、住所を載せないと、〝家の近く〟というのが――」

「きみ宛ての電報だったことは、断じて口外するな。きみはすでに危険に晒されている。これ以上の危険を招いてどうする」

「警察には？」

「新聞を読んで知るがいい」鋭く言い放つ。「フレディが消息不明となると、きみを守る手段をほかに見つけないといけないな」

「フレディについて新しい情報は？」

「ないんだ。あいつらしくないが、酒でも飲んでほっつき歩いてるのかな。よりによってこんなときに」

まるで合図を受けたかのように、フレディの友人、トム・バニスターが戸口に現われた。顔つきが、すべてを物語っていた。

「おい、どうした？」とファーガソンが問いただす。

「フレディがどうかしたんですか？」とエリザベス。

「〈五つ辻〉で発見されました」言葉が嗚咽のようにこぼれ落ちる。「ひどい殴打を受けて見るも無惨な姿でした」

エリザベスは目の前が暗くなった。椅子の背をつかんで、どうにかからだを支えた。「命は取り留めたのですか？」

「かろうじて……ベルビュー病院に運ばれました。僕は今から向かいます」

ファーガソンの顔が曇った。「バーンズ警視の差し金に違いない」と顎をこわばらせて言う。

エリザベスは目をみはった。「まさか、そんな……」

「あいつなら、やりかねない」

「でも、どうして――」

「フレディは、おれたちの仲間だ。おれたちが核心に迫りすぎたことに対する警告だろう」

「つまり、わたしたちが先に事件を解決してしまわないように妨害する意図ですか？」

「あるいは、事件が永遠に解決しないことを望んでいるのかもしれない」

「なぜ？」

「それをぜひ知りたいところだ」

トム・バニスターを見やると、戸枠にしがみつき、手を放せば床にくずおれそうだった。

「トム、あしたは休んだらどうだ？」とファーガソンが穏やかに言った。「フレディに会って、それからゆっくり休め」

「もし邪魔でなければ、休みたくありません。フレディに何があったのか、突き止めたいんです」

「その解明は、いったん後回しにしよう」とファーガソンがこたえた。「〈五つ辻〉は危険な場所だ。何が起こるか知れたものでは――」

「じゃあ、指をくわえて、警察に〝解決〟させるつもりですか？」苦々しげに吐き捨てる。

「そんなことは言っていないが、捜査はおれたちの仕事じゃない」

「エリザベスさんには、なぜそう言わないんです？」と抗議して、エリザベスを睨みつける。

ファーガソンが一歩前に出た。「トム、落ち着け――」

「エリザベスさんのせいで、フレディが狙われたんだ！　よけいなことに首を突っ込むから。女性がやるべき仕事じゃない！」

「そこまでにしたまえ！」背後から声がして、ジェームズ・ゴードン・ベネット・ジュニアが戸口に姿を現わした。いつもながら品がよく、鳩色の長い外套の襟の穴に赤いオランダ撫子の花を一本挿している。

「失礼しました、ベネットさん。いらっしゃるとは気づきませんでした」とトムが詫びた。

出版人であるベネットは片手を軽く振った。「気になさらずとも結構。ベルビュー病院へ行って、フレディ・エバンズ氏のようすを見てきてください。容態を電報で知らせてくれると助かります」そう言って、トムの手にいくらかの金を握らせた。

「承知いたしました」トムは、うなだれがちに廊下を歩いていった。

「さて」とベネットがエリザベスに向き直る。「女性が男性の仕事をしようとして、このような結果になったわけです」

ファーガソンが赤面した。「エリザベスさんにはその資格がないとおっしゃるのですか？」

「いいえ、そうではありません。ただ、エリザベスさんは今後も同じような非難を免れないだろうと指摘しているのです。前途多難ですね」エリザベスに語りかける。「友であれ敵であれ、行く手に立ちはだかるかもしれません。今、あなたが自問すべきは、それに立ち向かう覚悟があるかどうかです」

一週間前であれば、エリザベスは躊躇なく〝あります〟と即答していただろう。しかし、ふたりの男たちの視線を浴びながら、自分が小さく、哀しい存在に感じられた。それでも、父親が好んで口にする言葉が、耳奥によみがえってきた。「迷ったら、やり通しなさい」

エリザベスは顎を少し上に向け、ベネットの視線を正面から受けた。「今ここでわたしが踏み出さなかったら、誰も道を切り開くことはできません」

第五十六章

図書館では、彼は透明な存在だった。静かで目立たず、影のように書架のあいだに溶け込んでいた。女性たちは彼を避けるように通り過ぎていった。自分が危険とすぐ隣り合わせであることに気づきもせず……。彼女たちの髪から漂う香り、スカートの擦れる音、横を通るときに伝わってくる羽毛のようにかすかな空気の揺れ、それらすべてが彼にたとえようのない興奮をもたらした。

図書館の棚に並ぶ、売れ筋の安い大衆小説を眺めた。『薔薇のごとく赤き女』『名ばかりの妻』『壊れた心』『愛しき人よ、さようなら！』……。題名を読んだだけで気分が悪くなった。嫌悪感に耐えられず、目をそむけた。愛などというものは、おとぎ話だ。安全な殻に包まれて平凡に暮らす者たちが抱く幻想にすぎない。その連中は、ここに並んでいるような忌まわしい本が語る嘘を鵜呑みにした。

それに引きかえ、殺人はまったく性質が異なる。殺人は現実だ。かつて生きていた人間が、その後は生きていないという、観察可能な節目なのだ。殺人は、生きている実感をもたらしてくれる。自分が実体を持つ存在であることをあらためて教えてくれる。人を殺すことを通じて、自分には行動を起こす力があると認識できる。この世界に対する影響力があるのだ、と。それどころか、歴史の流れを変える力さえある。殺人は周囲に変化を及ぼしていく。池へ投げ入れた小石が波紋を広げるかのように。

彼は、馴染みある書架の一角へ静かに足を運んだ。古代エジプトに関する分厚い本を読みふけって至福の時間を過ごした場所へ……。並んだ背表紙に軽く指先を滑らせ、とくにお気に入りの一冊を選び出した。この本は、ほとんど暗記するほど繰り返し読んだ。題名は『古代エジプトの神々』。次の女神はすでに決めてある。今まで以上に慎重に事を進めるつもりだ。彼女にはじゅうぶんな時間を与え、準備させ、整えさせ、知識を持たせなければならない。この本を贈ることが、儀式の第一段階となるだろう。彼は本を胸に抱きながら嘆息し、いまや見慣れた彼女の顔が、この本と向かい合うさまを想像した。

しばらくして自宅に戻った彼は、鏡の前で髪を梳かしながら、口元を緩めた。丁寧に髪を分け、ライムの整髪油を少し振りかけた。彼は今、北米最大の池に住んでいると言ってもいい。あとは、その池へさらなる小石を投げ入れ、波紋が社会全体に広がるのを見守るのみ。それこそが真の力、人が持ちうる唯一の真の力だ。すなわち、命と死を操る力。その操りかたが、いっそう巧みになりつつある。

第五十七章

エリザベスが記事を書き終えたときには、すでに七時近くになっていた。身の安全についてファーガソンとしばらく口論したすえ、自分の意見を貫いて、フレディに会うためにベルビュー病院へ向かうことにした。トム・バニスターからはまだ何の連絡もなく、誰もが最悪の事態を心配していた。エリザベスは、容態がわかったらすぐに知らせるとファーガソンに約束し、心地よい夜気のなかへ出た。

北へ向かう馬車鉄道に乗り込んだとき、道はどこも閑散としていた。車内にはエリザベス以外、ほとんど乗客がいない。煙突掃除の少年が片隅に身を丸めて居眠りしている。煤で顔が真っ黒だ。長いブラシをかたわらに置いたその少年は、せいぜい十二歳だが、この月曜の夜にも仕事だったらしい。エリザベスが同じ年齢のころは、こんな時刻なら、熱い風呂から上がって、薄い焼き菓子と牛乳を口にしたあと、愛情深い父親に肩を抱かれてベッドへ連れて行ってもらっていただろう。父親は娘たちを寝かしつけるのが大好きで、眠るまで物語を読んで聞かせてくれた。自分でつくった話を語ることもあった。うたた寝する少年を眺めながら、この子には家で待つ父親あるいは母親がいるのだろうかと考えた。それとも、働きすぎの母親が、苦労と貧しさのあまり、床に伏しているのだろうか？　父親はすでに別の女性と暮らしていて、たまに会う息子には暴力を振るうのか？

少年がいちど身を起こしてから、汚れた手で頭を支え、ふたたび目を閉じた。これから帰る家には何があるのだろう？　温かいスープの一杯くらい飲めるといいが、アパートメントに湯沸かしの設備があるかどうか。もしスープに肉がひと切れ入っていて、古いパンとチーズが一枚ずつ添えられていれば、相当な幸運といえるだろう。

エリザベスは、だいぶ暗くなった窓の外へ目を移した。八月がもうすぐ九月になる。日没のたび、日が暮れるのが急に早くなった気がする。少年がヒューストン通りで降り、馬車鉄道はさらに北をめざした。イースト川の上に、満月がのぼり始めている。湿度の高い夏の空気のなかで、月は重たそうに見え、ともすると、暗く渦巻く深みへ落ちていきそうだ。

夜闇が迫り、キプス湾に近づくころ、前方にベルビュー病院が浮かび上がった。月明かりに照らされ、鉄製の門に刻まれた文字が輝いている。円筒形の大小の丸い塔があるその姿は、病院というより、童話に出てくる城のようだった。

受付係は、フレディの所在を見つけるのに手こずりながらも、結局、三階にいると突き止めた。〝重傷者用の病棟〟であると、必要以上に厳粛な口調で伝えてきた。

教えられた病室に到着した。フレディは意識はあったが、ものものしく包帯を巻かれていた。頭部をガーゼで覆われ、鼻が腫れ、顔は青あざと切り傷だらけだった。両目も腫れ上がっていた。そんな姿を見て、エリザベスはとたんに涙がこぼれそうになった。トム・バニスターがベッド端に座っている。エリザベスを見たフレディは、呻きながら寝返りを打ち、必死に起き上がろうとした。

「エリザベスさん、来てくれてありがとう」と弱々しい声で言う。

「おい、無理して動くな」とトムが制した。「体力を無駄に消耗しないようにしろ」

エリザベスは戸口に立ち止まったまま、自分が来たことをどう受け取られるだろうかと戸惑った。「こんばんは、フレディ。ようすはどうですか、トムさん?」と硬い口調で訊ねた。

「医者によると、無茶しなければ命は大丈夫らしい」フレディをちらりと見ながらトムがこたえる。フレディは弱々しく笑った。

「怪我はひどいのですか?」

「鼻の骨が何本か折れたけど、おかげで少しは男前になるかもしれない。ほかに肋骨が何本かと、鎖骨も折れてる。打撲傷は数知れず。たぶん脳震盪を起こしただろう。出血も少々。だよな?」と、眠ってしまったように見えるフレディに問いかける。フレディは瞼を閉じ、規則正しく呼吸している。エリザベスは安心した。トムが立ち上がり、忍び足で近づいてきた。「医者は脳出血を心配してたけど、今のところ持ちこたえてる」とささやく。

「わかりました」とエリザベスはこたえた。「容態を社に報告する約束なんです」

「ああ、そうだった。報告するのを忘れてた」

「大丈夫。わたしがやっておきます。誰にやられたか、フレディは言っていましたか？」

「二人組の暴漢に襲われた、と。顔はよく見えなかったそうだ」

「警察の制服を着ていたなんていうことは？」

「いいや」

「でしょうね。バーンズ警視がそんなへまをするはずありません」エリザベスは帰ろうとした。

「あのう、お嬢さん？」とトムがためらいながら口を開く。

「はい？」

「さっき言ったこと……言わなきゃよかった。きみのせいじゃない。無性に腹が立って、つい、きみに八つ当たりしてしまった。間違ってたよ。謝る」

「いいんです。お気持ちはわかります。フレディのことが心配なのはお互い様ですから。じゃあ、電報を送ってきます」

「うん。よろしく頼むよ」ベッドの脇に戻ったトムは、ふたたび寝ずの看病を始めた。

病院の一階に電報室があり、エリザベスはフレディの容態について《ヘラルド》編集部へ報告を終えた。そのあと玄関広間に戻り、〈精神科病棟〉と書かれた案内表示に従った。すでに慣れた通路を歩いているうち、背後から足音が聞こえ、それがだんだん速くなってきた。恐怖に襲われて振り返ると、ジャミソン医師が駆け寄ってきた。その姿を見て、安心感とともに、別の感情も湧き上がってきた。

「驚かせてしまったかな。すみません」追いついてきた医師が言った。

「こんばんは、先生」エリザベスは歩みを止めずにこたえた。ジャミソン医師の存在に全身の細胞が歓喜している。だからこそ、会えてどれほどうれしいかを相手に悟られたくなかった。

「お姉さんに面会ですか？」

「姉の状態に何か進展はありましたか？」

「じつは今、ようすを見に行くところです」

「なぜ？　何かあったんですか？」

返事がなかった。それ自体がこたえだった。

「どうしたんですか？　教えてください」とエリザベスは畳みかけた。

「ご自身の目で確かめてください」ふたりは患者たちの談話室へ続く角を曲がった。

ローラはいつもの場所、窓際の籐の長椅子に座っていた。髪とほぼ同じ淡い黄色の服を着て、窓の外をじっと見つめている。薄手の窓掛け布越しに、金色の月光が射し込んでいた。エリザベスは一瞬、座っているのが母親ではないかと思った。それほど、ふたりの見ためはよく似ていた。入ってきたふたりに気づいて、ローラが振り返った。あまりの無表情さが、まるで短剣のようにエリザベスの心に突き刺さった。

「ご機嫌いかが、ロロ？」と優しく声をかけた。


ローラは微笑みもせず、小首を傾げた。「あなた、幻ね」

エリザベスは言葉の続きを待ったが、姉は沈黙したまま、視線をジャミソン医師に向けた。

「こんばんは、バンデンブルックさん」とジャミソン医師が言った。「今晩はお加減のほうはどうです？」

「わたしは、飛んでいる」不思議なほど平坦な声だった。まるで、エリザベスや医師の存在が、座っている椅子や、隣のテーブルに置かれた冷めた紅茶と同じくらいの意味しか持たないかのようだ。

「何を読んでいたの？」と、エリザベスは膝の上の本を指さした。

ローラは本を手に取り、初めて見たかのように興味深そうに眺めた。「『古代エジプトの神々』」

「どこで手に入れたの？」きつい口調で訊いた。

「幽霊から、もらった」ローラがぼんやりとこたえる。

「どうして幽霊だと思ったんです？」医師が尋ねた。

「全身が白で、夜みたいに暗かった」歌うような声。

「つまり、白い服を着た人だったという意味？」とエリザベスは訊いた。

ローラはうなずいた。「白い服を着て、夜のように黒い」

「肌が黒かったわけですか？」とジャミソン医師が確かめる。

ローラは肩をすくめて唇を嚙んだ。エリザベスの前回の面会時とは、まるきりようすが違う。

「看護師たちは白い服を着ています」とジャミソン医師が言った。「その他の職員も服は白です」

「今は夏だから、白い服を着た人は、ほかにもおおぜいいますよね」とエリザベスは言った。ローラに向き直る。「その本をくれた人、誰だったか覚えてる？」

ローラは眉根を寄せ、激しく頭を振った。

「動揺させてしまったようです」と医師がおだやかに言った。「話題を変えましょう」

「でも、わたし――」

「本なんて、別にどうでもいいじゃないですか？」

「じつは、重大な意味があるかもしれないんです。……ごめんなさい、ちょっと席を外すわね？」と、ひとこと姉に断わった。

「どうぞ」ローラが品よく片手を振る。落ち着いたようだとエリザベスは安心した。

エリザベスは手招きし、ジャミソン医師を廊下へ連れ出した。声をひそめて、最近の殺人事件や、エジプト神話との関連について打ち明ける。医師は真剣な表情で耳をそばだてた。

「なるほど、心配するのも無理はありません。あすの朝さっそく聞き取りをして、真相を探ります」

「何から何までありがとうございます」

「もっとも、昨今は古代エジプトに大きな関心が集まっています。たんなる偶然という可能性もありますよね」

「ええ、そうかもしれません」いちおう同意したものの、不可解な出来事が相次いでいる以上、偶然の一致とは信じがたかった。

第五十八章

面会中、そのあともローラは口が重く、ついにエリザベスの忍耐が尽きた。姉の反応がこれほど鈍いのは初めてだった。表情の無さと感情表現の平坦さに付いていけず、疲れ果てた。今の姉は、現実と曖昧にしかつながっていないらしい。三十分ほど経って、エリザベスとジャミソン医師は、そろそろ帰るべきだろうと意見が一致した。

「さっき、姉の状態についてはっきりおっしゃらなかった理由がよくわかりました」玄関広間へ続く長い廊下を歩きながら、エリザベスは言った。「わたしが動揺しないように気を遣ってくださったんですね」

「それと、先入観を与えてしまうと、あなたの接しかたに影響が出てしまうんじゃないかと思いまして」玄関に着いたとき、医師はエリザベスに顔を向けた。「とても腹が空いているんですが、よかったらいっしょに食事でもいかがですか?」

エリザベスも、一日じゅうほとんど食事のことを考えずに過ごしていて、空腹だった。

「角を曲がったところに小さな軽食堂がありまして、主人が親切にしてくれます。ぜひごいっしょに」

「お誘いいただいてうれしいのですが」とエリザベスはこたえた。「その前に、片付けなければいけない用事があります」

「どんなご用事でしょう?」

〝いかれたメアリー〟と呼ばれる女性の殺害とその後の出来事について話した。「死体安置所へ行きたいんです。もしビクトル・ノバクさんがいらしたら、ご遺体を見せていただけるかもしれません」

「ぞっとするような仕事ですね」

「あなたが毎日なさっていることと大差ないでしょう?」

「そいつは手厳しい」と苦笑する。

「わたしが女だから、たいへんだとお思いでしょうけれど、神経の太さは男性並みです」

「その点は疑っていません」と真面目な表情で言う。

本心だろうとエリザベスは思った。

三十分後に玄関広間で会う約束をした。医師は数人の患者のようすを見に行き、エリザベスは死体安置所のある別棟へ向かった。着いてみると、ビクトル・ノバクが事務室のデスクの前に座り、書類作業に没頭していた。

「おや」とノバクが気づいて顔を上げた。「いつおいでになるかと思ってました。あなたの仲間が――いや、〝競争相手〟でしょうか――すでに何人か来ましたよ」

「その人たちにはどんな説明を?」

「警察に話したのと同じことを話しました。検死の結果、死因は溺死です。ほかの事件と同じように、首を絞めた跡もありましたが」

「血を抜かれてはいなかった？」

「ええ」

「犯人は首を絞めたけれど、絞殺するつもりはなかったわけですね」

「そのようです」

「では、マディソン広場の茂みで見つかった被害者のほうは？」

「損傷が激しくて、首を絞められたかどうかは判別できませんでした。それに、ええ、いまだに身元が特定されていません」次の問いを先回りして、そうこたえた。

「絞殺する気がないのに、なぜいったん首を絞めるのでしょうね？」とエリザベスが考え込んでいるところへ、救急馬車の御者ベンジャミン・ヒギンズが入ってきた。棒状の甘草《かんぞう》菓子を噛んでいる。

「それは、自分の力を感じるためじゃないですか」とヒギンズが口を挟む。「こんばんは、お嬢さん」

「こんばんは、ヒギンズさん」

「ずいぶんとまあ、暇そうだな」とノバクがからかった。

ヒギンズは肩をすくめ、服に付いた甘草の汚れを拭きとった。分厚い肩と胸で、白い上着がはちきれんばかりだ。「今夜は平和だよ。ところでお嬢さん、何のご用でこちらに？」

「メアリー殺しについて調べていらっしゃる」とノバクが代わりにこたえた。

「あの事件か？」痛ましそうに首を振る。「おぞましい。あんな悪魔が何を考えているのか、想像もつかない」

「間違いなく、欲望にもとづく殺人です」とエリザベスは言った。

これを聞いたヒギンズは、ひどく驚いたようだった。

「えっ？　いや——まさか。だって、被害者たちには性的な暴行の形跡なんてなかったよな？」

「なかった」とノバクがこたえる。「しかし経験に照らすと、だからといって性的な動機が除外されるわけではない。あなたもちろん、ご遺体を見たいんでしょう？」とエリザベスに訊いた。

「ええ、お願いします。よろしければ」

「こちらへ」と言いながら、ノバクはヒギンズをちらりと見た。ヒギンズは椅子にどっかりと座り、甘草菓子を満足そうに噛んでいる。唇と舌が黒く染まっていた。

エリザベスはノバクのあとについて、金属製の冷蔵引き出しに数多くの死体が保管されている部屋に入った。整然とした手書きの文字で〝メアリー・マリンズ〟と書かれた引き出しに近づいた。

「こちらです」とノバク。油を差した軸受に導かれ、引き出しが滑らかに開いた。

メアリーの姿は前日とほとんど変化なかったが、胸部にY字形の切開跡があった。細心の注意を払って縫合されたらしく、縫い目が小さく間隔も狭く、白い肌をできるだけ傷つけないようにしたかのようだった。それが遺体への敬意の表われなのか、それとも、扱いやすい遺体で研修医が腕を磨いただけなのか、エリザベスには判別できなかった。

生を失った肩と胸の青白い肌や、首のまわりに残る絞められた跡をじっと観察した。

「このからだに、ほかに何か印はありませんでしたか？」とエリザベスはノバクに訊いた。

「切り傷や打撲痕ならいくつかありましたが、何か特別なものをお探しですか？」

エリザベスは手提げ鞄から紙片を取り出して見せた。

「これは何です？」しばらく見つめたあとで、ノバクが尋ねる。

「水を表わす古代エジプトの図像です」

「ど、どうしてそんなことをご存じなんです？」心底から驚いたようすだった。

「見せていただけますか？」

ノバクは無言で、掛けた布を剝ぎ、上半身の残りを露出させた。腹部に、エリザベスが見せたのと同じ図像がみごとに刻まれていた。ふと顔を上げると、扉のところにベンジャミン・ヒギンズが立ち、口をぽかんと開けていた。

「天と聖人たちがわれわれをお守りくださいますよう……。これは悪魔のしわざに違いない」

「じつは」とエリザベスがさえぎった。「これはオシリスのしわざだと思います」

第五十九章

死体安置所で三十分ほど過ごし、病院の玄関広間へ戻ると、すでにジャミソン医師の姿があった。

「お待たせしてしまって申し訳ありません」エリザベスはタイルが敷き詰められた床を横切って、医師のそばへ急いだ。

「いえいえ、構いません」ジャミソン医師が笑顔でこたえる。「ただ、空腹でたまらなくて。フランス料理がお好きだといいのですが」

「何よりの好物です」ふたりは夜の闇へ歩み出た。

日没から数時間経っているものの、空気はまだ暖かい。ふたりで一番街を歩きながら、エリザベスはふと考えた。こんな穏やかな夜でさえ、この奇妙で予測不能なマンハッタン島では恐ろしい犯罪が起きているのだ、と。

〈カフェ・デ・ギャマン〉は、想像していた以上に魅力的で、店の主人たちのフランス語の抑揚がヨーロッパふうの雰囲気をいっそう引き立てていた。ジャミソン医師によれば、店主夫婦はパリではなくモントリオールの出身だといい、子音の強さや二重母音の独特の響きはそのせいだった。ジャミソン医師は店側にひどく気に入られているとみえ、ブルゴーニュ産の上等な葡萄酒が店のおごりで振る舞われた。

料理が運ばれてくると、ジャミソン医師は自分が注文したコック・オー・バンをぜひ、ひと口味わってみてほしいと、エリザベスに勧めた。赤葡萄酒の風味が染み込んだ鶏肉はたしかに美味だったが、エリザベスのトゥルイット・オ・フィーヌ・ゼルブはさらに絶品だった。パセリ、チャイブ、セルフィーユ、エストラゴンといった香草をからめた鱒《ます》に、バターとレモンの調味液がたっぷりとかけられ、焼き目を付けたじゃがいもとアスパラガスが添えられていた。想像し得るかぎり、最も天国に近い味だった。

ひとまず空腹が収まって、エリザベスは椅子の背にもたれ、軽食堂の居心地のいい内装を見渡した。柱でガス灯が楽しげに揺らめき、暖炉の棚や窓辺、テーブルの上に置かれた十本ほどのろうそくの光がその明かりを補っている。全体の装飾はフランスの田舎家ふうにまとまっていて、窓には白い編み模様の薄布が掛かり、ラベンダーの乾燥花を飾り紐で束ねたものが花瓶に挿してある。壁には、光沢を放つ銅製の鍋が並べて吊り下げられ、古典的な名画の複製がいくつも飾られていた。エリザベスが知っている絵では、フェルメール、レンブラント、モネの『干し草の山』……。

視線をジャミソン医師に向けると、向こうも皿から顔を上げた。目が合ったとたん、意外にも、医師が笑いだした。

「食事に夢中になっていて申し訳ないと謝ろうと思ったけれど、空腹で我を忘れていたのはお互い様らしいですね」

　そのとおりだった。エリザベスはわずか数分で皿の上の半分を平らげていた。頬が赤らむのを感じる。

「もし母がここにいたら、みっともないと叱られてしまいます」

「告げ口などしませんから、ご安心を」

「母はわたしをもっと自分に似せようと一生懸命なんです」

「ある種の人たちにとって、人生で最も悲しい瞬間は、自分の無理強いで他人の本質を変えることなどできないと悟るときです」

「うちの母はまだその境地には達していません」

「一部の親は、なぜ自分の理想に合わせて子供を型に嵌めようとするのかな？　わたしには理解できません」

「そのお言葉からすると、あなたのご両親はそういう誘惑に打ち勝ったようですね」

　ジャミソン医師は微笑し、瓶に手を伸ばして「葡萄酒をもう少しどうです？」と勧めた。

「ええ、いただきます」まわりを見渡すと、到着時には賑わっていた店内が、だいぶ空いてきていた。給仕が、暖炉のそばの一組の恋人たちに、食後の菓子を出している。「もう少し、姉のことを話題にしてもよろしいでしょうか？　もちろん、もしお嫌でしたら、遠慮なくおっしゃってください」

「ぜんぜん構いませんよ」と、医師は葡萄酒をひと口含む。ろうそくの炎で柔らかく照らされて、翡翠のような瞳がさらに色の深みを増し、肌が陰を帯び、髪は漆黒に浮かび上がっている。エリザベスとはまったく違う褐色の肌が、心を惹かれる理由の一つかもしれない。

「もしかすると、お仕事のことはしばらくお忘れになりたいのかと――」

「正直なところ、わたしは仕事中毒でしてね。忘れるなんてできません」

「わかりました」エリザベスは、父親が悩み事を抱えているときにするように、食事用の布巾をもてあそびながら指に巻きつけた。「姉の症状が急に悪化した理由にお心当たりありませんか？」

「具体的にはわかりませんね。ただ、治療法を変えたほうがいいかもしれないと、ほかの医師たちに提案しているところです」

「どうして変えたほうがいいと？」

「まず、以前もお話ししたとおり、鎮静剤を使いすぎているきらいがあります」

「それは同感です。ただ、ではどうすれば？」

「われわれ臨床医が患者ともっと意思疎通を図り、患者の心の内へ分け入る努力をすべきだと思います」

「大きな方向転換ですけれど、ほかの先生がたを説得できるでしょうか？」

「スミス博士の耳に入れることさえできれば、検討してもらえると思います。わたしがベルビュー病院へ移ってきたのも、スミス博士が在籍していらっしゃるからです。それと、わたしは以前から、精神性疾患の一部は生物学的な要素が原因ではないかと考えているんです。当然、同じ考えの医師はほかにもいますが、今のところ、まだわからないことが多すぎて、新しい治療法がかえって裏目に出る危険性もないとはいえません」

「姉は……」言いかけて、こたえを聞くのが怖くなり、ためらった。

「はい？」

「姉は治るでしょうか？」

「わたしはまだこの分野では経験不足です。でも、いつの日か、あなたのお姉さんのような人たちに、もっと効果的な治療法が見つかると信じています」

その言葉には大いなる希望が込められていた。エリザベスは、姉の快復を信じようという思いをあらたにした。「姉の容態を気にかけてくださって、本当にありがとうございます」衝動的に、ジャミソン医師の手に自分の手を重ねた。温かく、思いのほか柔らかい肌。全身に電流が走り、エリザベスはあわてて手を引っ込めた。

エリザベスはとっさの行動を恥じた。ふたりのあいだに、ぎこちない空気が流れた。医師が軽く咳払いをして、品書きを手に取った。「食後に何か召し上がりますか?」

本当はもう満腹だったが、この夜を終わらせたくない。「いただきますわ」とこたえた。

「お好きなものはありますか?」

「お任せします」

ジャミソン医師は、木苺のタルトと〝ラファイエット・ジンジャーブレッド〟なるものに加え、コーヒーを二杯注文した。

届くのを待つあいだ、エリザベスの心は最近の殺人事件の周辺をさまよった。

「考え事ですか?」急に押し黙ったエリザベスを見て、医師が尋ねる。

「ごめんなさい。ただ、どうしても不思議なんです。犯人はどうやって、いとも簡単に死体を運んでいるのでしょう?」

「例の奇妙な連続殺人のことですね?」

「ええ。もちろん、犯人は夜の闇に紛れているんでしょうが、それにしても……」

「辻馬車を使っているのかな」

「でも、だったら御者に目撃されてしまいます」

「口止め料を渡しているのかもしれない」

エリザベスは布巾を無意識に指に巻きつけた。「もしかしたら、自分の馬車を持っているのかも」

「そうすると、けっこう裕福な者ということになる」

「犯行を重ねていたら、どうしても人目に付くんじゃないでしょうか。なのに、この犯人はまるで幽霊のように自由に動き回っている。わたしの知るかぎり、目撃者はひとりしかいません」

「それは誰です？」

「フルトン通りの脇の十七番埠頭で寝泊まりしている、酔っ払いのお年寄りです。真夜中に犯人を見たんだとか」

菓子が運ばれてきた。ほかの料理に引けを取らず見事だった。お互いの品を分け合うことになり、エリザベスは胸がときめいた。タルトの生地はさくさくとした軽い食感で、ふっくらと泡立てられた甘いクリームが盛られ、その上に新鮮な木苺が載っていた。濃い茶色のジンジャーブレッドは温かくしっとりとしていて、バニラ風味の冷たいアイスクリームとの組み合わせが素晴らしい。新鮮なスパイス、バター、卵の香りが漂い、あまりのおいしさに、エリザベスは満腹だったことをすっかり忘れて味わった。

「どうやら」とジャミソン医師が口を開いた。「ふたりとも同じくらい腹が空いていたようですね」

「本当においしかったです。ありがとう」

「どういたしまして」

エリザベスは申し出に甘え、自宅まで送ってもらうことにした。ジャミソン医師が辻馬車を呼ぶと、すぐに一台が病院の前に停まった。御者に見覚えがある。そう思った次の瞬間、エリザベスは、御者の頬に走る傷痕に気づいた。以前にも会ったことのある、痩せた若者だ。手綱を引かれた栗毛の騸馬《せんば》が、早く出発したいとばかり、上下にさかんに首を振っている。

「しょっちゅうお会いしますね」とエリザベスは御者に声をかけた。

「こんばんは、お嬢さん」御者が帽子を軽く持ち上げて挨拶する。エリザベスは居心地のいい車内に腰を下ろした。

ほんの少し乗っただけで、〈スタイベサント・アパートメント〉に到着した。待っていてくれと御者に告げて、ジャミソン医師はエリザベスを玄関まで送り届けた。手提げ鞄から鍵を出したとき、一階で大きな音を立てて扉が閉まり、驚いたエリザベスは鍵を落としてしまった。

医師が身をかがめて鍵を拾い、「大丈夫ですか？」と言いながらエリザベスに手渡した。

「なんだか疲れたみたいで」と嘘をついた。「素敵な夜をありがとうございました」

「こちらこそ、楽しかったです」ガス灯の柔らかな光が、医師の黒い巻き毛の髪を照らしている。不意に、ライムの香水が鼻をくすぐり、エリザベスは突然、両手の指が石のように硬くなるのを感じた。喉の奥から恐怖がせり上がってくる。ふたたび鍵が指先から滑り落ち、また医師が拾ってくれた。

「本当に大丈夫ですか？」と鍵を渡しながら訊いてくる。

「不器用で困ってしまいます」声が震えないことを祈りつつ言った。「あらためて、ありがとうございました」こんどは鍵がすんなりと鍵穴に収まり、エリザベスは玄関広間へ身を滑り込ませた。医師が辻馬車に戻るのを窓越しに見届けると、蹄が石畳を踏む音が夜闇に消えるまで、じっと立ち尽くしていた。

自分を襲った男がハイラム・ジャミソン医師だとはもちろん考えていなかったが、ライムの匂いを思い出して吐き気を覚え、部屋までたどり着く途中でめまいがした。厳重に戸締まりをしてから、熱い風呂に入った。深い湯船に身を沈め、洗面台の鏡が曇るころ、ようやく緊張がほどけた。空気を長くゆっくりと吸ったあと、吐き出そうとした息がひとりでに嗚咽に変わり、自分でも驚いた。あとからあとから溢れ出す涙が、熱い湯に溶けていく。しゃくり上げすぎて腹が痛くなるまで、泣き続けた。

湯から上がり、ベッドに潜り込んだ。窓の外を見ると、満月にはまだ早い月が夜空高く浮かんでいた。生まれて初めて、ある種の傷は永遠に癒えることはないのだろう、と思った。

第六十章

火曜日の朝、エリザベスはファーガソンの私室へ駆け込んだ。ファーガソンがデスクから顔を上げる。

「きっと、自分で馬車を駆っているのです！」エリザベスは息を切らしながら叫んだ。

「なんだって？　誰が馬車を駆っているんだ？」

「犯人です！　だからこそ、誰にも気づかれずに死体をいくつも運ぶことができた」

「どうしてわかる？」

「そう考えれば、筋が通るではありませんか。夜中に堂々と馬車で走りまわっても、見とがめられず、気にも留められない」

ファーガソンが口ひげを撫でた。「たしかに、一理あるな。辻馬車がどんな時刻に走っていても、誰も不審に思わない」

「御者なら、わたしの両親の家の場所を知っていてもおかしくありません」

「つまり、その御者はきみを乗せたことがあるというのか?」

「そうです」頬に傷のある痩せた御者とたびたび遭遇したことを打ち明ける。「その人が犯人とは断言できませんが、おかげで、はたと思いついたわけです」

「しかし、その御者はどうして昨晩きみがそこにいるのを知ってたんだろう?」

エリザベスは眉をひそめた。「結論として、わたしを見張っていたとしか考えられません」

ファーガソンも眉根を寄せる。「辻馬車といっても、この街には何百台と走っているからな……。犯人が死体を置くのを目撃した人物がいなくて残念だ」

「目撃者なら、一名います」

「ええっ? 誰だ?」

エリザベスは、埠頭で老いた船乗りから聞いた話をファーガソンに伝えた。「もちろん、もっと早くご報告すべきでした。いろいろなことが起こったので、うっかり忘れていました」

「きみの記事にはそんなことは書いてなかったが」

「ええ、もし書いたら、命を狙われる恐れがあると思いまして」

「だが、その船乗りは、馬車は目撃していないんだろう?」

「はい」

「となると、犯人は〝闇の御者《ナイトホーク》〟である可能性が高そうだな」〝闇の御者〟とは、夜間に街を徘徊する不正な御者を指し、客を騙して高額な運賃を取ったり、市内の幅広い悪事に関わる輸送を請け負ったりする。

「もう一つ、気になる出来事がありました」そう言って、姉が受け取った謎の本について話した。

「で、誰から渡されたのか、まだわからないのか?」

「ジャミソン医師が突き止めようとしています」

「つまり、病院関係者かもしれないってことか?」

「可能性はほかにもあります。外部の誰かに頼まれて、病院の職員が姉に渡したのかもしれません。訪問者が直接渡したとも、ほかの患者が渡したとも考えられます。残念ながら、姉の記憶はかなり曖昧です」

「訪問者の名簿はあるか?」

「あいにく、つくっていません。人手不足なので」

「気に入らんな」とファーガソンが葉巻を嚙みしめる。「まったく気に入らん」

「わたし、デスクに戻って、続きの記事を書きます」

「トムが病院から戻ってきたら、きみを家まで送り届ける役はトムにやらせよう」

「わざわざそんな——」

「この件については、話し合う余地はない」

認めたくなかったが、エリザベスは内心ほっとした。威勢よく振る舞っていても、しょせんは見せかけにすぎない。それは自分自身でもよくわかっていて、むしろ、強がりを真に受けている人がちらほらいるのが驚きだった。

デスクへ向かう途中、主階段を通りかかると、サイモン・スニードと秘書課のグレタ・ボルカーレが話し込んでいた。ふたりは顔を寄せ合い、からだをほとんど密着させて、親しいようすを見せていた。歩いてくるエリザベスに気づき、互いの距離を少し空けたものの、都合の悪い場面を見られたと感じているのは明らかだった。

スニードが、いつものにやけ笑いを浮かべて、近寄ってきた。「おやまあ、ファーガソンのお抱え記者じゃないか。とっても優秀なんだってな。ベネットさんまで感心してるとか。ほかに何人の男を〝感心〟させたんだ?」

エリザベスは、ほんの数歩離れて立ち止まった。スニードの目が充血し、手がわずかに震えているのが見てとれた。それが意味するところは明らかだった——なんらかの薬物の依存症。

「どうなんだよ?」行く手に立ちはだかって言う。「いったいどうすれば、おまえの〝才能〟を味見できるんだ?」

「どきなさい」とエリザベスは低い声を発した。「この先、わたしに指一本でも触れたら、殺すわよ」

驚愕で目を見開き、スニードはまるで押しのけられたかのように後ずさった。その隙を逃さず、エリザベスは振り返ることなく歩きだした。建物内は涼しいが、全身に汗をかいていた。スニードの威圧に対してあんな反応を示すとは、我ながら驚きだった。ただ、もううんざりだったのだ。批判、当てこすり、嫌み、脅し……もはや我慢の限界だった。社会が女性に要求してくる駆け引きにも、もう付き合う気になれない。好きでもなければ尊敬もしていない相手に向かって、感じよく優しく親切に敬意を示すなど、真っ平だ。そう思いながら歩くうち、肩にのしかかっていた不安の重みが、大きさの合わない肩掛けのように滑り落ち、代わりに、あっけらかんとした虚無主義に包み込まれた。わたしの運命を左右しようとする人たちがいるとしても——そして、たとえそれが成功したとしても——わたしは惨めな人間になるつもりはない。

デスクに戻ったエリザベスは、不思議と落ち着いた気分だった。自分のなかで何かが変わったのだ。こちらの足を引っ張ろう、仕事を邪魔してやろうとする多くの人々に対して、これからはもう耐えるつもりはない。この一週間、さまざまな感情に見舞われすぎて、ついに限界に達したようだ。まるで全身から柔らかさがすべて抜け落ちたかのように、フレディが暴行された件に関してすら、自責の念は消え、硬く冷たい怒りが湧き上がっていた。また、事の是非はともかく、自分が襲われた事件と連続殺人事件とは無関係、と判断を下した。事件の性質があまりにも異なっているからだ。

　エリザベスは記事の執筆に集中し、数時間休みなしに書き続け、五時を迎える直前に完成した。誰もいないファーガソンの私室に入って、記事をデスクに置いて伝言を添え、トムに付き添われて《ヘラルド》の建物を出た。

　ようやく取り戻した心の平穏が、間もなく打ち砕かれる運命にあるとは、知る由もなかった。

第六十一章

〈スタイベサント・アパートメント〉に帰り着いたエリザベスは、玄関広間で管理人に迎えられた。居住者の暮らしに細かな気配りをしてくれる、フランスふうの管理人の存在が、この建物の魅力の一つだ。母親も非常に感心していた。とはいえ、入居後、エリザベスは管理人にとくに何かしてもらったことはない。ところがきょうは、管理人のベルニエ夫人が、エリザベスの帰りを待ちわびていたかのようすだった（〝フランスふう集合住宅〟を印象づけるため、管理人にはあえてフランス人が雇われている）。起毛の柔らかな生地でできた桃色の部屋着をまとい、玄関広間を小走りに横切ってくる。まるで濡れた手を乾かそうとするかのように、両手をさかんに上下に振っている。血色のいい、ふっくらとした顔立ちの中年女性だ。体形は、エリザベスの母親の表現を借りるなら〝重さが豊か《アボアードゥポワズ》〟だが、平たく言えば、太っている。髪は、何枚もの細長い布で少量ずつ巻いてある。髪を結ってくれる世話係がいない女性は、夜のうちにこうやって髪に巻き癖を付けておくのが一般的なやりかただ。

「お嬢様《マドモアゼル》、あの男性はとても困っていた《ケルクショーズ・ル・デランジェ・ブレマン》！」

エリザベスはフランス語をあるていど理解できる。管理人が正気を失っているのではなく、ひどく動揺しているのだとわかった。「すみません《パルドン》、奥様《マダム》？ その男性というのは誰ですか？」

「若いお医者様よ《ル・ジューヌ・メデゥサン》！」訴えかけるような茶色の瞳がエリザベスの顔を覗き込む。

「どんなお医者様《ケル・メデゥサン》？」ベルニエ夫人はいちおう英語も話せるのだが、興奮しているときは言葉がうまく出てこないらしい。

「とても美形で《トゥレ・ボー》、髪が黒い《アヴェク・デ・シュブ・ノワール》」

その描写を聞いて、霧が晴れた。ジャミソン医師に違いない。

「どんな用件でした？」

「あなたのお姉様《ボートゥル・スール》——困ったことになりました」

「困ったこととは何《ケル・ソルト・ドゥ・プロブレーム》？」

「いなくなった《エラ・ディスパリュー》——行方不明」

エリザベスは、管理人の言葉を理解するのに少し時間がかかり、それを信じるのにさらに時間がかかった。

「そのお医者様がそう言ったの？ ほかには何かおっしゃってた？」

「あなたに来てほしいと——病院に《ア・ロスピタール》」

「いつのこと？ 何時だった《ア・ケル・ール》？」

「二十分も経っていない」

「ありがとう、ベルニエさん——本当に。おかげさ《ボートル・》まで助かりました《エドゥ・エ・プレシューズ》」

「なんという災難でしょう《メ・ケル・カタストロフ》、お嬢様《マドモワゼル》！ お気の毒《ジュ・スイ・ブレモン・》に《デソレ》」

エリザベスは階段を駆け上がり、部屋の引き出しから祖父の突撃用短剣《ストームドルク》を取り、手提げ鞄に入れた。管理人が相変わらず両手を振り動かし、フランス語でひとりごとをつぶやいている脇を抜け、急いで外へ出た。

ベルビュー病院まで行くいちばん速い手段はもちろん辻馬車だが、犯人が辻馬車の御者である可能性が高いからには、危険を冒したくなかった。三番街を東へ急ぐうち、側面に〈ルーファス・ストーリー　珈琲商〉と人名がすり込まれた馬車が走っていた。両腕を大きく振って、その馬車を止めた。長身で端正な顔立ちの黒人男性が、困惑した表情で見つめてきた。

「失礼をお許しください。もしベルビュー病院まで連れて行ってくださったら、一ドル差し上げます」辻馬車の運賃の二倍だ。

黒人男性がエリザベスを眺め、訝るように目を細める。「お嬢さん、これは何かの冗談かな?」

「本気です。じつは、緊急事態なのです」

「それなら、どうぞお乗りなさい」

黒人男性は手を差し伸べ、エリザベスを隣に引き上げた。鞭のひと振りとともに、赤みがかった茶色の馬が元気よく走りだし、十八丁目を駆け抜けた。座席には薄い敷物しかなく、東へと揺られながら、エリザベスは帽子が飛ばされないようにしっかりと押さえた。

「こんなに揺れる乗り物によく慣れられるものですね?」とエリザベスは言った。

「いつまで経ったって慣れやしませんよ、お嬢さん」

「おからだに障るのでは?」

「そりゃもう。知り合いの御者たちはみんな、痔《じ》わずらいです」

エリザベスは品よく咳払いし、そんな生々しい話をされても、と思った。一番街を北へ曲がるとき、男に向き直って名乗った。

「ちなみに、わたしの名前はエリザベス・バンデンブルックです。新聞記者をしています」

「お会いできて光栄です、バンデンブルックさん。ルーファス・ストーリーという者です」

「あら。じゃあ、あなたが――」

「扉のところに書いてある〈ルーファス・ストーリー珈琲商〉本人です」

「まあ、はじめまして、ストーリーさん」

「しょせん雇われ者だろうと思ってましたね？」

「いえ、その――」

「いいんですよ。おれみたいな者はまだ少ないけど、これから増えます。あなただって、今は少数派で、これから仲間が増えるんでしょう？」

「そうですね。おっしゃるとおり、今後は増えると思います。失礼かもしれませんが、あなたの話しかたには少し独特な響きがありますね」

「ボストン生まれ、ボストン育ちでして」そんな話をするうち、病院に近づいた。正面入り口に到着し、エリザベスは手提げ鞄から一ドルを渡した。

「ご親切にどうも、お嬢さん」札をポケットにしまった。非常に洗練された、丈の長い濃い黄色の外套を着ている。上品でありながら丈夫そうな服だった。座っていた場所から軽やかに飛び降りて、エリザベスに片手を差し出す。

「ありがとう」エリザベスは降りながら言った。「もし、少々お待ちいただけるなら、手厚くお礼をいたします。もちろん、お急ぎのご用事がなければ、ですが」

「店はきょう、すでに閉めました。あとは家に帰るだけです。抜かりない商人は、儲け話を逃しやしませんよ」

「では、ストーリーさん、こちらが前金です」と、あらたに一ドルを取り出した。

「ありがとうございます」帽子を軽く持ち上げて言う。「たぶん、長くはかからないと思います」

「ここでお待ちしていますよ」そう言って、荷台から餌の桶を出した。桶を見るなり、馬がうれしそうに頭を上下に振り、優しく鼻を鳴らした。

「本当に助かります」スカートの裾を持ち上げて、水たまりを飛び越え、病院の敷地に通じる高い鉄の門を開けてくれるよう門番に手で合図した。

ローラの部屋の外で、ジャミソン医師が円顔の若い女性の看護師から事情を聞いていた。邪魔にならないように、医師の背後から近づき、黙って待った。

「じゃあ、ローラさんが出て行くのを誰も見かけなかったんですか？」

「きょうの午後、ローラさんが職員のどなたかといっしょにいるのを見ましたが、それが最後です」と看護師が震えながらこたえる。今にも泣きだしそうな顔だ。

「そんなに気にしなくていい。大丈夫だ」と医師は慰めた。「きみのせいじゃない」

「本当に申し訳ありません」しゃくり上げるように言う。

「その職員の顔を見ましたか？」

「後ろ姿だけです」

「何か特徴は？」

「背が高くて、たくましい体格でした。髪は淡い茶色……だったような」

「わかりました、ホルマンさん。時間を割いてくれて、ありがとう」

「では失礼します」目元を拭って背を向け、廊下に並ぶ高い窓から夕日が斜めに射し込むなかを去っていった。

ジャミソン医師が振り向いて、エリザベスにやっと気づいた。「バンデンブルックさん！　本当になんとお詫びすれば――」

「あなたのせいではないのはわかっています」とエリザベスはこたえたが、じつのところ何もわかっていなかった。「詳しくお聞かせください」

「残念ながら、話せることはあまりありません。ローラさんは、昼食のすぐあと、午後二時ごろに目撃されたのが最後です。わたしは、定期回診の途中、ローラさんがいなくなったことを知らされ、ただちにあなたのアパートメントへ向かいました」

「わたしは、帰宅してすぐ、管理人さんから知らせを聞きました」

「お姉さんの居場所に心当たりは？」

エリザベスは鞄に手を入れ、両親の家で受け取った電報を出して見せた。

「これは何です？」

その電報の殺人事件との関連や、犯人像をめぐる自分なりの推理を説明した。

「これが、お姉さんの失踪に関係していると思うんですか？」

「〝その家の近く〟とは、〝身近〟という意味なのかもしれません」


医師の顔が曇った。「そんな、まさか」

「最悪の事態も考えられます」高い窓から、きょう最後の陽光が射している。

「当然、すでに警察に捜索願を出しました。著名な判事の娘さんですから、警察も動かないわけにはいかないでしょう」

「うちの両親には連絡なさいました？」

「それは警察に任せてあります」

「まあ、うちの親が役立つとは思えませんが」

エリザベスは、家へ行って両親に知らせてくると嘘をつき、回診の続きがまだ残っている医師を残して、その場を離れた。電報の謎の文言についてはすでに考えをめぐらせ、このなかに手がかりがあると確信していた。どんな意味なのかも、およその見当はついているつもりだった。

ルーファス・ストーリーはさっきの場所にいた。馬の毛並みを梳かしている。馬は、桶のなかの燕麦を満足げに食《は》んでいた。穀物の甘い香りを嗅いだとたん、エリザベスは時を超えて、姉と幸せな夏を過ごしたキンダーフックの馬小屋を思い出した。ポニーに餌をやり、毛並みを整えてから、それぞれの一頭に乗って森を散歩した……。目の前の馬は、見るからに手入れが行き届いている。動物の世話をきちんとできる人は信頼できる、とエリザベスは思った。

「お帰りなさい、バンデンブルックさん」とストーリーが言った。

「お待たせてしまってごめんなさい。長くかかりすぎたかしら」

「このジョーイって馬は、こうして毛を梳かされながら餌を食べるのが大好きなんですよ」

「じゃあストーリーさん、もういちど乗せていただけますか？」

「お安いご用です」

エリザベスは二ドルを手渡した。「ではお願いいいたします。ニューヨーク・アンド・ブルックリン橋まで」

第六十二章

交通量は少なく、燕麦で力を回復したジョーイは、順調に駆け足で進んだ。ヒューストン通りを渡り、一番街がアレン通りと名前を変えたところで、ストーリーは速度を落とし、馬をゆっくりと歩かせた。ダウンタウンは道が狭く、人がいきなり馬車の前に飛び出してくることもある。エリザベスは、酔っ払いや不注意な歩行者が辻馬車や馬車鉄道に轢かれる事故を何度も目にした。

ニューヨーク・アンド・ブルックリン橋が見えてきて、エリザベスは祖父の短剣の柄を握りしめた。何本もの鉄塔が、月明かりで輝いている。マンハッタンとブルックリンを初めて結ぶこの橋は、一八六九年から建設中だが、いまだに完成していない。橋桁《はしげた》を吊り上げる鋼鉄線が塔と塔を結び、川の両岸をつないでいるが、道路の敷設作業はまだだいぶ先のようだ。地上から最初の塔まで板張りの細い通路がのびていて、そののぼり坂の途中にところどころ水平の足場が設置されている。月光に照らされ、影絵となって浮かび上がったひとりの人物が、両腕で女性を抱え、その細い通路の上を進んでいく。

「ここでよろしいですか、お嬢さん？」通路のたもとで馬車を停め、ストーリーが尋ねた。

「ここで結構です、ありがとう」とエリザベスはこたえた。歯がかちかちと鳴る。寒さではなく、恐怖のせいだ。ジャミソン医師に同行を頼めばよかったと心から悔やんだものの、これからやろうとしていることには賛成してもらえなかったに違いない。

「何かお手伝いしましょうか？」エリザベスが降りるのを手伝いながら、ストーリーが言った。

「いいえ、大丈夫です」エリザベスは細い通路を見上げた。勾配が恐ろしく急に感じられる。高いところは苦手だ。自分がこの通路をのぼっていく姿など想像できない。振り返ると、ストーリーも見上げている。

「本当に大丈夫ですか？」

「平気です。ご心配なく」

「じゃあ、ここでお待ちします」淡々とした声色。

「気を遣っていただかなくても大丈夫ですから」

「お代はいりません。さっきも言ったとおり、ほかに用事もありませんので」

「じゃあ、お言葉に甘えて」エリザベスは、この黒人男性に出会えて本当によかったと思った。

「何をなさるつもりか存じませんが、どうかお気を付けて」

「ありがとう、ストーリーさん」

細い通路の手前の端に足をかけようとしたとき、横手の路地に救急馬車が駐まっているのが目に入った。見覚えのある文字が記されている――〝ベルビュー病院〟。当然といえば当然で、救急馬車を使用している病院は市内ではほかにない。ただ、御者の姿もなければ、ほかに人の気配もなく、エリザベスは怪訝《けげん》に思った。


小雨が降り始めた。穏やかな細い雨が、星明かりをかき消し、ガス灯のまわりに光の輪をつくる。板張りの足元が滑りやすく、エリザベスは手すりをつかみ、一歩一歩、からだを引きずるようにして進んだ。いつの間にか、前方の影が立ち止まっていた。おもむろに近づくエリザベスを見守っているかのようだ。その人物が松明を灯したとみえ、光がちらついたあと、一気に明るくなった。恐怖と安堵が胸のなかでせめぎ合った。もうそれほど高くまでのぼらなくて済むことにほっとする一方で、待ち受けている人物の輪郭が鮮明になり、膝が砕けそうになった。その人物はまるで巨人のように見えた。ふつうの人間よりもはるかに背が高い。一瞬、本当にエジプトの神が生き返ったのではないかと錯覚した。

さらに近づくにつれ、その人物の背が高く見えるのは、羽根のついた頭飾りをかぶっているからだと気づいた。立ち止まって息を整え、「オシリス！」と大声で呼びかけた。反応がない。もういちど叫んだ。「あなたを迎えに来ました！」

しばしの沈黙ののち、ふたりの距離を超えて相手の声が響いた。「待っていたぞ」

エリザベスは目にかかった雨を拭い、前へ進んだ。水面を吹き抜ける風が、足元を揺らす。手すりにしがみつきながら、エリザベスは歩み続けた。あと十メートルもなくなってようやく、鋼鉄線に固定された松明が、相手の顔をはっきりと照らし出した。直後、路地に放置されていた救急馬車の恐ろしい意味が、戦慄とともにエリザベスの心を貫いた。

思い違いをしていた――犯人は辻馬車の御者ではなかったのだ。先住民の首長のような頭飾りを着けている男、ベルビュー病院から姉を誘拐したその男は、ほかでもない、親切な救急馬車の御者、ベンジャミン・ヒギンズだった。

ヒギンズのたくましい片腕のなかに、ローラがいた。長い白いガウンをまとい、首には太い金の首飾りがかかっている。頭には、奇妙なかたちをした赤い冠。エリザベスはそれが〝デシュレト〟と呼ばれる、古代エジプトの女神アマウネトがかぶっていた冠であることに気づいた。

「隠されし者を見よ！」ヒギンズがローラを抱きかかえて立たせた。ローラは半ば意識を失い、状況をほとんど理解していないようすだ。「アマウネト、すなわち空気と風の女神だ！」

「聞いてほしいことがあるのです、ヒギンズさん！」とエリザベスは叫んだ。向こうとの距離はわずか五、六メートルだが、風が耳元で唸り、声を吹き飛ばす。

「わたしの名で呼べ！」とヒギンズが叫び返す。「わたしはオシリス。冥界の王にして死者の裁き主だ！」

エリザベスは数歩近づいた。「オシリス、あなたに頼みがある」

「言ってみるがいい」

「わたしを代わりに攫《さら》いなさい！」

「なにゆえだ」

「真のアマウネト、空気と風の女神は、このわたし。……その女は偽者！」と、腕のなかでぐったりしている姉を指差した。

ヒギンズがローラを見やり、それからエリザベスに向き直った。「証拠を示せ！」

エリザベスは、頭上を飛ぶ鳩の群れを指さした。「見よ、あれに行くは我がしもべなり！」

「しもべならば、命令を下してみよ！」

鳩たちは、近くの塔へ向かって飛んでいる。塔にぶつからないためには、曲がるか引き返すかしかないはず、とエリザベスは見てとった。そこで片腕を天に向けて突き上げ、円を描くように回して、鳩たちが来たもとの方向を指した。「命令する。方向を変えよ！」

鳩たちが命令に従った。何らかの障害物——おそらく、張りめぐらされた鋼鉄線——に怯えて、大きく旋回し、岸のほうへ戻っていく。

それを見届けたヒギンズが、エリザベスを手招きした。「こちらに来るがよい。隠されし者よ、そなたの願いを叶えてやろう！」

エリザベスは心臓が喉までせり上がって激しく鼓動するのを感じながら、片手を手すりにかけ、もう一方で短剣を握りしめて、相手に近づいた。あと数歩の距離で立ち止まって言う。「その女を放しなさい！」ヒギンズが躊躇するのを見て、いっそう強い口調で命じた。「放せと言ったら、放せ！」

こんどは従い、ローラを放す。ローラがよろめきつつ、今どこにいるのかようやく気づいたふうに周囲を見回した。

「ロロ、逃げて！」とエリザベスは叫んだ。「走って岸に戻るのよ！」

困惑した表情を浮かべたあと、ローラがゆっくりと何歩かエリザベスに近寄った。エリザベスはすかさずその肩をつかみ、きつく言い聞かせるように耳元でささやいた。「よく聞いて！　岸に戻るのよ。手すりをしっかり握って。岸に下りれば、馬車に乗った男性が待っている。名前はルーファス・ストーリーさん。背の高いきれいな顔立ちの黒人で、茶毛の馬を連れている」

「昔、わたしたちが乗ってたみたいな馬？」とローラがぼんやりと微笑む。

「そうよ、そのとおり。さあ、行って！　ぜったいに振り返らないで！」エリザベスは姉を優しく押し出した。ローラの歩みは最初ためらいがちだったが、やがて静かな小走りになった。エリザベスは一瞬、自分も逃げようかと思ったが、逃げてもすぐヒギンズに追いつかれるだろう。

ローラが地上まで半分ほど進んだのを確認すると、エリザベスはヒギンズと真っ正面から向き合った。

「さあ、いいわよ、オシリス」

第六十三章

風に頬をなぶられながら、エリザベスは、長い聖衣をまとい駝鳥の羽根の頭飾りを着けた背の高い男にじりじりと近づいた。右手に、祖父の短剣を握りしめている。

「運命と対峙する覚悟はできたか？」とヒギンズが問いを発した。風向きが変わり、頭上の羽根が渦を巻いた。エリザベスは、ヒギンズの面影が誰かとだぶるような気がしたが、誰なのか思い出せなかった。

「ええ」

「来たれ、隠されし者よ。運命を受け入れるがいい！」

エリザベスは短剣を構え、前方へ最後の一歩を踏み出した。しかし、猫のように素早い動きでかわされて、相手に首をつかまれ、喉元を指で締め付けられた。驚きのあまり、エリザベスは短剣を取り落とした。板張りの通路の床で、短剣が硬い音を立てた。恐怖に鷲づかみにされたエリザベスの喉に、ヒギンズの指がさらに食い込む。息ができなくなった。エリザベスは力を振り絞り、相手の脛を蹴り上げた。ヒギンズが悲鳴を上げ、握る手を緩めて、身をかがめた。エリザベスは四つん這いになって短剣に飛びついた。床材に溜まった雨水にまみれながら短剣の柄を握りしめたそのとき、ヒギンズが襲ってきた。エリザベスはありったけの力を込めて、ヒギンズの太腿に短剣の刃を深々と突き立てた。

ヒギンズが得体の知れない叫び声を上げ、傷ついた脚を抱えて膝をついた。エリザベスは武器を放さずに這いずって逃げ、やっとの思いで立ち上がった。肩で息をしながら、短剣を手提げ鞄にしまい、手すりにすがるようにして通路をくだる。怖くて後ろは振り返れなかった。

突如、鋭い銃声が響き、エリザベスは立ち止まった。顔を上げると、目の前にトーマス・F・バーンズ警視がいた。手にした回転式拳銃の銃口から、細い煙が立ちのぼっている。

「何をしたの？」とエリザベスは叫んだが、警視は彼女の存在に気づいていないかのようだった。

警視はおもむろに、突っ伏したヒギンズに近づき、拳銃を慎重に構えると、冷静に三発撃ち込んだ。エリザベスが恐怖の色を浮かべるのをよそに、警視は、革の長靴の爪先でヒギンズのからだを転がし、イースト川の激しい流れのなかへ落とした。それが水面でしぶきを上げるのを、警視は無表情で見つめていた。強風の合間を縫って、その水しぶきの音はエリザベスの耳にもかすかに届いた。身の毛がよだつような音だった。

きびすを返したバーンズが、表情を失ったまま、エリザベスに近づいてきた。自分も同じ目に遭わされるのかと、エリザベスは岸をめざして全力で駆けだした。しかし、それもつかの間、強い手で片腕をつかまれた。必死で暴れながら、自由に動くほうの手で鞄のなかの短剣を探った。

「落ち着け」と警視の声がした。「きみを傷つけるつもりはない」

「どうしてこの場所がわかったの？」

警視は静かに笑った。「てっきり、わたしがここしばらくきみを見張っていることは承知のうえだと思っていたが」

少しのあいだ頭をめぐらせ、エリザベスは、最近出会った何人かの不審人物を思い出した。犬を連れた男、〈五つ辻〉で見かけた靴磨き……そしてもちろん、顔に傷痕のある、辻馬車の御者。あの御者は殺人者ではなく、警察の手先だったのだ。いたるところで警視に見張られていたのかと、背筋が寒くなった。

「なぜ、逮捕せずに、犯人を撃ったのですか?」気管がまだ痛み、掠《かす》れた声を絞り出すのがやっとだった。

「死ななければならない人間もいるのだ」厳しい語調だった。眉一つ動かさない警視の顔を見つめるうち、エリザベスは、どうしてヒギンズの顔が誰かと似ているように思えたのか、ようやく納得した。ふたりは明らかにそっくりだ。なぜもっと早く気づかなかったのだろう?

驚きを呑み込んだあと言った。「あなたの息子だったのですね」

警視の顔に薄笑いが広がった。それまでの無表情よりもさらに不気味だった。「だとしたら、何だ? 証明でもできるのか?」

「あなたは脅迫されていた。そうでしょう?」

「いいか」と警視がすぐそばまで顔を寄せてきた。息がウイスキー臭い。「少しばかり知りすぎると、命に危険が及ぶこともある。もしわたしがきみなら、頭のおかしな犯罪者をたったひとりで倒したと、手柄を独占するね。そうすれば、みんな無事に生きていける」

〝みんな〟という言葉を強調した。その意味するところは明白だった。

エリザベスは、垂れ下がった口ひげと冷酷な目を持つ警視の得意げな顔つきを見つめ、自分には選択の余地がないことを思い知った。

第六十四章

「理解できないな」カルロッタが調色板の上の金色の絵具を筆に含ませながら言う。「なぜバーンズ警視は自分の息子を撃ったんだろう？」

「醜聞を避けるためです」とエリザベスはこたえた。「警視には妻や娘がいて、守るべき評判もある。ヒギンズが自分の父親の正体に気づいた瞬間から、警視は安心して暮らせなくなった。わたしたちの捜査を妨害しようとしたのも、そのせい。ヒギンズが逮捕されると困るから。警視の望みは、ヒギンズが死ぬことだったんです」

　水曜日の午後、カルロッタとジョナを連れて、エリザベスは姉を見舞いに来ている。カルロッタが、ローラを絵に描こうとひらめいたからだ。弟のジョナもなにやら理由をこじつけて同行を望んだが、美しいローラに会いたい一心なのは明らかだった。

「でもヒギンズは、警視が父親であることをどうやって証明するつもりだったのかな？」とカルロッタが疑問を口にした。

「ふたりいっしょにいるところを見れば、みんな納得するでしょう」とエリザベス。「若かりしころの警視とヒギンズは、瓜二つですから」

「顔写真を見るかぎり、意地悪そうな雰囲気もそっくり」とジョナが言った。「子は親に似るって、ほんとだね」

「ちょっと首を傾けてくれない？」とカルロッタがローラに頼んだ。「そう、そんな感じ。完璧よ」

　エリザベスは目の前の平和な光景を眺めた。前夜の出来事が、遠い夢のようにぼやけて、不思議に思える。黒人男性のルーファス・ストーリーと、頼れる愛馬ジヨーイの助けを借りて、ローラを無事にベルビュー病院に帰したあと、エリザベスはベッドに倒れ込み、十二時間近く眠りこけた。ファーガソンが扉を叩く音で目が覚めた。警視が自分の息子を無慈悲に殺したと知り、ファーガソンは不満げだったが、驚きはしなかった。

「ちっ、あいつはあくどい警察官だとつねづね言ってきたが、これで証明されたわけだ」

エリザベスが、家族も含めて危険が及ぶかもしれないと警視から露骨に脅迫されたことを打ち明けると、ファーガソンは、記事のなかで警視の役割には触れるな、と強く釘を刺した。エリザベスが一人称で書いた記事を《ヘラルド》の別刷り付録にしてはどうか、とファーガソンは思いつき、発行人のベネットに承認を求めることにした。いつも突発的な行動を取るベネットが、何も告げないまま突然パリ行きの船に乗ってしまっていたため、ファーガソンは提案を電報で送るはめになった。

一方、エリザベスは両親のもとに立ち寄り、自分とローラの無事を伝えた。この先、新聞で何を読もうとも心配いらない、と安心させたかったのだ。父親はおおいに胸を撫で下ろしたようすだったが、母親はむしろ、アスター夫人を招いてパーティーを開く計画についてしゃべり続けていた。

「動かないで！」とカルロッタがローラに注文を出す。

ローラは、ベルビュー病院の談話室にある長椅子に寝そべり、ゆったりと腕を伸ばしていた。悪夢が終わったあと、ローラは状態がふだんになく安定していて、カルロッタに絵を描かせることにもこころよく同意した。ジャミソン医師は、治療には外部からの刺激が欠かせないと考えていて、カルロッタたちが面会に来るのを大いに歓迎している。エリザベスは、昨夜の冒険について、ジャミソン医師には断片的にしか話さなかった。実際の詳細を知ったら、さすがの医師もさぞ身震いするに違いない。すべてを打ち明けるのは、また別の機会まで待とう。たとえば〈カフェ・デ・ギャマン〉でボルドー産の葡萄酒を分け合いながら……。親切そうな救急馬車の御者が、街を騒がせていた殺人鬼だったと知り、院内のほかの人たちと同様、ジャミソン医師も衝撃を受けている。

ジョナが窓際の木鉢から葡萄を一粒つまんだ。「それで、電報の謎はどうやって解いたんですか?」

「〝隠されし者〟がエジプトの空気や風の女神アマウネトを指していることは明らかでした。ほかに〝未完成のつながり〟という表現があって、犯人はいつも、象徴性の高い歴史的に重要な場所に被害者を遺棄するので、未完成の橋がいちばん可能性が高いと思ったんです」

「頭がいいですねえ」とジョナは葡萄の皮を剝きながら言った。「でも、間違いの可能性だってあったはず」

「そうですね。わたしは運がよかったんです。でも、運がまったく関わっていない勝利など存在しないんじゃありませんか?」

カルロッタが弟を見つめる。「なんで葡萄の皮を剝いてるの?」

「風の女神にお捧げするんだよ」そう言って、葡萄の粒をローラに差し出した。ローラはそれを貴重な宝石を見るかのように吟味したあと、口へ放り込み、幼いころにエリザベスがよく見かけた甘い微笑をジョナに向けた。エリザベスの心臓がわずかに躍った。まるで丸まって昼寝する猫のような、安らかな希望が、胸の内に静かに宿った。はかない希望ではあったが、まったくの無とは違う。

エリザベスは初めて、母親の振る舞いが底知れぬ苦悩から生じていることを、しみじみと理解した。自分の兄の死に際し、耐えがたいほどの絶望を味わったに違いない。エリザベスはようやく悟った。これまで馬鹿らしいと蔑んでいた母親の性癖——たとえば、アスター夫人のような上流社会の人々から認められたいという執着——も、じつは罪悪感を薄れさせる努力であり、家族の脆さから気をそらすための手段だったのだ、と。ローラの精神状態に対して、たいへんな責任を感じていることは間違いない。家系に欠陥があり、血が穢れていると、みずからを責め立てているのだろう。けれども、アスター家やその取り巻きたちの権威ある社交界に仲間入りできれば、何とか自分自身をふたたび完全なものと感じられると信じているのだ。エリザベスは今さらながら、母親に深い同情を抱いた。

「わたし、誰かに葡萄の皮を剝いてもらったことなんてないわ」とカルロッタはつぶやきながら、画布と睨み合った。

「もし姉さんが女神だったら、剝いてくれる人もいるかもね」とジョナが小さく笑う。

カルロッタは顔に付いた絵の具をきれいな布で拭った。「結局、バーンズ警視が何をやったかは闇に葬られるわけね？」とエリザベスに尋ねる。

「あなたが言い触らさないかぎりは、ですけれど」とエリザベスはこたえ、木鉢に入った葡萄をいくつか頰張った。あの恐ろしい危機を乗り越えてから、ひどく空腹が続いていて、目に入るものは何でも食べてしまう。「ファーガソンさんでさえ、警視が人殺しだなんて暴露しても何の得にもならないという意見でした」

「警視が人を殺したのは今回が初めてじゃないな。賭けてもいい」とジョナが言った。「この街の警察官はみんな、ろくでもない奴らだよ」

「みんなとは限らないでしょう」とエリザベスは諫めた。オグレディ部長刑事を思い浮かべながら。

「じゃあ、〝ほとんどみんな〟ってことにしとく」ジョナはもう一粒、葡萄の皮を剝き始めている。

「じゃあ、ヒギンズをたったひとりで倒したってことで、全部あなたのお手柄になるわけね」とカルロッタ。

エリザベスは肩をすくめた。「今、ファーガソンさんが記事を書いているんです。きっと、もっともらしい話をでっちあげるでしょうね」

「ほんとに美しいわ」とカルロッタがローラに言う。妹のエリザベスとは違い、ローラはじっと座っているのがあまり苦痛ではないようだった。絵に描かれることを楽しんでいるらしい、とエリザベスは安心した。この調子で、カルロッタの絵の題材になる役をいつも代わってくれるといいけれど。

「おや、だいぶはかどりましたね」とジャミソン医師が部屋に入ってきて、カルロッタの絵を眺めた。「よく描けてる」白衣を着て、さっぱりとした姿だ。

「すみませんけど、わたし、完成するまで人に作品を見られたくないたちなんです」

「そうなんです」とエリザベス。「まだ描いている途中だからと、わたしの肖像画だって見せてくれないいんですよ」

「なるほど、天才はきまって秘密主義ですからねえ」

そう言って、医師はエリザベスの向かいに座った。

カルロッタは唇を尖らせ、筆を止めないまま、呆れたように白目を見せた。

「天才、天才とあんまりおだてると、本人もだんだんその気になりますよ」とジョナが言いながら、あらたに皮を剝いた葡萄を一粒、ローラに渡した。

部屋に射し込む太陽の光が、ローラの髪を黄金色に輝かせ、エリザベスは昨夜の出来事が徐々に遠のいていくのを感じた。

「ずいぶん元気が戻ってきたようですね」とジャミソン医師がエリザベスの顔色を観察して言った。温かい視線が、肌に心地よかった。

「だいぶよくなりました」

「お姉さんも落ち着いているようです。……ところであの男、本当に自分がオシリスの生まれ変わりだと信じていたんでしょうか？」

「そうみたいです。ただの演技には見えませんでした」

ジャミソン医師は首を振った。「あの男と話ができたらよかったのに。非常に貴重な症例研究になったことでしょう。わたしは妄想性障害に特別な関心を持っていますが、今回のような例には出合ったことがありません」

「わたしとしては、もう二度と出合いたくないものです」とエリザベスはこたえたが、完全には本心ではなかった。一連の事件は恐ろしく痛ましい悲劇だったが、雨降る暗い橋で味わった感覚が、早くも懐かしく思える。死の淵に立たされたあのとき、自分は生きているという、たぎるような実感が全身にみなぎったのだ。

「明日、いっしょに夕食でもとりながら、その話をもっとしませんか?」と医師が提案した。

「それは素敵ですね」とエリザベスは応じた。

「ただし一つ条件があります」

「何でしょうか?」

「昨夜みたいな愚かな真似は今後ぜったいにしないと約束してください」

「それは少し一方的なお話じゃありませんか?」

「無謀な行動だったことは認めるんでしょう?」

「今にして思えば、たしかにそうですけれど」

「もしまた、ああいう局面にぶつかったら、必ずわたしを呼んでください。そうでないと、許しません」

「きょうはずいぶん強引でいらっしゃるのね、ジャミソン先生」

「知らない人が見たら、結婚生活が長い夫婦の痴話げんかだと思うんじゃないかな?」とカルロッタが茶化した。

「結婚なんて、今どき時代遅れの制度だと思う」とジョナがつぶやく。

「この子の失言は許してやって」とカルロッタが言った。「あいにくうちの弟ときたら、自分の頭に浮かんだことはどんなに馬鹿げた考えでも、世界に伝える義務があると思い込んでるの」

みんないっせいに笑った、ローラまでも。ジョナだけは怒ったふりをしたものの、笑いを堪えて唇を噛んでいた。

「どうしてひとりで行ったの?」とカルロッタが尋ねた。「どう考えても無謀よ」

「女ひとりなら、向こうも気を許して、わたしの提案を聞き入れるだろうと思ったんです。男の人がいると、事が荒立って、姉に危害が及ぶ恐れがあるんじゃないかと」

ジャミソン医師が首を振る。「だからって、自分を危険にさらす理由にはなりませんよ」

「まあ、もう終わったことだから」とカルロッタが言った。「それに、二度とそんな危ない真似はしないでしょ」

午後はゆるやかに過ぎていった。カルロッタは絵を描き、ジョナはローラの世話をし、ジャミソン医師は職務に戻った。夕方が近づくにつれ、エリザベスの胸になぜか、満たされない思いが広がった。ジャミソン医師と明日の夕食の約束したにもかかわらず、心の切なさを和らげることはできなかった。友人や姉とともに、湯気の立ちのぼる茶器を囲み、午後の静かなひとときを過ごしながら、こんな気持ちになるところをみると、正気を失っているのは自分なのではないかとエリザベスは思った。

その後、黄昏のなかで家路をたどって歩くうち、まるで街に抱きしめられるような錯覚に襲われた。すべての命をつむぐ糸が、ありとあらゆる通りや路地、家の入り口を結んでいる。どんなに質素な住まいであろうと、生きとし生けるものすべてに相通じる見えない力が宿り、息づいている。戦うにしろ、愛し合うにしろ、隣人を気遣うにしろ、互いの喉元をつかみ合うにしろ、どんなかたちであれ、この大都市で暮らす人々は切っても切れない絆で結ばれているのだ。ニューヨークはまるで一つの有機体のように、息づく大きな巣箱として、市民たちをしっかりと包み込んでいる。

自宅のアパートメントに帰り着いたエリザベスは、勢いよく窓の掛け布を開き、窓を上げて、残暑の雨の匂いを吸い込んだ。周囲のあらゆる方向から聞こえてくる幾多の声に耳を傾ける。人々は日々の用事をこなし、笑い、泣き、歌い、溜め息をついている。エリザベスにとって、ここは自分の街であり、家であり、喜びや悲しみ、悲嘆、絶望、そして祝祭の場だ。空に残っていた赤みが薄れて消え、代わりに広がった青が濃くなって、やがて雨が戻ってきた。街灯が一つずつ瞬き、息を吹き返していく。エリザベスは窓ガラスを流れ落ちる雨粒を見つめた。富める者にも貧しき者にも等しく降り注ぐ雨粒が、徐々に暗くなる街の風景に幕を下ろすように、ガラスを伝い、淡く黄色く輝きながら落ちていく……。

謝辞

いつものことながら、優れた出版代理人のペイジ・ウィーラーには頭が下がる。ジェシカ・トリブルには、絶え間ないユーモアと編集上の有益な助言をもらった。貴重な仕事をしてくれたデネル・キャトレット、アドリエンヌ・クロウ、エリン・キャリガン・ムーニー、サラ・ショー、ローレン・グランジ、ニコール・バーンズ＝アスキュー、ケリー・オズボーンに心からお礼を言いたい。また、出版社トーマス＆マーサーのすべての人々に、揺るぎない支援を感謝する。

歴史上のあらゆる事物の調査に根気強く情熱を注いでくれたアンソニー・ムーアにも謝意を捧げる。親愛なる優秀ないとこであるジャック・ウイス（学者、教師、作家、翻訳家）には、フランス語の単語や表現について助言と支援をもらった。知性と専門知識を備えた素晴らしい助手フランク・ゴードの尽力にも敬意を表したい。また、いつもわたしを元気づけてくれる明るく精力的な親友のアハマド・アリや、自宅を離れて州北部にいるときわたしの執筆の場所となるストーン・リッジ図書館にも感謝の念を抱いている。わたしの両親にも、格別の謝意を捧げたい。話し上手で舞台パフォーマーであり音楽家でもある両親は、芸術の大切さと、優れた物語の持つ力を教えてくれた。

最後に、この偉大な都市の勇敢な医療従事者や、市民の生活を支えてくれているさまざまな人々に、永遠の感謝を捧げる。あなたがたのおかげで、生涯で最悪のパンデミックを乗り越えることができた。大いなる刺激と励ましをありがとう。スティーブン・スミスが命を取り留めてみなさんの献身にこたえることができていたら、とそれだけを残念に思う。

訳者あとがき

本作『クレオパトラの短剣』は一八八〇年のマンハッタンを舞台にした歴史ミステリである。主人公のエリザベス・バンデンブルックは、当時としてはきわめて珍しい女性の新聞記者。良家の令嬢という立場でありながら、安楽な生活をよしとせず、女性の社会進出の先駆者となり、なおかつ社会正義に貢献したいと、大衆紙《ニューヨーク・ヘラルド》の編集部で日々奮闘している。そんなある朝、高架鉄道の車窓から、線路際のアパートメントの一室で女性が首を絞められている場面を目撃する。独占記事を書くチャンス到来かとエリザベスは胸を高鳴らせるのだが、真相を追ううち、古代エジプト神話をもとにした連続殺人事件に巻き込まれ、と同時に、急速に発展しつつある都会のダークサイドに呑まれていく……。

知性と勇気と正義感にあふれるエリザベスと行動をともにしつつ、読者は、この時代の空気を肌で体感せずにはいられない。なにより、一八八〇年という設定が絶妙だ。南北戦争が終結し、直後にリンカーン大統領が暗殺されてから十五年。西部開拓はまだ終わりきらず、先住民との争いも決着していない。それでいて、新天地を夢みる移民がヨーロッパ各国から大量に流れ込み、ニューヨーク市の人口は約百二十万人に膨れ上がっている。人種のるつぼ化に社会の受け皿が追いつかず、各国語が飛び交い、極端な貧富の差が生じ、街は希望と絶望ではち切れそうだった。

この年の十二月になると、初めて街路に電灯がともり、そのあと爆発的に電気が普及して、さらに二十年ほどすると自動車が走りまわり、日々の暮らしが一変していくのだが、本作のころは、新時代の息吹がかすかに漂いながらも、躍動と混乱がピークに達している状況だった。その象徴が、高架をひっきりなしに走る蒸気機関車と路上を行き交う馬車の混在であり、はたまた、つくりかけで足踏みしている自由の女神やブルックリン橋、旧貴族と成金貴族のいがみ合い、市庁舎脇に広がるスラム街、完成まもないメトロポリタン美術館などなどだ。そういった雑多な要素を次から次へ、必然性を伴わせつつ物語に組み込んでいる点が、本ミステリの作者の力量の表われといえるだろう。

登場する人物や場所の大半が実在しており、そうした側面も味わい深い。それぞれに魅力的な余話があるので、気になる固有名詞が見つかったかたは、ぜひネットで検索してみていただきたい。たとえば、犯人が古代エジプトと出合うアスター図書館は、毛皮商としてアスター家の財を築き、アメリカ最大の富豪となったジョン・ジェイコブ・アスターの遺志により建てられたものだ。その曾孫に当たるジョン・ジェイコブ・アスター四世は、本作では〝ませガキ〟扱いだが、以後じつにドラマチックな人生をたどる。途方もない財産を相続して〝世界一の不労所得者〟と呼ばれるにいたるものの、四十代後半に離婚、十八歳の愛人を後妻に迎えて、社交界に一大スキャンダルを巻き起こし、好奇の目を逃れて身重の妻と世界各地を旅するうち、かのタイタニック号に乗船して、命を落とす。

意外なところでは、トーマス・バーンズ警視も実在する人物だ。本作の設定の前年に、当時としては史上最大の強盗事件を解決して一躍名を馳せ、その後も（拷問によって自白を引き出しながら）犯罪者を次々に検挙して、国民的な英雄とまで称賛された。しかし一方で私腹を肥やし、一八九五年、ニューヨーク市警の堕落を一掃すべく警察委員会の長に就いたセオドア・ルーズベルト（のちの大統領）によって追放される。

作者のキャロル・ローレンスは本邦初紹介だが、本国アメリカではいくつものペンネームを使い、多方面で活躍中。コナン・ドイルの友人であるイアン・ハミルトン刑事が活躍する三部作や、ジェーン・オースティン協会での事件をめぐる連作ミステリなどを発表したほか、ミュージカル版シャーロック・ホームズの脚本も手がけている。

本作にはまだ残された謎があり、中途半端に消えた人物たちもいて、作者がシリーズ化を意図しているのは明らかだろう。はたして続篇が書かれ、エリザベスの父親の実像やカルロッタの秘密のパトロンが明るみに出るのかどうか……この日本語版の反響しだいかもしれない。

二〇二四年九月

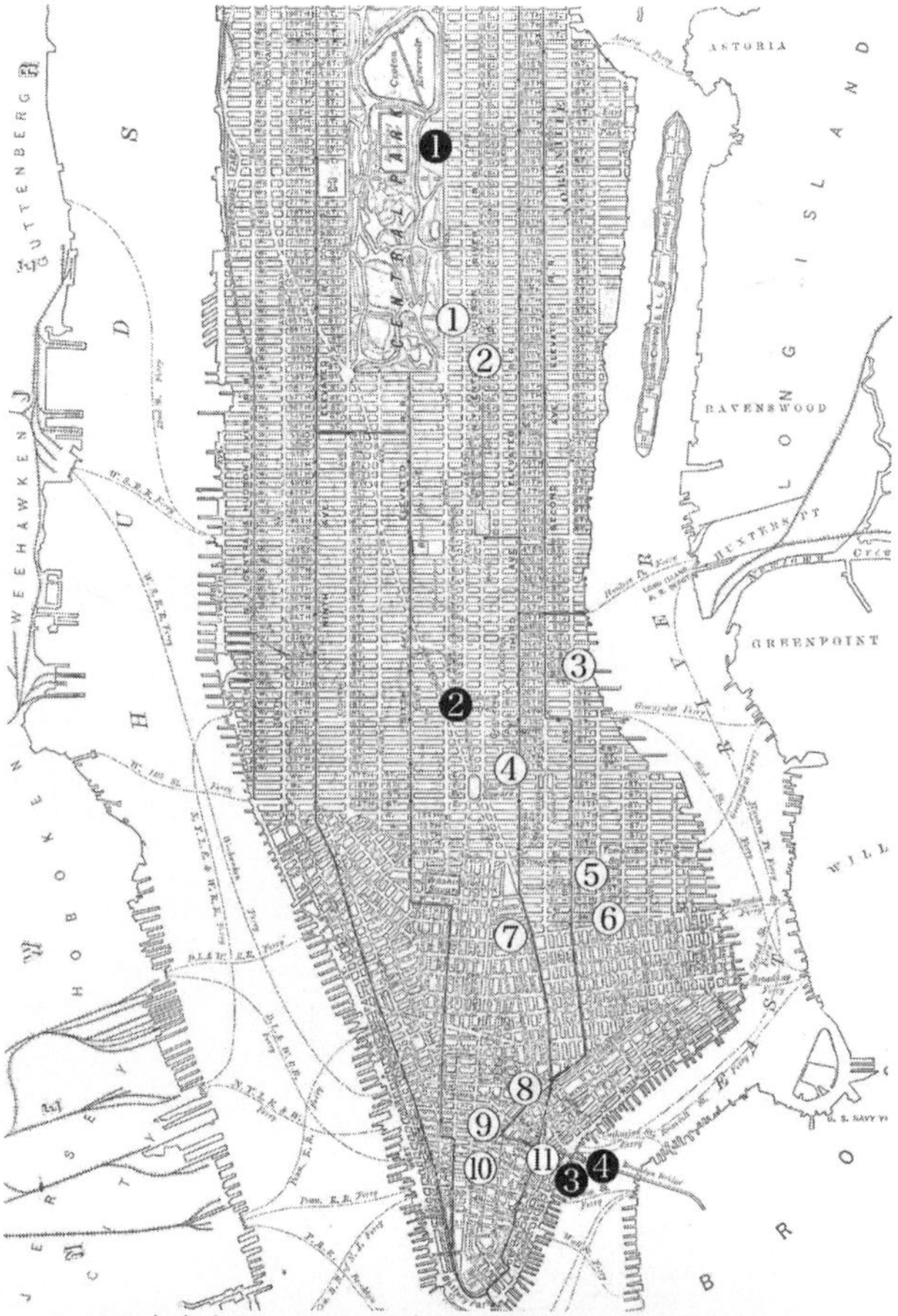

1880年当時のニューヨーク市（以下の地図をもとに訳者作成）
（https://digitalcollections.nypl.org/items/6c865590-f3a2-0130-a476-58d385a7b928）

①アスター夫人の邸宅
②エリザベスの両親の家（架空）
③ベルビュー病院
④スタイベサント・アパートメント
⑤〈小さきドイツ〉
⑥ジャスタス・シュワブの酒場
⑦ニューヨーク市警
⑧〈五つ辻〉
⑨トゥイード裁判所
⑩《ニューヨーク・ヘラルド》社
⑪〈ラット・ピット〉

❶メトロポリタン美術館
❷マディソン広場
❸十七番埠頭
❹ニューヨーク・アンド・ブルックリン橋

19世紀末ごろのバワリー通り
（Detroit Publishing Co., Publisher. The Bowery, ca. 1900. Photograph. https://www.loc.gov/item/2016794195/）

マディソン広場に展示された自由の女神の手
（Centennial Photographic Co. Colossal hand and torch "Liberty". Philadelphia Pennsylvania, ca. 1876. Photograph. https://www.loc.gov/item/97502738/）

HAYAKAWA POCKET MYSTERY BOOKS No. 2008

中《なか》山《やま》　宥《ゆう》
翻訳家
訳書
『マネー・ボール〔完全版〕』『最悪の予感』
マイケル・ルイス
『〈脳と文明〉の暗号』マーク・チャンギージー
『死と奇術師』トム・ミード
『マッキンゼー』ウォルト・ボグダニッチ&
マイケル・フォーサイス
（以上早川書房刊）他多数

この本の型は、縦18.4センチ、横10.6センチのポケット・ブック判です。

〔クレオパトラの短剣《たんけん》〕

2024年10月20日印刷　2024年10月25日発行

著　　者	キャロル・ローレンス
訳　　者	中　山　宥
発 行 者	早　川　浩
印 刷 所	星野精版印刷株式会社
表紙印刷	株式会社文化カラー印刷
製 本 所	株式会社明光社

発行所　株式会社　早川書房
東京都千代田区神田多町2－2
電話　03-3252-3111
振替　00160-3-47799
https://www.hayakawa-online.co.jp

（乱丁・落丁本は小社制作部宛お送り下さい
送料小社負担にてお取りかえいたします）

ISBN978-4-15-002008-8 C0297
Printed and bound in Japan